novum pro

Cordula Weidner

Wie die Kuh einmal ihre Ruhe hatte und die Schildkröte Vollpension bekam

novum pro

Bibliografische Information
der Deutschen Nationalbibliothek:

Die Deutsche Nationalbibliothek
verzeichnet diese Publikation in
der Deutschen Nationalbibliografie.
Detaillierte bibliografische Daten
sind im Internet über
http://www.d-nb.de abrufbar.

ISBN 978-3-95840-478-6
Lektorat: Tobias Keil
Umschlagfoto: Naomi Lawrence
Umschlaggestaltung, Layout & Satz:
novum Verlag
Innenabbildungen: Naomi Lawrence

Gedruckt in der Europäischen Union
auf umweltfreundlichem, chlor- und
säurefrei gebleichtem Papier.

www.novumverlag.com

Dieses Buch entstand während der Pflege und Sterbebegleitung meiner Eltern. Die Heiterkeit der Figuren und die Entschiedenheit, mit der sie sich in mir ausbreiteten und in die Welt geschrieben werden wollten, waren mir dabei eine liebevolle und freundliche Unterstützung.

Widmen möchte ich es Ute, die ebenfalls in diesem Zeitraum gegangen ist. Es hätte dir gefallen.

Inhaltsverzeichnis

Erster Teil

Wie es begann: Waldgesänge

Alles begann damit, dass die Maus im Wald einem singenden Baum begegnete.

Sie war auf dem Weg zu einer Verabredung mit einer guten Freundin. Die gute Freundin war ein Flusspferd. Wenn sie gemeinsam irgendwo saßen, hatten sie in der Regel sehr viel Spaß miteinander, auch wenn die anderen Tiere das wegen ihrer Verschiedenheit sehr befremdlich fanden. Doch die Maus und das Flusspferd störten sich nicht daran. Sie hatten nämlich vor einiger Zeit ihre gemeinsame Leidenschaft für den Gesang entdeckt: Das Flusspferd konnte sehr tief und die Maus sehr hoch singen und beide waren der Meinung, dass diese Stimmen wunderbar miteinander harmonierten. Nun, natürlich lag es in der Natur der Sache, dass ihre Lieder zu Beginn nicht ganz so harmonisch klangen, schließlich mussten sie erst einmal ein wenig üben, aber das machen doch alle Chorsängerinnen, nicht wahr? Und seit sie ihren Probenplatz an einer sehr entlegenen Stelle am Flussufer eingerichtet hatten – darauf hatten die anderen Tiere in seltener Einigkeit bestanden – gab es auch keine gequälten Blicke und zornige „Aufhören!"-Rufe mehr und sie konnten sich ganz ihrer Kunst widmen.

Die Regenzeit zwang sie immer zu einer Unterbrechung der Chorproben. Doch nun hatte der Regen aufgehört und die Maus hatte sich auf den Weg zum Fluss gemacht.

Der Wald war noch feucht und dampfte. Nebelschwaden zogen durch die Baumkronen. Die Maus pfiff vor sich hin, fühlte sich frisch und unternehmungslustig und fand, dass es ein perfekter Morgen war. Als sie eine Lichtung erreichte, hörte sie in einer der Baumkronen ein ungewohntes Geräusch.

„AHEMMM!"

Hoch über ihrem Kopf räusperte sich ein Baum.

„Mimimiiieh …“ erklang es aus dem Blätterdach. Dann raschelte es ein wenig. Die Maus reckte ihren Hals und blickte nach oben. Sie sah nur dichtes, grünes Laub und Nebelschwaden.

„Traalaala liie lalala!“

Das hörte sich an wie Stimmübungen. Die Maus wusste sofort Bescheid: Hier sang sich jemand ein. Dass der Jemand in diesem Fall ein Baum war, fand sie nicht verwunderlich. Sie hatte bereits eine Menge seltsamer Dinge erlebt und nahm es einfach interessiert zur Kenntnis.

„Tatatatammm!“

Obwohl es ganz sicher nur eine einzige Stimme war, die da sang, schienen darin viele weitere Töne mitzuschwingen. Dieser Baum konnte anscheinend mehrstimmig mit sich selbst singen. Es klang interessant. Und sehr schön.

„Iiich sing gern im Wald – da da da da damm …“ tönte es aus der Baumkrone. Der Wald schien es zu mögen, dass man ihn besag. Er warf ein anerkennendes Echo zurück.

„Iiich sing gern im Wald …“ erklang es wieder. Dann folgte eine Pause, in der jemand nach einer passenden zweiten Textzeile suchte. Möglichst nach einer, die sich reimte.

Die Maus beschloss, ein wenig Unterstützung anzubieten.

„… weil's da so schön hallt!“, rief sie hinauf.

„Oh, danke“, sagte die Stimme im Baumwipfel nach einem kleinen, überraschten Moment. „Das passt hervorragend!“

„Was für eine Sorte Baum bist du eigentlich?“, rief die Maus. Doch sie erhielt keine Antwort. Der Baum hatte den Textvorschlag aufgegriffen und sang laut und voller Hingabe:

„Ich sing gern im Wald/weil's da so schön haaallt…“ und nach kurzem Überlegen: „Weil's da so schön hallt/sing' ich gern im Waaald!“ und schließlich: „… weil's da so schön/da so schön/da so schön hallt!“

Mittlerweile platzte die Maus fast vor Neugier. Prüfend betrachtete sie die Bäume in der Nähe und suchte nach dem, der ihrer Meinung nach am besten zu der Stimme passte. Sie entschied sich für einen dünnen Stamm und machte sich daran, hinaufzuklettern. Geschickt hangelte sie sich Stück für Stück nach oben. Das Lied wies ihr den Weg.

„… ob warm oder kalt/es hallt schön im Wald …!“

Irgendwann war sie schließlich fast ganz oben angekommen und blickte um sich. Zu ihrer Überraschung gab es dort gar keine richtige Baumkrone, sondern lediglich zwei komische kurze Äste und zwei große, gefleckte, pelzige Blätter, die sich wie wild hin- und herbewegten, weil sich die Spitze des Baums vor Lachen schüttelte und sagte:

„Nicht weiterklettern! Am Nacken bin ich furchtbar kitzlig!"

„Entschuldigung", sagte die Maus.

„Ist schon gut", meinte der Baum gutmütig. Seine Spitze drehte sich, beugte sich zu ihr herunter und sah sie aus zwei großen braunen Augen an, die mit langen Wimpern gesäumt waren.

„Oh, eine Giraffe. Natürlich. Das hätte ich mir eigentlich denken können."

„Ja, stimmt. Äh … Hallo." Die Giraffe wirkte trotz ihrer Größe etwas schüchtern. „Ich, hm, habe gerade ein wenig gesungen."

„Hab ich gehört. Sag mal, wie machst du das mit deiner Stimme?"

„Was meinst du?"

„Na ja, dass du so klingst, als hättest du mehrere Stimmen!"

„Ich weiß nicht. Keine Ahnung. Ich singe immer so. Klingt es sehr schlimm?", fragte die Giraffe besorgt.

„Ach nein, mit deiner Stimme ist alles in Ordnung", antwortete die Maus großzügig. „Sie ist nur ein wenig … ungewöhnlich."

„Oh", meinte die Giraffe verunsichert.

„Mit ungewöhnlich meine ich: ungewöhnlich gut. Ich finde wirklich, dass du ausgezeichnet singen kannst."

„Tatsächlich?" Die Giraffe schien auf einmal sehr verlegen – zum Teil wegen ihrer Schüchternheit, aber auch ein wenig aus Stolz.

„Nun, vielleicht solltest du noch etwas an deinen Texten feilen", empfahl die Maus. „Aber am Gesang ist eigentlich nichts auszusetzen. Kann ich noch ein bisschen sitzen und zuhören? Ich werde auch versuchen, dich nicht am Nacken zu kitzeln."

„Na gut." Die Giraffe räusperte sich und stimmte eine neue Version des Liedes an. Die Maus setzte sich zwischen die beiden Giraffenhörner, genoss die Aussicht und sang ab und zu ein paar Takte mit.

Währenddessen stapfte das Flusspferd durch den Wald, auf der Suche nach der Maus, die offenbar mal wieder ihre gemeinsame Probe vergessen hatte. So etwas passierte ständig und das Flusspferd war ziemlich verärgert darüber. Als es den Gesang hörte, hatte es sofort eine Vorstellung, wo es die Maus finden würde. Es näherte sich der Lichtung und rief mit lauter Stimme:

„He, Maus! Ich weiß genau, dass du hier irgendwo bist! Und ich hoffe, du hast eine wirklich gute Entschuldigung, dass du nicht zu unserer Verabredung gekommen bist!“

„Oh. Hallo Flusspferd!“, antwortete es leicht schuldbewusst aus den Baumkronen, „stell dir vor, ich habe einen singenden Baum gefunden!“

„Ja, ja. Guter Versuch.“ Das Flusspferd setzte sich ins Gras und wartete verstimmt. Feuchter Dunst waberte über die Lichtung. Durch die Nebelschwaden hindurch konnte es hören, wie die Maus irgendwo über ihr zu jemandem sagte:

„Könntest du mich einen Augenblick unten absetzen? Ich fürchte, ich muss da mal kurz etwas erklären und so.“

Dann senkte sich vorsichtig ein Kopf an einem langen Hals herunter. Die Giraffe betrachtete das Flusspferd unbehaglich. Als Einzelgängerin war sie nicht an Gesellschaft gewöhnt. Zwei neue Bekanntschaften innerhalb so kurzer Zeit waren irgendwie ziemlich viel für ihre Schüchternheit. Außerdem hatte sie den Eindruck, dass diese zweite Bekanntschaft gerade ziemlich wütend war.

„Du hast mich schon wieder versetzt“, sagte das Flusspferd vorwurfsvoll zur Maus. „Das war jetzt schon das dritte Mal in diesem Monat.“

„Wirklich? Ich habe gar nicht mitgezählt …“

„Dauernd bleibst du irgendwo hängen. So wie neulich, als dir dieses Chamäleon begegnet ist und du unbedingt von ihm lernen wolltest, wie du dein Fell grün färben kannst.“

„Stimmt. Hat leider nicht funktioniert.“

„Und vorletzte Woche hast du dich von den Elefanten in eine philosophische Debatte verwickeln lassen. Über die Relativität von Groß und Klein. Du bist drei Stunden zu spät gekommen.“

„Ja. Aber diesmal ist es ganz anders“, entgegnete die Maus fröhlich, „denn diese Giraffe singt. Genau wie wir. Und sie kann mit mehreren Stimmen gleichzeitig singen. Das ist fantastisch!“

„Trotzdem könntest du dich wenigstens bei mir entschuldigen.“

„Na gut, Entschuldigung. Aber findest du nicht auch, dass sie eine wirklich gute Stimme hat? Ich war gerade dabei, sie zu überreden, dass sie einmal mit uns zusammen probt. Was hältst du davon? Sag doch einfach ja!“

Das Flusspferd blickte finster vor sich hin. Es war noch immer sehr gekränkt. Einfach ja sagen kam überhaupt nicht in Frage.

„Äh, vielleicht braucht ihr beiden noch ein bisschen Zeit, um das hier in Ruhe auszudiskutieren“, meinte die Giraffe vorsichtig. „Ich könnte ja so lange spazieren gehen ...“

Dieses große, schlecht gelaunte Tier machte ihr Angst. Am liebsten wäre sie sofort zwischen den Bäumen verschwunden.

Das Flusspferd betrachtete die Giraffe und merkte, wie sein Ärger verflog. Es stellte fest, dass ihm diese neue Bekanntschaft wirklich sympathisch war. Ein wenig scheu vielleicht. Doch dies, da war es sich sicher, würde sich in der Gesellschaft der Maus bald ändern. Und eine gute Sängerin war bestimmt eine Bereicherung für ihren Chor.

„Nein, schon gut“, meinte es und klang auf einmal ganz freundlich. „Das musst du nicht so ernst nehmen. Wir sind eigentlich schon fertig mit unserem Streit.“

Es deutete auf die Maus und grinste.

„Ich kann ihr nämlich leider nie lange böse sein. Und ich freue mich sehr, dich kennenzulernen. Du klingst wirklich toll, wenn du singst. Ich finde auch, wir sollten unbedingt mal etwas gemeinsam machen. Hättest du Lust?“

Die Giraffe hatte Herzklopfen. Schon zum zweiten Mal innerhalb kurzer Zeit hatte sie ein Kompliment zu ihrer Stimme bekommen. Und jetzt auch noch eine aufregende Einladung.

„Ich glaube schon“, sagte sie.

„Super.“ Die Maus war zufrieden. Doch im Grunde hatte sie auch nichts anderes erwartet. „Was haltet ihr davon, wenn wir uns gleich morgen treffen?“

Und so ergab es sich recht bald, dass die drei einen Chor bildeten. Das Flusspferd sang Bass, die Maus Sopran und die Giraffe, deren Stimmbänder wegen des langen Halses gut ausgebildet waren, sang alle anderen Stimmen. Bald komponierte sie auch die meisten der Melodien und die Maus machte die Texte dazu.

Irgendwann beschlossen sie, dem Chor einen Namen zu geben. Sie nannten sich „Der Dreig'sang vom Wald" und träumten davon, berühmt zu werden. Einmal wäre es ihnen sogar fast gelungen. Aber das ist eine andere Geschichte.

Man könnte also sagen, dass es so begann. Allerdings begann es auch an anderen Orten. Weit entfernt, am Fuße der Berge zum Beispiel.

Dort war es mitten im Winter. Schnee fiel in dichten Flocken. Er überzog die Landschaft mit einem weißen Vlies, legte sich schwer auf die Äste der Fichten und Tannen und bedeckte das Dach des Kuhstalls mit einer dicken Haube. Drinnen war gerade Fütterungszeit. Die Bäuerin ließ einen großen Berg Heu durch die Luke der Tenne nach unten fallen und schob es dann den Kühen hin. Die standen an ihren Plätzen, eine neben der anderen, und kauten zufrieden. Mehr als alles andere schätzen Kühe einen geregelten Tagesablauf mit pünktlichen Mahlzeiten. Besonders zu dieser Jahreszeit.

Ganz am Ende der Reihe blickte eine von ihnen aus dem Stallfenster und betrachtete mürrisch das Schneegestöber. In ihren vier Mägen, die bei Kühen auch für das Gefühlsleben zuständig sind, verdichtete sich die Erkenntnis, dass sie gerade wieder ihre Winterdepression bekam.

Sie konnte diese Jahreszeit nicht ausstehen. Es war kalt und dunkel. Sie musste immer im Stall stehen, konnte sich nicht draußen die Beine vertreten und die anderen Kühe gingen ihr auf die Nerven.

Eine Windbö blies über das Dach und fegte einen Schleier aus Schneekristallen herunter. Er wehte am Fenster vorbei und verlor sich im Dämmerlicht der weißen, stillen Landschaft. Die Kuh seufzte. Schließlich senkte auch sie den Kopf und vergrub ihre Nase im duftenden Heu. Es roch nach Sommer und weckte sehnsüchtige Erinnerungen. An die große Weide, an Sonne und frische Kräuter. Vor allem aber an diese unglaublich interessanten Gespräche.

Sie seufzte wieder. Bis dahin, das wusste sie, würde es noch eine ganze Weile dauern.

Es begann auch in der Ruine eines abgelegenen, verfallenen Klosters, welches schon so lange nicht mehr bewohnt war, dass im hohen Gras nur noch ein paar Grundmauern zu erkennen waren. Jetzt lebten hier die grauen Katzen.

Kurz vor der Abenddämmerung erschienen sie lautlos zwischen den bemoosten Steinblöcken und ließen sich schweigend auf den Überresten einer niedrigen Mauer nieder.

Still und bewegungslos saßen sie nebeneinander in einer Reihe. Es sah sehr feierlich aus. Alle hatten die Augen geschlossen.

Auf den ersten Blick wirkte es, als ob sie dösten. Bei näherem Hinsehen jedoch konnte man die Konzentration in ihren Körpern wahrnehmen. Sie war so intensiv, dass die Abendluft in ihrer Nähe zu vibrieren schien.

Eine von ihnen hatte die Augen fest zusammengekniffen. Sie wirkte nicht ganz so entspannt wie die anderen. Irgendwann atmete sie dreimal tief ein und aus. Dann öffnete sie ihre Augen und blickte sich um.

Sie stellte fest, dass sie alleine auf der Mauer saß. Die anderen Katzen waren verschwunden.

Sie hob eine Tatze und wedelte damit vor ihren Augen hin und her. Was sie sah, schien ihr nicht zu gefallen.

„Mist“, sagte sie enttäuscht, „hat schon wieder nicht funktioniert.“ Deprimiert starrte sie vor sich hin.

„Aus Rückschlägen lernst du manchmal mehr als aus Erfolgen“, meinte eine körperlose Stimme hinter ihr.

„Ich weiß“, antwortete die Katze mutlos, „das hast du jetzt schon genau vierunddreißig Mal zu mir gesagt.“

„Oh. Tatsächlich?“ Die Stimme schwieg eine Weile. Dann sagte sie: „Nun, vielleicht ist dies einfach nicht die richtige Übungsform für dich. Wahrscheinlich musst du die Sache auf andere Weise lernen."

„Auf welche Weise denn?"

„Wir werden sehen. Darüber muss ich erst ein wenig meditieren."

Und schließlich begann es auch in einem kunstvoll gebauten Nest, das stabil in den Zweigen einer hohen Buche verankert war. Dort saß eine Rabin auf ihrem Gelege. Es bestand aus zwei Eiern, die sie sorgfältig mit ihrem Gefieder bedeckt hielt, um sie zu wärmen.

Es war bereits später Vormittag. Normalerweise hätte sie um diese Zeit bereits ihr zweites Frühstück eingenommen. Heute jedoch war sie gerade erst aufgewacht. Und mit dem Frühstück würde sie ebenfalls noch eine ganze Weile warten müssen. Oder es am besten einfach weglassen. Es würde vermutlich noch Stunden dauern, bevor sie irgendetwas Essbares zu sich nehmen könnte. Ihr Magen fühlte sich gar nicht gut an und in ihren Därmen rumorte es laut.

Ein Sonnenstrahl schob sich durchs Geäst und beschien das Nest. Die Rabin stöhnte auf und schloss ihre Augen. Das grelle Licht blendete sie und ihre Kopfschmerzen waren fast nicht mehr zu ertragen. Wie gerne hätte sie sich jetzt an einen schattigen Ort zurückgezogen. Doch es war ihr klar, dass sie ihre Eier im Moment auf keinen Fall verlassen durfte.

Dabei war es ihr nur ein geringer Trost zu wissen, dass es einigen anderen Artgenossen vermutlich gerade ebenso erging. Ein alter, erfahrener Rabe hatte sie noch gewarnt. Doch diese großen, überreifen Waldbeeren waren gestern einfach zu verlockend gewesen. Sie waren unglaublich weich, saftig und süß und alle Raben hatten sich darauf gestürzt und sich den Magen vollgeschlagen, auch wenn ein eigenartiger Duft von ihnen aufgestiegen war.

Danach waren einige alberne Dinge passiert. Ein paar Raben hatten versucht, wie Amseln zu flöten. Die anderen hatten sie angefeuert und laut gekrächzt. Einer von ihnen hatte dabei auf dem Rücken gelegen und hingebungsvoll mit den Flügeln auf den Boden getrommelt. Andere waren herumgetorkelt, während sie versuchten, zu tanzen.

Sie selbst war ziemlich bald wieder zu ihrem Nest zurückgeflogen und hatte sich auf ihr Gelege gesetzt. Allerdings hatte sie dort gespürt, dass alles um sie herum seltsam hin und her schwankte. Außerdem hatte sie einen Schluckauf bekommen.

Zumindest glaubte sie, dass es sich so abgespielt hatte. Ganz sicher war sie sich nicht. Ihre Erinnerung an den gestrigen Abend war aus irgendeinem Grund etwas verschwommen.

Die Rabin rülpste leise und steckte gequält ihren Kopf unter den Flügel, um die Sonne nicht mehr sehen zu müssen. Sie hoffte, dass ihre Brut durch dieses Abenteuer keinen Schaden genommen hatte. Doch sie hätte sich keine Sorgen machen müssen: Den beiden kleinen Wesen, die in ihren Eiern schliefen, waren die Zustände ihrer Mutter herzlich egal. Sie fühlten sich sicher und geborgen und waren rundum zufrieden. Hauptsache, sie hatten es warm.

Fliegen lernen

Eines Morgens, als die Giraffe aufwachte, waren ihr über Nacht auf dem Rücken zwei kleine Flügel gewachsen.

„Schau mal, was ich bekommen habe", sagte sie erstaunt zur Maus. Diese kletterte auf den Giraffenrücken und sah sich die Flügel an.

„Cool", meinte sie. „Sind irgendwie ein bisschen klein, aber vielleicht wachsen sie ja noch."

Und so war es tatsächlich. Jeden Tag wuchsen die Flügel ein wenig weiter, bis sie nach ungefähr einer Woche schön groß und ausgewachsen waren. Sie hatten ein hübsches Netzgiraffen-Muster und ließen sich praktischerweise zusammenfalten, sodass sie die Giraffe nicht störten, wenn sie zwischen den Bäumen hindurchging. Ab und zu suchte sie sich eine Stelle in der Landschaft, an der es viel Platz gab. Dort breitete sie die Flügel vorsichtig aus und drehte ihren langen Hals so, dass sie sie gut betrachten konnte. Manchmal schlug sie auch ein bisschen damit – das machte immer so ein schönes, wildes Geräusch und angenehmen Wind.

„Ich finde ja, du solltest sie langsam mal benutzen", sagte die Maus ein paar Tage später. „Gerade jetzt, wo das Flusspferd weggegangen ist, um Verwandte zu besuchen, und die Chorprobe ausfällt. Es wäre eine gute Gelegenheit."

„Die Flügel benutzen? Aber das mache ich doch schon", erwiderte die Giraffe erstaunt.

„Nein, ich meine so richtig damit fliegen – wie ein Vogel!"

„Ich hab aber keine Ahnung, wie das geht."

„Dann müssen wir halt jemanden fragen, der das kann. Ich weiß auch schon, wen." Die Maus deutete hinüber zum Fluss, wo ein paar Störche durch das Schilf staksten.

„Die da drüben zum Beispiel. Langer Hals, lange Beine. Und Flügel. Fast wie du. Passt doch, oder?"

Die Giraffe zögerte. „Meinst du wirklich? Ich weiß nicht so recht. Du kennst mich doch, ich bin ein bisschen schüchtern." Sie seufzte. „Ich werde bestimmt kein Wort rauskriegen."

„Das macht nichts. Dafür hast du ja mich."

Die Störche waren damit beschäftigt, mit ihren langen Schnäbeln nach Fröschen und anderen kleinen Tieren zu picken.

„He! Hallo! Ihr da! Kann mal jemand von euch hier rüberkommen? Wir haben eine wichtige Frage!", schrie die Maus und sprang auf und ab, um sich bemerkbar zu machen.

Die Störche blickten auf. Sie schienen sich zu beraten. Dann näherte sich einer von ihnen. Er wirkte hochnäsig und etwas verschlagen. Mit schiefem Kopf beäugte er zuerst die Giraffe, die verlegen von einem ihrer langen Beine auf das andere trat. Dann senkte er seinen Schnabel zur Maus hinunter und meinte anzüglich: „Du siehst wirklich lecker aus."

Die Maus griff nach einem kräftigen Ast und schwang ihn drohend hin und her. „Wenn du mich fressen willst, haue ich dir eine runter", sagte sie.

Der Storch wich verblüfft zurück. Dass eine potentielle Mahlzeit drohte, ihn zu schlagen, hatte er bisher noch nicht erlebt. Hektisch durchsuchte er seine Storchenerfahrungen nach etwas, das ihm sagte, wie er sich jetzt verhalten sollte. Er fand nichts. Das war ihm peinlich, vor allem, weil er sah, wie alle anderen Störche sehr gespannt und interessiert herüberstarrten. Vor ihnen wollte er keinesfalls sein Gesicht verlieren.

„Ist die immer so?", fragte er schließlich die Giraffe und deutete auf die Maus. Dabei bemühte er sich, möglichst lässig zu wirken. Er wollte sich zumindest den Anschein von Souveränität zu geben.

„Immer", antwortete diese.

„Und … macht sie das dann auch – ich meine, du weißt schon. Was sie da gerade gesagt hat?"

„Immer", bestätigte die Giraffe mit großem Ernst.

„Ah ja." Er räusperte sich. „Also gut. Äh. Was wolltet ihr gleich wieder fragen?"

„Wir wollten wissen, wie das mit dem Fliegen geht."

Die Maus senkte ihren Ast, hielt ihn aber weiterhin fest in den Pfoten.

Der Storch sah auf einmal die Möglichkeit, wie er leidlich würdevoll aus dieser Sache herauskommen konnte. Er ergriff seine Chance.

„Mit dem Fliegen – ja. Äh. Ist eigentlich ganz einfach. Du drückst dich vom Boden weg, also notfalls springst du ein bisschen in die Höhe – so … und dann schlägst du mit den Flügeln – so … und streckst den Hals nach vorn und schlägst weiter mit den Flügeln – so …"

Er hob vom Boden ab.

„… und dann kannst du zum Beispiel einen Kreis fliegen und … oh, tut mir leid, ich werde dringend da hinten gebraucht. Keine Zeit mehr. Aber ihr habt es ja jetzt gesehen, also macht es gut und viel Erfolg!"

Damit flog er hastig davon. Die beiden blickten ihm skeptisch nach. Sie schwiegen eine Zeit lang.

„Na ja", sagte die Maus schließlich. „Besser als nichts."

Es funktionierte nicht.

Die Giraffe konnte noch so sehr in die Luft springen, ihren Hals vorstrecken und mit den Flügeln schlagen – sie landete immer wieder auf dem Boden. Mehrmals fiel sie dabei auf ihr Hinterteil und holte sich blaue Flecken. Die Störche beobachteten sie aus der Ferne und steckten die Köpfe zusammen. Das war ihr unangenehm.

„Ich habe keine Lust mehr", sagte sie schließlich missmutig. „Und Hunger hab ich auch. Ich such mir jetzt etwas zu fressen und dann will ich schlafen."

Sie trottete davon. Die Maus sah ihr nach und seufzte enttäuscht. Sie nahm ihren Ast und schwenkte ihn in Richtung der Störche. Einige von ihnen traten vorsichtig ein paar Schritte zurück.

„Ihr könnt vielleicht fliegen", rief sie ihnen ärgerlich zu, „aber im Erklären seid ihr wirklich totale Nieten!"

Am nächsten Morgen hing ein Zettel an dem Baum, unter dem die Giraffe geschlafen hatte.

„Liebe Giraffe“, stand darauf, „ich bin weg und will etwas über das Fliegen herausfinden. Warte auf mich. Mittags bin ich zurück. Viele Grüße, Maus.“

Als die Maus gegen Mittag wiederkam, trug sie eine Fliegerbrille und eine Mütze mit Ohrenklappen. Sie strahlte und rief schon von Weitem: „Jetzt weiß ich, wie es geht!“

„Wo warst du denn?“, fragte die Giraffe.

„Ich war auf dem Flugplatz der Menschen und habe nachgesehen, wie sie fliegen. Die machen es ganz anders als der Storch. Wir brauchen eine Sandpiste und auf der musst du so schnell rennen, wie du kannst. Irgendwann hebst du dann ab und fliegst. Auf dem Flugplatz sah es ganz einfach aus. Ich bin mir sicher, das funktioniert auch bei dir.“

Die Giraffe betrachtete ihre Freundin kritisch.

„Warum hast du so komische Sachen an? Muss ich so was auch tragen?“

„Nein, das brauchen nur die Pilotinnen. Sie setzen sich damit in den Kopf des Flugzeugs und halten sich an seinen Hörnern fest. Sie nennen sie Steuerknüppel.“

„Das ist aber ein seltsamer Name für Giraffenhörner.“

„Ach, du weißt ja, wie seltsam die Menschen manchmal sind. Ist doch egal. Komm, lass uns eine Piste suchen.“

Sie fanden eine Stelle in der Savanne, wo es sandig und eben war und kaum etwas wuchs. Nur ein einziger kahler Baum stand da, aber der würde nicht groß stören. Die Giraffe stellte sich an den Start. Hitze waberte am Horizont. Die Luft flirrte. Die Maus kletterte auf ihren Kopf und hielt sich an den Hörnern fest.

„Los geht's“, schrie sie begeistert. „Ready for take-off!“

Die Giraffe, die gerade losrennen wollte, blieb stehen und schielte misstrauisch nach oben.

„Was heißt: ready for take-off?“, fragte sie.

„Keine Ahnung. Ich denke, es ist so eine Art Zauberspruch, damit das Flugzeug wirklich fliegt.“

„Ah, das ist gut. Hoffentlich wirkt er.“

Giraffen sind an Hitze gewöhnt. Es macht ihnen überhaupt nichts aus, unter sengender Sonne schnell zu rennen.

Zumindest nicht am Anfang. Auf den ersten Metern. Danach allerdings …

Glücklicherweise erreichte sie den kahlen Baum, kurz nachdem ihr klar wurde, dass sie bei diesen Temperaturen keinen einzigen weiteren Schritt mehr würde tun können.

Keuchend ließ sie sich in den mageren Schatten fallen. Ihre Beine zitterten. Die Zunge hing ihr aus dem Maul. Langsam legte sich die Staubwolke, die sie aufgewirbelt hatte.

Die Maus kletterte von ihrem Kopf herunter, nahm die Fliegerbrille ab und putzte den Sand von den Gläsern. Hoch über ihnen kreisten ein paar Geier und blickten herunter.

„So wird das nichts“, meinte die Giraffe deprimiert, nachdem sie wieder zu Atem gekommen war. Sie hustete.

„Mein Hals ist ganz trocken. Ich brauche jetzt erst einmal einen Schluck aus dem Wasserloch.“

Die Maus hatte nicht zugehört. Sie lag unter dem Baum, hatte die Pfoten hinter dem Kopf verschränkt und schaute nachdenklich in den Himmel. Die Geier hatten ihre Flügel aufgespannt und schwebten offenbar mühelos. In eleganten Spiralen glitten sie durch die Luft, immer höher und höher. Ab und zu schrien sie.

„Weißt du, diese Geier“, sagte sie versonnen, „die starten doch immer von dem Tafelberg dort drüben. Vielleicht sollten wir da hochsteigen. Am besten noch heute Abend, da ist es nicht mehr so heiß. Und dann können wir morgens gleich loslegen.“

Die Giraffe seufzte. Sie mochte die Maus. Sie waren mittlerweile sehr gut befreundet und sie bewunderte ihre Tatkraft und ihren Optimismus, der offenbar durch nichts zu erschüttern war. Doch gerade im Moment fand sie sie etwas anstrengend. Sie überlegte hin und her.

„Also gut“, stimmte sie schließlich zu. „Dir zuliebe. Weil es dir so wichtig ist. Aber das ist dann wirklich der letzte Versuch. Der allerletzte!“

Die Brille ließ die Maus unter dem Baum zurück. Sie hatte entschieden, dass sie sie zum Fliegen nicht brauchen würde. Die

Mütze nahm sie mit. Sie gefiel ihr und sie fand, dass sie damit cool aussah.[1]

Sie erreichten das Hochplateau, als die Sonne gerade unterging. Die Giraffe knabberte an den wenigen Büschen, die hier oben wuchsen. Die Maus fand ein paar Samen zum Abendbrot.

Es wurde kalt. Sie suchten sich eine Mulde, in der noch ein Rest Wärme vom vergangenen Tag zu spüren war. Über ihnen leuchteten die Sterne. Die Maus holte sich einen Ast (für alle Fälle), klappte die Ohrenklappen herunter und kuschelte sich an den großen, warmen Giraffenkörper.

Später fielen dann noch ein paar Sternschnuppen. Aber da waren beide schon längst eingeschlafen.

Die Maus träumte von einem wilden Sturzflug. Sie klammerte sich an die Giraffenhörner. Der Wind zerrte an ihrer Fliegermütze. Die Ohrenklappen flatterten und schlugen hin und her. Sie schlugen und schlugen und ihre Ohren wurden immer kälter, sodass sie schließlich erwachte. Es dämmerte bereits. Eine Geierin hockte auf dem Rand der Mulde und zupfte an den Ohrenklappen. Sie war sehr groß und sehr, sehr nah. Sie hatte einen gefährlich aussehenden gebogenen Schnabel und starrte aus gelben Augen auf sie herab.

Die Maus griff nach ihrem Ast.

„Wenn du mich fressen willst, haue ich dir eine runter!“, sagte sie.

Einen langen Moment passierte gar nichts. Dann fing die Geierin an zu lachen. Sie lachte so sehr, dass sie dabei auf den

---

1 Die Brille wurde übrigens später von ein paar Termiten gefunden. Sie wussten zunächst nichts mit diesem seltsamen Gegenstand anzufangen, bis einige von ihnen herausfanden, dass das Ding, wenn man es auf eine bestimmte Art in die Sonne legte, eine unglaubliche Hitze erzeugte. Als das dürre Gras in der Nähe ihres Wohnturms in Flammen aufging, hatten sie gelernt, wie man Feuer macht. Im Laufe der nächsten Generationen entwickelten sie sich daraufhin zu einer intelligenten Spezies. Besonders in der Architektur machten sie große Fortschritte. Ihre Bauten aus gebrannten Lehmziegeln wurden sehr berühmt. Aber das ist eine andere Geschichte.

Rücken fiel und dort mit ihren großen Flügeln schlug. Staub wirbelte auf und Federn fielen zu Boden. Sie kreischte so laut, dass auch die Giraffe erwachte und verwundert ihren Kopf aus der Mulde streckte.

„Das ist großartig!", schrie die Geierin und schnappte nach Luft. „Das ist das Beste, was ich seit Langem gehört habe!"

Die Maus war empört. „Die nimmt mich überhaupt nicht ernst", sagte sie gekränkt.

Die Giraffe betrachtete die Geierin und überlegte.

„Vielleicht liegt es daran, dass sie dich gar nicht fressen wollte", meinte sie dann, „denn soviel ich weiß, fressen Geier Tiere nur, wenn sie schon tot sind. Es wird erzählt, dass sie am liebsten ihre Knochen mögen."

„Ach so", sagte die Maus. Und nach einer Pause: „Trotzdem wäre es mir lieber, wenn diesmal du das Fragen übernimmst. Ich mag nicht mit einem Tier reden, das die ganze Zeit über mich lacht."

Die Geierin hatte sich mittlerweile wieder etwas beruhigt. Sie hatte einen der besten Morgen ihres Lebens gehabt und war deshalb – ganz gegen ihre Gewohnheit – bereit, ihre Erfahrungen zu teilen. Schließlich war sie eine Meisterin im Fliegen. Sie inspizierte die Flügel der Giraffe mit kundigem Blick.

„Ein bisschen ungewöhnlich", meinte sie, „aber ja: Es könnte gehen. Sogar mit einer Maus auf dem Kopf."

Sie blickte zur Maus herüber und kicherte.

„Natürlich gibt es keine Garantie", fügte sie streng hinzu. „Aber ich halte es für sehr wahrscheinlich, dass es klappt."

Dann deutete sie auf den Rand des Plateaus.

„Es ist eigentlich gar nicht schwer. Ihr wartet hier so lange, bis die Thermik kommt. Dann springt ihr einfach über den Rand, die Giraffe breitet die Flügel aus und schon fliegt ihr."

Mit diesen Worten drehte sie sich um und hüpfte davon.

„Halt! Warte!", rief die Maus. „Was ist das überhaupt für ein Tier, diese Thermik? Und wie sieht sie eigentlich aus?"

Die Geierin wandte ihnen den Schnabel zu und grinste.

„Ihr werdet sie schon erkennen, wenn es so weit ist", sagte sie. Dann war sie hinter einem Felsen verschwunden.

„Blöder Vogel!“, schimpfte die Maus wütend. „Sagt uns nur die Hälfte. Und die wirklich wichtigen Dinge müssen wir mal wieder selbst herausfinden. – Oder bist du schon einmal einem Tier begegnet, das Thermik heißt?“

„Nein.“ Die Giraffe war ebenfalls ratlos. „Vielleicht lebt diese Thermik nur hier oben. Vielleicht sind wir ihr deswegen noch nie begegnet.“

„Also gut.“ Die Maus atmete tief durch, rückte ihre Fliegermütze zurecht und legte sich den Ast auf die Schulter. „Dann gehe jetzt eben los und schaue, ob ich jemanden finde, der uns sagen kann, wie diese Thermik aussieht. Und du bleibst am besten hier und wartest, o. k.? Könnte ja sein, dass sie vorbeikommt!“

„Ist gut. Viel Erfolg!“, sagte die Giraffe und sah zu, wie sich ihre Freundin mit energischen Schritten entfernte. Dann legte sie sich vorsichtig auf den Rücken, damit sie ihre Flügel nicht zerdrückte, und schaute in den Himmel. Die ersten Strahlen der Morgensonne wärmten ihren Bauch. Sie war noch immer ein bisschen schläfrig und froh, dass sie einfach nur so daliegen konnte und nichts tun musste.

‚Die Maus ist immer so tatkräftig‘, dachte sie. ‚Ich selbst könnte jetzt nicht so einfach losziehen und mit irgendwelchen fremden Tieren sprechen. Das würde ich mich niemals trauen. Oder vielleicht bin ich einfach nur zu langsam. Die Maus hat immer sofort einen Plan. Ich selbst muss da erst eine Weile überlegen. Und bis ich dann eine eigene Idee habe, hat sie ihre Pläne schon längst in die Tat umgesetzt.‘

Sie betrachtete den Himmel, der mittlerweile ein wunderschönes Vormittagsblau angenommen hatte.

‚Aber wenn ich es mir recht überlege‘, dachte sie weiter, ‚ist das eigentlich gar nicht schlimm. Ich bin einfach anders als sie. Das ist nun mal so. Anders sein ist schon in Ordnung.‘

Sie summte ein kleines Lied.

Die Maus hatte mittlerweile sehr schlechte Laune. Sie war kreuz und quer über das Plateau gelaufen. Sie hatte mehrere Kaninchen angesprochen und sogar eine Schlange („wenn du mich fressen willst, haue ich dir eine runter, aber vorher muss ich dich noch etwas fragen"). Danach hatte sie mit einer Grille geredet, mit ein paar anderen Mäusen und schließlich mit einer Spinne. Teilweise hatten sich die Begegnungen etwas schwierig gestaltet. Vor allem zu Beginn mussten häufig erst einmal gewisse kulturelle Unterschiede aufgearbeitet werden: „Nimm sofort den verdammten Ast aus meinem frisch gesponnenen Netz! Was glaubst du eigentlich, wer du bist?" … „Du hast wirklich Glück, dass ich morgens immer etwas steif bin und nicht so schnell kriechen kann. Und dass ich gestern Abend erfolgreich gejagt habe. War übrigens eine Maus – vielleicht eine Verwandte von dir?" … „Bist du ganz sicher, dass du keine von den Spitzmäusen bist, die da drüben wohnen? Wir Grillen hassen Spitzmäuse. Die wollen uns fressen. Und ich kollaboriere unter keinen Umständen mit dem Feind." … und so weiter.

Am Ende jedoch war eines klar: Keines der Tiere, die sie getroffen hatte, kannte die Thermik oder wusste, wie sie aussah.

Schließlich gab sie auf und wanderte zurück. Enttäuscht ließ sie sich neben ihrer Freundin auf den Boden fallen und warf wütend ihren Ast ins Gebüsch.

„Die hat uns angelogen, diese Geierin", meinte sie finster. „Ich glaube, es gibt gar keine Thermik. Und wenn es keine gibt, kann auch keine hier vorbeikommen." Sie schwieg eine Weile, seufzte und fügte dann leise hinzu:

„Weißt du, das mit deinen Flügeln … vielleicht …" – es kostete sie sichtlich Mühe, das auszusprechen – „funktioniert es doch nicht."

Die Giraffe sagte nichts darauf.

„Ich meine … bitte verstehe mich nicht falsch. Die sehen sehr hübsch aus, die Flügel. Sie stehen dir, wirklich. Aber vielleicht sind sie dir einfach nur so gewachsen, verstehst du. Sozusagen zur Zierde. Es könnte doch sein, dass es gar nicht beabsichtigt war, dass du sie zum Fliegen benützt." Sie spielte verlegen mit ihren Ohrenklappen.

Die Giraffe schwieg weiterhin und sah verträumt ins Blaue. Die Maus rutschte nervös hin und her.

„Aber dass du nicht damit fliegen kannst, hat ü-ber-haupt nichts zu bedeuten! Oder anders gesagt, du bist immer noch die netteste Giraffe, die ich kenne! Ich meine, eigentlich kenne ich ja nur dich. Aber falls ich auch noch andere Giraffen kennen würde, wärst du immer noch … also … was ich damit sagen will …“

Sie brach ab, als sie merkte, dass sie sich gerade um Kopf und Kragen redete. Die Giraffe sagte noch immer nichts. Sie schien auch nicht besonders zuzuhören.

Die Maus nahm einen letzten verzweifelten Anlauf.

„Findest du nicht auch, wir sollten diese dumme Thermik vergessen und wieder hinuntersteigen? Uns einfach einen schönen Tag machen. Am Wasserloch zum Beispiel. Oder wir könnten nachsehen, ob das Flusspferde schon wieder da ist, und vielleicht ein wenig gemeinsam singen. Was hältst du davon?“

Die Giraffe wiegte den Kopf hin und her.

„Hm“, sagte sie. Und nach einer Weile: „Weißt du, eigentlich ist es doch ganz schön hier oben. Ich finde, wir sollten noch ein bisschen warten.“

„Warten? Worauf denn?“

„Ich weiß auch nicht. Einfach warten eben.“

Die Maus war erstaunt. Es kam nicht oft vor, dass die Giraffe anderer Meinung war als sie selbst. Sie hatte die Erfahrung gemacht, dass sie meistens überhaupt keine Meinung hatte, sondern einfach mitmachte, wenn die Maus etwas vorschlug. Überhaupt kam sie ihr heute irgendwie seltsam vor. So ruhig. So gelassen. Fast glücklich.

„Na gut“, sagte sie etwas verwundert. „Wenn du meinst.“

Also warteten sie.

Die Maus holte sich ihren Ast zurück und begann, im Staub zu zeichnen. Sie zeichnete ein paar Mäuse, eine davon mit Fliegermütze. Dann ein Spinnennetz mit einer Spinne darin und einen Baum, unter dem eine Giraffe stand. Schließlich zeichnete sie auch einen großen Vogel mit einem gebogenen Schnabel – und wischte ihn dann ärgerlich wieder weg.

Die Giraffe tat gar nichts. Sie sah sich einfach nur die Aussicht an. Noch nie war sie an einem Ort gewesen, an dem sie so weit ins Land schauen konnte. Sie sah die Sandpiste und den kahlen Baum. Beides sah sehr klein aus. Sie betrachtete den Fluss, der sich durch die Ebene schlängelte und an dem bereits wieder die Störche als winzige Gestalten ihren Storchenangelegenheiten nachgingen. Weit weg in der Ferne lärmten die Menschen mit ihren Flugzeugen. Ansonsten war es still.

Die Sonne stieg höher. Etwas veränderte sich. Wärme begann an den Hängen des Berges aufzusteigen. Die Aussicht begann, in vielen kleinen Wellen zu verschwimmen.

Die Giraffe hob den Kopf. Mit einem Mal war sie hellwach. Sie stand auf, ging zum Rand des Berges und bog ihren langen Hals nach vorne, um hinunterzusehen. Es war schrecklich weit bis zum Boden. Aber von unten kam ein stetiger, warmer Luftstrom – und das war aus irgendeinem Grund sehr beruhigend.

‚Ich glaube, es stimmt', dachte sie. ‚Die Geierin hatte Recht. Es ist wirklich ganz einfach.'

Sie entfaltete ihre Flügel und schüttelte sie aus. Ihr Herz klopfte plötzlich sehr stark.

„Komm", rief sie, „es ist so weit. Die Thermik ist da!"

„Wo denn?", fragte die Maus.

„Da vorne. Sie klettert gerade den Berg hinauf! Man kann sie eigentlich kaum sehen. Aber dafür umso deutlicher spüren."

Die Maus betrachtete die wabernde Luft. Hinter dem Rand des Tafelberges segelte die Geierin vorbei. Sie nickte ihnen auffordernd zu.

„Worauf wartet ihr noch?", rief sie. „Besser wird's nicht!"

„Das hättest du auch gleich sagen können, dass die Thermik durchsichtig ist!", schrie die Maus zurück – aber die Geierin war schon dabei, sich in großen, majestätischen Spiralen in die Höhe zu schrauben. Kurz darauf war sie nur noch ein kleiner Punkt am Himmel.

Die Maus setzte ihre Mütze auf und zog die Ohrenklappen fest. Dann kletterte sie den Giraffenhals hinauf, sah auf die Ebene hinunter – und schluckte.

Normalerweise genoss sie es, hoch oben auf dem Kopf der Giraffe zu sitzen. Doch das, was sie nun erblickte, war ein ganz anderes

Hoch-Oben: ein fremdes, mächtiges und gnadenloses Hoch-Oben. Eines, das sie sehnsüchtig an ein Mauseloch denken ließ. Mit beruhigend niedrigen Decken und fester Erde unter den Pfoten.

„Äh … und du bist wirklich sicher, dass das da vorne die Thermik ist?"

Sie merkte, dass ihre Stimme zitterte.

„Ganz sicher. Außerdem hast du ja gehört, was die Geierin gerade gesagt hat."

Auch die Giraffe fürchtete sich ein wenig. Doch gleichzeitig spürte sie etwas Wildes und Wagemutiges und Entschiedenes in ihrem Inneren aufsteigen. Jetzt war es so weit. Jetzt gab es kein Zurück mehr. Ihr Herz schlug den ganzen langen Hals hinauf.

‚So ungefähr muss es der Maus gehen, wenn sie ihren Ast schwingt', dachte sie.

„Jetzt weiß ich endlich, wie es dir geht, wenn du deinen Ast schwingst", sagte sie.

„Ja. Schön für dich", flüsterte die Maus. Sie hatte die Augen fest zugekniffen und hielt sich mit aller Kraft an den Giraffenhörnern fest.

Die Giraffe machte ein paar Schritte zurück, damit sie Anlauf nehmen konnte. Ihre Flügel pulsierten. Sie hätte jetzt gerne laut geschrien – was leider nicht möglich war, denn sie konnte zwar gut singen, aber nicht besonders gut schreien. Doch das war nicht so schlimm, denn schließlich gab es ja noch die Pilotin.

„Wenn ich über den Rand springe, musst du ganz laut schreien", forderte sie ihre Freundin auf.

„Ist gut", flüsterte die Maus. Und nach einer kurzen Pause:

„Ich glaube, ich kann nicht mehr warten. Ich muss schon jetzt damit anfangen."

Sie holte tief Luft und begann, aus vollem Hals zu schreien. Sie schrie und schrie und konnte nicht mehr aufhören. Und weil sie währenddessen weiterhin ihre Augen fest zugekniffen hatte, verpasste sie den Moment, in dem die Giraffe losrannte und wagemutig über den Rand sprang. Dabei breitete sie ihre Flügel aus, spürte, wie die Thermik sie sanft und gleichzeitig kräftig in die Höhe hob, und dann … konnte sie tatsächlich fliegen.

Seit einiger Zeit haben sich die anderen Tiere daran gewöhnt, dass immer wieder ein etwas seltsamer Vogel vom Tafelberg aus startet, eine Zeit lang über ihnen (oder mit ihnen) kreist, um schließlich irgendwo zu landen und dann in einer Staubfahne davon zu galoppieren.

Sie fliegen nicht jeden Tag. Nur an Geburtstagen. Und an Jahrestagen. Und wenn sie etwas zu feiern haben. Zum Beispiel feiern sie: eine Woche nach dem ersten Flug. Eine Woche und einen Tag nach dem ersten Flug. Oder dass sie jetzt schon drei (vier … fünf … sechs …) Tage hintereinander geflogen sind.

Die Giraffe ist mittlerweile mit der Thermik genauso vertraut wie mit den Bäumen. Sie kann schon wunderbare Kreise fliegen und überlegt, ob sie einmal einen Looping versuchen sollte.

Die Maus schreit und jauchzt beim Fliegen aus vollem Hals. Manchmal ruft sie auch: „Ready for take-off!" – nur so zum Spaß, obwohl sie mittlerweile weiß, dass dieser Spruch eigentlich gar nicht so wichtig fürs Fliegen ist.

Und dass sie beim allerersten Flug ganz laut „Hilfeeeeee!!" geschrien haben soll, ist natürlich nur ein böses Gerücht, das die Geierin verbreitet und das man auf keinen Fall glauben darf.

Wie die Kuh einmal ihre Ruhe hatte und die Schildkröte Vollpension bekam

Die Weide lag still im Frühlingslicht. Gräser und Kräuter waren schon kräftig gewachsen und schwankten im Wind. Der Zaun war repariert. Gestern war ein Traktor gekommen und hatte in der Mitte einen Wasserwagen abgestellt. Fliegen summten um ihn herum, frisch geschlüpft und erwartungsvoll. Etwas in ihren Genen verhieß ihnen leckere Mahlzeiten in Form von Kuhfladen. Sie beobachteten eine Herde Kühe, die langsam, aber zielstrebig auf sie zukam. Sie wussten, jetzt konnte es nicht mehr lange dauern.

Nicht weit davon entfernt – doch gleichzeitig könnte man sagen, in einer anderen Dimension – ging die lange Reise durch einen tiefen und ruhigen, nennen wir es einmal: Traum sanft zu Ende. In kleinen Wellen schwappten letzte Traumausläufer an die Küste des Hier und Jetzt. Das Hier und Jetzt bestand aus warmer, sandiger Erde, verrottetem Laub, Vogelgezwitscher und dem eigenen knurrenden Magen. Die Schildkröte grub sich aus ihrem geschützten Ruheplatz und blinzelte in die Sonne.

Schildkröten fühlen sich in der Dimension der Traumzeit genauso zu Hause wie an dem Ort, den viele „Wirklichkeit" nennen. 220 Millionen Jahre Erfahrung als Spezies auf diesem Planeten haben sie gelehrt, sich in verschiedenen Dimensionen zu bewegen und relativ mühelos von der einen in die andere zu gleiten. Besonders zu bestimmten Zeiten.

Die Schildkröte stellte fest, dass sie jetzt gerade aus ihrer Winterruhe-Traumzeit in die warme Zeit hinübergewechselt war, die sie oft als etwas anstrengend empfand. In der Traumzeit bewegte sie sich leicht und schwerelos, konnte von einem Ort zum anderen wechseln, einfach so. Hier jedoch kam sie nur langsam voran und musste immer ihren Panzer mit sich herumtragen. Das war mühsam und sie ärgerte sich oft darüber. Aber es half nichts. Sie wusste aus Erfahrung, dass ihr der nächste Übergang in die Schwerelosigkeit erst wieder im Herbst gelingen würde.

Sie schaufelte sich frei, kletterte die sandige Böschung hinab und fluchte, als sich ihr Panzer in einer Wurzel verhedderte. Langsam bahnte sie sich ihren Weg durch das Gebüsch und dachte dabei an Löwenzahn. Kleine Bruchstücke des Traums tanzten noch immer am Rande ihres Bewusstseins. Sie hatten irgendetwas mit Wasser zu tun. Und eigenartigerweise auch mit Buchstaben.

Die Kühe drängelten sich am Tor zur Weide. Mutterkühe, Jungkühe und Kälber, alle waren froh um das frische Futter und darüber, sich nach dem langen Winter endlich wieder die Beine vertreten zu können. Die Kälber, die das alles zum ersten Mal erlebten, hüpften und sprangen übermütig herum. Die Stimmung in der Herde war so gut, wie sie sein konnte.

Nur eine Kuh trödelte hinterher und hielt sich abseits. Während die anderen Kühe gemeinsam ihre Köpfe in die Gräser und Blumen senkten, suchte sie sich eine Stelle zum Grasen, die möglichst weit weg von den anderen lag.

Eine Zeit lang war nichts anderes zu hören als konzentriertes Rupfen und Kauen. Irgendwann gesellte sich ein leises, schabendes Geräusch dazu. Im hohen Gras bildete sich ein schmaler Trampelpfad, der sich langsam, aber zielstrebig über die Wiese schlängelte, bis er die Kuh erreicht hatte.

„Guten Morgen“, sagte eine Stimme direkt neben ihrem rechten Nasenloch.

Die Kuh drehte den Kopf.

„Ach du bist es“, sagte sie erfreut. „Willkommen im Frühling! Ich hatte schon gehofft, dass du aufgewacht bist. Wie war dein Winter?“

„Hab die meiste Zeit geschlafen.“ Die Schildkröte gähnte. „Und jetzt bin ich hungrig. Wie war es bei dir?“

Die Kuh seufzte.

„Nichts gegen den Winter im Stall“, meinte sie. „Wir werden versorgt, es wird regelmäßig ausgemistet und wir bekommen Vollpension. Aber diese Enge da drin – das wird irgendwann unerträglich! Dauernd hörst du neben dir eine andere schnaufen oder wiederkäuen. Es gibt überhaupt keine Privatsphäre!"

Sie deutete mit ihren Hörnern hinüber zum Rest der Herde.

„Schau sie dir doch an. Immer hängen sie zusammen herum, ratschen und tratschen und klingeln mit ihren Glocken. Und ihre Gespräche drehen sich nur ums Fressen und darum, welche wohl die nächste Leitkuh werden soll. Sie sind einfach so langweilig!"

Sie schüttelte den Kopf, um ein paar lästige Fliegen zu vertreiben.

Die Schildkröte kaute an einem Grashalm.

„Also ich hätte schon gerne einmal Vollpension", meinte sie versonnen. „Einfach jeden Tag etwas Leckeres hingelegt bekommen – das wäre wunderbar! Ich muss mein Essen immer selber suchen. Und du weißt ja, wie langsam ich bin."

„Ja, verstehe ich. Aber glaube mir, dir würden die anderen Kühe genauso auf die Nerven gehen wie mir. Für die bist du viel zu klug und zu interessant. Mit dir kann man sich immer so gut unterhalten, über alles Mögliche. Mit dir ist es nie langweilig!"

„Na ja …", meinte die Schildkröte geschmeichelt.

Danach sprachen sie erst mal nichts mehr. Die Kuh folgte den Grasbüscheln und die Schildkröte machte sich über ausgesuchte Kräuter her. Die Sonne hatte ihren höchsten Punkt überschritten. Am Nachmittag gab es einen kurzen Regenschauer. Vögel zwitscherten in der Hecke. Die restlichen Kühe waren weit entfernt in einer Senke verschwunden. Es war sehr ruhig und friedlich.

Die Kuh ließ sich nieder und döste. Die Schildkröte suchte sich einen trockenen Platz und döste ebenfalls. So verbrachten sie ein paar Stunden in gemütlichem, freundschaftlichem Schweigen und genossen die Stille.

Schildkröten, so heißt es, sind eigenbrötlerisch und verschroben. Sie sind gerne für sich, bleiben am liebsten zu Hause und laden auch so gut wie nie jemanden zu Kaffee und Kuchen ein.

Das sind natürlich Vorurteile.

Diese Schildkröte zum Beispiel war kontaktfreudig, neugierig und kreativ. Sie hatte ihren Panzer liebevoll möbliert, Bilder an die Wände gehängt und war auch auf Gäste eingerichtet. So besaß sie unter anderem einen Tisch mit Tischdecke, mehrere Stühle und ein sechzehnteiliges Kaffeeservice im Küchenschrank, auf das sie sehr stolz war.

Leider war sie noch nie dazu gekommen, es zu benutzen, denn die anderen Schildkröten, die im Umkreis lebten, waren eigenbrötlerisch und verschroben, luden nie jemanden zu sich ein und blieben am liebsten zu Hause.

Die Schildkröte versuchte, es mit Fassung zu tragen. Sie wusste längst, dass Jammern in so einem Fall nichts nützte. Da sie von ihren Artgenossinnen nicht besucht wurde, hatte sie sich ein wenig umgesehen, neue Kontakte geknüpft und dabei über den üblichen Schildkröten-Tellerrand geblickt. Sie hatte festgestellt, dass sich jenseits dieses Tellerrands eine große und faszinierende Welt erstreckte. Dort lebten zum Beispiel Kühe in Herden und waren so gut wie nie alleine. Das fand sie sehr interessant.

Die Kuh ihrerseits kannte zwar nur den Blick bis zum Weidezaun, doch auch sie hatte bereits ein paar wichtige Dinge gelernt. Zum Beispiel dies: Dass Kühe Herdentiere sind und sich in der Gesellschaft anderer Kühe am wohlsten fühlten, traf vielleicht auf die anderen Kühe zu, aber nicht auf sie selbst. Offenbar konnte es passieren, dass es in einer Herde auch einmal eine Kuh gab, die anders war als die anderen – so wie in ihrem Fall. Die Herde ging ihr auf die Nerven. Daher blieb sie gerne für sich und hatte am liebsten ihre Ruhe.

Dass sie die Schildkröte getroffen hatte, empfand sie dagegen als großes Glück. In ihr hatte sie endlich eine Gesprächspartnerin gefunden, mit der sie auch über andere Dinge reden konnte als über Fressen und Wiederkäuen. Mit ihr war es immer so interessant. Außerdem fand sie es sehr beeindruckend, dass die Schildkröte ein Haus ganz für sich alleine hatte. So etwas hätte sie auch gerne gehabt.

Und schließlich gab es mit der Schildkröte nicht nur die interessanten Gespräche, sondern auch das interessante Schweigen. Denn im Gegensatz zu den anderen Kühen kannte sich die Schildkröte sehr gut mit Privatsphäre aus und ließ die Kuh auch immer mal in Ruhe.

Es wurde Abend und die Sonne versank hinter dem Hügel. Die anderen Kühe begannen, langsam zum Tor zu wandern. Die Schildkröte sah ihnen zu.

„Jetzt wird's wohl langsam Zeit für dich", sagte sie und deutete hinüber.

„Ja, leider." Die Kuh seufzte. „Aber morgen dürfen wir wiederkommen. Ich freue mich schon!"

Sie verabschiedete sich und trottete mit den anderen zurück in den Stall.

Als die Kühe fort waren, zog sich die Schildkröte in ihren Panzer zurück. Sie wollte ein bisschen sauber machen, damit ihr Zuhause nach der Winterruhe wieder gemütlich und bewohnbar wurde.

Sie betrat ihre Küche und holte das Staubtuch aus der Schublade. Ihr Blick fiel auf den Küchentisch. Dort lag ein flacher schwarzer Kasten, den sie noch nie gesehen hatte. Im vergangenen Herbst war er jedenfalls noch nicht dort gewesen.[2]

Neugierig klappte sie den Deckel auf. Der Kasten erwachte zum Leben. Ein paar Lichter blinkten, ein Ventilator surrte, dann leuchtete der hochgeklappte Deckel auf und eine Schildkröte erschien an seinem linken Rand. Sie wirkte sehr alt und hatte einen etwas mürrischen Gesichtsausdruck. Langsam kroch sie in die Mitte des Bildschirms, drehte dann den Kopf, sodass sie die Betrachterin direkt anblickte und sagte:

---

2 Dies war nichts Ungewöhnliches. Es kam immer wieder vor, dass beim Dimensionswechsel Dinge aus der Traumzeit in die sogenannte Wirklichkeit schwappten. So hatte sie in der Vergangenheit beim Aufwachen schon etliche Male seltsame Gegenstände in ihrem Panzer entdeckt, beispielsweise eine riesige Rohrzange, einen sehr eigenartig geformten goldenen Kerzenleuchter und einmal sogar ein Fünf-Gänge-Menü für zwanzig Personen. Die Rohrzange war dann in den Werkzeugkasten gewandert – man konnte ja nie wissen. Das Menü war leider nicht für Vegetarierinnen geeignet, aber die Füchse hatten sich sehr darüber gefreut. Den eigenartigen Kerzenleuchter hatte sie unter die Spüle geräumt, wo er eine Zeit lang ein unbeachtetes Dasein fristete. Dann jedoch hatte er einen großen und viel beachteten Auftritt. Aber das ist eine andere Geschichte.

„Willkommen. Mein Name ist Suchen-und-Finden. Du kannst mich etwas fragen."

„Oh. Das ist gut!", antwortete die Schildkröte erfreut. „Denn, weißt du, eigentlich habe ich immer viele Fragen. Nur hat bisher noch nie jemand angeboten, sie zu beantworten. Was für ein Glückstag!"

Sie setzte sich aufrecht hin und konzentrierte sich.

„Ähm. Also, fangen wir fürs Erste mit folgenden Fragen an: wasistdasfüreinKasten und: wassollichdamitmachen und: auswe lcherDimensionkommstdueigentlich und: habichbeidirjetztdrei Wünschefrei und: bistdusowaswieeinOrakeloderwas???"

Dann schob sie den Kopf nach vorne und starrte erwartungsvoll auf den Bildschirm.

Suchen-und-Finden verdrehte die Augen und seufzte.

„Also gut", sagte sie. „Aber nur dieses eine Mal, weil du hier neu bist: Mit diesem Kasten betrittst du das ‚Interessante Netz für Schildkröten'. Abgekürzt InterNetSch. Und nein, ich bin kein Orakel, sondern eher so etwas wie die Pförtnerin: Wünsche erfülle ich zwar nicht, aber du kannst über mich jede Menge Informationen bekommen.

Dafür musst du deine Fragen aufschreiben. Und zwar oben in diese Zeile, über der ‚Suchen-und-Finden' steht. Wenn du Glück hast, bekommst du dann auch Antworten."

„O.k.", sagte die Schildkröte. Sie wollte gerade beginnen, ihre Fragen einzugeben, als Suchen-und-Finden fortfuhr:

„Ach, und noch etwas: Ich empfehle dir, mit etwas Einfachem anzufangen. So was Alltägliches wie, nun, … Essen und Trinken zum Beispiel. Diese metaphysischen Dimensions-Dinge hebst du dir am besten für die diversen Schildkröten-Foren auf."

„O.k.", sagte die Schildkröte wieder. Die Sache mit den Schildkröten-Foren hatte sie zwar nicht verstanden, doch das war ihr im Moment egal. Dies hier war wesentlich interessanter und spannender als die Sache mit der Rohrzange vom letzten Mal. Sie überlegte eine Weile. Dann ging sie in die Suchen-und-Finden-Zeile und tippte: „Was kann ich tun, damit meine tägliche Nahrungssuche nicht mehr so mühsam ist?"

„Na bitte, geht doch", meinte Suchen-und-Finden zufrieden. Sie wirkte auf einmal viel freundlicher. „Das leite ich jetzt weiter. Und bis die Antworten kommen, erkläre ich dir, wie du einen Account einrichtest, damit dir andere Schildkröten E-Mails schicken können. Übrigens: Du kannst SuFi zu mir sagen!"

Am nächsten Morgen, als die Kuh auf die Weide kam, wartete die Schildkröte schon ungeduldig am Zaun.

„Stell dir vor", erzählte sie freudig, „ich habe gestern Abend noch Salat angesät. In Töpfen, auf meiner Fensterbank!"

„Interessant." Die Kuh war sehr beeindruckt. Dass es möglich war, das eigene Essen zu säen!

„Auf die Idee wäre ich nie gekommen. Hoffentlich wächst er gut, dein Salat."

„Das ist es ja gerade. Ich muss ihn dringend gießen, damit er wächst. Und ich wollte dich bitten, ob du mir nicht ein Maul voll Wasser aus dem Wasserwagen holen kannst. Wenn ich das selbst mache, dauert es wieder einen halben Tag!"

„Natürlich", sagte die Kuh gutmütig und ging davon.

Der Vormittag verging mit Fressen, Plaudern und Schweigen. Die Schildkröte erzählte ein bisschen vom InterNetSch und den vielen Möglichkeiten, die sich ihr jetzt auftun würden. Die Kuh hörte zu. Sie verstand höchstens die Hälfte davon, doch das machte ihr nichts aus. Denn sie fand alles sehr faszinierend und freute sich über das interessante Gespräch. Es wurde Mittag und die Sonne schien wunderbar warm. Die Kuh hatte sich neben der Schildkröte niedergelassen und kaute ihre letzte Mahlzeit noch einmal durch.

„Weißt du", meinte sie nach einiger Zeit, „dein Leben ist wirklich sehr interessant. Kaum bist du aus der Winterruhe zurück, schon hast du diesen schwarzen Kasten und säst Salat an. Manchmal beneide ich dich ein wenig. Im Grunde meines Herzens wäre ich auch gern eine Schildkröte. Ich glaube, ich bin nur aus Versehen als Kuh auf die Welt gekommen."

Sie schlug mit dem Schwanz nach ein paar Fliegen.

„Oder ..." – eine neue Idee stieg in ihr auf – „vielleicht bin ich ja in Wirklichkeit ja gar keine Kuh!"

„Wie meinst du das?"

„Na ja – vielleicht hat man mich ja als kleines Kalb vertauscht und meinen richtigen Schildkröteneltern weggenommen!"

Die Schildkröte musterte die massige Kuh, die vor ihr aufragte, und erinnerte sich an das winzige Ei, aus dem sie damals selbst geschlüpft war.

„Ehrlich gesagt, glaube ich nicht, dass das so war", meinte sie vorsichtig.

„Schade." Die Kuh war etwas enttäuscht. Sie beschloss im Stillen, dann wenigstens in ihrem nächsten Leben eine Schildkröte zu werden.

Das schöne Wetter hielt auch in den nächsten Wochen an. Die Tage zogen vorbei, der Frühling entfaltete sich immer mehr und wurde schließlich zum Sommer. Die Fliegen schwelgten in ihrem ganz persönlichen Kuhfladen-Paradies.

Die Kuh trottete jeden Morgen mit ihrer Herde auf die Weide und abends wieder zurück in den Stall.

Die Schildkröte verbrachte die Abende mit ihrem neuen Spielzeug. Sobald es dämmerte, setzte sie sich an den Küchentisch, fuhr den Laptop hoch und betrat das InterNetSch, um ihre E-Mails abzurufen und zu surfen. Am meisten interessierten sie fremde Länder, vor allem natürlich solche, in denen andere Schildkröten lebten. Zusätzlich las sie auch diverse Schildkrötenblogs, besuchte Schildkrötenforen und hatte längst eine eigene Seite im Schildkröten-Netzwerk „Faltiger Hals".

Manchmal war sie die halbe Nacht online. Am nächsten Morgen war sie dann meist unausgeschlafen, missmutig und hatte Fernweh.

„Ich will endlich einmal reisen und etwas von der Welt sehen!", jammerte sie dann, wenn sie sich mit der Kuh traf. „Sogar die dummen Fliegen wissen mehr von der Welt als ich. Stell dir vor, all die anderen Schildkröten, die ich kennenlernen könnte. Ich meine, nicht nur virtuell im Schildkröten-Netzwerk, sondern in echt. Neulich hat mir eine geschrieben, dass es sogar Schildkröten geben soll, die schwimmen können." Sie seufzte und fügte sehnsüchtig hinzu: „Das würde ich auch gern lernen."

Die Kuh schwieg. Sie war etwas ratlos und wusste nicht viel dazu zu sagen. Sie verstand weder etwas vom InterNetSch, noch verstand sie, was so toll sein sollte am Reisen oder gar daran, schwimmen zu können. Ihr selbst reichte das Wasser im Wasserwagen völlig aus. Sie hatte zwar einmal gehört, dass es Kühe gab, die Boot fuhren – aber nur, weil es irgendwo am anderen Ufer köstliche Sommerweiden gab. Die Idee, freiwillig im Wasser zu schwimmen, fand sie sehr eigenartig. Und die Vorstellung, weit wegzufahren, nur um dort viele andere Kühe kennenzulernen, erschien ihr ziemlich absurd.

Trotzdem merkte sie, wie wichtig das Ganze für die Schildkröte war. Und so versuchte sie, sich für das Thema zu erwärmen.

„Dann fahr doch einfach mal hin, zu diesen anderen Schildkröten", schlug sie vor. „Ich bin mir sicher, du findest dort auch eine, die dir das Schwimmen beibringt."

„Bist du verrückt? Ich kann doch nicht mit meinem Panzer verreisen. Bei meinem Tempo würde es bestimmt Jahre dauern, bis ich irgendwo angekommen bin! Und außerdem: Stell dir vor, ich gehe dort zum Schwimmen und der Laptop wird nass. Danach könnte ich nie wieder ins InterNetSch. Ganz zu schweigen davon, dass vielleicht meine Küche überschwemmt wird."

„Dann musst du den Panzer und den Laptop eben hierlassen." Die Kuh war praktisch veranlagt. „Wenn du ohne Panzer verreist, bist du sicher viel schneller."

Die Schildkröte schüttelte den Kopf.

„Ausgeschlossen, nein, das geht gar nicht. Diese Wasserschildkröten haben kein InterNetSch."

„Na und? Eine Zeit lang könnte es doch auch ohne gehen. Früher hattest du das ja auch nicht."

„Trotzdem. Ich würde schon gerne meine Mails lesen. Und bis ich wieder daheim bin, ist längst mein Salat vertrocknet."

Das mit dem nassen Computer und dem InterNetSch wäre der Kuh ja egal gewesen. Aber das mit dem vertrockneten Salat verstand sie. Das war wirklich ein Problem. Darüber musste sie erst einmal nachdenken.

Sie suchte sich ein gemütliches Plätzchen und ließ sich nieder, um ein wenig wiederzukäuen und einen Nachmittagsschlaf zu machen. Als sie wieder aufwachte, war ihr eine glänzende Idee gekommen.

„Jetzt weiß ich, wie wir es machen können“, sagte sie zu der Schildkröte. „Wir tauschen.“

„Tauschen? Was meinst du mit tauschen?“

„Nun, wir tauschen einfach deinen Panzer. Du ziehst aus und gehst auf Reisen. Stattdessen wohne ich in dieser Zeit bei dir und kümmere mich um den Salat. Dann bist du unabhängig und dein Computer bleibt auch trocken. Und ich habe endlich einmal einen Platz für mich alleine und meine Ruhe!“

„Hm. Eine interessante Idee. Aber kannst du überhaupt so lange vom Stall wegbleiben? Musst du nicht abends immer gemolken werden oder so?“

„Nein. Zum Glück bin ich noch recht jung. Ich gebe noch keine Milch.“

„Aha.“ Die Schildkröte dachte eine Weile nach.

„Nur, wenn du regelmäßig meine Mails checkst“, sagte sie dann.

„Was soll ich denn da checken?“

„Ach, weißt du, vielleicht gibt es ja mal was Wichtiges, das beantwortet werden muss.“

Die Kuh überlegte noch ein bisschen. Aber eigentlich war ihre Entscheidung bereits gefallen.

„Na gut“, stimmte sie schließlich zu. „Machen wir es so.“

Und genauso machten sie es dann.

Die Kuh erhielt einen Computer-Crash-Kurs. Und obwohl sie auf der Tastatur nur mit dem Zwei-Klauen-System schreiben konnte, stellte sie sich dabei erstaunlich geschickt an.

Die Schildkröte buchte übers InterNetSch bei einem geeigneten Reiseveranstalter[3] eine Reise auf die Galapagos-Inseln. Sie packte eine kleine Tasche und war so aufgeregt, dass sie in der letzten Nacht kaum schlafen konnte.

Früh am nächsten Morgen brach sie auf. Die Kuh begleitete sie noch bis zum Weidezaun, winkte zum Abschied und blickte

3 „Travel Light – Ihr Spezialist für Panzerfreiheit und Komfort. Pauschal, All-Inclusive und trotzdem individuell. Frühbucher-Rabatte!“

ihr nach, wie sie über den Feldweg hüpfte, viel, viel schneller als sonst.

„Pass gut auf dich auf!“, rief sie. „Viel Spaß mit den anderen Schildkröten.“

Dann fügte sie noch hinzu: „Und solltest du zufällig interessanten fremden Kühen begegnen, kannst du ja einen schönen Gruß von mir sagen!“

Aber da war die Schildkröte bereits hinter einer Biegung verschwunden.

Am Abend, als ihre Herde zurück in den Stall getrieben wurde, versteckte sich die Kuh hinter dem Wasserwagen, bis alle außer Sicht waren.

Der Schildkrötenpanzer war gut im Gebüsch versteckt. Dafür hatten beide vorher gesorgt. Die Kuh schlüpfte hinein,[4] machte es sich gemütlich und schaute von dort aus zu, wie es immer dunkler wurde und schließlich der Mond über der Weide aufging.

Keine Kuhglocke war mehr zu hören. Es war sehr, sehr still und die Kuh war sehr, sehr zufrieden, weil sie nicht mit den anderen Kühen zusammen sein musste, sondern endlich ihre Ruhe hatte.

Ein Tag nach dem anderen verging. Die Kuh schlief lange, machte den Abwasch, goss den Salat und blätterte in einer Zeitschrift oder sah sich die Bilder an den Wänden an. Manchmal setzte sie sich an den Küchentisch, fuhr den Computer hoch und las ein paar Mails.

Sie waren nicht besonders interessant, denn sie kamen alle von Schildkröten und befassten sich nur mit Schildkrötenangelegenheiten. Deshalb aktivierte sie eine Abwesenheitsnotiz: „Hallo, hier

---

4 Es fiel ihr nicht besonders schwer, denn die meisten Schildkrötenpanzer sind innen größer als außen. Das hängt irgendwie mit Raum-Zeit-Krümmungen zusammen. Oder so ähnlich. Darüber hinaus ist es so, dass nach 220 Millionen Jahren das mit dem Innen und Außen für Schildkröten sowieso keine große Rolle mehr spielt. Für andere Spezies besteht das Kunststück darin, durch die Türe zu gelangen.

ist die Kuh. Die Schildkröte ist auf Reisen und wird eure Mails beantworten, sobald sie wieder da ist. Das kann aber dauern ..."

Einmal versuchte sie es auch mit dem InterNetSch. Sie tippte in die Suchen-und-Finden-Zeile: „Als kleines Kalb vertauscht und den eigenen Schildkröteneltern weggenommen."

SuFi erschien auf dem Bildschirm und musterte sie streng.

„Was soll das?", fragte sie streng. „Und überhaupt: Wer bist du denn?"

„Die Urlaubsvertretung", antwortete die Kuh. „Ich hüte das Haus."

„Du meinst wohl: den Panzer!"

Sie las, was die Kuh geschrieben hatte.

„Das ist keine zulässige Frage. Für so eine Suche bin ich überhaupt nicht programmiert!"

„Versuche es trotzdem", beharrte die Kuh. „Es ist wichtig."

„Bitte, wenn du meinst ..."

Eine steile Sanddüne erschien auf dem Bildschirm. SuFi begann langsam und missmutig hinauf zu kriechen. Es dauerte ziemlich lange. Schließlich war sie oben angekommen. Sie drehte den Kopf zur Kuh und sagte:

„Kein Treffer! Das hätte ich dir gleich sagen können. Und damit du es weißt: Noch einmal mache ich so was nicht mehr!" Sie zog alle Gliedmaßen ein, sodass nur noch ihr Panzer sichtbar war. Dann verschwand sie und der Bildschirm wurde schwarz.

„Du bist blöd!", rief ihr die Kuh hinterher. Sie klappte den Laptop zu, steckte ihn in die Küchenschublade und beschloss, ihn nicht mehr zu benutzen.

Die Pflege der Salatpflanzen allerdings nahm sie sehr ernst. Der Salat wuchs und wuchs und sah sehr verführerisch aus. Die Kuh konnte es sich nicht verkneifen, ab und zu ein paar Blätter davon zu fressen, denn er schmeckte einfach köstlich. Sie hoffte, die Schildkröte würde es nicht merken.

Oft saß sie einfach nur in der Küche und war mit sich und der Welt zufrieden. Irgendwo in der Ferne zogen die anderen Kühe über die Weide. Sie hörte sie leise muhen und klingeln und genoss es, nicht dort draußen zu sein.

Irgendwann bekam sie eine Postkarte. Sie zeigte ein Hotel am Meer. Davor sah man eine Riesenschildkröte und einige Warane, die sich am Strand sonnten. Darunter stand: „Grüße aus Galapagos".

„Liebe Kuh", stand auf der Rückseite, „wie du weißt, bin ich hier leider permanent offline, sonst hätte ich dir schon längst eine Mail geschickt. Aber abgesehen davon ist es wirklich schön. Ich habe mir einen Wasserschildkrötenpanzer ausgeliehen und lerne gerade Schwimmen. Das ist sehr aufregend. Aber das Beste ist: In meinem Hotel bekomme ich jeden Tag Vollpension!" Das letzte Wort war dreimal unterstrichen.

Schließlich kam der Herbst. Die Tage wurden kürzer und die Nächte kühler. Morgens gab es Nebel und die Fliegen wurden weniger zahlreich. Die meisten von ihnen verabschiedeten sich in ihr endgültiges Fliegen-Jenseits, wo – so war es ihnen überliefert worden – weitere Kuhfladen auf sie warteten. Die Kuh fror etwas, denn der Panzer hatte natürlich keine Heizung, da die Schildkröte in der kalten Jahreszeit immer in die Winterruhe ging.

Sie begann sich zu langweilen. Vor lauter Langeweile fraß sie einen Salatkopf nach dem anderen, bis nur noch ein einziger übrig blieb. Immer öfter lehnte sie sich aufs Fensterbrett und schaute über den letzten Blumentopf hinaus auf die Weide. Sie merkte, dass ihr die anderen Kühe jetzt doch ein bisschen fehlten. Nicht unbedingt die Gespräche, nein, sie hatte nach wie vor keine Lust auf Klatsch und Tratsch. Aber ab und zu hätte sie gerne Gesellschaft gehabt. Die Nähe anderer Kühe gespürt, mit den vertrauten Gerüchen und Geräuschen, zum Beispiel dem Schnaufen und Wiederkäuen.

Dann, eines Nachmittags kam die Schildkröte zurück. Sie hatte der Kuh ein knallbuntes Halstuch mitgebracht, auf dem ebenfalls „Grüße aus Galapagos" aufgedruckt war. Sie war müde von der Reise, aber gleichzeitig so voller Erlebnisse, dass ihr der einsame übrig gebliebene Salatkopf gar nicht auffiel.

„Es war großartig. Aber es ist auch schön, wieder zu Hause zu sein", sagte sie.

Dann erzählte sie ein bisschen vom Schwimmen und von den vielen anderen Schildkröten, die sie kennengelernt hatte.

„Hast du zufällig auch andere Kühe getroffen?"

„Kühe?" Die Schildkröte musste ein bisschen überlegen. „Nein, Kühe gab es da nicht. Keine einzige."

„Macht nichts", meinte die Kuh und blickte einmal mehr durchs Fenster, wo sich die anderen Kühe gerade sammelten, weil es mal wieder Zeit für den Stall war. „Es gibt hier ja auch welche. Ich glaube, ich werde bald hinübergehen und hallo sagen. Mal hören, wie's so geht bei denen. Ob es Neuigkeiten gibt und so …"

„Ja, mach das ruhig." Der Schildkröte war es recht. Sie wollte nämlich unbedingt noch ein paar Mails mit Fotos an ihre neuen Urlaubsbekanntschaften abschicken, bevor sie in die Winterruhe ging.[5] Sie begleitete ihre Freundin noch zur Türe.

„Vielen Dank, dass du auf meinen Panzer aufgepasst hast", sagte sie und winkte zum Abschied. „Ohne dich und deine gute Idee hätte ich das alles nicht erlebt."

„Oh, nichts zu danken." Die Kuh freute sich sehr über das Lob. „War mir ein Vergnügen."

Sie schlang sich das Tuch mit den „Grüßen aus Galapagos" um den Hals.

„Hab eine schöne Winterruhe!"

Dann lief sie zum Tor der Weide und schloss sich den anderen Kühen an, die bereits auf dem Weg zum Stall waren.

Das Gras unter ihren Klauen war feucht. Es war schon fast dunkel und ein paar Sterne leuchteten am klaren, kalten Himmel. Im Stall brannte Licht und es war warm. Die anderen Kühe drehten neugierig die Köpfe, als sie sich an ihren Stammplatz stellte.

„Schau mal", sagte eine von ihnen zu ihrem Kalb. „Das ist die Kuh, die den ganzen Sommer über verschwunden war."

„Wo warst du denn die ganze Zeit", fragte ihre Stall-Nachbarin und untersuchte neugierig das Galapagos-Halstuch.

---

5 … und außerdem wollte sie einen ausführlichen Bericht ins InterNetSch stellen, der sich mit etwas befasste, das sie „Panzer-Sharing" nennen würde.

„Verreist“, antwortete die Kuh. Dann fügte sie noch hinzu (und versuchte, dabei möglichst cool zu wirken):

„Weißt du, ich habe mich ein bisschen in einer anderen Dimension umgesehen.“

„Aha“, sagte die Nachbar-Kuh verständnislos. Die anderen Kühe spitzten die Ohren und versuchten gleichzeitig, möglichst unbeteiligt auszusehen.

„Na dann, willkommen zurück.“

Die Bäuerin kam mit der Mistgabel und schob jeder einen großen Haufen Heu vor die Nase. Es duftete wunderbar. Alle kauten.

„Hör mal“, sagte die Nachbar-Kuh zwischen zwei Bissen, „ich würde dir gern einen Vorschlag machen. Wir wissen ja, dass du gerne für dich bleibst. Aber wenn wir dich alle ganz stark in Ruhe lassen, erzählst du uns dann irgendwann von dieser Dimensionsreise?“

„Mal sehen“, antwortete die Kuh.

‚Die Schildkröte hat Recht‘, dachte sie. ‚Manchmal ist es auch schön, wieder zu Hause zu sein. Vor allem, wenn bald der Winter kommt und es wieder Vollpension gibt.‘

Das mit der Dimension hatte sie einmal bei der Schildkröte aufgeschnappt. Ehrlich gesagt, hatte sie keine Ahnung, was dieses Wort eigentlich bedeutete. Aber ihr würde schon irgendetwas dazu einfallen. Zumindest war sie sicher, dass es jetzt im Stall endlich einmal interessanten Gesprächsstoff für den ganzen Winter geben würde.

‚Und manchmal‘, dachte sie dann noch, kurz bevor sie einschlief, ‚ist es auch beruhigend, nachts aufzuwachen und neben sich eine andere schnaufen oder wiederkäuen zu hören.‘

Die Wetterkönigin

Das dreistimmige Lied schallte laut und fröhlich vom Flussufer herüber. Der „Dreig'sang vom Wald" hatte eine seiner Chorproben. Nachdem die Giraffe zu ihnen gestoßen war, hatten sie sich einen neuen Probenplatz mit einer besonders guten Akustik gesucht. Die Felsen auf der gegenüberliegenden Seite des Flusses schickten hier ein kräftiges Echo zurück, sodass jeder Ton, den sie sangen, noch ein weiteres Mal zu hören war. Das gefiel ihnen.

An manchen Stellen – genauer gesagt, an den meisten Stellen – klang das Lied noch ein wenig falsch, aber das störte nicht. Zumindest störte es die Sängerinnen nicht. Das Flusspferd, die Giraffe und die Maus sangen leidenschaftlich und voller Inbrunst bis zum Schlussakkord. Diesen zumindest kriegten sie jetzt schon recht gut hin. Als Letztes verklang auch das Echo.

In der darauf folgenden Stille waren an einigen Orten in der Umgebung Geräusche der Erleichterung zu hören. Im Wald zupften sich die Affen die zusammengerollten Blätter aus den Ohren, die sie vorher hineingestopft hatten. Ein paar Vögel begannen mit vorsichtigem Zwitschern. Die Gazellen, die wie immer weit weg gerannt waren, machten sich langsam auf den Rückweg. Hinter der nächsten Flussbiegung erschienen die restlichen Flusspferde nach einem offenbar sehr langen Tauchgang wieder an der Oberfläche, prusteten und ließen sich dann im seichten Wasser nieder.

Zum Glück passierte dies nicht mehr so oft. Denn seit die Giraffe und die Maus das Fliegen entdeckt hatten, waren sie häufig zu zweit unterwegs und hatten weniger Zeit für den gemeinsamen Chor. Das Flusspferd döste dann meistens im Wasser und summte allerhöchstens leise vor sich hin. Das klang gemütlich und war für die Umgebung gut auszuhalten.

Für heute war die Probe beendet.

„Morgen können wir nicht singen, weil die Maus und ich zum Fliegen gehen“, sagte die Giraffe zum Abschied. „Aber wenn wir dich von oben sehen, werden wir dir zuwinken.“

„Ist schon recht“, antwortete das Flusspferd, „viel Spaß und macht es euch schön.“ Es wirkte etwas zerstreut.

Die beiden anderen machten sich auf den Weg hinauf zum Plateau des Tafelbergs, von wo aus sie immer ihre Flüge starteten.

„Also ich finde ja, das Flusspferd war heute nicht so recht bei der Sache“, meinte die Maus. Sie ritt, wie immer bei solchen Gelegenheiten, auf dem Kopf der Giraffe und hielt sich an ihren Hörnern fest. „Es hat im Refrain die ganze Zeit den falschen Text gesungen.“

„Vielleicht hat es ja Kummer“, sagte die Giraffe, „oder einen verdorbenen Magen oder so.“

„Das kann ich mir nicht vorstellen“, entgegnete die Maus. „Ich finde, es sah eigentlich recht fröhlich aus. Nur irgendwie nicht ganz da.“

Sie überlegte eine Weile und fügte dann hinzu:

„So als ob es mit irgendetwas anderem beschäftigt wäre.“

Als ihre Freundinnen gegangen waren, ließ sich das Flusspferd mit einem wohligen Seufzer ins Wasser gleiten. Es tauchte unter, spitzte seine Ohren und lauschte den leisen Tönen, die seit einiger Zeit immer mal wieder am Grunde des Flusses zu hören waren. Sie klangen wunderschön, schöner als alles, was es jemals selber würde singen können. Sie schienen von ganz weit her zu kommen.

Am nächsten Vormittag, als die Sonne langsam über dem Tafelberg höher stieg, versammelten sich dort wie immer die Geier, um auf die Thermik zu warten, die sie hinaustragen würde. Dass seit einiger Zeit auch immer wieder eine fliegende Giraffe und eine Maus dabei waren, versuchten die meisten von ihnen, zu ignorieren. Geier haben eine ausgeprägte Vorstellung von Etikette: davon, was sich gehört – und vor allem, was nicht. Dieses Gespann zählte für sie eindeutig zur zweiten Kategorie. Sie fanden die beiden seltsam, um nicht zu sagen, peinlich.

Nur einer der Vögel, eine alte Geierin mit einem gefährlich aussehenden Schnabel, hüpfte unbekümmert näher und wünschte den beiden gut gelaunt einen wunderschönen Morgen.

„Dir auch einen guten Morgen“, grüßte die Giraffe freundlich zurück und senkte dabei den Kopf, auf dem die Maus schon in der Startposition saß.

„Ich habe gesehen, dass das mit dem Fliegen jetzt schon richtig gut klappt bei dir.“ Die Geierin zupfte sich ein paar lose Federn von ihrem Hals. „Hast wirklich schnell gelernt, mit der Thermik umzugehen.“

„Na ja“, meinte die Giraffe bescheiden, „einiges geht schon ganz gut. Aber ich denke, ich muss trotzdem noch üben.“

Sie mochte die Geierin. Schließlich hatte sie ihr gezeigt, wie das mit der Thermik funktionierte.

Die Maus dagegen zog sich mit finsterer Miene ihre Fliegermütze über den Kopf und sagte nichts. Sie hatte sich geschworen, niemals wieder ein Wort mit diesem Vogel zu sprechen. Auf der langen Liste der Dinge, die sie der Geierin nie verzeihen würde, stand an erster Stelle: „Herumtratschen, dass die Maus bei ihrem ersten Flug Angst gehabt hat.“[6] Die Geierin jedoch beeindruckte das nicht.

„Wie ich sehe, hat die Pilotin wieder ihre Fliegermütze dabei“, grinste sie und versuchte einmal wieder, an den Ohrenklappen zu zupfen.

Die Maus wich zurück und hielt die Mütze fest.

„Halt den Schnabel, mit dir rede ich nicht. Nie wieder! Verschwinde und lass uns in Ruhe fliegen!“

Das, so fand sie, war noch in Ordnung: Zu sagen, dass sie nicht mit der Geierin reden würde, war fast genauso wie überhaupt nicht mit ihr zu sprechen.

---

6 An zweiter bis fünfter Stelle: ebenfalls „Herumtratschen, dass die Maus bei ihrem ersten Flug Angst hatte.“ An sechster bis achter Stelle: „Herumtratschen, dass die deswegen ‚Hilfe!‘ geschrien hat.“ An neunter bis elfter Stelle: „Dass sie die Maus ausgelacht hat.“ An zwölfter Stelle: „Dass sie immer so gemein ist.“ Und so weiter.

„Wenn du meinst." Die Geierin schüttelte lässig ihre riesigen Flügel aus und begann, ihr Gefieder zu ordnen.

„Aber ich muss doch noch anmerken", fuhr sie wie beiläufig fort, „dass du dann heute etwas versäumen wirst. Ich wollte euch nämlich etwas Wichtiges erzählen."

„Mir doch egal. Erzähle es meinetwegen der Giraffe. Ich will damit nichts zu tun haben. Ich geh' mir lieber die Beine vertreten."

Die Maus rutschte den Giraffenhals hinunter, sprang zu Boden und stapfte davon. Sie wanderte jedoch nicht sehr weit. Nach ein paar Metern setzte sie sich auf einen Stein. Sie drehte dabei den anderen den Rücken zu, klappte jedoch unauffällig ihre Ohrenklappen nach oben, damit sie besser hören konnte.

„Nimm's ihr nicht übel", meinte die Giraffe. „Sie ist leider manchmal ein bisschen nachtragend."

„Kein Problem", antwortete die Geierin. „Aber das, was ich euch sagen muss, ist tatsächlich wichtig. Ihr wärt enttäuscht oder würdet ..." – sie hob ihre Stimme – „vor Wut EURE OHRENKLAPPEN AUFESSEN, wenn ihr das verpassen würdet!"

Dabei schielte sie hinüber zu dem Stein und wartete sicherheitshalber ein bisschen.

Die Maus rührte sich nicht. Das war nicht leicht und kostete sie große Überwindung. Aber sie hielt durch.

„Heute gibt es nämlich eine ganz besondere Thermik", fuhr die Geierin fort. „So etwas geschieht sehr selten. Meistens nur einmal im Jahr. Wir nennen sie die Wetterkönigin."

„Und was ist das Besondere daran?", fragte die Giraffe.

„Die Wetterkönigin trägt dich, wohin immer du willst. Überallhin. Sie trägt dich auch so weit weg, wie du willst. Wenn es sein muss, sogar um die ganze Erde."

„Aha."

Die Giraffe faltete ihre Flügel auseinander und dann wieder zusammen. Diese Information bereitete ihr Unbehagen.

Die Flügel waren zunächst ein seltsames und überraschendes Geschenk gewesen, mit dem sie erst einmal nicht so viel anzufangen wusste. Und selbst jetzt, wo sie mit Hilfe der Maus und der Geierin das Fliegen gelernt hatte, war sie noch immer etwas unsicher. Starten und Landen und Kurven-Fliegen, das kriegte sie jetzt schon einigermaßen hin. Aber diesen Looping zum Beispiel. Den traute sie sich einfach nicht zu. Und nun sollte sie offenbar auch noch weit fortfliegen. Dabei hatte sie noch nie einen Langstreckenflug gemacht.

„Um die ganze Erde – so weit möchte ich eigentlich nicht fliegen", sagte sie schüchtern.

Die Geierin zuckte mit den Schultern.

„Na dann suchst du dir einfach ein anderes Ziel. Wichtig ist nur, dass du ganz fest daran denkst, und zwar in dem Moment, in dem du in die Thermik hineinspringst."

Sie reckte ihren Hals über den Rand des Tafelbergs, um den Luftzug zu prüfen.

„Oh, gut. Es geht bald los", stellte sie zufrieden fest. „Du hast noch ungefähr zehn Minuten, um dich zu entscheiden." Voller Vorfreude begann sie, hin und her zu watscheln.

„Ach, die wunderbare Wetterkönigin! Wie gut, dass sie kommt. Endlich wieder einmal eine große Reise machen!"

„Aber wie kommen wir wieder zurück nach Hause, nachdem wir so weit fortgeflogen sind?", fragte die Giraffe besorgt.

„Oh, das ist ganz einfach. Wenn du dein Ziel erreicht hast, setzt dich die Wetterkönigin ab. Danach verschwindet sie und irgendwann am Nachmittag kehrt sie wieder und bringt dich hierher zurück. Das ist doch großartig, nicht wahr?"

Hinter ihnen waren hastige Trippelschritte zu hören. Die Maus hatte zugehört und daraufhin all ihre Prinzipien über den Haufen geworfen. Besondere Situationen, so fand sie, erforderten eben auch mal besondere Verhaltensweisen.

„Das ist ja wirklich super mit dieser Wetterkönigin! Wir fliegen ganz weit fort und können dort viele Abenteuer erleben!", jubelte sie. „Darf ich mir ein Ziel wünschen?"

Die Geierin schüttelte amüsiert den Kopf.

„Nein, tut mir leid, kleine Maus", antwortete sie, „das Ziel bestimmen immer diejenigen, die fliegen. Aber du darfst natürlich mitkommen."

Sie schlug mit den Flügeln und hüpfte ein paar Mal probeweise in die Luft. In einiger Entfernung versammelten sich die anderen Geier zum Abflug.

„Ich muss jetzt los", meinte sie. „Viel Spaß euch beiden!"

Und, zur Giraffe gewandt, sagte sie noch:

„Du schaffst das schon!"

Die Giraffe sah ihr nach. Sie fühlte sich ein bisschen überfahren.

„Ich habe gar keine Idee, wohin wir reisen sollen", meinte sie etwas ratlos.

„Oh, da gibt's doch viele Möglichkeiten." Die Maus rückte ihre Mütze zurecht. „Wir könnten zum Beispiel zu den Wüstenspringmäusen fliegen oder zu den Wühlmäusen oder den Polar-Mäusen. Oder in den Regenwald, da soll es Mäuse geben, die …", sie brach ab, als sie den Gesichtsausdruck ihrer Freundin bemerkte.

„Ist wohl alles nicht so das Richtige für dich, oder?"

„Nein. Nicht so ganz." Die Giraffe seufzte. Das mit dem Ziel war wirklich schwierig.

Sie betrachtete die Landschaft, die sich unterhalb des Berges erstreckte. Zuerst sah man die Savanne, dann die Hügel und den Wald und schließlich weiter hinten den Fluss.

All das war beruhigend vertraut. Und doch, das merkte sie gerade, war es auch schön und aufregend, sich vorzustellen, einmal weit fortzufliegen. An irgendeinen Ort, an dem sie noch nie gewesen war. Wenn ihr doch nur einfallen würde, wohin.

Die Maus hielt ihre Nase in die Luft.

„Die Thermik kommt. Ich kann sie schon spüren. Jetzt wäre eine wirklich gute Gelegenheit, dich zu entscheiden."

Wie schon viele Male zuvor begann die Thermik, langsam an den Hängen des Berges nach oben zu steigen. Wie immer wurde es wärmer und die Luft fing an zu wabern. Doch diesmal war etwas anders als sonst.

Ein Brausen war zu hören. Es war ein tiefer und majestätischer Ton, der immer lauter wurde. Nebel wallte auf. Dort, wo sonst der klare Himmel zu sehen war, bildete sich ein fremdartiger, goldener Dunst. In dichten Schwaden quoll er über den Rand des Tafelbergs und breitete sich aus, bis er schließlich das ganze

Plateau bedeckte. Wie feinste Wassertropfen legte sich das Gold auf alles, was es fand: auf die Steine und Büsche, auf die Federn der Geier, auf die Flügel der Giraffe und sogar auf die Fliegermütze der Maus. Plötzlich schimmerte alles und glänzte. Es sah sehr feierlich aus und sehr verzaubert.

Wind kam auf. Die goldenen Geier kreischten und zankten sich um die beste Startposition.

„Schau, die Wetterkönigin! Das ist sie!“, rief die Maus voller Aufregung. „Los, schnell, wünsch dir ein Ziel!“

Angestrengt versuchte die Giraffe, durch den goldenen Nebel zu blicken, doch alles verschwamm vor ihren Augen. Sie blinzelte. Die Sicht wurde immer schlechter. Einzig der Fluss war noch zu erkennen. Er glitzerte in der Sonne, zog seine Schleifen hin und her, verschwand schließlich in der Ferne am Horizont …

Und auf einmal wusste sie es.

Sie holte tief Luft.

„Ich möchte dorthin, wo der Fluss endet“, sagte sie. Dann nahm sie Anlauf, breitete die Flügel aus, sprang über den Rand und tauchte kopfüber in das Gold hinein.

Das Wasser schien heute wärmer als sonst. Und irgendwie prickelnder. Das Flusspferd war unruhig, ohne dass es sagen konnte, warum. Es beschloss, einen Unterwasser-Spaziergang zu machen. Das half normalerweise immer. Gemächlich wanderte es flussabwärts und ließ sich dabei von der Strömung anschieben. Hinter der nächsten Biegung des Flusses waren diese Töne wieder zu hören, heute noch viel deutlicher als an den Tagen davor. So schön klang diese Musik.

Das Flusspferd lauschte und spürte ein seltsames Ziehen, das fast schon ein Sehnen war. Es schien, als würden die Töne ihm freundlich und einladend zuwinken.

Nach einiger Zeit musste es auftauchen, um Luft zu holen. Es streckte seinen Kopf aus dem Wasser und sah sich verwundert um.

Der Fluss, der sonst mit einer glatten Oberfläche gemächlich dahinströmte, trug auf einmal unzählige kleine Wellen und überall rauschte und schäumte es. Strudel bildeten sich und tanzten in wilden Kreisen.

In einem dieser Strudel hatte sich ein Baumstamm verfangen. Er hüpfte auf und ab und drehte sich. Mehrere Frösche klammerten sich darauf fest. Sie jauchzten und schrien übermütig. Einer von ihnen trug einen kleinen Rucksack auf dem Rücken. Er winkte.

„Wir verreisen“, rief er fröhlich herüber. „Heute ist der beste Tag dafür!“

„Wohin verreist ihr denn?“, rief das Flusspferd zurück.

Doch die Antwort war nicht mehr zu verstehen, denn im selben Moment gab der Strudel den Stamm frei und dieser schoss in rasendem Tempo davon.

Das Flusspferd schüttelte verwundert den Kopf und ließ sich wieder auf den Grund sinken. Auch hier, so stellte es fest, war mittlerweile alles in Aufruhr. Der Fluss ließ Steine rollen und wirbelte Sand und Schlamm auf. Vorne und hinten, oben und unten blubberte und gluckerte es und die Strömung wurde immer stärker. Das Flusspferd staunte.

‚Es scheint, als ob nicht nur die Frösche verreisen, sondern der ganze Fluss‘, dachte es. Und gleich darauf hörte es sich denken: ‚Vielleicht sollte ich das ja auch tun.‘

Es wunderte sich ein wenig über sich selbst, denn es war noch nie auf die Idee gekommen, zu verreisen. Doch jetzt waren da diese verlockenden Töne. Sie verursachten ein Sehnen und Ziehen in seinem Inneren und eine unbändige Lust, an den Ort zu gelangen, wo diese wundervollen Klänge herkamen. Das Flusspferd traf eine Entscheidung und die war leicht, einfach und klar.

„Ich möchte, dass du mich dorthin trägst, wo die Musik herkommt“, sagte es laut zum Fluss. Und ohne noch einmal zu überlegen, stieß es sich vom Grund ab und ließ sich von der Strömung forttragen.

Die Giraffe merkte, dass sie überhaupt keine Angst hatte. Die Geierin hatte Recht gehabt: Mit dieser Wetterkönigin zu fliegen war tatsächlich ganz einfach. Sie musste im Grunde nichts anderes tun, als ihre Flügel weit ausgebreitet zu halten und ab und zu etwas zu steuern. Leicht und mühelos segelte sie auf einem ruhigen und kraftvollen Luftstrom. Es bereitete ihr großes Vergnügen.

Sie überlegte sogar, ob sie nicht doch endlich einmal versuchen sollte, einen Looping zu fliegen. Aber irgendwie traute sie sich immer noch nicht.

Die Maus war glücklich. Sie saß zwischen den Giraffenhörnern und sang aus vollem Hals ein Lied, das sie gerade erfunden hatte. Es handelte von einer Maus, die in weit entfernte fremde Länder reist, wo sie aufregende und gefährliche Abenteuer erlebt.

Der goldene Nebel hatte sich mittlerweile aufgelöst und die Sicht war wieder klar geworden. Deutlich war unter ihnen der Fluss zu erkennen, der jetzt schon viel breiter war als zu Hause. Viele kleinere Bäche, die von beiden Seiten dazugekommen waren, hatten ihn genährt und groß und stark gemacht. In der Ferne konnte man bereits die Mündung erkennen. Am Horizont dahinter glitzerte die Sonne und etwas leuchtete tief blau.

„Ich glaube, wir sind bald da“, sagte die Giraffe.

„Wirklich? Jetzt schon?“ Die Maus war etwas enttäuscht. Sie hatte sich vorgestellt, dass ein fremdes und viele Abenteuer bietendes Land sehr viel weiter entfernt liegen musste. Wenn es nach ihr gegangen wäre, wären sie noch Stunden weiter geflogen. Doch die Enttäuschung verging, als sie sich ihrem Ziel näherten.

Dass alle Flüsse und Bäche früher oder später an einem Ort landeten, der „Meer“ genannt wurde, hatten sie gewusst. Schwalben oder auch Störche erzählten manchmal davon, dass sie über dieses Meer flogen, und hatten auch erwähnt, dass es recht groß war. Aber dass es so unglaublich riesengroß war, so weit und mächtig und lebendig und so blau – das hatten die beiden Reisenden nicht erwartet.

Sanft setzten sie auf einer Wiese am Rande der Klippen auf. Die Giraffe schlug noch ein paar Mal mit ihren Flügeln und faltete sie dann zusammen.

Unter ihnen rollte das Meer in mächtigen Wellen den Strand hinauf, unermüdlich und immer wieder. Es machte grollende und zischende Geräusche und weiße Gischt spritzte bis zu ihnen hinauf. Möwen flogen über dem Wasser. Sie kreischten fast so laut wie die Geier zu Hause. Die Luft schmeckte nach Salz.

Eine lange Weile standen sie einfach nur da und schauten.

„Also das war eine wirklich gute Idee von dir, hierher zu fliegen“, sagte die Maus schließlich zufrieden. „Ich bin mir sicher, dass das hier der perfekte Platz für ein aufregendes und gefährliches Abenteuer ist!“

„Nun, eigentlich wollte ich nur dorthin, wo der Fluss endet“, antwortete die Giraffe. „An gefährliche Abenteuer hatte ich dabei nicht so sehr gedacht.“

„Na gut. Aber das mit dem Fluss hast du ja jetzt gesehen. Jetzt könnten wir uns doch ein wenig umschauen und die Gegend erkunden“, beharrte die Maus, „wenn wir schon mal hier sind.“

Im Stillen ergänzte sie für sich: „Und herausfinden, wo die Abenteuer sind.“ Doch das behielt sie vorläufig für sich. Stattdessen fügte sie hinzu:

„Schau, bis die Wetterkönigin zurückkommt, dauert es noch viele Stunden. Die ganze Zeit hier oben zu warten, das ist doch langweilig. Wir könnten zum Beispiel hinunterlaufen und dem Fluss zusehen, wie er ins Meer fließt. Und danach am Strand entlanggehen. Das ist bestimmt aufregend. Und überhaupt nicht gefährlich.“

„Meinst du wirklich?“

So war es immer zwischen den beiden. Die Maus steckte dauernd voller Pläne und Ideen, die sie unbedingt ausprobieren musste. Die Giraffe dagegen mochte es am liebsten ruhig und gemächlich. Ab und zu ging ihr die Maus deswegen auf die Nerven. Aber sie hatte die Erfahrung gemacht, dass es sich manchmal doch lohnte, auf ihre Vorschläge einzugehen. Zum Beispiel hätte sie sonst nie mit dem Fliegen angefangen.

„Also gut“, stimmte sie zu. „Dann lass uns hinuntergehen.“

Das Flusspferd spürte endlich wieder Boden unter den Füßen. Nach einer rasanten Fahrt in der wilden Strömung, während der sich die meiste Zeit nicht unterscheiden ließ, wo oben und unten war, hatte der Fluss es schließlich netterweise an einer flachen Stelle in der Nähe der Mündung abgesetzt. Erleichtert streckte es den Kopf aus dem Wasser.

Ringsherum herrschte viel Betrieb. Es wimmelte von Vögeln. Reiher wanderten über die sumpfigen Wiesen, Enten und Gänse ließen sich auf dem Fluss treiben und Schwalben schossen blitzschnell über die Wasseroberfläche. Ein Seeadler zog hoch oben seine Kreise auf der Suche nach Fischen. Mehrere Möwen hatten sich nebeneinander auf einem Ast niedergelassen, der über das Wasser ragte, und betrachteten mürrisch das Treiben.

„Diese ganzen Touristen gehen mir auf die Nerven", schimpfte eine von ihnen. „Es sind einfach zu viele. Ich werde froh sein, wenn am Nachmittag die Wetterkönigin kommt und sie alle wieder mitnimmt."

Ein Stückchen entfernt war der Baumstamm ans Ufer geschwemmt worden. Die Frösche waren heruntergeklettert und gerade dabei, ihren Rucksack auszupacken. Er enthielt eine karierte Tischdecke, Teller, Tassen und Besteck. Beeindruckt sah das Flusspferd zu, wie sie alles auf einem flachen Stein verteilten und schließlich noch eine Thermoskanne dazustellten. Offenbar waren sie nicht das erste Mal auf diese Weise unterwegs und waren ziemlich gut organisiert. Als sie das Flusspferd entdeckten, winkten sie.

„Hallo! Da bist du ja wieder!", riefen sie gut gelaunt. „Möchtest du mit uns essen? Es gibt hier besonders gute Fliegen!"

„Danke, das ist nett von euch", antwortete das Flusspferd. „Aber ich kann mit Fliegen nicht so viel anfangen. Ich lebe vegan."

„Auch gut", meinte einer von ihnen. „Dann solltest du den Seetang am Strand probieren. Ich habe gehört, er soll sehr gut sein!"

Er nahm eine Fliegenklatsche aus dem Rucksack, winkte damit zum Abschied und hüpfte den anderen Fröschen hinterher, die bereits auf dem Weg ins Schilf waren.

Ein sanfter, aber stetiger Wind wehte vom Meer herüber. Das Geräusch der Wellen mischte sich mit dem Gurgeln und Rauschen des Flusses. Gemächlich machte sich das Flusspferd daran, die letzten Meter bis zur Mündung zurückzulegen. Das Wasser schmeckte bereits etwas salzig.

Ab und spitzte es seine Ohren und horchte. Es hatte gehofft, hier den Ursprung der verzauberten Töne zu finden. Doch die Musik klang noch immer so, als käme sie von einem weit entfernten Ort jenseits der Mündung. Es würde wohl noch weiter wandern müssen.

Dann erreichte es das Meer, blieb jedoch nach einigen Metern überrascht stehen. Vor ihm brach der sandige Untergrund plötzlich in die Tiefe ab und verlor sich in einem riesigen, weiten Ozean. Über seinem Kopf schwappten hohe Wellen in die Flussmündung hinein und wieder heraus und es spürte einen mächtigen Sog, der an ihm zerrte.

Respektvoll trat es ein paar Schritte zurück. Sein Herz klopfte. Das hier war einfach zu groß für ein kleines Flusspferd. Und es war gefährlich – zu gefährlich, um weiterzugehen. An diesem Punkt, so erkannte es, war seine Reise zwangsläufig zu Ende. Hier begann ein neues, anderes Element, das nicht für Flusspferde geeignet war.

‚Schade. Jetzt werde ich wohl niemals erfahren, wer diese Musik macht', dachte es enttäuscht.

Eine Weile stand es da und blickte in die wässrige Unendlichkeit. Es lauschte den Tönen und fühlte sich traurig und ein wenig verloren. Nun, immerhin hatte es eine aufregende, weite Reise gemacht und dabei das Meer gesehen.

Plötzlich wurde es sanft an der Schulter gestupst. Das Flusspferd fuhr herum. Ein großer Schatten schoss an ihm vorbei und verschwand. Dabei erklangen seltsame klackende und zwitschernde Laute.

‚Oh je, da habe ich wohl jemanden erschreckt', dachte das Flusspferd mit Bedauern. Dieses Tier war fast so groß gewesen wie es selbst. Aber offenbar trotzdem ein wenig ängstlich. Das Flusspferd fand das nicht verwunderlich. Wenn man plötzlich einem fremden Wesen begegnet, das sich schnell bewegt, kann es schon vorkommen, dass man erst einmal erschrickt.

Nun, vielleicht würde das Tier wiederkommen, wenn der Schrecken aufgehört hatte und das Interesse wieder die Oberhand gewinnen würde. Das Flusspferd beschloss, zu warten.

Es behielt Recht. Kurze Zeit später kam das Wesen zurück. Sein Körper war glatt und stromlinienförmig und hatte eine ähnliche graue Farbe wie es selbst. Allerdings hatte es keine Beine, sondern Flossen und konnte offenbar ziemlich gut schwimmen. Schnell und elegant umrundete es das Flusspferd und betrachtete es neugierig von allen Seiten.

„Hallo“, sagte es. „Ich habe im ersten Moment geglaubt, du bist ein Delfin so wie ich. Bist du ein Delfin?“

„Nein, ich bin ein Flusspferd. Tut mir leid, dass ich dich vorhin so erschreckt habe.“

„Schon gut.“ Der Delfin machte ein paar anmutige Bewegungen. „Aber weißt du, ich finde, du hast etwas von einem Delfin.“

„Nein, ich bin ein Flusspferd“, wiederholte das Flusspferd geduldig.

„Das mag vielleicht sein. Trotzdem hast du irgendetwas Delfin-Artiges an dir“, meinte der Delfin fröhlich. „Na gut, dann bist du eben fast ein Delfin. Sozusagen ein Fast-Delfin“

Er schlug ein paar Purzelbäume im Wasser. Es wirkte leicht und mühelos. Das Flusspferd sah fasziniert zu. So etwas konnte es nicht. Alleine schon deswegen war es sicher, kein Delfin zu sein.

Der Delfin stoppte auf einmal mitten in der Bewegung.

„Tut mir leid, Liebes“, sagte er höflich. „Das ist eine sehr interessante Unterhaltung. Aber ich muss kurz auftauchen und Luft holen. Bin gleich wieder da …“ Er stieg nach oben.

„Warte! Ich komme mit!“, rief das Flusspferd und stieß sich vom Grund ab.

Gemeinsam tauchten sie auf, prusteten, holten Luft und tauchten danach wieder unter.

„Du bist ja doch ein Delfin!“, rief der Delfin verzückt aus. „Ich wusste es!“

„Sicher nicht. Schau her, ich habe keine Flossen, sondern Beine. Außerdem kann ich auch nicht schwimmen. Ich laufe.“

„Na dann bist du eben ein Delfin mit Beinen.“ Der Delfin war sehr gut darin, eine einmal gefundene Theorie unbeirrt weiter zu verfolgen. Er überlegte ein bisschen.

„Ja, genau, das muss es sein: Du bist ein laufender Delfin“, stellte er dann fest.

Das Flusspferd war bis zu diesem Moment sehr davon überzeugt gewesen, ein Flusspferd zu sein. Identitätskrisen waren ihm eigentlich fremd. Die meiste Zeit seines Lebens ruhte es in sich selbst und stand mit allen vier Beinen fest auf dem Boden – oder auf dem Flussbett, je nachdem. Es war sich auch jetzt noch ziemlich sicher, dass es kein laufender Delfin war. Doch die Hartnäckigkeit seiner neuen Bekanntschaft war irgendwie verunsichernd. An einer verborgenen Stelle, tief in seinem Inneren, hatte sich ein kleiner Zweifel eingenistet.

„Bestimmt ernährst du dich von Fischen." – Der Delfin kam jetzt erst richtig in Fahrt. „Und sicher magst du auch die Krebse, die es hier gibt. Ich finde ja, sie sind zu dieser Jahreszeit besonders lecker."

„Nein, Krebse hab ich noch nie probiert." Dem Flusspferd tat es ein wenig leid, seinen neuen Bekannten schon wieder enttäuschen zu müssen. „Ich fresse Pflanzen. Und eigentlich", fuhr es fort, „bin ich nur hierhergekommen, weil ich die Tiere kennenlernen wollte, die so schön singen!"

„Singen? Aber du meinst doch wohl nicht die Möwen mit ihrem Gekreische?"

„Nein, ich meine diese Lieder, die unter Wasser zu hören sind."

„Ach die meinst du. Das sind die Buckelwale. Sind übrigens Verwandte von mir. Oh, und nachdem du ebenfalls ein Delfin bist, sind es dann ja auch deine Verwandten."

Für den Delfin war damit alles klar.

„Ist es weit zu gehen bis zu diesen Buckelwalen?" – das Flusspferd war auf einmal sehr interessiert.

„Na ja …", der Delfin drehte ein paar halsbrecherische Schleifen, während er überlegte, „die leben schon ziemlich weit draußen im Meer. Zum Laufen ist das zu weit. Da müsstest du schon schwimmen." Er musterte das Flusspferd hoffnungsvoll. „Und du bist dir ganz sicher, dass du nicht doch schwimmen kannst? Nicht mal ein kleines bisschen? Dann könnte ich dich nämlich hinführen."

Das Flusspferd deutete auf seine Beine und schüttelte bedauernd den Kopf.

„Also nein. Hm, dann muss es wohl irgendwie anders gehen. Das kann doch nicht sein, dass du deine Verwandten nicht zu sehen bekommst, bloß weil du nicht schwimmen kannst. Lass mich mal kurz überlegen …"

Neben der großen Gabe, sich die Welt so vorzustellen, wie sie ihm am besten gefiel, war der Delfin auch keiner, der sich schnell von irgendwelchen Hindernissen entmutigen ließ. Wenn er einmal an etwas glaubte, verlieh ihm das eine große Beharrlichkeit. Verwandte, so fand er, sollten sich unbedingt treffen. Egal, wie. Außerdem liebte er Geschichten mit Happy End. Das hier hatte irgendwie etwas Romantisches. Lang verschollene Schwestern, Brüder, Onkel oder Tanten, die sich in glücklichem Wiedersehen in die Arme (oder in diesem Fall in die Flossen) sanken, waren ganz nach seinem Geschmack. Die Vorstellung, dass er bei dieser Sache eine entscheidende Rolle spielen konnte, beflügelte ihn sehr. Das hier war seine persönliche Herausforderung und er würde sich ihr mit Freude stellen.

„Ich denke, ich habe eine Lösung für dein Problem", meinte er eifrig. „Mein Plan ist folgender: Ich schwimme zu den Buckelwalen und finde heraus, wie ihr zueinanderkommen könnt. Ich muss jetzt sowieso hier weg, weil die Ebbe schon eingesetzt hat. Aber sobald wieder Flut ist, bin ich zurück und gebe dir Bescheid."

„Wenn du meinst …"

Das Flusspferd war etwas skeptisch. Außerdem hatte es gerade einiges nicht verstanden.

„Was bedeuten *Ebbe und Flut*?", fragte es.

„Ach das", meinte der Delfin beiläufig, „darüber musst du dir keine Gedanken machen. Das Meer kommt und geht. Das macht es immer so. Bleib einfach hier, Liebes, und warte auf mich."

Er schwamm nahe heran und sah dem Flusspferd tief in die Augen, ernst, bewegt und sehr, sehr entschlossen.

„Vertraue mir", sagte er feierlich. „Ich werde deine Verwandten für dich finden. Es ist Schicksal, dass wir uns getroffen haben, da bin ich mir ganz sicher. Und ich werde der Bote sein, der euch zusammenführt. Ist es nicht wundervoll?"

Dann vollführte er einen weiteren, halsbrecherischen Purzelbaum, schlug ein paar Mal kräftig mit seiner Schwanzflosse und drehte ab, um ins Meer hinauszuschwimmen.

„Bis später, Liebes!", rief er fröhlich und verschwand in der Ferne, indem er einen Schweif von Luftblasen zurückließ.

„Äh … ja. Bis später."

Das Flusspferd sah den Luftblasen nach.

‚Was für eine seltsame Begegnung', dachte es verwirrt.

Dann wandte es sich um und stieg an Land. Es verspürte auf einmal das dringende Bedürfnis, ein bisschen am Strand herumzulaufen. Seine Beine zu bewegen und dabei feste, trockene Erde unter den Fußsohlen zu spüren. Um sich zu vergewissern, dass es ganz bestimmt kein Delfin war. Außerdem wollte es dieses Meer einmal von außen beobachten. Und vielleicht den Seetang kosten.

Es folgte einem kleinen Pfad, der dicht unterhalb der Klippen entlangführte. Als dieser nach wenigen Metern um einen großen Felsen bog, wäre es fast mit der Giraffe und der Maus zusammengestoßen, die ihm dort entgegenkamen.

Das Meer kommt und geht, hatte der Delfin gesagt. Das Flusspferd fing an, zu verstehen, was damit gemeint war. Im Moment ging das Meer davon – auch wenn ihm nicht so ganz klar war, wohin. Denn der Ort, an den es sich zurückzog, war eigentlich immer noch das Meer.

An Stelle des Wassers kam nun dafür der Strand. Er wurde groß und breit. Flache Steine tauchten auf und sehr viel Sand. Möwen und Strandläufer trippelten auf und ab. Seetang lag in langen Steifen dort, wo die Flut ihn abgeladen hatte.

Die Giraffe und das Flusspferd hatten ein paar Maulvoll davon probiert. Er schmeckte etwas ungewohnt. Vor allem aber war er ziemlich salzig und machte Durst.

Glücklicherweise hatten sie eine Stelle gefunden, an der Wasser von den Klippen herunterplätscherte. Es war süß und frisch und sammelte sich in einem kleinen Tümpel, bevor es weiter ins Meer floss. Ein paar Büsche wuchsen dort, Blumen und Farne hatten sich in der Felswand angesiedelt und es gab sogar etwas Gras. Es war ein ruhiger und freundlicher Ort und die Giraffe und das Flusspferd hatten entschieden, erst einmal zu bleiben und von hier aus dem Meer zuzuschauen.

Die Giraffe war sehr zufrieden: Es gab Süßwasser, etwas zu fressen und Schatten. Und genügend Platz für ihren langen Hals.

Das Flusspferd war ebenfalls zufrieden: Es gab Süßwasser, etwas zu fressen und Schatten und seine beiden Gefährtinnen waren ebenfalls da.

Nur die Maus war unzufrieden. Zwar gab es Süßwasser und Schatten und so weiter, aber leider überhaupt keine Abenteuer. Sie war missmutig und hatte das Gefühl, ihre Zeit zu verplempern.

Die beiden anderen versuchten, sie aufzuheitern.

„Wir könnten doch etwas singen", schlug die Giraffe vor. „Jetzt, wo wir alle zusammen sind, könnten wir noch mal das Lied von neulich üben."

„Keine Lust", sagte die Maus mürrisch.

„Oder du könntest hier in den Felsspalten nach anderen Mäusen suchen", meinte das Flusspferd. „Das ist bestimmt sehr abenteuerlich!"

„Was wisst ihr denn schon von Abenteuern?" – die Maus wurde jetzt wütend. „Ihr wollt doch immer nur einen bequemen Platz haben und euch dann nicht mehr von dort wegrühren. Ihr seid unglaublich langweilig!"

„Jetzt bist du aber ungerecht", sagte die Giraffe gekränkt. „Was ist denn so schlimm daran, wenn eine es sich schön machen will? – Und überhaupt", fügte sie hinzu, „ohne mich wärst du gar nicht hierhergekommen!"

„Und du hättest ohne mich gar nicht angefangen zu fliegen", schrie die Maus zurück, „du bist total undankbar! Das nächste Mal suche ich mir einfach ein anderes Tier zum Fliegen. Eines, das nicht so bequem und langweilig ist wie du. Da kannst du dann sehen, wo du bleibst!"

Die Giraffe sagte nichts darauf. Sie presste die Lippen zusammen, drehte ihren langen Hals und sah entschlossen in die andere Richtung. Eine Weile herrschte zorniges Schweigen.

Das Flusspferd sah von einer zur anderen und seufzte.

„Ich glaube, ihr zwei braucht jetzt mal eine Auszeit voneinander", meinte es schließlich.

Die Maus antwortete nicht. Aber im Grunde fand sie, das sei eine ganz gute Idee.

Ja, genau. Sie würde ein Stück am Strand entlanglaufen. Vielleicht würde ihr dort ein Abenteuer begegnen. Sollten die beiden anderen doch ruhig an diesem langweiligen Platz versauern!

Entschlossen setzte sie ihre Mütze auf und lief los. Der Sand war warm und weich. Weit draußen rauschten die Wellen und rollten lang und sanft auf sie zu. Die Maus versuchte, immer dort zu gehen, wo die Gischt sie gerade nicht mehr erwischen konnte. Das machte Spaß – und war zumindest ein bisschen abenteuerlich.

Sie fand ein langes Stück Treibholz und hob es auf. Zu ihrer Überraschung war es viel leichter als die Äste daheim, mit denen sie sich sonst immer ausrüstete, um sie im Bedarfsfall drohend hin- und herzuschwingen. Bei den meisten Tieren funktionierte das. Nur die Geierin hatte schallend gelacht. Aber an die wollte sie jetzt auf keinen Fall denken. Sie warf das Treibholz probeweise in die Luft und fing es wieder auf. Es war perfekt. Sie legte es sich über die Schulter und wanderte weiter.

Die Ebbe hatte viele Vögel an den Strand gelockt. Die Maus beobachtete ein paar Strandläufer, die im nassen Sand nach Essbarem pickten und immer, wenn eine Welle kam, vor ihr davonliefen, um gleich danach schnell zurückzukommen. Außerdem gab es viele Möwen, die ebenfalls den Strand absuchten. Sie waren laut und unbekümmert und schrien gern aus vollem Hals, um wichtige Neuigkeiten zu verbreiten.

Gerade kam eine Gruppe von ihnen angesegelt und landete direkt neben der Maus.

„Passt auf, da vorne kommen die zwei blöden Köter wieder!“, riefen sie den anderen Möwen in der Nähe zu.

„Oh, Mist“, erwiderte eine von ihnen, „die beiden fangen sicher gleich wieder an, uns zu jagen, und dann ist es aus mit der Ruhe.“

Die Maus blickte in die Richtung, aus der die Möwen gekommen waren. In einiger Entfernung sah sie zwei Hunde über den Sand laufen. Sie wirkten wild und ziemlich gefährlich. Einer von ihnen war groß und kräftig. Sein graues Fell war verfilzt und starrte vor Schmutz. Die vielen Narben darin zeugten von einem Leben voller gnadenloser Kämpfe – von denen er vermutlich die meisten gewonnen hatte. Der andere Hund war ein ganzes Stück kleiner, mit spitzen Ohren und kurzen, krummen Beinen, auf denen er allerdings fast so schnell rennen konnte wie sein Gefährte. Es war deutlich zu sehen, dass beide gerne Angst und Schrecken verbreiteten. Vor allem bei den Tieren, die kleiner und schwächer waren als sie.

Im Moment bestand ihr Vergnügen darin, Möwen zu jagen. Immer wieder rannten sie, so schnell es ging, auf eine Gruppe Möwen zu und lachten triumphierend, wenn diese schreiend aufflogen. Sie ließen keinen Zweifel daran, was sie tun würden, falls sie eine von ihnen erwischen sollten.

Jetzt kamen sie schnell näher. Sie hatten die Ohren angelegt und unter ihren Pfoten spritzte der Sand.

„Gleich sind sie da!“, kreischte eine der Möwen. „Los, nichts wie weg!“

Mit einem lauten, empörten Schrei flog die Gruppe auf und segelte davon. Eine von ihnen drehte noch den Kopf und rief der Maus über die Schulter zu:

„Die beiden sind wirklich gefährlich. Du solltest dir besser ganz schnell ein Mauseloch suchen!“

Die Maus sah sich um. Sie stellte fest, dass es hier keine Mauselöcher gab. Außerdem war es zu spät, um wegzulaufen: Die Hunde hatten sie bereits gesehen. Lässig trabten sie auf sie zu. Der große beschnüffelte sie. Die Maus hielt die Luft an, denn er stank aus dem Maul. Der kleinere hielt sich etwas im Hintergrund, beäugte sie aber wachsam.

„Aber Hallo! Wen haben wir denn da?“, grinste der große Hund und leckte sich die Schnauze. „Es freut mich sehr, dich kennenzulernen! Wobei ...“, er wandte sich zu seinem Begleiter, „diese Bekanntschaft wird nicht mehr allzu lange dauern, nicht wahr?“

Der kleine Hund grinste ebenfalls und nickte. Sein Blick war böse und verschlagen.

„Mein Freund mag keine langen Gespräche“, sagte er verschwörerisch und sah die Maus dabei an. „Er wird dich jetzt nämlich gleich fressen.“

Die Maus war nicht besonders überrascht. Es kam immer wieder mal vor, dass irgendwer sie fressen wollte. Bis jetzt hatte sie es jedes Mal geschafft, die Betreffenden davon abzubringen. Meistens reichte es, ihr Gegenüber zu verblüffen.

Sie beschloss, sich erst einmal nur auf den großen Hund zu konzentrieren. Man musste immer mit dem gefährlicheren Gegner anfangen.

Sie nahm das Treibholz von ihrer Schulter, packte es fest mit beiden Pfoten und schwang es hin und her.

„Wenn du …", begann sie. Doch dann brach sie nachdenklich ab.

Eigentlich hatte sie wieder sagen wollen: „Wenn du mich fressen willst, haue ich dir eine runter." Das war ihr Standardsatz für solche Momente und sie hatte die Erfahrung gemacht, dass der eigentlich immer wirkte.

Diesmal jedoch geschah etwas Seltsames: Der große Hund folgte dem hin- und herschwingenden Treibholz mit einem sehnsüchtigen Blick. Ein glücklicher Ausdruck erschien auf seinem Gesicht. Er setzte sich auf die Hinterläufe und klopfte mit dem Schwanz auf den Boden. Die Zunge hing ihm aus dem Maul.

Die Maus hatte eine Eingebung.

„Wenn du …", begann sie noch einmal, „äh … wenn du brav bist, werfe ich dir das Stöckchen!"

Sie wusste nicht genau, woher diese Worte kamen, aber irgendwie erschienen sie ihr richtig.

Der Hund japste und hechelte ein wenig. Irgendwo, tief in seinem Inneren, hatte sich gerade eine lange verschlossene Türe geöffnet, hinter der Erinnerungen aus seiner Zeit als Welpe auftauchten und die nun unaufhaltsam und fröhlich durch sein Gehirn zogen. Es waren Erinnerungen an Freude und Unbeschwertheit, an Spiele, in denen es nicht um Gewinnen oder Verlieren gegangen war, sondern nur um die pure Lust am Rennen, Fangen, Stöcke Zerbeißen, Weiterrennen, immer weiter …

„Au ja", sagte er mit leuchtenden Augen. „Los, mach schon, mach schon!" Vor lauter Ungeduld fing er an, zu zittern.

Die Maus atmete tief ein. Dann holte sie aus und schleuderte das Treibholz mit aller Kraft. Es flog in hohem Bogen davon. Der große Hund schoss hinterher. Er sprang in die Höhe, fing das Holzstück auf, noch bevor es zu Boden fiel, schüttelte es hin und her und rannte damit weiter, so schnell er konnte. Bald war er nur noch eine winzige Gestalt am Ende des Strandes.

Erleichtert sah die Maus ihm nach. Das hatte sie wirklich gut hingekriegt.

„Nicht übel“, sagte eine Stimme hinter ihr. Sie zuckte zusammen.

Der andere Hund war näher gekommen. Auch wenn er für Hundeverhältnisse klein war, überragte er sie deutlich. Er musterte sie aus halb geschlossenen Augen. Sein Blick war böse, lauernd und hinterhältig und machte, dass sich ihr die Nackenhaare aufstellten.

Die Maus fluchte im Stillen. Eigentlich hatte sie ganz fest damit gerechnet, dass dieser Hund seinem Gefährten nachrennen würde. Jetzt merkte sie, dass sie sich getäuscht hatte.

„Weißt du“, sagte der Hund im Plauderton, „jetzt kann ich’s dir ja sagen: Mein Kumpel ist, ehrlich gesagt, ein bisschen dumm. Er lässt sich einfach zu leicht ablenken.“

Er lächelte spöttisch und zeigte dabei sein gefährliches Gebiss.

„Aber in meinem Stammbaum“, fuhr er fort, „gibt es einen Onkel, der war ein reinrassiger Terrier. Der hat mir auch einiges beigebracht. Jagen zum Beispiel. Und weißt du auch, wen Terrier besonders gerne zur Strecke bringen?“

„Mäuse“, antwortetet die Maus unbehaglich.

Sie stellte fest, dass sie diesen Hund völlig unterschätzt hatte. Er war viel gefährlicher als der andere. Und dummerweise war jetzt auch das Treibholz weg.

„Ganz genau. Mäuse.“, sagte der Terrier-Mischling. Er machte einen weiteren Schritt auf sie zu und zog die Lefzen hoch, sodass seine Reißzähne sichtbar wurden. „Das ist doch ein wirklich schöner Zufall, oder?“

Die Giraffe und das Flusspferd hatten die Szene von Weitem beobachtet.

„Ich glaube, die Maus ist in Schwierigkeiten“, meinte das Flusspferd besorgt.

„Ach, so schlimm wird es schon nicht werden.“ Die Giraffe reckte den Hals und betrachtete interessiert einen Busch, den sie noch nicht probiert hatte. „Bisher hat sie so etwas eigentlich immer ganz gut geschafft.“ Sie spitzte die Lippen und zupfte ein paar Blätter ab.

„Hör mal, auch wenn ihr zwei gestritten habt: Das hier ist jetzt nicht der richtige Zeitpunkt, um beleidigt zu sein!“

„Ich bin nicht beleidigt", antwortete die Giraffe gekränkt. „Ich finde nur, dass sie mit solchen Dingen auch alleine klarkommt."

„Aber das da drüben ist ein Terrier oder so was Ähnliches. Ein Mäusejäger. Der ist wirklich ziemlich gefährlich!"

Die Giraffe blickte zum Strand und kniff die Augen zusammen, um besser sehen zu können.

„Du hast Recht", meinte sie. „Das ist wirklich ein übler Bursche."

Das Flusspferd, das im Tümpel gelegen hatte, kletterte entschlossen aus dem Wasser.

„Ich werde hinlaufen und ihr helfen", sagte es.

„Dazu ist keine Zeit mehr", entgegnete die Giraffe. „Schau, es geht schon los!"

„Oh je, du hast recht. Wie schrecklich. Das wird schlimm enden!", rief das Flusspferd entsetzt.

„Ja, ich fürchte auch", bestätigte die Giraffe düster. „Es wird schrecklich werden und vermutlich wird es schlimm enden."

In der Ferne erklangen Kampfgeräusche: furchterregendes Knurren und Bellen, dazwischen das Klatschen dumpfer Schläge und einige hohe, durchdringende Schreie. Der Sand flog in alle Richtungen. Wilde Bewegungen waren zu sehen, so schnell, dass nicht mehr genau zu erkennen war, was da gerade passierte.

„Ich kann das nicht mit ansehen!", rief das Flusspferd verzweifelt und hielt sich die Augen zu.

„Musst du auch nicht", entgegnete die Giraffe sanft. „Es ist gleich vorbei."

Tatsächlich wurde es auf einmal still. Das Flusspferd öffnete die Augen.

Ein kleiner Hund lief den Strand entlang in ihre Richtung. Er wirkte etwas verwirrt. Beim Näherkommen sahen sie, dass er stark hinkte. Er hatte mehrere tiefe Kratzer und sein Fell war an einigen Stellen blutdurchtränkt. Eines seiner Ohren hing herab, ein Auge war zugeschwollen und er hatte den Schwanz eingekniffen. Als er sie bemerkte, blieb er kurz stehen und sah sie aus seinem verbliebenen, blutunterlaufenen Auge an.

„Am besten lauft ihr weg oder versteckt euch", flüsterte er heiser. „Da hinten gibt es ein schrecklich gefährliches Tier. Ein

Ungeheuer. Es sieht aus wie eine Maus – aber in Wirklichkeit ist es ein Monster!"

Mit diesen Worten hinkte er weiter, so schnell er konnte.

„Ich habe doch gesagt, dass es schlimm enden wird", meinte die Giraffe.

„Weißt du", fuhr sie fort, „sie hatte da neulich eine japanische Maus zu Besuch. Die hat ihr so eine spezielle Art zu kämpfen beigebracht. Tagelang sind sie herumgesprungen, haben laut geschrien und sehr viel Spaß dabei gehabt. Sie nennen es ‚Kami-Katze'."

Sie zupfte ein paar weitere Blätter aus dem Busch.

„Aber es funktioniert offenbar auch bei Hunden."[7]

Die Fliegermütze war in den feuchten Sand gefallen. Die Maus hob sie auf und begann, sie sorgfältig sauber zu machen. Sie hatte etwas zittrige Knie, aber sie versuchte, sich das nicht anmerken zu lassen, denn auf einem Felsen in der Nähe saßen etwa zwanzig Möwen dicht gedrängt und beobachteten sie fasziniert. Sie klopfte den letzten Sand von der Mütze und setzte sie auf. Eine Welle der Euphorie erfasste sie. Sie legte den Kopf in den Nacken und lachte laut. Jetzt hatte sie tatsächlich ihr Abenteuer erlebt. Das Kami-Katze hatte wirklich gut funktioniert. Vor allem, weil sie es mit ein paar zusätzlichen gemeinen Tricks kombiniert hatte, die sie schon vorher gekonnt hatte. Die Möwen starrten sie weiterhin an und schwiegen. Schließlich trippelte eine von ihnen ein wenig näher.

„Ey Kumpel", sagte sie respektvoll, „kannste uns so was auch mal beibringen?"

---

7 Die Japanische Kampfmaus (lat. mus japonika aggressiva) lebt in einer abgeschiedenen Bergregion, die bisher noch sehr wenig erforscht ist. Im Schutz dieser wilden und einsamen Landschaft konnte diese Mäuseart eine spezielle, sehr geheime und sehr effektive Art der Selbstverteidigung entwickeln, die nur unter Mäusen gelehrt und weitergegeben wird. Die Kampfmäuse ergreifen jede Gelegenheit, ihr Können zu zeigen und anzuwenden. Dies hat zur Folge, dass sie mittlerweile in ihrer näheren Umgebung keine natürlichen Feinde mehr haben. So ist ihnen oft langweilig und daher gehen manche von ihnen gerne auf Wanderschaft, um auch andere Mäuse in das Kami-Katze einzuweihen.

Und weil jetzt alle endlich zufrieden waren, wurde es dann noch sehr fröhlich und gemütlich. Das lag auch an den Fröschen, die mittlerweile zu ihnen gestoßen waren. Sie benutzten den Wasserfall als Rutschbahn und landeten mit lautem Platschen in dem kleinen Teich. Anschließend kletterten sie wieder nach oben und rutschten erneut. Manchmal landeten sie dabei versehentlich auch auf dem Rücken des Flusspferds, aber dem machte das nichts aus. Es fand die kleinen Burschen sehr unterhaltsam.

Die Giraffe gab der Maus einen freundlichen Kuss auf die Nase.

„Du warst großartig", sagte sie. „Sind wir zwei jetzt wieder gut miteinander?"

„Na klar", meinte die Maus und umarmte sie. „Weißt du, eigentlich finde ich es blöd, wenn wir streiten. Aber manchmal geht's wohl nicht anders."

Es wurde Nachmittag und das Meer kam ganz langsam zurück. Mit jeder Welle aß es einen kleinen Teil des Strandes auf. Ein Stück weiter draußen tauchte der Delfin auf. Er machte ein paar geschmeidige Sprünge und streckte dann den Kopf aus dem Wasser.

„Komm ein bisschen näher!", rief er dem Flusspferd zu. „Ich habe wichtige Neuigkeiten für dich. Von deinen Verwandten, du weißt schon!"

Das Flusspferd watete vorsichtig ein Stück ins Meer hinein.

„Die Wale sagen, dass sie leider nicht kommen können." Der Delfin war sehr aufgeregt. „Sie sagen, sie sind zu groß, um nahe an die Küste heran zu schwimmen. Aber sie lassen dich ganz herzlich grüßen. Und sie haben mir etwas für dich mitgegeben."

Er verschwand im Wasser. Als er wieder auftauchte, balancierte er eine große, gedrehte Muschel auf seiner Nase. Geschickt warf er sie dem Flusspferd zu.

„Sie sagen ...", an dieser Stelle seufzte er ergriffen und seine Stimme brach fast vor Rührung, „dass du dadurch immer an sie denken kannst. Und vielleicht kommst du ja irgendwann wieder."

Eine Träne rollte seine Schnauze herunter und er schniefte.

„Ach, ich liebe es!", rief er leidenschaftlich aus. „Ich liebe Familienzusammenführungen! Natürlich wäre es noch schöner, wenn ihr euch wirklich getroffen hättet. Aber auch so ist es wunderbar. Es ist alles so romantisch!“

Er schwamm ein paar Mal hin und her und schnieft erneut.

„Ich glaube, ich muss jetzt los“, meinte er dann mit tränenerstickter Stimme. „Entschuldige, Schätzchen, aber ich bin einfach zu aufgewühlt …!“

Mit diesen Worten machte er kehrt und schwamm aufs Meer hinaus.

Die Tiere standen um die Muschel herum und bestaunten sie. Außen wirkte sie grau und etwas unscheinbar, aber in ihrem Inneren schimmerte sie in allen Farben des Regenbogens. Das Wundervollste jedoch geschah, wenn man sie ans Ohr hielt. Dann nämlich konnte man in ihr den Gesang der Wale hören.

Ein Tier nach dem anderen nahm die Muschel auf, lauschte andächtig und reichte sie dann weiter. Niemand sprach. Das Meer rauschte und verwob sich mit dem Rhythmus der Walgesänge. Sie erklangen von weit her – und doch waren sie jetzt auf eine Art ganz nah.

„Das ist wirklich ein sehr kostbares Geschenk“, meinte die Giraffe schließlich.

„Ja. Das ist es“, sagte das Flusspferd. „Ich wünschte, ich könnte den Walen auch etwas schenken. Oder zumindest irgendwie Danke sagen.“

„Nichts leichter als das“, rief die Maus fröhlich. „Wir singen ihnen einfach unser neues Lied vor. Das mögen sie bestimmt gerne hören.“

Sie stellten sich eng zusammen. Die Maus zählte einen Takt vor und gab den Einsatz.

Und diesmal klappte alles wie von Zauberhand. Nichts war mehr schwierig. Alle sangen den richtigen Text – und die Harmonien bildeten sich wie von selbst. Es war, als hätten sie es schon immer gekonnt. Als hätten sie nur auf diesen einen Moment gewartet.

Das Meer trug die Töne davon und das Flusspferd wünschte sich ganz fest, dass die Wale in der Ferne sie hören würden.

Danach sahen sie sich einen kurzen, stillen Moment an, lächelten und spürten diese ganz besondere Freude, die entsteht, wenn etwas Gemeinsames wirklich gut gelungen ist. Dann begannen die Frösche zu jubeln und begeistert zu applaudieren.

Weit draußen am Horizont, dort wo sich Himmel und Meer berührten, hatte sich währenddessen ein goldener Dunst gebildet, der sich langsam, aber stetig auf die Küste zuschob.

„Die Wetterkönigin kommt zurück", stellte die Giraffe fest.

Auch die Frösche wurden unruhig.

„Wir müssen zurück zum Fluss", sagten sie, „die große Strömung will uns wieder nach Hause bringen."

„Das ist ja interessant", meinte die Maus. „Ich wusste gar nicht, dass ihr auch so eine Wetterkönigin habt, mit der ihr reisen könnt."

Schlagartig wurde es still. Alle Frösche drehten den Kopf und starrten sie an. Jede Fröhlichkeit war aus ihren Gesichtern verschwunden.

„Was ist los mit euch", fragte die Maus irritiert. „Hab ich was Falsches gesagt?"

Die Frösche schwiegen unbehaglich und wechselten ein paar bedeutungsvolle Blicke. Schließlich sagte einer zu den anderen:

„Sie ist kein Frosch. Sie kann nichts dafür. Sie kann es nicht wissen."

Er wandte sich der Maus zu.

„Wir glauben nicht an das Königtum", sagte er und blickte sie ernst an. „Früher hatten wir mal einen Froschkönig – aber den haben wir irgendwann abgesetzt. Revolution, weißt du. Er musste dann unseren Teich verlassen."

Die anderen Frösche nickten bekräftigend. Ihre Augen glänzten.

„Es lebe die Revolution!", riefen einige und reckten stolz ihre geballten Fäuste in die Luft.

„Ja. Das waren wilde Zeiten", fuhr der Frosch fort. „Seitdem hassen wir Monarchien!"[8]

---

8 Der Froschkönig ging damals ins Exil, wie abgesetzte Monarchen es in so einem Fall gerne tun. Dabei stellte sich heraus, dass dieser Einschnitt in seinem Leben eigentlich ein großer Glücksfall war, bekam er dadurch doch die Möglichkeit, endlich seine wirkliche Bestimmung zu finden und seine beruflichen Potentiale voll auszuschöpfen. Aber das ist eine andere Geschichte.

Zum Abschied gab es Umarmungen und Schulterklopfen und „Gute Reise!“ und „Ja, euch auch!“ und „Ey Kumpel, kommste bald mal wieder und zeigst uns dann du-weißt-schon-was?“ und schließlich machten sich alle auf den Weg.

Die Giraffe war mit der Maus den Pfad zu den Klippen hinaufgestiegen. Der Wind frischte auf und vom Meer brauste die Wetterkönigin heran. Wieder hüllte sie alles in Gold.

‚Das war wirklich ein großartiger, aufregender Tag‘, dachte die Giraffe. Sie spannte ihre Flügel auf und spürte, wie die Wetterkönigin nach ihnen griff. Draußen über dem Meer segelten die Möwen.

Mit einem Mal durchströmte sie wieder dieses große und wilde Gefühl, das sie an den Tag erinnerte, als sie das erste Mal geflogen war. Es kribbelte in ihrem Bauch. Sie machte sich bereit, Anlauf zu nehmen.

„Ich drehe noch eine kleine Abschiedsrunde über dem Meer, bevor wir zurückfliegen“, sagte sie zu ihrer Pilotin, „und ich empfehle dir, dich diesmal besonders gut festzuhalten.“

Mit diesen Worten sprang sie über die Klippen und ließ sich von der Wetterkönigin tragen. Sie hatte die Flügel weit ausgebreitet und segelte fast so elegant wie die Möwen. Und dann, auf einmal, klappte sie die Flügel zusammen, stürzte kopfüber in die Tiefe, drehte sich, fing sich ab und stieg wieder nach oben.

„Ich habe meine Mütze verloren!“, schrie die Maus.

„Macht nichts! Wir besorgen dir eine neue!“, rief die Giraffe zurück.

Der Looping war nicht perfekt gewesen, aber das machte nichts. Denn das Wichtigste war: Sie hatte sich endlich getraut.

Raben und Rätsel

Das ist der Rhythmus. So beginnt es:

In der Welt erscheinen, wenn die Zeit dafür gekommen ist. Einen Ort finden und sich formen, aus einer Knospe, einer Wabe, einer Eierschale oder einem warmen Leib.

So entfaltet es sich:

Wachsen, lernen, sich vermehren. In Verbindung gehen mit den Elementen: laufen, schwimmen, fliegen. Tief in die Erde eintauchen oder sich dem Licht entgegenstrecken.

Irgendwann, schließlich, wenn die Zeit dafür gekommen ist, geht es zu Ende:

aus der Welt gehen, sanft oder plötzlich. Langsam, fast unmerklich oder schnell über Nacht. Mit einem Schrei, einem Seufzen oder in der Stille.

Doch das Ende ist immer auch ein Neubeginn. Es sorgt dafür, dass der Rhythmus weitergeht. Denn der Rhythmus bleibt. Immer ist er da, ein unendlicher Gesang von an- und abschwellenden Stimmen, ein immerwährendes Lied.

Manchmal ist da noch etwas. Eine andere Stimme, ein anderer Takt, der sich zwar einfügt und doch irgendwie … nun ja, anders ist.

So, als ob während einer Sinfonie ein Huhn gackert. Ja. Das trifft es wohl.

Die Rabenmutter verstand ihr Handwerk. Wie alle Rabenmütter war sie eine ausgezeichnete Mutter: Sie versorgte ihre Jungen gut, ließ ihnen aber auch jede Menge Freiraum, indem sie häufig wegflog und sich Zeit für sich selbst nahm.

Die beiden kleinen Raben – Bruder und Schwester – verbrachten sehr viel Zeit damit, im Nest auf ihre Mutter zu warten. So etwas führt bekanntlich schnell zu großer Langeweile, was wiederum ein Ansporn zu großer Kreativität sein kann. Manche bezeichnen dies als „auf dumme Gedanken kommen". In Wirklichkeit jedoch fördert es die Intelligenz. Rabenmütter wissen das.

Wenn sie allein waren, beobachteten die Jungen lange und ausgiebig den Himmel über ihrem Nest. Auch hatten sie bereits begonnen, ein wenig umherzuflattern – so weit, wie es der begrenzte Raum zuließ. Besonders das Rabenmädchen reckte dabei gerne ihren Hals über den Rand des Nestes. Die Welt jenseits davon steckte schon voller Verheißungen.

„Mama, heute haben wir eine fliegende Giraffe gesehen", erzählte der Rabenjunge eifrig, als die Mutter mit einer neuen Ladung Futter ankam.

„Na so was", antwortete die Mutter. Ihr Tonfall war typisch für Erwachsene, die plötzlich mit den seltsamen und irgendwie beunruhigenden Verschrobenheiten ihres Nachwuchses konfrontiert werden und sich daraufhin bemühen, ein freundliches, pädagogisch korrektes Interesse zu zeigen.

„Ja, und auf ihrem Kopf saß eine Maus, die hat ganz laut gesungen", ergänzte das Rabenmädchen.

„Wie schön für euch."

Die Rabenmutter seufzte im Stillen. ‚Es wird höchste Zeit, dass die beiden flügge werden und das wirkliche Leben kennenlernen', dachte sie. Die Kinder haben einfach zu viel Fantasie.

Sie glättete ihr Gefieder, musterte die beiden und dachte ein wenig nach. „Also gut", meinte sie dann. „So wie ich das sehe, wird es bei euch nicht mehr lange dauern, bis ihr das Nest verlassen werdet. Daher ist es Zeit, dass ihr einen Namen bekommt."

Sie blickte von einem zum anderen.

„Ich nenne euch Lug und Trug."[9]

9 Der Grund dafür war naheliegend: Die Mutter hatte beobachtet, dass das Rabenmädchen immer auf den Rücken ihres Bruders stieg, wenn es über den Rand des Nests schauen wollte. Der Bruder hielt dabei geduldig still – er trug sie also, während seine Schwester in aller Ruhe lugen konnte. Sie hätte die beiden genauso gut „Geduld" und „Neugier" nennen können – nur dass das einfach nicht so gut klingt, schon gar nicht in der Rabensprache.

Ein kleines Stück des Schildkrötenpanzers war unter einem Haufen braunem Laub gerade noch zu erkennen. Die Kuh senkte den Kopf und pustete die trockenen Blätter vorsichtig zur Seite, bis der Panzer freigelegt war. Still und unbewegt schimmerte er in der Sonne. Nichts rührte sich. Dabei müsste die Schildkröte eigentlich längst ihre Winterruhe beendet haben. Seit Tagen schon hatte die Kuh immer wieder nach kleinen Trampelpfaden im hohen Gras Ausschau gehalten und auf die vertraute Stimme ihrer Freundin gewartet, die ihr einen guten Morgen wünschte. Sie hatte sogar extra ein besonders schönes Büschel Löwenzahn stehen gelassen, weil sie wusste, dass die Schildkröte nach der Winterruhe immer sehr hungrig war. Das war ihr nicht leicht gefallen. Jetzt rupfte sie den Löwenzahn bedächtig ab und trottete damit zurück zum Schildkrötenpanzer. Er würde ein leckeres Frühstück abgeben, für sie beide. Zusammen mit einer Tasse heißem Wasser.

Sie freute sich schon darauf, mit der Schildkröte an ihrem Küchentisch zu sitzen und endlich wieder eine anregende Unterhaltung zu führen. Vom Winter im Stall würde sie ihr erzählen – und davon, wie die anderen Kühe sie jetzt alle bewunderten, seit sie im vergangenen Sommer für viele Wochen in dem Schildkrötenpanzer verschwunden gewesen war – um dann im Herbst einfach wieder zur Herde zurückzukehren, so als sei nichts geschehen.

Außerdem musste sie die Schildkröte unbedingt fragen, was es eigentlich mit diesen Dimensionen auf sich hatte, zu denen die Freundin während ihrer Winterruhe immer reiste. Das war ihr sehr wichtig.

Denn die anderen Kühe versuchten immer wieder, sie auszufragen, nachdem sie das Wort einmal beiläufig hatte fallen lassen und behauptet hatte, sie sei im Sommer an diesem Dimensions-Ort gewesen – was ja gar nicht stimmte. In Wirklichkeit hatte sie die meiste Zeit im Schildkrötenpanzer verbracht, hatte dort in Zeitschriften geblättert, aus dem Fenster geschaut und ihre Ruhe genossen. Sie hatte das Haus gehütet und eine wunderbare Zeit dabei gehabt, während die Schildkröte auf den Galapagosinseln Schwimmen lernte. Aber das hatte sie den anderen Kühen natürlich nicht erzählt.

Neben der Haustüre hing eine Kuhglocke mit einem Seil, an dem man ziehen konnte. Es war ihre eigene Glocke, die sie im vergangenen Jahr abgestreift hatte, weil ihr das ständige Klingeln auf die Nerven gegangen war. Die Schildkröte jedoch war entzückt gewesen und hatte die Glocke sofort an ihrem Panzer befestigt.

„Jetzt können sich alle, die mich besuchen wollen, sofort bemerkbar machen!", hatte sie stolz gesagt. Die Schildkröte bekam gerne Besuch. Wenn sie nicht gerade verreiste.

Die Kuh zog kräftig am Strick. Die Glocke gab einen lauten Ton von sich. Weit entfernt, am anderen Ende der Weide, hoben die restlichen Kühe die Köpfe und fragten sich, ob es da wohl eine neue Kuh gab, die demnächst zu ihnen stoßen würde.

Der Ton verklang. Nichts rührte sich.

Die Kühe zuckten mit den Schultern, senkten die Köpfe und grasten weiter.

„Hallo, ich bin's!", rief die Kuh. „Ich glaube, du hast verschlafen. Aber das macht nichts. Ich hab dir nämlich was zum Frühstück mitgebracht!"

Nichts war zu hören, außer dem Summen der Insekten.

„Löwenzahn. Besonders dick und kräftig. Du wirst ihn mögen!"

Noch immer gab es keine Antwort. Ein leichter Wind kam auf und raschelte im trockenen Laub.

Die Kuh stand und lauschte. Ein seltsames, unangenehmes Gefühl begann, sich in ihren gesamten vier Mägen auszubreiten, vergleichbar mit dem, was sie immer spürte, wenn sich am Horizont eine Gewitterfront aufbaute.

Sie schnaufte laut, um sich zu sammeln. Dann trat sie durch die Türe.

Im Inneren des Schildkrötenpanzers war die Stille noch stiller.

Die große, altmodische Pendeluhr im Wohnzimmer, die im vergangenen Sommer mit ihrem gemütlichen Klock-Klock die Stunden und Tage weggetickt hatte, war abgelaufen – und niemand hatte sie wieder aufgezogen. Das Pendel hing still und unbeweglich und die runde Messingscheibe an seinem Ende schien sie anzustarren wie ein strenges, düsteres Auge.

Die Gewitterfront in den Mägen der Kuh verdichtete sich zu einer dunkelgrauen Wand, die jetzt schon fast den ganzen Himmel bedeckte.

Sie öffnete die Küchentüre. Die Küche war leer. Staub lag überall. Ein Teller, eine Gabel und eine abgespülte Tasse standen im Abtropfgitter neben dem Spülbecken. Alles sah so aus, als ob es dort schon sehr lange stehen würde. Auf dem Fensterbrett erblickte sie die Blumentöpfe, in denen die Schildkröte im vergangenen Jahr Salat gezogen hatte. Die Pflanzen waren längst verdorrt und die Erde ausgetrocknet. Die kleine Gießkanne daneben enthielt schon lange kein Wasser mehr.

Die Kuh legte das Büschel Löwenzahn behutsam auf den Küchentisch. Sie schüttete die Erde aus den Blumentöpfen, stapelte die Töpfe ordentlich ineinander und stellte sie zusammen mit der Gießkanne unter die Spüle. Dann verstaute sie Teller und Tasse im Küchenbuffet und legte die Gabel in die Besteckschublade. Als sie damit fertig war und es nichts weiter zu tun gab, setzte sie sich an den Tisch und blickte aus dem Küchenfenster.

Die Scheiben waren schmutzig und voller Spinnweben, und eigentlich konnte sie gar nicht nach draußen sehen. Doch das fiel ihr nicht auf, denn sie war mit ihrem inneren Unwetter beschäftigt, das mittlerweile losgebrochen war. Eine Sturmflut überschwemmte all ihre Mägen und breitete sich dann im Rest ihres Körpers aus.

Donnergrollen ließ ihr Herz laut schlagen. Ihr Fell kribbelte, als ob Hagelkörner auf sie herunterprasseln würden, und ein Blitz zuckte gleißend, als schließlich die Erkenntnis ihren Kopf erreichte: Die Schildkröte war nicht mehr da. Sie war fortgegangen, in ihre Winterruhe – und nicht mehr zurückgekehrt.

Eine lange Weile saß sie einfach nur da. Irgendwann hatte sich ihr inneres Gewitter ausgetobt. Was blieb, war ein grauer, feuchtkalter Nebel im Kopf und mit ihm ein dumpfes, irgendwie unwirkliches, verschwommenes Gefühl.

Die Glocken der anderen Kühe klingelten leise in der Ferne. Die Kuh erhob sich von dem Küchenstuhl, auf dem sie gesessen hatte. Das Aufstehen bereitete ihr Mühe. Schwerfällig verließ sie den Panzer und trottete langsam über die Wiese davon.

In der Küche war es wieder so still wie all die Tage und Monate zuvor. Irgendwann, nach etwa einer Stunde, gab es ein leises, fast unhörbares Geräusch. Ganz oben auf dem Küchenbuffet, versteckt zwischen den Blumenvasen, lag nun ein glatter, runder Gegenstand, schwarz wie die Nacht und doch leuchtend wie die Sterne.

Zwei Tage, nachdem sie ihren Namen erhalten hatte, verließ Lug als Erste das Nest. Genauer gesagt, sie fiel heraus.

Wie schon viele Male zuvor war sie auf den Rücken ihres Bruders geklettert, um über den Rand zu blicken. Die Äste und Blätter, die man zunächst sehen konnte, kannte sie schon alle und deshalb war es etwas langweilig. Wenn sie den Hals jedoch noch etwas weiter hinaus reckte, gab es tief unten eine aufregende Welt: Gras wuchs dort auf einer weiten Wiese, es gab einen Zaun und vor allem liefen interessante, sehr große Tiere herum. Manche trugen Glocken um den Hals. Sie rupften das Gras ab und kauten es. Dabei wanderten sie gemächlich hin und her.

„Wie lange willst du denn noch schauen?", beschwerte sich Trug unter ihr. „Mir tut langsam der Rücken weh. Du wirst mir zu schwer!"

„Gleich." Lug sah zu, wie eines dieser Tiere näher kam. „Da kommt ein vierbeiniges Tier auf unseren Baum zu!", rief sie begeistert.

„Mir egal", quengelte Trug. Er rutschte unbehaglich hin und her.

„Halt doch mal still", rief Lug. „Jetzt wird's grad spannend!"

Die Kuh hatte den Baum erreicht und begann, sich ausgiebig und gründlich an seinem Stamm zu scheuern. Hoch oben fing das Nest an zu wackeln. Blätter rauschten und kleine, abgestorbene Äste lösten sich und fielen zu Boden.

„Mein rechtes Bein ist eingeschlafen", beschwerte sich Trug.

„Nur noch ein kleines bisschen ...!"

Lug hatte mittlerweile einen Zustand der Glückseligkeit erreicht, der entsteht, wenn eine große Neugier, die bisher eher allgemein und ungerichtet war, endlich auf ein dazu passendes Ereignis trifft. Sie schaute und schaute, mit Faszination und völliger Hingabe. Nichts anderes interessierte sie mehr.

Die Kuh drehte sich, um sich auch auf der anderen Seite zu kratzen. Der Baum vibrierte.

„Jetzt ist es so weit. Ich muss mal mein Bein ausstrecken", verkündete Trug und richtete sich auf.

Lug fiel.

Ein angeborener Reflex, von dem sie bisher noch nichts gewusst hatte, veranlasste sie, mit den Flügeln zu schlagen. Es war eher ein Flattern als ein Fliegen, ungeübt, aber hilfreich, verlangsamte es doch den Sturz. Sie schrie aus vollem Hals – und es war ihr selbst nicht ganz klar, ob es vor Schreck geschah oder aus Entzücken. Der Boden – und mit ihm das große Tier, das sich mittlerweile den Hals scheuerte – kamen schnell näher. Weitere Reflexe setzten ein: noch mehr und noch schneller flattern, landen, hüpfen, versuchen, das Gleichgewicht zu halten, festkrallen, FESTKRALLEN …!

„Aua!", sagte die Kuh. Sie drehte den Kopf und betrachtete das kleine schwarze Ärgernis, das auf ihrem Rücken gelandet war und sie ins Fell zwickte.

„'Tschuldigung", antwortete Lug. Sie war etwas außer Atem, aber in erster Linie aufgeregt und irgendwie sehr glücklich.

„Ist doch gar nicht wahr", sagte die Kuh missmutig.

„Was denn?", fragte Lug. „Was ist gar nicht wahr?"

„Dass es dir leidtut. Dass du dich entschuldigen willst."

„Stimmt!", meinte die Rabin fröhlich nach kurzem Überlegen. „Ich bin nämlich nur auf dich gefallen, weil ich gerade flügge werde."

„Interessiert mich nicht. Geh runter von mir und lass mich in Ruhe!"

Oben im Baum steckte Trug seinen Kopf über den Nestrand und beobachtete seine Schwester.

„Wie isses da unten?", rief er.

„Total gut!", schrie Lug zurück. „Du solltest auch bald runterkommen!"

„Jetzt hör mal zu", die Kuh war inzwischen sehr aufgebracht, „wenn du nicht sofort aufhörst, hier herumzuschreien und mich zu zwicken, dann fange ich an, mich auf der Wiese zu wälzen, und mache dich platt dabei!!"

Lug war nicht sonderlich beeindruckt. Das Wissen von vielen Rabengenerationen steckte in ihren Zellen und vermittelte ihr jetzt gerade die beruhigende Information, dass eine zornige Kuh nichts war, wovor sie sich fürchten musste. Trotzdem flatterte sie sicherheitshalber auf einen nahen Ast.

Die Rabenmutter hatte das Geschehen beobachtet und landete jetzt neben ihr. Sie fütterte Lug mit einem Wurm.

„Schön, dass du es geschafft hast", sagte sie zufrieden. „Als Nächstes musst du lernen, dir dein Futter selbst zu suchen."

„Ach, das kriege ich schon hin, Mama", sagte Lug unbekümmert, „hier gibt es bestimmt jede Menge zu fressen."

„Du hast Recht."

Die Rabenmutter war erleichtert. Mit dieser Einstellung würde sich ihre Tochter vermutlich gut durchs Leben schlagen. Sie musterte die Weide mit einem prüfenden Blick.

„Versuche es als Erstes mal mit den Kuhfladen, die hier überall herumliegen. In ihnen findet sich oft richtig gutes Rabenfutter."

Damit flog sie davon. Schließlich hatte sie noch ein zweites Kind zu versorgen.

Die Sonne war untergegangen. In der Dämmerung sammelten sich die Raben. Aus allen Richtungen kamen sie angeflogen und ließen sich hoch oben in ihren Schlaf-Bäumen nieder. Sie krächzten und schwatzten. Auch Lug gesellte sich dazu. Der Tag war sehr aufregend gewesen. Sie schlief sofort ein. Die anderen Raben waren noch eine Zeit lang wach. Erst nachdem der Mond aufgegangen war, kehrte langsam Ruhe ein.

Trug lag in seinem Nest und sah zu der glänzenden Sichel hinauf. Ihr Licht schien durch die Äste und warf Schatten über das Nest. Er fühlte sich etwas alleine ohne seine Schwester und nahm sich fest vor, am nächsten Tag auch flügge zu werden.

Die Kuh stand im Stall und hörte die Raben lärmen. Sie mochte diese Vögel nicht. Immer machten sie Krach. Sie hatten keinen Respekt vor Kühen. Frech waren sie und unverschämt.

Zum Beispiel dieser Jungvogel, der heute auf ihrem Rücken gelandet war.

Um sie herum schnauften die anderen Kühe. Die meisten von ihnen schliefen bereits. Eine begann gerade zu schnarchen. Die Kuh seufzte.

‚Ich hätte so gerne wieder einmal meine Ruhe', dachte sie. ‚Es war so angenehm, im letzten Sommer, als ich für die Schildkröte ihren Panzer gehütet habe!'

Aber damals hatte sie immer gewusst, dass die Schildkröte irgendwann zurückkommen würde. Jetzt war alles anders geworden.

In letzter Zeit hatte sie einen großen Bogen um den Schildkrötenpanzer gemacht. Auf keinen Fall wollte sie wieder dieses schreckliche Gewitter-Gefühl in ihren Mägen erleben. Sie war sogar, ganz gegen ihre Gewohnheit, mit den anderen Kühen gemeinsam zum Grasen gegangen, obwohl sie deren Gespräche ziemlich langweilig fand. Mit der Schildkröte dagegen hatte es immer etwas Interessantes zu besprechen gegeben …

Zorn stieg in ihr auf.

‚Du blöde Schildkröte', dachte sie wütend. ‚Haust einfach ab in irgendwelche Dimensionen und lässt mich hier alleine! Eine schöne Freundin bist du!'

Dazu stampfte sie auf den Boden und warf den gehörnten Kopf hin und her.

Nach einiger Zeit verebbte ihr Zorn und machte Platz für eine große Traurigkeit.

Sie vermisste die Schildkröte sehr. Sie vermisste die interessanten Gespräche und die täglichen Erzählungen über all die Dinge, die ihre Freundin in diesem InterNetSch gefunden hatte. Ihr Laptop lag wahrscheinlich noch immer irgendwo in der Küchenschublade.

Der leere Panzer war jetzt das Einzige, was ihr von der Schildkröte geblieben war. Im vergangenen Sommer hatte sie sich dort wohl gefühlt. Jetzt war er nur noch ein verlassener, trauriger Ort, voller Spinnweben und Erinnerungen.

‚Aber vielleicht sollte ich trotzdem noch einmal hingehen und ein bisschen sauber machen', dachte sie. ‚Einfach, damit es dort ordentlich ist. Denn vielleicht hab ich mich getäuscht. Vielleicht kommt sie ja doch irgendwann wieder.'

Doch eigentlich, so wurde ihr klar, glaubte sie nicht daran.

Sie seufzte noch einmal. Rechts und links neben sich spürte sie die anderen Kühe, aber gerade war ihr das kein Trost. Sie fühlte sich traurig, verlassen und sehr einsam.

So klingt der Rhythmus:

Von Ebbe zu Flut, von Vollmond zu Neumond und wieder zurück. Anschwellen, abschwellen, wachsen und vergehen. Immer wieder, stetig.

Diesmal jedoch ist etwas geschehen: ein Knacken, ein Rumpeln, ein Stolpern. Ein Aus-dem-Takt-Geraten. Ein Trommelschlag, der nicht zu passen scheint. Er verursacht ein kurzes, verwirrtes Innehalten, bevor der Rhythmus sich besinnt und wieder einsetzt. Dann hat sich der Spalt im Gefüge geschlossen und alles scheint wieder seinen Gang zu gehen. Doch an einer bestimmten Stelle hat sich etwas verändert. Ein neuer Ton ist hinzugekommen. Er klingt fremd.

Der Mond stand jetzt hoch am Himmel und tauchte die stille Weide in ein milchiges Licht. Er schien auch durch das Fenster des Schildkrötenpanzers und warf einen breiten, hellen Streifen über den Küchentisch.

Die Blumenvasen oben auf dem Buffet verschoben sich. Eine von ihnen kippte über den Rand und zerbrach mit lautem Klirren auf dem Fußboden. Etwas flatterte erschrocken auf und landete auf dem Tisch. Federn glänzten im Mondlicht. Zwei runde, blanke Augen starrten in eine fremde Welt. Verwirrt blickte es um sich.

Das hier war … falsch.

Es fühlte sich ein wenig verloren. Irgendwo, tief in seinem Inneren gab es eine vage Erinnerung daran, wie alles eigentlich sein sollte. Diese Erinnerung jedoch war mit etwas verknüpft, das es hier nicht gab. Mit einem anderen Ort. Einer anderen Luft. Einem anderen Himmel. Einer anderen Art, in der Welt zu sein.

Wo war es hier nur gelandet? Und vor allem: Wo waren die anderen? Wo waren die Artgenossen?

An diesem Ort, so stellte es fest, gab es keine Artgenossen. Das war seltsam und beunruhigend. Unbehaglich wanderte es ein paar Schritte hin und her. Nach einiger Zeit ließ es sich wieder auf dem Küchentisch nieder. Eine neue Empfindung tauchte auf.

Es musste auch in dieser Welt so etwas wie … Zugehörigkeit geben. Früher oder später würde jemand kommen, da war es ganz sicher. Vielleicht musste es einfach nur warten.

Das Tier schüttelte sich. Dann steckte es den Kopf unter den Flügel und schlief ein.

Lug segelte durch die Luft und war begeistert. Seit sie flügge war, kam ihr die Welt vor wie ein Füllhorn, aus dem ununterbrochen neue, faszinierende Dinge purzelten. Zusammen mit ihrem Bruder Trug, der seinen Plan in die Tat umgesetzt und gleich am nächsten Morgen das Nest verlassen hatte, durchstreifte sie die Wälder und Wiesen der Umgebung. Immer wieder jedoch kehrten sie auf die Weide zurück, um dort die Kühe zu beobachten. Trug schätzte vor allem den Inhalt der Kuhfladen, die sie auf der Weide verteilten. Er hatte herausgefunden, dass die Kühe oft einen Fladen machten, sobald sie aufstanden. Derzeit übte er, sich an liegende Kühe anzuschleichen und sie dann unversehens ins Bein zu zwicken. Meistens funktionierte es: Die Kühe erhoben sich schimpfend, gingen davon und ließen einen frischen Fladen zurück.

Abgesehen von den leckeren Dingen, die sich im Anschluss dort herauspicken ließen, freute er sich auch über das Beschimpft-Werden, denn so etwas hat auf Raben eine völlig andere Wirkung als auf andere Spezies. Sie betrachten es als Kompliment, weil es für sie die Bestätigung ist, dass sie ihre Arbeit gut machen.

Seine Schwester Lug mochte die Fladen ebenfalls, aber auch alles andere an den Kühen faszinierte sie. Groß waren sie, gemütlich – und, wie sie feststellte, sehr gut organisiert: So hatten sie zum Beispiel laute Stimmen. Aber viele von ihnen trugen zusätzlich diese Glocken, die ebenfalls laut waren. Dadurch konnten sie sich auch verständigen, indem sie einfach nur den Hals hin- und herbewegten. Lug fand das gut. Es schonte die Stimme.

Außerdem war da noch die Sache mit den Mahlzeiten: Wenn die Kühe keine Lust mehr hatten, über die Weide zu wandern und Gras zu fressen, ließen sie sich nieder, machten eine Pause – und nach einiger Zeit holten sie das Essen aus ihrem Magen und verspeisten es ein zweites Mal im Liegen, ohne sich dabei anstrengen zu müssen. Auch das fand sie sehr praktisch.

Gerade saß sie mit ihrem Bruder auf einem Baum, der eine gute Aussicht auf die Weide bot.

„Schau mal“, sagte Trug, „da läuft die Kuh, auf der du gelandet bist, als du aus dem Nest gefallen bist!“ Er deutete mit dem Schnabel.

„Stimmt, das ist sie“ meinte Lug, „mir ist aufgefallen, dass sie gerne ihrer Wege geht und nicht bei den anderen Kühen bleibt. Ich bin gespannt, wo sie hinwill.“

Die Kuh näherte sich dem Rand der Weide. Gebüsch wuchs dort und ein kleiner, brauner, halbrunder Gegenstand lag darunter. Er fiel nicht besonders auf, aber die scharfen Augen der Raben entdeckten ihn trotzdem. Daneben hing eine Kuhglocke.

Die Kuh senkte den Kopf. Sie trat einen Schritt vor – und war verschwunden.

Die beiden Raben blickten sich an. Dann, ohne ein Wort zu sagen, sprangen sie gleichzeitig auf, breiteten die Flügel aus und flogen mit kräftigen Schlägen auf das Gebüsch zu.

Das Füllhorn hatte schon wieder etwas Neues und sehr Interessantes ausgespuckt. Das wollten sie sich unbedingt näher ansehen.

Die Kuh holte den Schrubber und den Putzeimer aus der Besenkammer. Sie würde mit der Küche beginnen und sich danach das Wohnzimmer vornehmen. Vielleicht schaffte sie es ja sogar noch, die Fenster zu putzen, bevor sie mit den anderen Kühen zurück in den Stall musste. Sie fühlte sich voller Tatendrang. Es war eine gute Idee gewesen, hier endlich einmal sauber zu machen. Selbst wenn die Schildkröte nicht zurückkam. Dann würde sie den Panzer eben für sich selbst schön und gemütlich machen.

Ein paar Blumen auf den Tisch stellen, vielleicht sogar Salat in Töpfen ziehen, so wie im vergangenen Sommer. Dann könnte sie sich hierher zurückziehen und ihre Ruhe haben, wenn die anderen Kühe ihr wieder mal auf die Nerven gingen.

Sie öffnete die Küchentüre.

Auf dem Tisch saß ein großes, dickes Huhn. Es musste wohl schon länger hier sein, denn seine Hinterlassenschaften sprenkelten die Tischplatte und auch den Fußboden. Der Kuh hatte es die Sprache verschlagen. Perplex starrte sie das Huhn an.

Das Huhn starrte zurück.

„Was machst du hier?", fragte sie schließlich.

Das Huhn starrte.

„Und wer bist du überhaupt?"

Das Huhn starrte weiter. Dann räusperte es sich. Es klang wie eine rostige Trompete, die schon sehr lange keinen Ton mehr von sich gegeben hatte. So, als müsste es sich an den Gebrauch von Stimmbändern erst mühsam erinnern. Der Ort dieser Erinnerung schien zudem sehr weit weg zu sein und der Weg dorthin endete irgendwann im Nichts.

„… Aaaa?", brachte es heraus. Dann verstummte es erschöpft und beschränkte sich wieder aufs Starren.

Die Kuh verlor langsam die Geduld.

„Hör mal, wer auch immer du bist: Hier kannst du nicht bleiben. Der Panzer gehört jemand anderem. Und ich bin so etwas wie die Hausmeisterin. Ich muss hier jetzt sauber machen!"

Geräuschvoll stellte sie den Putzeimer ab.

Das Huhn reckte interessiert den Hals, um in den Eimer zu blicken. Als es sah, dass er leer war, zog es enttäuscht den Kopf zurück und fixierte wieder die Kuh.

„Mm … aa?", sagte es.

Dann hob es das Hinterteil und ließ einen weiteren Klecks auf die Tischplatte fallen.

„Jetzt reicht's aber!", rief die Kuh empört. „Sieh dir bloß mal an, wie viel Dreck du hier schon gemacht hast!"

Kopfschüttelnd betrachtete sie den Küchentisch. Alleine das wegzuputzen, was bereits da war, würde Stunden dauern. Da musste wirklich nicht noch mehr dazukommen. Energisch packte sie den Schrubber und scheuchte damit das Huhn vom Tisch. Erschrocken flatterte es durch die Küche.

„Mma maa? Mama?“ – jetzt schien es herausgefunden zu haben, wie das mit der Stimme funktionierte. Doch die Kuh ließ sich nicht beirren.

„Ich habe keine Ahnung, wo deine Mama ist“, sagte sie und wedelte weiter mit dem Schrubber. „Am besten gehst du jetzt hier raus und suchst draußen weiter nach ihr. Los! Weg da! Ksch …! Ksch …!“ – dieses Geräusch kannte sie von der Bäuerin, wenn diese mal wieder ihre Hühner aus dem Gemüsegarten scheuchte.

Das Geräusch schien auch hier zu funktionieren. Das Huhn floh aus der Küche und rannte durch den Hausflur. Die Kuh lief mit dem Schrubber hinterher. Die Haustüre stellte sich als zu schmal für den dicken Hühnerleib heraus und die Kuh musste an dieser Stelle ein bisschen schieben. Auch dabei leistete der Schrubber gute Dienste.

Schließlich war es geschafft. Laut gackernd quetschte sich das Huhn durch die Türe und stand im Gras. Dann machte es ein paar vorsichtige Schritte. Es blinzelte und schien etwas desorientiert.

In der Nähe hockten zwei Raben und beobachteten die Szene.

Die Kuh achtete nicht darauf. Erleichtert schloss sie die Haustüre. Jetzt konnte sie endlich sauber machen.

Von außen klopfte es. Es klang nach einem pickenden Schnabel.

„Mama?“

Die Kuh ignorierte es. Sie ging in die Küche und ließ Wasser in den Putzeimer laufen. Sie hatte jetzt anderes zu tun.

Zwei Stunden später war die Küche blitzblank. Aufatmend stellte sie Eimer und Schrubber zurück und sah sich ein letztes Mal um. Sie war sehr zufrieden mit sich.

„Der Schildkröte hätte das hier auch gefallen …“ – der Satz tauchte ungebeten in ihrem Kopf auf. Schnell schob sie ihn beiseite. An die Schildkröte wollte sie jetzt nicht denken.

Durch das frisch geputzte Fenster sah sie, dass die Sonne bereits tief stand und sich die anderen Kühe langsam auf den Weg zum

Weidezaun machten, dorthin, wo bald das Tor geöffnet werden würde.

‚Aha', dachte sie. ‚Zeit für den Stall. Aber morgen komme ich wieder. Dann könnte ich das Wohnzimmer schaffen …'

Gedankenverloren trat sie aus der Haustüre.

„Mama!", erklang es fröhlich.

Oh je. Sie hatte das Huhn völlig vergessen. Irgendwie hatte sie gehofft, es hätte in der Zwischenzeit andere Hühner getroffen und sich ihnen angeschlossen. Hühner lebten doch auch in der Gruppe, oder? Waren immer zusammen, hatten gerne Gesellschaft, so wie Kühe … – na ja, wie die meisten Kühe. Gab es vielleicht auch einzelgängerische Hühner?

Egal. Sie hatte keine Lust und auch keine Zeit, sich damit zu beschäftigen. Zielstrebig steuerte sie auf ihre Herde zu, die sich bereits am Tor versammelt hatte.

Das Huhn lief neben ihr her. Es hatte große Krallen und kräftige Beine und überhaupt keine Mühe, mit ihr Schritt zu halten.

„Mama!" Das klang jetzt schon viel geübter und irgendwie sehr energisch.

„Ich habe dir doch schon gesagt, ich weiß nicht, wo deine …"

Ein schrecklicher Verdacht stieg in der Kuh auf. Sie blieb stehen und blickte das Huhn prüfend an.

„Du glaubst doch nicht etwa, dass ICH deine Mama bin? Da täuschst du dich. Sieh mich doch an. Ich bin eine Kuh. Vier Beine, ein Euter. Keine Federn. Ich kann gar nicht deine Mama sein, verstehst du?"

Das Huhn reckte den Kopf und sah sie hoffnungsvoll an.

„Mama", sagte es bestimmt.

„Nein! Ich bin NICHT deine Mama! Lass mich in Ruhe! Geh weg! Ksch …! Ksch …!"

Doch leider funktionierte diesmal der Trick nicht mehr. Das Huhn ließ sich nicht verscheuchen. Es nickte ein wenig mit dem Kopf und beäugte die Kuh gelassen. Offenbar hatte es dazugelernt. Vielleicht war es der Meinung, dass „Ksch …, Ksch …" ein ganz normales Mutter-Geräusch war.

Ratlos stand die Kuh da und blickte um sich. Das Tor am Zaun war bereits geöffnet. Die anderen Kühe waren fast alle schon durchgegangen.

Die Kuh fasste einen Plan. Sie senkte die Hörner, holte tief Luft und spannte all ihre Muskeln an. Dann galoppierte sie los. So schnell sie konnte, rannte sie auf das Tor zu.

Diesmal hatte sie die Überraschung auf ihrer Seite. Das Huhn starrte ihr einen Moment verblüfft nach, bevor es sich besann und die Verfolgung aufnahm. Doch der Vorsprung hatte gereicht: Die Kuh schloss zu den anderen Kühen auf. Unmittelbar hinter ihr wurde das Tor wieder geschlossen. Etwas außer Atem mischte sie sich unter die Herde und trottete mit ihr davon.

„Mama!", hörte sie aus einiger Entfernung. Diesmal klang es richtig zornig.

Die Kuh seufzte erleichtert. Selten war sie so froh gewesen, abends in den Stall zurückzukommen.

Lug und Trug saßen auf dem Weidezaun und beobachteten, wie sich die Kühe entfernten, während das Huhn gackernd am Tor auf- und ablief.

„Was glaubst du, ist da passiert?", fragte Trug seine Schwester.

„Ich bin mir nicht ganz sicher", antwortete sie. „Aber ich glaube, es war so: Irgendwie ist das Huhn in diesen Schildkrötenpanzer geraten. Und das Erste, was es dort gesehen hat, war die Kuh. Du weißt doch, wie das ist, wenn Vögel schlüpfen. Sie halten einfach das erste Lebewesen, das sie sehen, für ihre Mutter."

„Ja, das macht Sinn. Aber was ich nicht verstehe, ist, dass es so groß ist. Sieh es dir doch an: Es wirkt schon erwachsen. Wenn das stimmt, was du denkst, müsste es eigentlich ein Küken sein."

„Du hast Recht", sagte Lug nachdenklich. „Es ist mehr als ausgewachsen. Es ist fast doppelt so groß wie alle anderen Hühner hier. So ein Huhn habe ich noch nie gesehen."

Die Abenddämmerung war fast schon vorbei. Die anderen Raben kamen in großen Schwärmen angeflogen, um die Schlaf-Bäume zu besetzen.

„Unsere Theorie hat einen Haken“, meinte Trug. „Irgendetwas haben wir übersehen. Es ist ein Rätsel.“

„Ja, genau!“, stimmte Lug aufgeregt zu. „Ein Rätsel, das wir lösen werden!“

Sie strahlte. Das Füllhorn war großartig. Schon wieder gab es etwas Spannendes, auf das sie ihre Neugier richten konnte. Sie überlegte eifrig.

„Als Erstes müssen wir mit dem Huhn reden. Und dann sollten wir uns in diesem Schildkrötenpanzer umsehen. Schließlich hat alles dort angefangen.“

Lug gähnte. „Aber nicht mehr heute“, sagte er. „Lass uns erst einmal schlafen gehen. Morgen ist auch noch ein Tag.“

Das Huhn starrte noch eine Zeit lang durch das Tor auf den Weg, den die Kühe genommen hatten. Es sagte noch einige Male „Mama“, allerdings klang es nicht diesmal mehr wütend, sondern traurig und resigniert. Gerade hatte es in dieser seltsamen Welt doch eine … Zugehörigkeit gefunden – und jetzt war diese wieder weg.

Es seufzte. Na, ja. Vielleicht musste es einfach wieder warten. Schließlich hatte das schon einmal funktioniert.

Das Huhn wanderte auf der Weide hin und her und pickte und scharrte noch ein wenig. Dann setzte es sich unter einen Busch, plusterte sich auf und steckte seinen Kopf unter den Flügel. Morgen war auch noch ein Tag.

Am nächsten Morgen regnete es. Den Kühen machte so etwas nichts aus. Dem Huhn offenbar auch nicht. Fröhlich gackernd und „Mama!“-rufend erwartete es die Herde am Tor. Mit einem Blick erkannte es die Kuh und rannte zu ihr hin, um ihr dann nicht mehr von der Seite zu weichen. Die Kuh verdrehte genervt die Augen. Die anderen Kühe sahen herüber und tuschelten.

‚Jetzt haben sie wieder etwas gefunden, über das sie stundenlang tratschen können‘, dachte sie grimmig.

Mit dem Huhn im Schlepptau ging sie ein Stück weg von den anderen. Als sie zu grasen begann, fing auch das Huhn an, in der Wiese zu picken. Es wirkte zufrieden. Offenbar wollte es einfach nur unbedingt in ihrer Nähe sein. Die Kuh hatte den Eindruck, dass es etwas kleiner war als gestern. Aber da konnte sie sich auch täuschen.

Auf jeden Fall würde dieses blöde Huhn sie nicht davon abhalten, ihren Putzplan weiter zu verfolgen. Sie würde es einfach wieder überlisten.

Während sie weiter graste, näherte sie sich Schritt für Schritt dem Schildkrötenpanzer. Irgendwann hatte sie die Eingangstüre erreicht. Sie rupfte ein weiteres Grasbüschel ab und schielte dabei unauffällig zur Seite. Das Huhn hatte einen dicken Regenwurm entdeckt und war gerade konzentriert dabei, ihn mit aller Kraft aus dem Boden zu ziehen. Eine solche Gelegenheit würde nicht so schnell wiederkommen.

Die Kuh bewegte sich vorwärts, schlüpfte durch die Türe und machte sie fest hinter sich zu.

Geschafft.

Zufrieden klapperte sie mit dem Putzeimer. Heute war das Wohnzimmer dran.

Draußen vor dem Panzer hörte das Huhn das Klappern und hob den Kopf. „Mama", sagte es. Diesmal klang es schon viel gelassener als am Vortag. Es klang wie: Ich weiß, dass du in diesem Panzer bist – aber ich weiß auch, dass du über kurz oder lang wieder herauskommen musst.

Es ließ sich in Sichtweite des Panzers im Gras nieder und starrte die Haustüre an.

Es hatte mittlerweile gelernt, dass die Kuh zwar an Orte ging, an die es ihr nicht folgen konnte, aber auch, dass sie irgendwann von dort wieder zurückkam. Es musste nur lange genug warten. Aber das war in Ordnung. Es hatte viel Zeit und jede Menge Geduld.

Ein paar Tage vergingen und jedes Mal wiederholte sich das gleiche Schauspiel. Wo auch immer die Kuh auf der Weide unterwegs war, wurde sie von dem Huhn begleitet, das ihr nicht von der Seite wich. Es erwartete sie morgens mit fröhlichem Gackern, folgte ihr auf Schritt und Tritt beim Grasen, hockte neben ihr, wenn sie ruhte und wiederkäute, und verabschiedete sie am Tor, wenn sie abends in den Stall ging.

Die Herde hatte viel zu tuscheln und zu tratschen.

Die Kuh hatte es aufgegeben, das Huhn davon überzeugen zu wollen, dass sie nicht seine Mutter war. Es schien unbelehrbar. Sie fühlte sich hilflos. Sie fand es schrecklich, dauernd verfolgt zu werden. Der einzige Ort, an dem sie wirklich ihre Ruhe hatte, war der Schildkrötenpanzer.

Glücklicherweise schien das Huhn keine Türen zu mögen. So folgte es ihr nie durch das Weide-Tor und trat auch nie wieder durch die Haustüre des Panzers. Daher verbrachte die Kuh ziemlich viel Zeit damit, sich dort aufzuhalten und zu putzen.

Lug und Trug hatten mehrmals versucht, mit dem Huhn ins Gespräch zu kommen und es auszufragen. Doch es hatte die Raben jedes Mal verständnislos angesehen, um sich dann abzuwenden, zu scharren und zu picken.

„Es ist schon seltsam, dass es gar nichts versteht", meinte Lug.

„Ja. Und es interessiert sich für niemanden außer für die Kuh. Stell dir vor, es schimpft nicht einmal", ergänzte Trug. „Vorhin habe ich ihm einen Käfer geklaut. Jedes andere Huhn hätte versucht, mich zu hacken oder wenigstens: ‚Hau ab, du blöder Rabe!' gesagt. Ich finde, das gehört sich einfach, in so einer Situation. Ein bisschen Höflichkeit ist doch nicht zu viel verlangt, oder?"

„Ja, es benimmt sich wirklich seltsam. Ist dir aufgefallen, dass es jeden Tag ein wenig kleiner wird? Es scheint immer jünger zu werden anstatt älter." Nachdenklich betrachtete sie das Huhn. „Es wirkt so, als ob es hier ganz fremd wäre. Als ob …" Lug suchte nach dem richtigen Ausdruck – „Ja, als ob es eigentlich gar nicht richtig in diese Welt gehören würde!"

Sie lauschte ihren eigenen Worten hinterher. An einer bestimmten Stelle ihres Nackens begann es zu kribbeln, und kleine Federn richteten sich auf. Sie hatte das Gefühl, einen ersten Hinweis auf die Lösung des Rätsels bekommen zu haben.

„Wie auch immer", meinte ihr Bruder, „so kommen wir nicht weiter. Wir müssen jetzt wirklich mal in diesem Panzer nachsehen. Es wird Zeit, dass wir mit der Kuh sprechen."

Er überlegte kurz und fügte dann zufrieden hinzu: „Die wird uns bestimmt erst einmal ordentlich beschimpfen."

Sie flogen über die Weide und landeten neben dem Panzer. Durch das Fenster sahen sie zu, wie die Kuh im Inneren mit einem Staubwedel herumfuhrwerkte.

Sie war so in ihre Arbeit vertieft, dass sie die beiden erst bemerkte, als sie das Fenster öffnete, um den Staubwedel auszuschütteln. Finster blickte sie die Raben an.

„Verschwindet", sagte sie ärgerlich.

„Das geht nicht", antwortete Lug.

„Doch", meinte die Kuh. Sie lächelte freudlos. „Es ist ganz einfach: Ihr breitet die Flügel aus und fliegt weg. Ich bin mir sicher, dass ihr das könnt. Ihr fliegt weit, weit weg und ich habe dann wieder meine Ruhe."

„Aber zuerst müssen wir das Rätsel lösen", beharrte Lug.

„Welches Rätsel?"

„Na, diese Sache mit dem Huhn!"

„Mit dem Huhn?" Die Kuh wurde auf einmal sehr wütend. „Wieso wollt ihr beide euch da jetzt auch noch einmischen?"

Sie schnaubte.

„Das Huhn geht mir sowieso schon auf die Nerven. Da brauche ich nicht noch zwei weitere Vögel, mit denen ich es zu tun haben muss. Nein, das kommt gar nicht in Frage! Haut ab!"

Mit einem Knall schloss sie das Fenster.

Die Raben sahen sich an.

„Bravo", sagte Trug zufrieden. „Das war sehr gut geschimpft. Die Kuh weiß wenigstens, was sich gehört!"

„Aber für das Rätsel ist es schlecht", entgegnete Lug. „Wie sollen wir es jetzt anstellen, da hineinzukommen?"

„Ich glaube, wir müssen die Sache anders angehen", meinte ihr Bruder.

Raben sind klug und erfinderisch. Meistens erreichen sie ihre Ziele mit Hartnäckigkeit und Frechheit. In diesem Fall jedoch, das spürte er, würde das nicht funktionieren. Bei dieser Kuh musste Überzeugungsarbeit geleistet werden.

Trug legte den Kopf schief und überlegte.

Im Inneren des Panzers hatte die Kuh mittlerweile die Blumentöpfe auf dem Küchentisch aufgereiht und damit begonnen, sie mit Erde zu füllen. Daneben lagen ein paar Samentütchen. „Kopfsalat“ stand auf einem, und auf den anderen: „Eichblatt“, „Batavia“ und „Lollo Rosso“. Es klopfte an die Scheibe. Zwei Rabenköpfe blickten sie an. Die Kuh öffnete das Fenster.

„Was ist denn jetzt noch?“, fragte sie mürrisch.

„Bitte nicht gleich wieder das Fenster zuschlagen. Wir wollen dir nur einen Vorschlag machen“, sagte Trug.

„Von mir aus. Aber beeilt euch, ich habe zu tun.“

Trug holte tief Luft. Jetzt kam es darauf an, die richtigen Worte zu finden.

„Also wenn ich das richtig sehe, dann ist es doch so: Du bist gern in diesem Schildkrötenpanzer.“

Die Kuh nickte.

„Und du kümmerst dich darum, dass er schön und gemütlich ist.“

Die Kuh nickte wieder. „Ich mache das nicht nur für mich“, sagte sie. „Es ist auch für die Schildkröte, die hier gewohnt hat. Falls sie doch noch mal wiederkommen sollte …“

Trauer verdunkelte ihren Blick.

Lug begann zu verstehen. Diese Schildkröte war der Kuh wohl sehr wichtig gewesen. Offenbar war sie jetzt jedoch weg und die Kuh vermisste sie. Sicher war das auch ein Grund dafür, dass sie so mürrisch war.

„Egal.“ Die Kuh wischte sich eine kleine Träne aus dem Auge und räusperte sich energisch.

„Aber ihr könntet mir auch mal etwas erzählen, das ich noch nicht weiß. Kommt endlich zur Sache.“

Offenbar hatte sie wieder zu ihrer alten Ruppigkeit zurückgefunden.

„Also gut.“ Trug nahm den Faden wieder auf. „Vor ein paar Tagen erscheint dann hier plötzlich dieses Huhn und hält dich für seine Mutter. Macht jede Menge Dreck, läuft dir hinterher und lässt sich nicht abschütteln.“

Wie auf ein Zeichen hörten sie das Huhn in der Nähe gackern.

„Wenn wir jetzt aber herausfinden würden, woher es gekommen ist“, fuhr der Rabe fort, „dann wüssten wir auch, wo sein wirkliches Zuhause ist. Wo es eigentlich hingehört. Dann könnten wir es dorthin zurückbringen und du hättest wieder deine Ruhe.“

Er strahlte jetzt.

„Stell dir das doch mal vor: Niemand folgt dir mehr, niemand schreit dauernd ‚Mama!‘. Und niemand …“ – jetzt holte er seinen besten Trumpf hervor – „niemand macht mehr deine Küche schmutzig! Na, was sagst du dazu?“

Die Raben blickten sie erwartungsvoll an.

Die Kuh überlegte. Das klang gar nicht so schlecht, fand sie. Wenn die beiden das wirklich schaffen würden …

„Natürlich müssten wir dazu vor Ort ein bisschen recherchieren“, meinte Trug beiläufig. „Hier, in diesem Panzer. Also, das heißt, du müsstest uns reinlassen …“ – jetzt, so ahnte er, würde es noch mal ein bisschen heikel werden.

„Kommt nicht in Frage!“ Die Kuh stemmte die Vorderbeine in die Hüften. „Das war total anstrengend, den ganzen Hühnerdreck wegzumachen. Wozu, glaubt ihr wohl, habe ich jetzt hier alles geputzt?“

„Aber wir sind Raben, das ist doch etwas ganz anderes“, widersprach Lug. „Wir sind viel reinlicher. Und wir versprechen dir hiermit, dass wir keine Kleckse in deine Küche machen! Großes Rabenehrenwort.“

Die Kuh seufzte.

„Na gut“, brummte sie widerwillig. „Aber wehe, ihr vergreift euch an irgendwelchen Sachen!“

Sie trat vom Fenster zurück, um den beiden Platz zu machen. Die Raben nickten sich zufrieden zu und hüpften hinein.

Während sich die Kuh wieder ihren Blumentöpfen widmete, untersuchten Lug und Trug den Panzer. Sie wanderten durch die Räume, schauten in jede Ecke und stocherten mit ihren Schnäbeln in jedem Winkel. Trug hüpfte sogar in das Gehäuse der Pendeluhr. Er nieste. Bis zu dieser Stelle war die Kuh mit ihrem Staubwedel offenbar noch nicht gekommen.

„Was sucht ihr eigentlich?“, rief die Kuh misstrauisch aus der Küche.

„Wir recherchieren“, antwortete Trug würdevoll. „Du solltest uns nicht stören, denn wir müssen uns sehr konzentrieren!“

Lug trippelte nah an ihren Bruder heran.

„Was suchen wir eigentlich wirklich?“, fragte sie ihn im Flüsterton.

„Keine Ahnung“, flüsterte der zurück. „Ich hatte einfach gehofft, wir würden schon auf irgendetwas stoßen …!“

Doch sie fanden nichts.

Irgendwann landeten sie wieder in der Küche.

„Und?“, fragte die Kuh gespannt. Sie war jetzt fertig mit dem Säen und füllte gerade die Gießkanne, um die Töpfe zu wässern.

„Wir, äh, … ermitteln noch“, sagte Lug.

„In alle Richtungen!“, ergänzte Trug. Er stieß sich ab und flog auf das Küchenbuffet.

Die Kuh beobachtete ihn misstrauisch.

„Pass bloß auf die Blumenvasen da oben auf“, sagte sie. „Eine von ihnen ist nämlich schon kaputtgegangen. Wahrscheinlich hat das Huhn sie zerbrochen.“

„Oh. Das ist sehr interessant!“ Der Rabe zwängte sich zwischen zwei Vasen hindurch. Ganz hinten an der Wand sah er ein schwaches Leuchten.

„Ich habe etwas gefunden!“, rief er triumphierend. „Sieht aus wie eine zerbrochene Eierschale.“

Vorsichtig nahm er sie in seinen Schnabel und flatterte damit auf den Küchentisch. Alle drei beugten sich gespannt darüber.

Die Eierschale war nachtschwarz und mit leuchtend gelben Punkten gesprenkelt. Eine Zeit lang betrachteten sie sie stumm.

„Jetzt wissen wir wenigstens, dass das Huhn hier aus diesem Ei geschlüpft ist“, sagte Lug zufrieden. „Auch wenn noch nicht klar ist, wie das Ei auf das Küchenbüffet gelangt ist.“

„Ja. Und?“ Die Kuh war überhaupt nicht zufrieden. „Was nutzt uns das? Gar nichts! Wir haben noch immer ein Huhn, das mir hinterherläuft und glaubt, ich wäre seine Mutter. Wir haben noch immer keine Ahnung, wo es herkommt – und überhaupt keine Idee, wohin wir es zurückschicken sollen.“

„So ist das mit einem Rätsel“, sagte Trug gelassen. „Wir finden einen kleinen Teil. Und dann finden wir noch einen. Und irgendwann setzen wir alle Teile zusammen und dann haben wir die Lösung.“

„Dann beeilt euch bitte mit dem Finden.“ Die Kuh hatte sich wieder ihren Töpfen zugewendet. Sie war dabei, die leeren Samentüten auf kleine Stöckchen zu stecken, die sie an den Töpfen anbringen wollte.

„Zum Beispiel wäre es gut, zu wissen, wer dieses Ei hier gelegt und ausgebrütet hat“, sagte sie. „Dieses Tier ist dann nämlich wirklich die Hühnermutter.“

Sie musterte die Samentüten. „In welchem Topf hab ich jetzt gleich wieder den Batavia angesät …?“

„Vielleicht gibt es gar keine Hühnermutter. Vielleicht hat es sich selbst ausgebrütet“, meinte Lug nachdenklich.

Die Kuh sah sie verblüfft an.

„Wie kommst du denn auf so etwas?“

„Ja, ich weiß, das ist eine seltsame Idee. Aber trotzdem …“

Sie hatte schon wieder dieses Kribbeln im Nacken.

Trug war dabei, die restliche Küche zu inspizieren. Er zog an der Schublade des Küchentischs.

„Was ist das für ein schwarzer Kasten da drin?“, fragte er.

„Ach, das ist nur der Laptop der Schildkröte“, sagte die Kuh. Sie hob den Kasten aus der Schublade, stellte ihn auf den Tisch und klappte ihn auf.

„Da drin wohnt auch eine Schildkröte. Sie heißt SuFi. Und meistens ist sie schlecht gelaunt.“

Ein Ventilator begann zu surren. Der Laptop blinkte und fuhr hoch. Fasziniert beobachteten die Raben, wie der Bildschirm lebendig wurde. SuFi tauchte auf und streckte den Kopf aus ihrem Panzer.

„Wurde auch Zeit, dass ich mal wieder aktiviert werde“, sagte sie. „Ich habe vierhundertsechzehn Updates.“ Sie blickte mürrisch in den Raum. „Wo ist die Schildkröte?“, fragte sie.

„Die ist weg“, antwortete die Kuh. „Sie ist in ihre Winterruhe gegangen und nicht mehr zurückgekommen. Stattdessen haben wir hier jetzt ein Huhn, das auf dem Küchenbuffet geschlüpft ist."

„Ja, und? Was habe ich damit zu tun?"

„Es ist ein Rätsel, weißt du", sagte Lug eifrig. „Und wir könnten dabei Unterstützung gebrauchen."

„Immerhin hat ja dein Name etwas mit Suchen und Finden zu tun", ergänzte die Kuh. „Und es wäre wirklich sehr hilfreich, wenn du etwas finden würdest, das uns hilft, dieses Huhn wieder wegzuschicken. Es geht mir nämlich auf die Nerven."

SuFi verdrehte die Augen. „Sehr originell", meinte sie sarkastisch. „Wisst ihr was: Ihr alle geht mir ebenfalls auf die Nerven!" Sie wandte sich an die Kuh. „Ich habe dir schon im vergangenen Sommer erklärt, dass ich so was nicht kann. Ich bin auf Schildkröten programmiert, nicht auf Kühe oder Hühner."

„Du bist genauso blöd wie im letzten Jahr!", schimpfte die Kuh zurück.

Trug hörte interessiert zu. Mit Schildkröten zu verhandeln, so begriff er, war mindestens so schwierig wie mit Kühen. Aber das war in Ordnung. Vermutlich musste man einfach wieder Überzeugungsarbeit leisten.

Er legte den Kopf schief und betrachtete neugierig die vielen kleinen Tasten, die unterhalb des Bildschirms angeordnet waren. Etwas an ihnen wirkte sehr verlockend. Sie sahen aus, als ob sie nur darauf warteten, dass ein Rabenschnabel auf ihnen herumhackte.[10]

„Vielleicht ist es ja möglich, dich umzuprogrammieren", meinte er nachdenklich. „Und vielleicht könntest du uns danach dann doch ein paar Informationen beschaffen."

SuFi schwieg. Sie wirkte verblüfft. Dann erschien ein Grinsen auf ihrem Gesicht.

„Du bist ein kluges Kerlchen", sagte sie anerkennend. „Das mit dem Umprogrammieren ist tatsächlich möglich. Und eigent-

---

10 Das Hacken im Zusammenhang mit Computern ist auch bei Menschen bekannt – nur, dass diese ohne Schnabel auskommen müssen. Die Faszination, die von Computertastaturen ausgeht, ist wohl Spezies-übergreifend.

lich ist es gar nicht so schwierig. Pass auf, ich werde dir zeigen, wie das geht.“ Sie wirkte auf einmal sehr angeregt.

„Also als Erstes drückst du die Steuerungs-Taste und gleichzeitig ‚F47‘. Das ruft die Programme auf. Dann erscheint das Schildkrötensymbol, das musst du zweimal anklicken, das gibt dir ein Menü, in dem wählst du dann ‚benutzerdefiniert‘ ... – hast du das?“

„Moment.“ Trug war intensiv mit der Tastatur beschäftigt. Schnell und zielsicher pickte er mit seinem Schnabel auf den schwarzen Tasten hin und her. Manchmal nahm er auch seine Krallen zu Hilfe.

Die Kuh sah ihm staunend zu. Sie wandte sich zu Lug.

„Wo hat er das gelernt?“, fragte sie.

„Keine Ahnung“, antwortete diese. „Ich denke mal, er ist ein Naturtalent.“

„Ich bin so weit“, sagte Trug. Das hier gefiel ihm ausnehmend gut.

„Gut.“ SuFi war zufrieden. „Jetzt wird es noch ein bisschen kompliziert ... – Ach ja und eine Sache noch: Wenn du weitermachst, wird leider der E-Mail Account der Schildkröte deaktiviert. Ihr habt dann keinen Zugriff mehr.“

„Ach, das macht gar nichts“, sagte die Kuh leichthin, „die Mails waren sowieso nicht besonders interessant. Fast nur Spams. Werbung vom Reisebüro und so.“[11]

Sie warf einen kurzen Blick aus dem Fenster und erschrak.

„Das Tor ist schon offen. Ich muss in den Stall!“ Schnell räumte sie die Blumentöpfe beiseite. Dann musterte sie die Raben mit einem strengen Blick.

„Ihr könnt hier von mir aus noch eure Computersachen zu Ende machen. Aber wehe ich finde morgen irgendwelche Kleckse auf dem Fußboden!“

---

11 Allen, die das lesen, ist an dieser Stelle sofort klar, dass es natürlich doch etwas ausmachte. Es hatte jede Menge Folgen, unter anderem auch für das Reisebüro. Aber das ist eine andere Geschichte.

Mit schnellen Schritten ging sie auf die Haustüre zu. „Warte! Ich komme mit!"

Lug flog hinter ihr durch die Türe. „Ich denke mal, die beiden da drinnen kommen sehr gut ohne mich zurecht. Bis morgen dann!"

Sie segelte davon.

„Ja, ja. Bis morgen." Die Kuh eilte, so schnell sie konnte, über die Weide.

„Mama!", rief das Huhn und rannte hinter ihr her. Es war wieder ein Stück kleiner geworden und musste sich anstrengen, mit ihr Schritt zu halten. Die Kuh tat, als ob sie es nicht bemerken würde.

Die anderen Kühe drehten die Köpfe, als die Kuh zu ihnen aufschloss.

„Wir haben heute gar nichts von dir gesehen", meinte eine von ihnen, „Aber vermutlich hast du wieder einen interessanten Tag gehabt."

„Na, ja. Geht so", antwortete die Kuh. Doch wenn sie es sich genauer überlegte, war dieser Tag tatsächlich sehr abwechslungsreich gewesen.

In der Küche des Schildkrötenpanzers brannte Licht: Trug hatte eine Kerze angezündet, um die Tastatur besser sehen zu können. Unter SuFis Anleitung hatte er einige weitere Aktionen durchgeführt und dabei jede Menge gelernt. Schließlich waren sie fertig.

„Jetzt musst du mich herunterfahren und anschließend neu starten", sagte SuFi. „Aber das wird dann etwas dauern. Wegen der Updates und so."

„Macht nichts. Ich werde warten." – Trug war sehr müde und gleichzeitig völlig wach. Das hier war mindestens so großartig wie das Segeln mit dem Wind.

Irgendetwas war mit seinem Rabenhirn passiert. Es ratterte darin, als sich viele neue Synapsen mit unglaublichen Verknüpfungen beschäftigten. Eine dieser Verknüpfungen erzeugte ein Bild, in dem Kannen mit starkem Kaffee sowie überquellende Aschenbecher vorkamen. Da er als Rabe jedoch mit beidem nichts anfangen konnte, löste es sich schnell wieder auf.

Am nächsten Morgen war aus dem Huhn ein flauschiges Küken geworden und die „Mama!"-Rufe erklangen als hohes Piepsen. Es konnte auch nicht mehr so schnell rennen wie früher. Manchmal stolperte es. Die Kuh hätte es beim Gang über die Weide problemlos hinter sich lassen können – doch aus irgendeinem Grund brachte sie es nicht übers Herz. Stattdessen ging sie langsam und blieb sogar ab und zu stehen, sodass es ihr folgen konnte. Verwundert stellte sie fest, dass sie gut gelaunt war. ‚Natürlich sind die Unterhaltungen mit den Raben nicht so wie die Gespräche mit der Schildkröte', dachte sie. Aber etwas daran war trotzdem interessant. Und sie war sehr neugierig, zu erfahren, was während der Nacht passiert war.

Lug kam angeflogen. Sie hatte einen Käfer im Schnabel. Gemeinsam betraten sie die Küche. Trug hockte auf der Stuhllehne und starrte auf den Bildschirm. Er hatte leicht glasige Augen und wirkte etwas zerzaust. Lug ließ den Käfer vor ihm auf den Tisch fallen.

„Hab dir etwas zu essen mitgebracht", sagte sie fröhlich.

Der Käfer versuchte, davonzukrabbeln. Er kam nicht sehr weit.

„Danke", sagte Trug. Gerade vorhin hatte er schon wieder ein seltsames Bild gesehen. Diesmal handelte es sich um ein dreieckiges, schon ziemlich bröseliges Stück Gebäck, auf dem Käse, Peperoni und eine fettige, angetrocknete Scheibe Salami verteilt waren. Er schluckte den Käfer und das Bild verschwand.

SuFi hatte sich verändert: Ihr Panzer war jetzt mit schwarzen Federn dekoriert. Sie wirkte sehr zufrieden und lächelte sogar ein wenig.

„Das mit den Federn ist sehr originell, findet ihr nicht?", sagte sie. „Ich habe gedacht, ich bringe damit mein neues interkulturelles Bewusstsein zum Ausdruck!"

Die Kuh interessierte sich nicht für Interkulturalität.

„Habt ihr schon etwas über das Huhn herausgefunden?", fragte sie ungeduldig.

„Wir wollten warten, bis ihr da seid", meinte Trug. Er sperrte seinen Schnabel auf, nahm die Eierschale vorsichtig vom Tisch und hielt sie hoch, sodass SuFi sie sehen konnte.

„Gangu gaai ua aangang?"

„Was?"

„Er meint: ‚Kannst du damit was anfangen'", übersetzte seine Schwester.

Sufi blinzelte. „Sieht aus wie eine Eierschale", sagte sie.

„Das wissen wir doch", sagte die Kuh. „Es ist ein Hühnerei. Wir wollen aber etwas über das Huhn wissen. Das Beste wäre, du würdest alles darüber herausfinden!"

„Ach so. Das hättet ihr auch gleich sagen können."

SuFi betrachtete das Ei. Sie blinzelte wieder.

„Suchfunktion starten …" murmelte sie.

Kurz darauf erklang ein Geräusch, das sich anhörte wie „Pling".

„Achtzehn Ergebnisse!", strahlte SuFi, „in null Komma vier Sekunden! Welches Ergebnis soll ich euch zeigen?"

„So eine blöde Frage", sagte die Kuh verärgert. „Natürlich das, womit wir am meisten anfangen können."

„Das ist überhaupt keine blöde Frage", antwortete SuFi gekränkt. „Man merkt einfach, dass du noch immer keine Ahnung von Computern hast. Ich muss so etwas fragen. Ich bin so programmiert!"

„Zeige uns das Ergebnis mit der höchsten Übereinstimmung", meinte Trug beschwichtigend. Er hatte in den vergangenen Stunden begriffen, wie man virtuelle Schildkröten am besten ansprach.

Ein weiteres „Pling" erklang. Auf dem Bildschirm erschien das Foto eines Huhns. Daneben gab es eine Überschrift. Sie lautete:

„Neues aus der Dimensions-Forschung: Gezeitenhühner".

„Das ist es!", rief Lug aufgeregt, „Schaut mal, das da sieht genauso aus wie unser Huhn."

„Zumindest, wie es noch vor einiger Zeit ausgesehen hat", berichtigte die Kuh. „Mittlerweile ist es um einiges kleiner geworden."

„Ja. Aber seht doch, dort ist ein Foto, das eine Eierschale zeigt. Schwarz mit gelben Punkten. Genau wie diese hier. Wartet mal …" Trug hackte mehrmals auf eine bestimmte Taste ein. Die Bilder hüpften nach oben und Buchstaben schoben sich ins Blickfeld.

„Es gibt auch einen Text dazu."

„Gezeitenhühner …“, las er laut, *„leben in einer sehr fremdartigen Dimension an den vulkanischen Küsten eines urzeitlichen Meeres. Abgesehen von den Hühnern sind diese Gegenden leer und unbewohnt. Sie besetzen damit einen der unwirtlichsten Lebensräume, von denen wir bislang Kenntnis erhalten haben. Im Laufe der Evolution haben sie sich jedoch hervorragend an seine Gegebenheiten angepasst.*
Der Name verweist auf ihren eigenwilligen Lebenszyklus: So schlüpfen sie als erwachsenes Huhn aus dem Ei und entwickeln sich dann zu einem Küken, das schließlich wieder zu einem Ei wird.
Gut geschützt lagern diese Eier dann am Strand in kleinen Felsspalten, aus denen ununterbrochen heißer Schwefeldampf aufsteigt. Dies führt offenbar dazu, dass das darin befindliche Küken langsam wieder wächst. Diese einzigartige Form des Ausbrütens dauert immer so lange, bis sich die Gezeiten des Meeres so mit den Zyklen des Mondes und der Sonne synchronisieren, dass an einem ganz bestimmten Tag der Tidenhub ungewöhnlich hoch ausfällt. Die Flut steigt in dieser Zeit bis zu den Felsspalten hinauf, das Meerwasser kühlt die Eier ab und scheint dadurch einen Impuls zu setzen: Die Schale bekommt kleine Risse, bricht auseinander und heraus schlüpft ein erwachsener Vogel, um einen weiteren Lebenszyklus zu beginnen.“

„Sehr interessant“, sagte die Kuh. „Das erklärt wenigstens, warum unser Huhn gerade immer kleiner wird. Auch wenn ich trotzdem noch nicht verstehe, wie es auf das Küchenbuffet gelangt ist.“

„Da steht noch etwas“, meinte Trug. Er las weiter.

„Die Spezies der Gezeitenhühner zeichnet sich zudem durch ihre Langlebigkeit aus. Sie scheinen schon immer da gewesen zu sein und ihre Population bleibt fast völlig konstant. Die Frage zum Beispiel, woher eigentlich das allererste Ei gekommen ist, konnte noch nicht beantwortet werden.
In unserer Dimension scheinen sie nicht vorzukommen. Allerdings existieren gewisse Gerüchte, nach denen es passieren kann, dass sich manchmal ein Ei kurz vor dem Schlüpfen verirrt und dann hier bei uns auftaucht. Angeblich geschieht dies jedoch immer an leeren und unbewohnten Orten. Daher gibt es logischerweise auch keine Berichte darüber.“

„Ha! Wir wissen es jetzt aber besser!“, rief Lug triumphierend. „Wir haben so ein Huhn. In unserer Dimension! Wir sollten ihnen schreiben und darüber berichten!“

„Lieber nicht“, wehrte die Kuh entsetzt ab. „Wenn sich das herumsprechen würde, kämen sicher viele Besucher hierher und alle würden sich das Huhn und den Panzer ansehen wollen. Dann hätte ich schon wieder keine Ruhe!“

„Das ist doch jetzt nicht wichtig“, sagte Trug ungeduldig. „Habt ihr nicht zugehört? Wir haben das Rätsel gelöst! Wir wissen jetzt, wie das Huhn hierher geraten ist. Es hat sich verirrt. Es wollte gar nicht hierherkommen. Es ist nur deswegen aus Versehen auf das Küchenbuffet geraten, weil die Schildkröte fortgegangen ist und ihr Panzer dadurch ein unbewohnter Ort wurde.“

„Stimmt“, sagte die Kuh. „Dieser Panzer war wirklich ziemlich unbewohnt, als ich im Frühjahr das erste Mal drin war. Total staubig.“

„Genau. Und dann bist du plötzlich mit dem Schrubber und dem Eimer aufgetaucht und warst das erste Lebewesen, das das Huhn nach dem Schlüpfen gesehen hat. Daher hält es dich für seine Mutter. Bei Vögeln ist das so.“

„Bei den meisten Vögeln“, berichtigte Lug ihren Bruder tadelnd. „Raben wären niemals so dumm, eine Kuh für ihre Mutter …“, mit einem Auge schielte sie nach der Kuh.

„Äh, 'Tschuldigung, du weißt sicher, dass das nicht persönlich gemeint war.“

Draußen auf der Weide spürte das Gezeitenhuhn, wie es immer jünger wurde. Während sich seine letzten Federn in gelblichen Flaum verwandelten, wuchs seine Unruhe. Es fühlte sich auf einmal unwohl im Freien und spürte eine große Dringlichkeit, einen dunklen und geschützten Ort zu finden. Es beäugte den Panzer. Eine vage Erinnerung stieg in ihm auf. Ja. Dort musste es hinein.

Zielstrebig trippelte es zu der Kuhglocke neben der Türe und zog mehrmals energisch am Strick. Nach einiger Zeit wurde die Türe geöffnet. Die Kuh blickte auf das Küken herab.

„Meine Güte“, staunte sie, „jetzt bist du aber wirklich klein geworden.“

Das Küken beachtete sie nicht. Es piepste und starrte in den Hausflur. Geschickt schlüpfte es zwischen ihren Beinen hindurch und rannte in die Küche. Dort kauerte es sich in eine Ecke. Es störte sich auch nicht daran, von zwei Raben und einer leuchtenden Schildkröte in einem schwarzen Kasten beobachtet zu werden. Hier drinnen, so fand es, war es schon bedeutend besser als draußen. Auch wenn dieser Ort nach wie vor seltsam war.

Die Kuh kam hinterher und schloss die Küchentüre.

„Seht nur, wie winzig es ist", sagte Trug. „Jetzt wird es wohl nicht mehr lange dauern, bis es zu einem Ei wird. Dann hört es auf, hinter dir herzulaufen."

„Das tut es jetzt schon nicht mehr", meinte die Kuh. „Als ich ihm die Türe geöffnet habe, hat es sich nur noch für den Panzer interessiert, nicht mehr für mich."

Sie klang nachdenklich und fast ein wenig bedauernd.

„Dann hast du es ja bald geschafft", antwortete der Rabe fröhlich. „Wenn das Huhn ins Ei geschlüpft ist, tragen wir es raus, legen es irgendwo ab und dann hast du wieder deine Ruhe!"

„Ich weiß nicht ...", sagte die Kuh zögerlich. „Ich meine: Was passiert denn dann mit dem Ei da draußen?"

„Keine Ahnung", meinte Trug unbekümmert, „was halt mit Eiern so passiert, die irgendwo herumliegen. Die meisten gehen kaputt. Ein Ast fällt herunter, jemand tritt aus Versehen drauf. Oder sie werden gefressen. So ist das nun mal."

„Das kommt gar nicht in Frage!" Die Kuh schüttelte empört ihre Hörner. „So etwas kann ich dem Kleinen da nicht antun. Immerhin bin ich so etwas wie seine ... äh, Ersatzmutter. Und außerdem", fuhr sie fort, „möchte das Huhn ja irgendwann auch wieder neu schlüpfen. Wir sollten ihm eine Umgebung schaffen, wo es das auch kann."

‚Nur am besten nicht in diesem Panzer', fügte sie in Gedanken hinzu.

„Für so eine Umgebung braucht ihr Felsspalten, heiße Schwefeldämpfe und ein urzeitliches Meer", ließ sich SuFi vernehmen. „Und vor allem braucht ihr die passende Dimension dazu."

„Äh, könnten wir dich vielleicht so umprogrammieren, dass du das Ei in seine richtige Dimension zurückschicken kannst?" – Trugs Vertrauen in die Allmacht von Computern war mittlerweile grenzenlos geworden.

SuFi grinste.

„Für die ferne Zukunft möchte ich das nicht ausschließen", antwortete sie geschmeichelt. Dann wurde sie ernst.

„Aber in diesem Fall – nein. Ich bedauere es, aber dieses Kunststück müsst ihr schon irgendwie selber hinkriegen. Ich habe meinen Job hiermit erledigt. Der Rest ist jetzt eure Sache."

Sie schaltete sich ab und verschwand. Vermutlich, um in Ruhe über Dimensionswechsel nachzudenken.

„Schade." Trug blickte enttäuscht auf den schwarzen Bildschirm. Er hatte das Gefühl, als hätte ihm jemand gerade einen verheißungsvollen Kuhfladen vor der Nase weggeschnappt, den er noch längst nicht fertig ausgepickt hatte.

„Das macht sie immer so", meinte die Kuh. „Verschwindet, ohne sich ordentlich zu verabschieden. Ich finde, sie hat keine Manieren."

„Kann man sie wieder aktivieren?", fragte Trug hoffnungsvoll.

„Nur, wenn sie Lust dazu hat. Und ich bin sicher, gerade hat sie keine Lust."

Sie wandte sich dem Küken zu, betrachtete es und seufzte. Es tat ihr leid. Irgendwie fühlte sie sich gerade sehr verantwortlich und gleichzeitig etwas hilflos.

„Was sollen wir nur machen, wenn dieses Huhn jetzt zu einem Ei wird?", fragte sie.

„Keine Ahnung." Lug betrachtete das Küken ebenfalls. Wie ein flauschiges Bällchen trippelte es in seiner Ecke hin und her. Ab und zu gab es ein leises Piepsen von sich.

‚Es sieht irgendwie verwirrt aus', dachte sie. ‚Als ob es einen Plan hat, aber nicht weiß, wie es den hier bei uns umsetzen kann. In seiner eigenen Dimension würde es sich bestimmt anders verhalten. Hier aber wirkt es wie aus dem Nest gefallen.'

Aus dem Nest … – ja, das war vielleicht eine Möglichkeit …

„Jetzt habe ich doch eine Idee!“, verkündete sie. „Ich kann nicht versprechen, dass sie funktioniert, aber ich finde, es wäre einen Versuch wert.“ Sie wandte sich ihrem Bruder zu.

„Wir sollten dem Küken ein Nest bauen.“

„Wieso ein Nest?“, fragte dieser. „Du hast es doch gehört: In seiner Dimension liegen die Eier in Felsspalten. Die haben da keine Nester.“

„Ja, das stimmt. Aber hier bei uns liegen Vogeleier in Nestern. Und das Huhn ist nun mal hier, in unserer Dimension. Wenn es hier so behandelt wird, wie Hühner eben hier behandelt werden, dann … dann erinnert es sich vielleicht irgendwie, weißt du? Und findet von selbst seinen Weg zurück. Denn immerhin hat es ja auch hierher gefunden.“

Sie merkte selbst, dass die Logik hinter ihren Worten nicht unbedingt zwingend war. Trotzdem hielt sie an ihrer Idee fest. Außerdem spürte sie, wie sich wieder ihre Nackenfedern aufrichteten und kribbelten. Es funktioniert bestimmt, dachte sie. Es muss einfach funktionieren!

Ihr Bruder überlegte.

„Äh, du meinst so was wie Informationsaustausch“, sagte er nachdenklich. „Das Huhn bekommt durch das Nest noch einmal die Information von, nun, Evolution zum Beispiel. Entwicklung. Wachsen und Schlüpfen und so. Und dann kann es diese Information auf seine eigene Dimension übertragen.“

Er strahlte, als ihm etwas einfiel.

„So als ob ich auf dem Computer das Schildkrötensymbol drücke und so weiter – und dann kann SuFi auf einmal ganz woanders suchen und am Panzer wachsen ein paar Rabenfedern …“

„Na, ja. So in etwa.“ Lug fand diesen Vergleich ziemlich absurd, wollte sich aber jetzt mit ihrem Bruder auf keine Computer-Gespräche einlassen.

„Ich finde, das ist zumindest mal ein Plan“, mischte sich die Kuh ein. „Es ist in jedem Fall besser, als jemanden auf dem Ei herumtrampeln zu lassen!“

Sie wandte sich den beiden Raben zu.

„Wie lange braucht ihr, um so ein Nest zu bauen?“, fragte sie.

Lug und Trug sahen sich an. „Na ja … vier Wochen, oder so." Trug wirkte etwas verlegen. „Vielleicht auch etwas länger. Wir haben so etwas noch nie gemacht, weißt du. Müssten vielleicht ein bisschen üben."

„Normalerweise können wir uns beim Nestbau Zeit lassen", ergänzte Lug. „Denn bei uns Raben werden die Eier erst gelegt, wenn das Nest fertig ist."

„Das dauert viel zu lange." Die Kuh sah in die Ecke, in der das Küken saß. Es schien schon wieder etwas kleiner geworden zu sein. „In diesem Fall hier legt sich das Ei sozusagen selber. Vermutlich schon morgen. Die Zeit läuft uns davon."

„Dann müssen wir eben improvisieren." Lug war nicht bereit, ihren Plan aufzugeben. Nachdenklich sah sie sich in der Küche um. Ihr Blick blieb an den Blumentöpfen hängen, die ordentlich beschriftet und liebevoll aufgereiht auf der Fensterbank standen. Sie räusperte sich.

„Ich bin mir sicher", sagte sie vorsichtig und blickte dabei die Kuh von der Seite an, „dass mindestens einer dieser Salate eigentlich gar nicht so gut schmecken wird."

„Wieso?", fragte die Kuh argwöhnisch.

„Na ja, weißt du, das ist eigentlich immer so. Man sät alles Mögliche an und gießt und freut sich auf den Salat – und dann ist einer dabei, der eine Enttäuschung ist. Er wächst nicht richtig oder schmeckt irgendwie fade. Oder die Schnecken kommen und fressen ihn ab …"

„Hier gibt es keine Schnecken", sagte die Kuh missmutig. „Aber ich habe dich schon verstanden."

Sie seufzte. Sie hatte nur die Absicht gehabt, es sich in diesem Panzer schön zu machen. Aber dann waren ununterbrochen Dinge passiert, die sie davon abgehalten hatten, endlich mal wieder ihre Ruhe zu haben. Jetzt hockten hier ein Küken und zwei Raben, die ihre Salattöpfe für Nester verwenden wollten. Na gut, nur einen der Salattöpfe. Aber trotzdem.

Lug und Trug beobachteten sie erwartungsvoll.

Die Kuh spürte, dass es ihr nicht gelang, dauerhaft ärgerlich zu sein. Immerhin könnte es helfen, das Huhn nach Hause zu schicken. Und wenn sie ehrlich war, fand sie die ganze Sache eigentlich ziemlich interessant. Da konnte sie schon mal auf einen der Salatköpfe verzichten.

„Von mir aus", meinte sie und bemühte sich, trotzdem möglichst unwirsch zu klingen. „Wie lange werdet ihr mit dem Nest brauchen, wenn wir einen Blumentopf zu Hilfe nehmen?"

„Oh, dann geht es schnell", rief Lug begeistert. „Spätestens morgen Mittag sind wir fertig." Sie warf einen Blick auf das Küken. „Das dürfte vermutlich reichen."

„Was macht dich so sicher, dass ihr das in der kurzen Zeit schaffen werdet?", fragte die Kuh misstrauisch. „Ihr seid doch erst flügge geworden. Ihr habt bestimmt noch nie ein Nest gebaut."

„Oh, das kriegen wir trotzdem hin." Lug war zuversichtlich. „So was haben wir in unseren Genen." Sie schloss kurz die Augen und konzentrierte sich. Dabei versuchte sie, sich an etwas zu erinnern, das sie noch nie gemacht hatte. Es war nicht besonders schwierig. Raben können so etwas.

„Was brauchen wir alles für ein Nest … – oh, ja" – sie öffnete die Augen wieder und sah ihren Bruder an – „also: ein paar kleine Zweige, aber nicht viele. Wir haben ja den Blumentopf. Dann trockenes Gras und etwas Moos zum Auspolstern." Aufgeregt hüpfte sie hin und her.

„Und dann noch etwas Weiches. Etwas … Liebevolles. Etwas, das dem Ei sagt: Alles ist gut. Du kannst wieder nach Hause gehen."

Verwundert lauschte sie ihren eigenen Worten nach. Das Letzte, so wusste sie, war irgendwie keine Rabenerinnerung an den Nestbau gewesen. Es hatte eher etwas mit den kribbelnden kleinen Federn in ihrem Nacken zu tun.

„Was bitte soll das sein: etwas Liebevolles?", fragte ihr Bruder verständnislos.

„Keine Ahnung", antwortete sie fröhlich. „Das werden wir dann schon sehen."

Die Kuh räumte die Blumentöpfe von der Fensterbank. Sie wählte den Topf, der mit Lollo Rosso beschriftet war – und hoffte dabei, dass dies wirklich der Salat war, der ihr nicht geschmeckt hätte. Sie schüttete die Blumenerde heraus, bis auf einen kleinen Rest, und stellte den Topf auf den Tisch. Dann öffnete sie das Fenster.

„Ihr könnt hier ein- und ausfliegen", meinte sie.

Sie spürte auf einmal, dass sie sehr hungrig war. Ihr fiel ein, dass sie bereits einige Mahlzeiten versäumt hatte.

„Es gibt hier wohl im Moment nichts für mich zu tun. Ich gehe mal ein bisschen Grasen und Wiederkäuen."

Den ganzen Tag sah man von der Weide aus, wie die beiden Raben durch das Küchenfenster ein- und ausflogen. Sie arbeiteten unermüdlich. Sie hörten auch nicht auf, als die Kühe in den Stall zurückkehrten. Erst als der Abend schon fast in die Nacht übergegangen war, unterbrachen sie ihre Tätigkeit, um den Schlaf-Baum aufzusuchen.

Ein anderer Rabe verließ seinen Sitzplatz und flatterte auf einen Ast in der Nähe. Es war die Rabenmutter.

„Was habt ihr den ganzen Tag da drüben gemacht?", fragte sie neugierig. „Es sah so aus, als ob ihr an einem Nest baut. Aber ihr seid doch noch viel zu jung zum Brüten. Und überhaupt: ihr beide zusammen? Bruder und Schwester?"

„Das Nest ist nicht für uns", erklärte Lug. „Es ist für das Huhn. Weil wir nämlich jetzt fast das ganze Rätsel gelöst haben!"

„Für ein Huhn?", fragte die Mutter entsetzt. „Ihr baut ein Hühnernest?"

„Ja, weil das Huhn jetzt bald zu einem Ei wird", ergänzte Trug. „Und weil es dann wieder in seine eigene Dimension zurückmuss. Dort bekommt es dann heiße Schwefeldämpfe. In einer Felsspalte."

Die Rabenmutter starrte die beiden an und ließ diese Informationen einen kurzen Moment auf sich wirken.

„Wie schön für euch", antwortete sie dann automatisch, bis ihr erleichtert einfiel, dass dies eine Art Rückfall in eine alte Rolle war – und sie gar nicht mehr pädagogisch antworten musste, weil sie für die beiden zum Glück nicht mehr verantwortlich war.

Trotzdem. Irgendetwas hatte sie falsch gemacht. Vielleicht hätte sie doch nicht von dem vergorenen Obst fressen sollen, während sie diese Jungen ausgebrütet hatte.

Sobald der Morgen dämmerte, machten die Raben weiter.

Irgendwann kam die Kuh über die Weide getrabt. Etwas war um ihren Hals geschlungen.

„Was hast du da?“, fragte Lug neugierig.

„Oh, nichts Besonderes“, meinte die Kuh wegwerfend. „Aber es ist weich und … äh … liebevoll.“

Sie wirkte verlegen. Sie nahm das Halstuch ab und zeigte es ihnen.

„Die Schildkröte hat es mir letztes Jahr von ihrer Reise mitgebracht. Ich habe gedacht, wir könnten es für das Nest verwenden.“

Trug betrachtete das Tuch. Er las den Schriftzug.

„Da steht: ‚Grüße aus Ga-la-pa-gos‘. Liegt dieses Ga-la-pagos in einer anderen Dimension?“, fragte er.

„Ich glaube nicht“, antwortete die Kuh. „Aber es ist mit Sicherheit sehr weit weg. Vielleicht zählt das ja auch.“

„Das zählt bestimmt“, sagte Lug. „Und es ist wirklich sehr liebevoll von dir, etwas herzugeben, das dir eine Freundin geschenkt hat.“

„Jaja, schon gut.“ – die Kuh hüstelte. Wenn Kühe rot werden könnten, dann wäre sie es jetzt geworden. „Ich verleihe es ja eigentlich nur. Wenn alles klappt, kann ich es mir ja später wiederholen.“

Am Nachmittag schließlich war das Nest fertig. Der Blumentopf war jetzt sorgfältig mit Moos, Gräsern und ein paar Ästen ausgekleidet. Er thronte in der Mitte des Küchentischs. Stolz betrachteten die Raben ihr Werk.

„Es ist wirklich gut gelungen“, meinte Lug zufrieden und zupfte noch ein bisschen am Halstuch der Kuh herum, das sie ganz oben als letzte Schicht hineingelegt hatten.

Das Küken in seiner Ecke hatte den Kopf eingezogen, die Augen geschlossen und gab nun nicht einmal mehr ein Piepsen von sich. Es schien zu schlafen. Sein Flaum hatte begonnen, sich an einigen Stellen schwarz zu färben.

„Ich glaube, die Verwandlung hat schon angefangen", sagte Trug. „Jetzt wird es wirklich Zeit, dass es in sein Nest kommt."

Die Kuh hob das Küken vorsichtig auf und setzte es in den Blumentopf. Es öffnete kurz die Augen und sah sich um. Dann rutschte es ein paar Mal hin und her, bis eine kleine passende Kuhle entstanden war. In diese kuschelte es sich hinein, schloss die Augen und schlief weiter.

Drei Augenpaare beobachteten es gespannt.

„Es scheint sich wohl zu fühlen", stellte Trug fest.

„Was passiert jetzt wohl?", fragte die Kuh gespannt.

„Das werden wir sehen", meinte Lug. „Wir müssen einfach abwarten."

Also warteten sie. Etwas passierte. Allerdings ging die Verwandlung sehr gemächlich vor sich, so wie ein Topf sich füllt, der unter einem langsam tropfenden Wasserhahn steht, oder wie Schatten länger werden, wenn die Sonne langsam tiefer sinkt. Die schwarze Farbe im Flaum des Kükens nahm immer mehr zu. Sie verdunkelte und verdichtete sich, während an einigen kleinen Stellen das noch vorhandene Gelb immer intensiver wurde. Ganz deutlich zeichnete sich bereits die Eierschale eines Gezeitenhuhns ab.

Als es Abend wurde, war das Ei schließlich fertig. Still ruhte es in der Mitte des Nests.

„Das war's", meinte Trug.

„Das war's noch nicht", widersprach die Kuh. „Jetzt wird es doch erst interessant."

„Ja. Aber alles, was wir tun konnten, haben wir jetzt getan. Das, was nun kommt, muss das Huhn selbst machen. Oder vielmehr das Ei."

Er pickte nach seiner Schwester, die zusammengekauert auf der Lehne des Küchenstuhls hockte und kaum mehr die Augen offen halten konnte.

„Komm", sagte er zu ihr. „Wir gehen heute einmal etwas früher schlafen. Nach diesen beiden Tagen haben wir uns das wirklich verdient!"

Die Kuh sah die Raben davonfliegen und schloss das Fenster hinter ihnen. Die Sonne stand schon tief. Wie immer um diese Zeit erklang das Klingeln und Muhen der sich versammelnden Kühe.

Sie betrachtete das Ei. Dann deckte sie es mit einem Zipfel des Halstuchs zu.

„Ich glaube, ich bleibe noch ein bisschen", sagte sie zu sich selbst in die Stille der Küche hinein.

Sie hatte das Gefühl, jemand sollte Wache halten und bei dem Ei bleiben, wenn es seine Reise in die andere Dimension antrat. Falls es sie überhaupt antrat.

Aber auch, falls es das nicht tat: Jemand sollte aufpassen, dass es nicht … na ja, zerstört oder gefressen wurde. Oder dass ihm sonst etwas zustieß. Sie fand, es sollte so eine Art allgemeines Dabei-Sein für das Huhn auf seinem Weg geben. Eine Begleitung für das, was auch immer jetzt passieren würde.

Draußen vor dem Fenster wurde es dunkel. Ein blasser Mond schob sich vor die Fensterscheibe und leuchtete ins Zimmer, genau wie damals, als ihr klar geworden war, dass die Schildkröte nicht mehr wiederkommen würde.

Ach ja, die Schildkröte.

Die Kuh stellte erstaunt fest, dass sie in den vergangenen, aufregenden Tagen kaum an die Schildkröte gedacht hatte. Zumindest nicht auf diese Art und Weise, wie in den Wochen davor. Sie spürte, dass sich ihre Gefühle durch all diese Erlebnisse verändert hatten. Sie vermisste die Schildkröte noch immer. Doch der Zorn von früher war verraucht. Das, so fand sie, war eine große Erleichterung.

Und die Trauer – ja, auch die gab es noch. Doch mittlerweile war sie eher zu einer sanften, wehmütigen Melodie geworden, die irgendwo im Hintergrund ihres Bewusstseins erklang. Die Melodie begleitete sie von ferne, aber dennoch konnte sie gleichzeitig ihrer Wege gehen.

Das Wetter hatte umgeschlagen und große dunkle Wolken hatten sich vor den Mond geschoben. Erste Tropfen begannen zu fallen und trommelten einen Rhythmus auf die Oberseite des Panzers. Das Trommeln erinnerte die Kuh an etwas. Sie stand auf und ging ins Wohnzimmer. Dort nahm sie den Schlüssel aus dem Gehäuse der Pendeluhr, zog sie auf und stellte sie an. Sie wusste nicht genau, warum sie das tat. Vielleicht, weil es sie an die Schildkröte erinnerte. Auf eine freundliche und versöhnliche Art.

Dann kehrte sie in die Küche zurück. Vorsichtig hob sie einen Zipfel des Halstuchs an und blickte darunter. Das Ei lag noch immer unverändert in seinem Nest. Die kleinen gelben Punkte auf der nachtschwarzen Schale leuchteten wie Sterne in der Dunkelheit. Sie schienen zu pulsieren. Es sah sehr schön aus.

‚Wie lebendig es wirkt', dachte sie.

Sie rief sich noch einmal in Erinnerung, was SuFi über die Gezeitenhühner herausgefunden hatte. Wenn das alles stimmte, war dieses Huhn vermutlich uralt, obwohl es am Ende so klein und jung gewirkt hatte. Es hatte vielleicht schon viele Lebenszyklen hinter sich und war schon tausend Mal ein solches Ei gewesen, um dann als Huhn neu zu schlüpfen.

Die Kuh versuchte, sich vorzustellen, wie es war, seit vielen, vielen Jahren an diesem urzeitlichen Meer zu leben, im heißen Sand zu scharren und nach kleinen Krebsen oder Wasserläufern zu picken. Zusammen mit den anderen Gezeitenhühnern.

Sie merkte, dass es ihr gar nicht mehr so sehr darum ging, dass sie selbst endlich wieder ihre Ruhe hatte. Das Huhn war ihr zwar auf die Nerven gegangen – aber irgendwie verstand sie jetzt auch ein bisschen besser, warum es sich so verhalten hatte. Wer weiß, was sie selbst getan hätte, wenn sie plötzlich in einer völlig fremden Umgebung aufgewacht wäre, in der alles ganz anders und ungewohnt war. Sie wünschte dem Huhn wirklich, dass es wieder in seine Dimension zurückkehren könnte.

„Alles ist gut", sagte sie zu dem Ei. „Ich hoffe, du schaffst es und findest nach Hause."

Danach legte sie ihren Kopf neben dem Nest auf den Küchentisch, um ein wenig auszuruhen. Etwa eine Minute lang lauschte sie dem Regen und dem gemütlichen Ticken der Uhr. Dann war sie eingeschlafen.

Sie erwachte von einem Klopfen an der Fensterscheibe. Es klang ungeduldig und vermittelte den Eindruck, dass es schon eine ganze Weile andauerte. Schlaftrunken schlurfte sie zum Fenster.

„Wurde auch Zeit", meinte Lug, „wir klopfen schon seit einer halben Stunde!"

„Das kann nicht sein", widersprach die Kuh und gähnte. „Ich habe die ganze Nacht bei dem Ei gesessen und aufgepasst. Bin allerhöchstens kurz mal eingenickt."

„Nein, du hast tief und fest geschlafen. Du hast sogar geschnarcht. So laut, dass wir es draußen hören konnten!"

„Ist doch jetzt egal", unterbrach Trug ungeduldig. „Kommt, lasst uns nachsehen, was aus dem Ei geworden ist!"

Vorsichtig schlugen sie das Tuch zurück.

Der Blumentopf darunter war leer. Nur die kleine Mulde im Moos markierte die Stelle, an der das Ei gelegen hatte.

Einen Moment lang starrten sie in das Nest.

„Das hat ja wirklich gut funktioniert", meinte Trug zufrieden.

„Ja. Meine Idee war richtig", sagte seine Schwester stolz.

Die Kuh sagte erst einmal nichts. Sie spürte eine große, irgendwie mütterliche Freude.

‚Du dummes, nerviges, anhängliches Huhn', dachte sie zärtlich. ‚Du tapferes kleines Küken. Du hast dich gut geschlagen in dieser Dimension hier. Es war bestimmt nicht leicht für dich. Aber du hast es geschafft: Du hast wirklich zurückgefunden. Das hast du wunderbar gemacht. Oh, ich bin ja so stolz auf dich!'

Ein großes und wildes Glücksgefühl wallte in ihr auf und musste heraus. Sie hob den Kopf und muhte. Es war ein sehr lautes und sehr begeistertes Muhen. Es wiederholte sich immer wieder. Sie schien gar nicht mehr damit aufhören zu wollen. Der Küchenschrank fing an, in den Schallwellen zu vibrieren, und ließ Teller und Gläser klirren. Lug und Trug brachten sich erschrocken auf dem Fensterbrett in Sicherheit.

„Hurra! Das Huhn hat es geschafft! Es hat nach Hause gefunden!"

Vor lauter Freude begann sie, einen kleinen Tanz aufzuführen. Zwei Stühle kippten um. Der Küchenschrank machte einen Satz und eine weitere Vase fiel vom Buffet und zerschellte.

Die Raben wechselten auf den äußersten Rand der Vorhangstange.

„Ehrlich gesagt verstehe nicht ganz, warum sie jetzt auch noch anfängt zu tanzen", meinte Trug besorgt. „Weißt du, ich hatte zwar damit gerechnet, dass sie froh ist, jetzt wieder ihre Ruhe zu haben. Aber dass es ihr so dringlich war mit dieser Ruhe, habe ich doch nicht gedacht."

Die Welle des Glücks verebbte langsam. Die Kuh näherte sich den Raben. Sie war etwas außer Atem. Lug und Trug beobachteten sie wachsam und trippelten etwas nervös auf der Vorhangstange hin und her.

„Das haben wir gut gemacht, findet ihr nicht?", sagte die Kuh strahlend. „Wir waren wirklich ein tolles Team!"

„Ja. Finde ich auch", antwortete Lug und entspannte sich etwas. „Und wir haben das ganze Rätsel gelöst", ergänzte sie zufrieden.

Dann gab es einen Moment der Stille, die entsteht, wenn alle nötigen Dinge erledigt sind und die Aufregung abklingt. Wenn das Suchen und das Finden, die Zweifel und die Gewissheit stattgefunden haben. Wenn der letzte Ton verklungen und alles vorbei ist.

Niemand von ihnen wusste etwas zu sagen.

„Wir, äh … lassen dich jetzt mal alleine", meinte Trug schließlich. „Damit du wieder deine Ruhe haben kannst und so. Du willst jetzt bestimmt noch ein bisschen aufräumen und äh … wie gesagt deine Ruhe haben."

Er hüpfte aus dem Fenster und flog davon.

„Sicher begegnen wir uns wieder, draußen auf der Weide", sagte Lug. Sie winkte zum Abschied mit dem Flügel und folgte ihrem Bruder nach draußen.

Die Kuh nahm den Blumentopf mit dem Nest vom Tisch. Sie würde erst einmal keinen Salat hineinsäen, beschloss sie. Es widerstrebte ihr, das Nest zu zerstören. Vorsichtig stellte sie es unter die Spüle. Nur das Tuch aus Galapagos nahm sie wieder an sich.

Ihr Blick fiel auf den Laptop. Sie klappte ihn auf, schaltete ihn ein und wartete, bis SuFi auf dem Bildschirm erschien.

„Ich wollte dir nur mitteilen, dass das Huhn wahrscheinlich in seine Dimension zurückgekehrt ist“, berichtete sie stolz.

Die virtuelle Schildkröte blinzelte einen Moment, während sie diese Information verarbeitete.

„Oh, gut“, sagte sie dann. „Soll ich diesen wissenschaftlichen Beitrag über die Gezeitenhühner, den wir da gefunden haben, korrigieren und aktualisieren? Und wen nenne ich als Autor? Dich oder diesen cleveren Raben?“

„Niemanden“, antwortete die Kuh. „Und bitte auch nichts darüber schreiben. Ich möchte auf keinen Fall, dass mich irgendwelche neugierigen Leute hier besuchen kommen, nachdem sie das gelesen haben!“

SuFi verdrehte einmal wieder genervt die Augen. Das konnte sie gut.

„Mir scheint, dass du die Regeln und Umgangsformen des InterNetSch noch immer nicht begriffen hast“, meinte sie. „Alle, die das lesen und mit euch in Kontakt treten wollen, würden nicht hierherkommen. Sie würden euch schreiben!“

„Will ich auch nicht“, beharrte die Kuh.

Sufi seufzte.

„Na gut“, meinte sie. „Aber dann lass mich die Information wenigstens in meinen versteckten Dateien abspeichern!“

Das ist der Rhythmus …

Die Wellen des urzeitlichen Meeres bauten sich auf, überschlugen sich, liefen zischend am Strand aus und zogen sich zurück, um nach einigen Atemzügen erneut wiederzukehren. Muscheln und kleine Steine wurden dabei hin- und hergerollt und in einem geduldigen Prozess zu feinem Sand zermahlen. Dass dieser Vorgang Jahrtausende in Anspruch nahm, war nicht von Belang. Denn dieses Meer hatte einen unendlichen Vorrat an Zeit.

Stille lag über der Küste. Sie schien nur aus Sand und Felsen zu bestehen. Niemand hielt sich hier auf. An einigen geschützten Stellen, die die Flut nicht erreicht hatte, gab es vereinzelte Abdrücke von Hühnerkrallen im Sand. Doch es war niemand da, der sie hätte bemerken können.

Kein Baum wuchs hier, kein Grashalm wehte im Wind. Kein Vogelruf erklang. Nur ein paar Flechten hatten sich angesiedelt. Zäh und im wahrsten Sinne hartgesotten klammerten sie sich an die schwarzen Lavafelsen, aus deren Spalten heiße Schwefeldämpfe entwichen. Der Schwefel hatte sie leuchtend gelb gefärbt. Wie prähistorische Sommersprossen sprenkelten sie die schwarzen Felsen und nachts ging phosphoreszierenden Licht von ihnen aus.

Ein feiner Dunst aus unzähligen Wassertröpfchen hing über der Brandung des Meeres. Die Flut hatte ihren Höhepunkt gerade überschritten. Das immer wiederkehrende Lied der Wellen würde nun leiser werden, unmerklich zunächst, aber stetig, bis irgendwann nur noch ein leises Summen erklingen würde, weit draußen am Horizont. Dann würden die Gezeiten, wie schon ungezählte Male zuvor, mit der nächsten Strophe ihres Liedes beginnen.

Manchmal, aber nur manchmal, wenn ein haarfeiner Sichelmond am Himmel hing, während die Flut den Gesang des Meeres anschwellen ließ, würden die Wellen besonders weit ins Land reichen und ihr Rauschen würde dann wie Donnerschläge klingen.

Aber noch war es nicht so weit.

Gut getarnt lagen die Eier der Gezeitenhühner in den Felsspalten. Fast nichts unterschied sie von dem mit Flechten gesprenkelten schwarzen Gestein. Schwefeldampf umhüllte und wärmte sie.

An einer bestimmten Stelle vibrierte die Luft. Ein weiteres Ei erschien wie aus dem Nichts und gesellte sich zu den anderen. Etwas Moos und ein paar trockene Gräser klebten an seiner Schale. In seinem Inneren ging eine lautlose Verwandlung vor sich, so wie bereits ungezählte Male zuvor.

Zusammen mit den restlichen Eiern würde es nun warten, bis die Sichelmond-Flut kam und kühles Wasser in die Felsspalten sickerte.

Bis dahin träumte es den Traum der Gezeitenhühner. Im Gegensatz zu den anderen Hühnern beinhaltete dieser Traum auch etwas verschwommene Bilder von einen Blumentopf, großen Nüstern und Kuhhörnern.

Lug flog mit kräftigen Flügelschlägen über das Land, erwartungsvoll, was das Füllhorn als Nächstes für sie bereithalten würde. Sie hoffte auf ein neues Rätsel, das gelöst werden wollte.

Ihr Bruder spazierte gemächlich über die Weide, von Kuhfladen zu Kuhfladen. Während er hier und dort pickte, überlegte er, wie er die Kuh dazu überreden könnte, ihn wieder an diesen Computer zu lassen. Vermutlich würde das nicht so ganz einfach werden – aber er war fest entschlossen. Wahrscheinlich würde er wieder Überzeugungsarbeit leisten müssen. Irgendetwas würde ihm schon einfallen.

Die Kuh wischte ein paar Kleckse weg, die das Küken zuletzt in der Ecke hinterlassen hatte. Sie stellte fest, dass sie sich gar nicht mehr über den Hühnerdreck ärgerte. Das Wischen glich vielmehr einem kleinen Abschiedsritual, freundlich und ein wenig wehmütig.

‚Jetzt habe ich tatsächlich wieder meine Ruhe', dachte sie.

„Ja. Und das ist einerseits schön, aber irgendwie auch ein bisschen traurig, nicht wahr?", sagte eine Stimme in ihrem Kopf. Sie klang genau wie die Schildkröte.

„Stimmt", antwortete die Kuh. „Aber das liegt auch daran, dass du nicht mehr da bist."

Die Kopf-Schildkröte schwieg.

„Bist einfach abgehauen. Hast mich alleingelassen", legte die Kuh nach, „keine interessanten Gespräche mehr und so …"

Die Schildkröte gab auch dazu keinen Kommentar ab.

Stattdessen hatte die Kuh den Eindruck, als hörte sie ein leises, knurpsendes Geräusch. Es klang wie ein Schildkröten-Kiefer, der nachdenklich auf einem Löwenzahn-Blatt kaut.

‚Genauso hätte sie das auch gemacht, wenn sie hier wäre', dachte die Kuh. Sie hätte erst mal in Ruhe überlegt und dann etwas Kluges gesagt.

„Aber stattdessen sind doch jetzt andere interessante Dinge passiert", ließ sich die Schildkröte in ihrem Kopf wieder vernehmen. „Dinge, die nie geschehen wären, wenn ich noch hier wäre. Das gehört zum Rhythmus: Etwas geht, damit etwas kommen kann, verstehst du?", meinte sie freundlich.

Die Kuh war sich nicht sicher, ob sie das verstand. Aber das kannte sie bereits. Schließlich war es früher auch oft so gewesen. Sie hatte bei Weitem nicht alles verstanden, was die Schildkröte so erzählt hatte – aber trotzdem hatte sie es interessant und faszinierend gefunden.

„Ich finde, du solltest die Raben demnächst mal zum Kaffee einladen", meinte die Schildkröte nach einer Weile. „Dann kommt endlich einmal mein schönes Service zum Einsatz. Das würde mir gefallen!"

‚Ja, das stimmt', dachte die Kuh. ‚Das hätte der Schildkröte gefallen.'

Sie hatte immer gerne Besuch gehabt.

Die Idee war eigentlich gar nicht so schlecht.

Vielleicht würden sich ja ein paar interessante Gespräche ergeben.

Herausforderungen

Nachtstille lag über dem Land. Es war die Stille kurz vor der Morgendämmerung, die besonders tief ist und gleichzeitig schon erwartungsvoll. Bald würden die Vögel erwachen und den neuen Tag begrüßen.

Die japanische Kampfmaus ging durch die Dunkelheit. Ihr Schritt war leicht und mühelos und verursachte kaum ein Geräusch. Sie erreichte den Hügel mit der großen Zirbelkiefer. Unter den ausladenden Ästen blieb sie stehen und ließ ihr Reisebündel von der Schulter gleiten. Ein paar Freundinnen hatten es zum Abschied mit ihrem Namen bestickt: „Hao Tsu“ stand in kunstvollen Buchstaben auf einer Seite.[12]

Sie ließ sich nieder, lehnte den Rücken an den Stamm, schloss die Augen und entspannte sich. Bei Tageslicht konnte man hier weit über die Hügel schauen. Es würde nicht mehr lange dauern, bis deren Umrisse langsam aus dem Morgennebel auftauchen würden.

Eine Weile passierte nichts. Irgendwann sagte sie – beiläufig und im Plauderton – in die Nacht hinein:

„Dritter Ast von unten, zweite Astgabel links. Du hast einen winzigen schwarzen Fleck auf der Nase und kleine Haarbüschel oben auf den Ohren.“ Sie wartete ein bisschen und fügte dann hinzu: „Und es nutzt auch nichts, wenn du jetzt die Augen zumachst. Ich habe dich längst gesehen.“

---

12 Wie so oft in diesem Teil der Welt war die Bedeutung ihres Namens etwas schillernd. In der Regel wurde er mit „Tausend Reiskörner und etwas Käse“ übersetzt. Mit etwas anderer Betonung konnte er aber auch „die ihren Verstand gebraucht“ bedeuten. Und im Dialekt der Füchse, die in der Nähe lebten, wurde er zu: „Dieser Maus gehst du besser aus dem Weg“. Mit „Zuhauen“ übrigens hatte der Name nur sehr selten zu tun.

„Mist!“, sagte eine Stimme ein paar Meter über ihr. Ein Ast knackte und es gab ein paar kratzende Geräusche. Dann landete eine Katze neben ihr auf dem Boden. Ihr kurzes Fell war grau und dicht und in der Dunkelheit kaum zu sehen. Nur ihre goldgelben Augen leuchteten. Sie wirkte etwas verlegen.

Hao Tsu musterte sie.

„Aha. Eine Karthäuserkatze, nicht wahr?“, sagte sie. „Ich habe schon gehört, dass sich einige von euch hier in der Nähe angesiedelt haben. Ihr lebt nach strengen Regeln, in so einer Art Kloster. Steht früh auf und meditiert und macht dauernd irgendwelche spirituellen Übungen und so. Übt ihr etwa, wie man Kampfmäuse fängt?“

„Oh nein, wo denkst du hin? Natürlich nicht!“, antwortete die Karthäuserkatze schockiert. „Das würden wir niemals wagen. Weißt du nicht, dass ihr überall gefürchtet seid? Bis in die Ebenen und sogar am Meer erzählen sich die Tiere Geschichten über Kampfmäuse. Es heißt, es gibt keine Gegner, die ihr nicht besiegen könnt!“

„Na ja …“, Hao Tsu versuchte, nicht geschmeichelt zu klingen. „Du weißt ja, wie das ist mit solchen Geschichten. Vieles ist übertrieben.“

„Ich bin mir sicher, es ist alles wahr“, entgegnete die Karthäuserkatze energisch. „Deswegen hab ich ja hier auf dich gewartet. Ich habe mich in den Baum gesetzt und wollte …“ – verlegen brach sie ab.

Hao Tsu seufzte im Stillen. Jetzt ist es so weit, dachte sie. Katzen fangen an, uns zu bewundern. Wo sollen denn da noch die aufregenden Kämpfe stattfinden? Wo passieren dann noch die Herausforderungen?

Natürlich hatten die Japanischen Kampfmäuse selbst einen nicht unerheblichen Anteil an dieser Entwicklung. Seit sie ihre Kampfkunst, das Kami-Katze, perfektioniert und mittlerweile sehr vielen anderen Mäusen beigebracht hatten, waren die Katzen in ihrer Region bei der Jagd auf Mäuse sehr zurückhaltend geworden. Einige sollten angeblich bereits ausgewandert sein und sich weit entfernte neue Reviere gesucht haben. Von denen, die geblieben waren, ging das Gerücht, sie seien dabei, ihre Ernährung umzustellen und zu Vegetarierinnen zu werden. Hao Tsu hielt das für unwahrscheinlich, allerdings konnte man nie wissen. Aber auch Schlangen oder Greifvögel schienen einen großen Bogen um das Gebiet zu machen, denn Kami-Katze ließ sich sehr vielseitig anwenden. Dies war auch der Grund, weswegen Hao Tsu nun wieder einmal auf Reisen ging: Sie langweilte sich. Weit fort von hier erhoffte sie sich Begegnungen mit Gegnern, die bei ihrem Anblick nicht sofort die Flucht ergriffen, sondern erst nach einer herzhaften Auseinandersetzung. Außerdem hatte sie eine Einladung erhalten. In einer Mäusekolonie jenseits des Meeres sollte sie einen Kami-Katze-Workshop geben.

„Wenn du etwas von mir willst, solltest du dich damit beeilen", sagte sie. „Denn sobald es hell wird, ziehe ich weiter."

„Ja. Äh. Es ist so …", die Karthäuserkatze war jetzt wirklich sehr nervös. Sie wusste, dass sie nur diese eine Chance hatte. Wenn sie es jetzt in den Sand setzte, konnte sie ihre Ausbildung im Katzenkloster vergessen.

„Diese spirituellen Übungen, die wir da machen. Die haben mit Unsichtbar-Werden zu tun. Also ich meine, dass wir uns unsichtbar machen. Weil wir doch so ein graues Fell haben …"

„Gut. Und weiter?"

„Na ja, weißt du, ich bin noch in der Ausbildung. Bei einer Meisterin. Die ist gut. Wirklich sehr gut. Die meiste Zeit hast du das Gefühl, sie ist überhaupt nicht da – und gleichzeitig beobachtet sie dich."

Bewunderung klang in ihrer Stimme, als sie sich offenbar an unsichtbare Begebenheiten erinnerte. Dann fiel ihr wieder ein, was sie eigentlich sagen wollte, und sie seufzte betrübt.

„Ich selbst bin da leider gar nicht gut. Ich kriege es einfach nicht hin. Alle sehen mich. Dauernd. So wie du gerade. Und deshalb schickt mich die Meisterin zu dir. Ich soll dich fragen, ob ich mit dir auf Wanderschaft gehen darf. Sie sagt, ich muss inter kuh… interkull… – also ich soll irgendwelche anderen Orte und andere Tiere kennenlernen und so."

„Du meinst: interkulturelle Erfahrungen machen?"

„Ja, genau!", rief die Karthäuserkatze erfreut. „Ich wusste, du würdest es verstehen! Sie hat gemeint, die Fremde würde mir guttun. Und dass du mir zeigen könntest, wo diese Fremde ist. Und dass ich mit dir dorthin wandern soll. Würdest du mich mitnehmen, in diese Fremde? Bitte!" Dann fügte sie noch leise hinzu: „Wenn du nein sagst, werfen sie mich raus ..."

Ein leichter, kaum wahrnehmbarer Schimmer am Horizont kündete an, dass bald die Dämmerung einsetzen würde.

Hao Tsu überlegte. Bisher war sie immer alleine unterwegs gewesen. Aber eigentlich, so fand sie, war es ganz angenehm, auch einmal eine Reisegefährtin zu haben. Selbst wenn es eine Katze war. Und was die interkulturellen Erfahrungen betraf: Dort, wo sie hinwollte, würde es jede Menge davon geben. Diese Karthäuserkatzen-Meisterin war eigentlich recht klug. Offenbar hatte sie sich die Aufgabe gut überlegt.

Auf einem Ast der Zirbelkiefer plusterte ein Vogel sein Gefieder auf und räusperte sich.

Hao Tsu überlegte weiter. Aber mit dieser Katze war es wohl nicht so weit her. Mit ihr zu reisen könnte im schlimmsten Fall eine echte Herausforderung werden. Herausforderung ... das Wort klang in ihr nach. Herausforderungen waren eigentlich genau das, was sie sich wünschte.

„Also gut", sagte sie schließlich. „Versuchen wir es miteinander."

Die Karthäuserkatze sprang begeistert auf und strahlte.

„Aber komm bloß nicht auf die Idee, mir jetzt um den Hals zu fallen. Denn du weißt schon, wie dieser Kampfstil heißt, den ich ausübe?"

„Natürlich", nickte die Karthäuserkatze eifrig, „es ist das berühmte Kami-Katze!"

„Und das stört dich nicht?"

„Nein, im Gegenteil!", sagte sie glücklich. „Weißt du, irgendwie fühle ich mich dadurch ein bisschen zu Hause."

„Oh. Na ja. Wenn du meinst ..."

Der Vogel begann zu singen. Die Morgendämmerung setzte ein und die Silhouette der Landschaft um sie herum wurde sichtbar. Hao Tsu griff nach ihrem Bündel und ging los. Die Karthäuserkatze streckte sich und folgte ihr. Dies, so fand sie, war seit Langem der beste Tag ihres Lebens.

Nach ein paar Metern spürte Hao Tsu ein Prickeln zwischen den Schulterblättern, das sie veranlasste, stehen zu bleiben und sich noch einmal umzudrehen. Die Zirbelkiefer stand still im Dämmerlicht und alles wirkte wie immer.

„Was ist los?“, fragte die Karthäuserkatze.

„Ach, nichts“, antwortete Hao Tsu. Sie lächelte und ging weiter.

‚Sie ist wirklich gut, diese Meisterin‘, dachte sie.

In der Nähe der Zirbelkiefer verdichtete sich etwas. Eine graue Katze erschien dort, wo gerade vorher noch nichts gewesen war. Der Vogel stieß einen Schreckensruf aus und flog davon.

Die Meisterin blickte den beiden nach.

‚Sie ist wirklich gut, diese Kampfmaus‘, dachte sie.

Weit entfernt, in einer ganz anderen Gegend, begann ebenfalls der Morgen. Die Sonne ging auf und ein paar Tautropfen glitzerten auf den Grashalmen. In der Nähe hörte man Wasser rauschen. Die Katze, die an diesem Ort lebte, hatte in einer gemütlichen Kuhle im Sand geschlafen. Jetzt gähnte sie und öffnete die Augen. Sie waren zweifarbig: eines war braun, das andere blau.

Die Nacht hatte ein wenig Abkühlung gebracht. Noch waren die Temperaturen angenehm. Bald jedoch würden die Tautropfen verdunstet sein und Hitze würde sich über das Land legen wie eine Glocke.

Die Katze dehnte sich genussvoll. Zeit für ein Frühstück.

Im Hafen herrschte geschäftiges Treiben. Geschickt schlüpfte Hao Tsu durch die Menge. Die Karthäuserkatze hatte Mühe, hinterherzukommen. Es roch nach seltsamen Dingen und alles, was sie sah, wirkte ganz anders als zu Hause im Kloster. Alle möglichen Tiere waren hier unterwegs. Überall muhte, kreischte, brüllte, meckerte, bellte, gackerte oder fauchte es. Von allen Seiten erreichten sie unbekannte Eindrücke, die sie irgendwie sehr beunruhigend fand. Offensichtlich war das hier ein Teil der Fremde, von der die Meisterin gesprochen hatte. Sie war sich nicht sicher, ob ihr diese Fremde gefiel.

„Was machen wir hier?“, fragte sie nervös.

„Wir sehen nach einem alten Freund“, antwortete Hao Tsu. Sie deutete nach vorne, wo bereits die Masten der Schiffe zu erkennen waren. „Wahrscheinlich finden wir ihn dort.“

Eine Dschunke war an der Mole festgemacht und schaukelte sanft im Wasser. Sie wirkte ein wenig heruntergekommen. In der Takelage kletterte ein riesiger Gorilla herum. Er trug eine Augenklappe und einen Gürtel, in dem ein großes Entermesser steckte. Als er Hao Tsu erblickte, erschien ein breites Grinsen auf seinem Gesicht. In einem seiner Eckzähne blitzte ein Diamant auf. Geschickt hangelte er sich zu Boden und kam auf sie zu.

„Hallo meine Liebe“, rief er fröhlich. „Was für eine Freude, dich mal wiederzusehen!“

Seine riesige Pranke griff nach Hao Tsu und hob sie hoch.

Die Karthäuserkatze duckte sich entsetzt und legte die Ohren an. Sie war sich sicher, dass gleich etwas Schreckliches passieren würde. Vielleicht würde sogar das Kami-Katze zum Einsatz kommen. Doch die Kampfmaus wirkte völlig entspannt.

Der Gorilla spitzte seine Lippen und drückte ihr einen Kuss auf die Backe. Hao Tsu lachte. „Die Freude ist ganz meinerseits! Wie ich sehe, hast du mal wieder ein Schiff gekapert.“

Der Gorilla drohte scherzhaft mit dem Zeigefinger.

„Gekapert – so ein böses Wort solltest du nicht in den Mund nehmen. Ich habe es … gefunden. Schwamm einfach so mitten auf dem Meer. Es war niemand an Bord. Na ja, fast niemand. Wie auch immer: Jetzt ist es meins. Hab’s ein bisschen aufgemöbelt und bin gerade dabei, in See zu stechen.“

„Wo soll es denn hingehen?“

„Ach, ich wollte mal wieder nach Hause. Mich bei der Verwandtschaft sehen lassen. Vielleicht ein paar Geschäfte machen und so.“

„Das trifft sich gut. Könntest du uns mitnehmen? Ich meine, mich und die Katze. Die ist so etwas wie eine Austausch-Schülerin. Noch ein bisschen grün hinter den Ohren. Sie soll Auslandserfahrungen machen.“

Der Gorilla hatte in seinem bewegten Leben schon weit seltsamere Dinge gesehen als eine Kampfmaus, die mit einer Katze reiste. Und einer guten Freundin würde er sowieso nichts abschlagen.

„Na klar, kommt ruhig an Bord!“ – er musterte die Karthäuserkatze und ließ wieder seinen Diamanten blitzen – „vielleicht hat sie ja Talent zur Schiffskatze.“

Kaum hatte er dieses Wort ausgesprochen, erklang von der Dschunke her ein empörtes Quieken. Mehrere Ratten erschienen an Deck und erkletterten das Tau, mit dem das Schiff an einem Poller festgemacht war. Hastig rannten sie darauf an Land, wobei sie der Karthäuserkatze vorwurfsvolle Blicke zuwarfen.

Der Gorilla sah ihnen nach und zwinkerte.

„Da läuft dein Reiseproviant davon“, stellte er fest.

„Aber keine Sorge“, fügte er fröhlich hinzu, „in der Kombüse gibt's noch getrockneten Fisch!“

Erst als die Dschunke die Hafeneinfahrt passiert hatte und sich die Segel im Wind blähten, wurde der Karthäuserkatze wirklich klar, wo sie sich befand: auf dem Wasser. Auf einem riesig großen, bedrohlichen, salzig schmeckenden Wasser. Sie sah, wie die Küste immer weiter zurückblieb, bis sich schließlich das schreckliche, endlose, nasse Wasser in alle Richtungen bis zum Horizont erstreckte. Sie spürte, wie sich der Schiffsboden in der Dünung hob und senkte. Ein Schwall Gischt traf auf den Bug und ergoss sich über das Deck. Panik ergriff sie. So schnell sie konnte, rannte sie zu der Luke, die in den Frachtraum führte, kletterte hinunter und versteckte sich dort im hintersten Winkel in einem leeren Fass. Sie schlug ihre Krallen in den hölzernen Fassboden und beschloss, sich nie wieder von diesem Ort fortzubewegen.

Irgendwann hörte sie ein leises Trippeln. Hao Tsu streckte den Kopf über den Rand des Fasses und blickte auf sie herab.

„Hast du Angst vor Wasser?“, fragte sie.

„Ja“, flüsterte die Karthäuserkatze.

„Es ist nicht wirklich gefährlich, weißt du.“

„Doch.“ Die Karthäuserkatze flüsterte weiterhin.

„Es ist einfach nur nass.“

„Eben.“

„Der Gorilla ist ein sehr erfahrener Segler.“

„Ist mir egal.“

„Vielleicht solltest du an Deck kommen und etwas frische Luft schnappen."

„Nein!" Die Karthäuserkatze krallte sich noch etwas stärker fest. „Ich kann nicht! Ich will nicht mehr auf diesem Schiff bleiben. Ich will an Land!"

„Da wirst du auch wieder hinkommen", antwortete Hao Tsu, „in einer Woche oder so."

„Mist." Die Karthäuserkatze stöhnte und kniff die Augen zu. „Ich will sterben!"

Über ihnen hörten sie Gesang. Der Gorilla schmetterte ein fröhliches Seemannslied. Es handelte von Wellen, sprühender Gischt, Sturm und Wind.

„Ach, weißt du, sterben müssen wir alle mal", meinte Hao Tsu heiter, „aber vermutlich nicht jetzt. Bis dahin …" – sie deutete auf eine schmale Holztüre – „dort drüben ist die Kombüse. Da gibt's den getrockneten Fisch. Falls du doch mal Hunger kriegen solltest."

Sie winkte ihr zu und ging davon.

Die morgendliche Jagd war erfolgreich gewesen. Die Katze mit den zweifarbigen Augen hatte sich den Bauch vollgeschlagen und leckte sich genüsslich die Barthaare. Für diese Beute war sie lange auf der Lauer gelegen, aber es hatte sich gelohnt. Einen so großen und wohlgenährten Fang hatte sie schon lange nicht mehr gemacht.

Sie erhob sich und ging davon. Sie würde einen schattigen Platz aufsuchen, sich dort ausgiebig putzen und dann ein wenig schlafen.

Kopf und Schwanz der Beute ließ sie liegen. Es gab, das wusste sie, immer einige andere Tiere, die sich über die Reste freuten. Sollten sie sie haben. Wenn sie satt war, konnte sie sehr großzügig sein.

„Wenn du noch einen Looping drehst, wird mir schlecht", beschwerte sich die Maus. Sie vermisste ihre Fliegermütze. Seit sie die verloren hatte, rauschte der Wind beim Fliegen immer so laut in ihren Ohren. Besonders während der Loopings.

„Ach bitte, nur noch einen einzigen!“ Die Giraffe hatte endlich herausgefunden, wie das mit der Drehung funktionierte. „Ich verspreche dir, danach gibt es einen schönen Gleitflug, bevor ich lande. Die Thermik ist heute einfach ideal. Das muss ich ausnutzen.“

„Na gut.“ Die Maus packte die Giraffenhörner und hielt sich daran fest. „Aber das ist dann wirklich der letzte für heute!“

Die Thermik war heute wirklich gut. Das Wetter war klar und man konnte sehr weit über die Landschaft sehen. Tief unter ihnen glitzerte der Fluss. An seinem Ufer saßen zwei Gestalten und sahen ihnen zu. Aus der Luft wirkten sie sehr klein – eine von ihnen noch kleiner als die andere.

„Schau mal“, die Giraffe deutete nach unten. „Dort drüben sitzt diese Maus, die dir das Kami-Katze beigebracht hat. Und ich glaube, sie hat doch tatsächlich eine Katze dabei.“

Sie glitt etwas tiefer und machte sich bereit für den Landeanflug.

„Hallo, Hao Tsu!“, schrie die Maus und winkte. „Hast du eine Katze gefangen?“

„Nein, sie ist fast freiwillig mitgekommen!“, rief Hao Tsu zurück und winkte ebenfalls, „sie muss die Fremde kennenlernen!“

Die Karthäuserkatze schlich sich verlegen hinter einen Busch. Es war ihr peinlich, dass hier so unverblümt über sie gesprochen, besser gesagt, geschrien wurde. Einmal mehr wünschte sie sich sehnlichst, dass sie endlich herausfinden würde, wie das mit dem Unsichtbar-Werden funktionierte.

‚So also ist es in der Fremde‘, dachte sie verzagt.

Wenn sie ehrlich war, musste sie sich eingestehen, dass sie diese Fremde bisher sehr, sehr schrecklich fand. Mit Schaudern erinnerte sie sich an die Überfahrt auf der Dschunke. Noch nie in ihrem Leben hatte sie solche Angst gehabt. Selbst jetzt noch hatte sie manchmal das Gefühl, dass der Boden unter ihren Pfoten schwankte. Nur der getrocknete Fisch – von dem sie schließlich doch ein paar Bissen genommen hatte – hatte ihr geschmeckt. Er hatte sogar ziemlich gut geschmeckt.

Netterweise hatte der Gorilla ihr zum Abschied alle Fische, die noch übrig waren, geschenkt, weil er, wie er sagte, viel lieber Kokosnüsse mochte.[13]

Das hatte sich als großes Glück herausgestellt, denn seit die Karthäuserkatze mit Hao Tsu unterwegs war, konnte sie sich überhaupt nicht mehr vorstellen, auf Mäusefang zu gehen.

Durch die Zweige des Busches sah sie zu, wie dieser große vierbeinige Vogel – er hieß Giraffe, hatte ihr Hao Tsu erklärt – anmutig auf dem Boden aufsetzte, noch ein paar Schritte weiterrannte, um schließlich seine Flügel zusammenzuklappen und zurückzukehren. Die Maus kletterte den Giraffenhals herab und lief Hao Tsu freudestrahlend entgegen. Lachend umarmten sie sich.

Die Karthäuserkatze seufzte. Sie war deprimiert und etwas neidisch.

‚Hao Tsu kennt so viele Tiere und überall hat sie Freunde', dachte sie. ‚Sie fühlt sich nirgendwo fremd. Sie muss nicht extra interkulturelle Erfahrungen machen so wie ich.'

Sie blickte den beiden Mäusen nach, die mittlerweile Arm in Arm spazieren gingen und sich offenbar viel zu erzählen hatten. Die Maus, die mit der Giraffe geflogen war, berichtete gerade ausführlich von irgendeiner Begebenheit, in der es um ein Stück Treibholz, viele Möwen und einen Terrier ging.

Die Karthäuserkatze seufzte ein weiteres Mal. Sie tat sich einfach schwer mit dieser Fremde. Bis auf den Fisch war die Reise hierher eine einzige Katastrophe gewesen. Und was immer sich die Meisterin dabei gedacht hatte: Mit dem Unsichtbar-Werden

---

13 Durch seine ausgedehnten Kaperfahrten war er in dieser Hinsicht ein echter Experte geworden. Die allerbesten Kokosnüsse, so fand er, wuchsen auf einer abgelegenen einsamen Insel, die außer ihm noch niemand entdeckt hatte. Zumindest glaubte er das. In Wirklichkeit war er, als er die Insel anlief und in den Kokospalmen herumturnte, von sehr vielen Einheimischen beobachtet worden, die der Meinung waren, dass er die vielen Kokosnüsse, die er sich da pflückte, irgendwann auch bezahlen sollte. Aber das ist eine andere Geschichte.

war sie bisher nicht einen einzigen Schritt weitergekommen. Sie seufzte schon wieder.

Die Giraffe näherte sich dem Busch und beugte ihren langen Hals herunter. Die Karthäuserkatze rutschte unbehaglich ein Stück weg. Oh je. Sicher würde jetzt gleich wieder so etwas Interkulturelles passieren …

Die Giraffe hatte keine Ahnung vom Interkulturellen, aber sie wusste sehr gut darüber Bescheid, wie es war, sich verlegen und unsicher zu fühlen. Bevor ihr die Flügel gewachsen waren und sie gelernt hatte zu fliegen, war es ihr sehr oft so gegangen.

„Keine Angst", sagte sie freundlich. „Ich wollte nur ein paar Blätter fressen. Weißt du, nach dem Fliegen bin ich immer sehr hungrig!"

„Oh … gut. Äh, ich meine: guten Appetit!", antwortete die Karthäuserkatze. Sie war immer noch sehr verlegen. Krampfhaft überlegte sie, was in einer solchen Situation wohl am besten zu sagen wäre. Doch je mehr sie sich anstrengte, desto weniger fiel ihr ein.

Glücklicherweise schien dies der Giraffe nicht aufzufallen. Sie knabberte ein paar Blätter ab und kaute mit großem Vergnügen.

„Weißt du, ich bin ja Pflanzenfresserin", sagte sie mit vollem Mund, „das ist praktisch, denn dadurch finde ich überall gleich etwas zu fressen." Sie kaute nachdenklich. „Für dich als Jägerin ist es hier nicht so einfach, denke ich mal."

„Ja, da hast du recht. Das Mäusefangen geht ja nicht mehr für mich. Deshalb bin ich auf Fisch umgestiegen." Die Karthäuserkatze deutete auf ihre Trockenfische. Der Gorilla hatte sie an einem Haken befestigt, damit sie sie jederzeit aufhängen konnte. Zudem waren sie sorgfältig mit ein paar großen Blättern umwickelt.

Die Giraffe schnupperte daran.

„Riecht interessant. Es erinnert mich an den Seetang, den ich vor einiger Zeit mal probiert habe", sagte sie. „Da haben wir einen Ausflug ans Meer gemacht."

„Oh ja, das Meer kenne ich auch. Ich bin mit einem Schiff gefahren. Leider war es nicht sehr schön für mich." Die Karthäuserkatze blickte betrübt zu Boden. „Hao Tsu hat über mich gelacht."

„Das solltest du nicht so ernst nehmen", sagte die Giraffe tröstend. „Weißt du, manche Mäuse können sich nur sehr schwer vorstellen, wie es ist, ängstlich oder schüchtern zu sein. Ich weiß, wovon ich rede. Ich bin selbst mit so einer Maus befreundet."

„Oh."

Zum ersten Mal, seit sie aufgebrochen war, spürte die Karthäuserkatze, wie sie sich entspannte. Die Ruhe und Freundlichkeit der Giraffe wirkten auf sie wie eine Schale Milch, die ihr unverhofft hingestellt wurde. Sie putzte sich ein bisschen, machte es sich bequem und begann zu schnurren. Ein weiteres großes Tier näherte sich. Es war dick und rund und ein wenig feucht.

„Das ist das Flusspferd", stellte die Giraffe vor. „Die Maus und wir beide haben zusammen einen Chor!" Es klang stolz.

„Aha", sagte die Karthäuserkatze verständnislos. Sie hatte keine Ahnung, was ein Chor war.

„Wir singen", erklärte die Giraffe. Sie zwinkerte dem Flusspferd zu und summte einen Ton. Das Flusspferd grinste zurück und summte ebenfalls. Dann holten beide gleichzeitig Luft und stimmten ein fröhliches Lied an. Die Karthäuserkatze blickte von einer zur anderen und hörte zu. Irgendwann ertappte sie sich dabei, wie sie mit ihrem Schwanz den Takt mitklopfte. Sie musste lachen.

Vielleicht war die Fremde doch nicht so schrecklich.

Ein Stück flussabwärts hatten sich die Maus und Hao Tsu nach ihrem Spaziergang auf einem flachen Stein niedergelassen. Sie ließen ihre Beine im Wasser baumeln.

Hoch über ihnen kreiste ein Falke. Er hatte bereits seit einiger Zeit diese verheißungsvolle doppelte Beute aus der Luft erspäht und machte sich nun bereit, herabzustoßen. Er war ein sehr erfahrener Jäger mit schnellen Reflexen. Dies war ein großes Glück für ihn, denn nur aus diesem Grund gelang es ihm, im letzten Moment abzudrehen, als er die beiden Gegenstände bemerkte, die dort neben den Mäusen lagen: das Bündel mit den japanischen Schriftzeichen und ein kräftiger Ast. Blitzschnell wendete er, stieg wieder auf und flog davon. Er gratulierte sich selbst zu seiner guten Reaktion: Die schrecklichen Erfahrungen vom letzten Mal steckten ihm noch im Gefieder.

Die Mäuse hatten kurz aufgeblickt und dann mit den Schultern gezuckt. Beide hatten es schon öfter erlebt, dass ein Kampf beendet war, noch bevor er stattgefunden hatte. Jetzt nahmen sie ihr Gespräch wieder auf.

„Die Katze scheint sich gut mit deinen Freundinnen zu verstehen", sagte Hao Tsu und deutete die Richtung, aus der noch immer der Gesang herüberklang.

„Ja. Scheint so", antwortete die Maus. Sie musterte Hao Tsu von der Seite. „Ehrlich gesagt, habe ich mich schon gefragt, warum du ausgerechnet mit ihr unterwegs bist."

„Ach, na ja. Es ist eine Herausforderung, weißt du." Hao Tsu blickte in die Ferne, wo der Falke gerade als winziger Punkt am Horizont verschwand.

„Ich verstehe nicht ganz. Was soll das denn für eine Herausforderung sein?", entgegnete die Maus. „Diese Katze benimmt sich doch eher wie ein Kaninchen: Die meiste Zeit scheint sie starr vor Schreck zu sein."

„Das stimmt leider. Es ist manchmal schon recht schwierig mit ihr", bestätigte Hao Tsu und seufzte. „Eigentlich hatte ich gehofft, sie würde im Laufe unserer Reise ein bisschen auftauen. Ein wenig lockerer und neugieriger werden. Aber irgendwie ist das nicht passiert."

„Komisch", meinte die Maus, „das kann ich gar nicht verstehen. Mit dir ist es doch immer so lustig! Du weißt schon: Wegen Kami-Katze und so …"

„Nun, das mag vielleicht für Mäuse gelten", meinte Hao Tsu nachdenklich. „Doch ich fürchte, dass es bei dieser Katze nicht so ist. Sie ist einfach zu schüchtern." Sie überlegte ein wenig und fuhr dann fort: „Vielleicht braucht sie eine Zeit lang eine andere Gesellschaft. Jemanden, bei dem sie sich entspannen kann."

Beide blickten hinüber zu der kleinen Gruppe. Das Lied schien beendet. Das Flusspferd sagte etwas und alle drei lachten.

„Seit wir unterwegs sind, war sie noch nie so fröhlich."

Hao Tsu beschattete ihre Augen mit der Pfote und betrachtete versonnen die Landschaft, durch die sich der Fluss schlängelte. An seinen beiden Ufern erstreckte sich ein grünes, fruchtbares Band aus Wiesen und Bäumen. In der Ferne erhoben sich majestätisch die Berge.

„Wusstest du, dass der Fluss aus den Bergen kommt?“, fragte sie nach einer Weile.

„Natürlich“, antwortete die Maus. „Er entspringt dort. Falls du es vergessen haben solltest: Ich lebe hier.“

„Und wusstest du auch, dass dort jede Menge Mäuse wohnen?“, fuhr Hao Tsu fort.

Die Maus grinste.

„Für wie dumm hältst du mich eigentlich?“, sagte sie. „Ich weiß doch, dass du auf irgendetwas hinauswillst. Wie wär's, wenn du mir einfach sagst, was los ist?“

Hao Tsu räusperte sich.

„Na ja“, meinte sie etwas verlegen, „da oben gibt es ein paar Wühlmäuse, die mich eingeladen haben. Ich soll einen Kami-Katze-Workshop geben. Eine ganze Woche lang. Aber ich fürchte, die Katze würde sich dort nicht sehr wohl fühlen. Lauter kämpfende Mäuse und so.“

„Ja, von den Wühlmäusen habe ich schon gehört“, meinte die Maus. „Sie sollen ein sehr wildes und furchterregendes Bergvolk sein.“

„Genau das meine ich. Womöglich kommen die noch auf die Idee, das Kami-Katze an ihr auszuprobieren …“

Hao Tsu holte tief Luft.

„Ich weiß, es ist ungewöhnlich, aber … könntet ihr die Katze vielleicht eine Zeit lang, äh, beaufsichtigen?“

„Ha!“, rief die Maus, „daher weht der Wind! Gib es zu: Du willst die Katze bei uns abgeben, weil sie eine Herausforderung ist. Und dir dann einen schönen Urlaub machen!“

„Das ist überhaupt nicht wahr!“, widersprach Hao Tsu entrüstet, „ich hab dir doch gerade erklärt, dass …“

„War nur ein Scherz“, grinste die Maus. „Natürlich kann die Katze eine Zeit lang hier bleiben, wenn die anderen einverstanden sind. Aber ich glaube, die Giraffe und das Flusspferd finden sie ganz nett. Und was mich betrifft“ – sie griff nach ihrem Ast –

„so muss sie wissen, dass ich ihr eine runterhauen werde, falls sie versuchen sollte, mich zu fressen!"

„Ach, da brauchst du dir vermutlich keine Sorgen zu machen", meinte Hao Tsu erleichtert. „Sie hat sehr großen Respekt vor Mäusen. Ernährt sich ausschließlich von Fisch."

Der Rest war schnell geklärt.

„Wir haben immer gern Besuch", sagte das Flusspferd.

Sie hatten sich zu Füßen eines mächtigen Baums versammelt, dessen Krone weit ausgebreitet war. Einige der Äste ragten über den Fluss.

„Und wir werden bestimmt eine schöne Zeit miteinander haben, nicht wahr?", ergänzte die Giraffe und stupste die Karthäuserkatze freundlich mit der Nase.

Die Karthäuserkatze nickte und strahlte. Es war deutlich zu sehen, dass sie mehr als einverstanden war.

„Na, dann ist ja alles gut", stellte Hao Tsu fest. Sie war erleichtert. Doch gleichzeitig regte sich irgendwo in ihrem Hinterkopf ein seltsames, leicht unangenehmes Gefühl. Sie schob es beiseite. Dafür hatte sie jetzt keine Zeit. Stattdessen nahm sie ihr Bündel und machte sich bereit zum Aufbruch. Die anderen winkten ihr nach.

„Und dir noch viel Spaß im Urlaub! Ganz ohne Herausforderungen!", rief die Maus zum Abschied. Sie konnte sich einfach nicht zurückhalten.

„Von wegen!", rief Hao Tsu über die Schulter, „diese Wühlmäuse sind auch nicht ohne!"

Dann bog sie um die nächste Flussbiegung und ließ die anderen hinter sich zurück.

Es war ein schöner Tag und sie genoss es, wieder einmal alleine unterwegs zu sein. Doch der letzte Satz der Maus hing ihr nach. Immer wieder klang er in ihren Ohren und ließ sich nicht abschütteln.

‚Es war wirklich nicht schön, dass die Maus am Schluss noch mal diese blöde Bemerkung mit der Herausforderung machen musste', dachte sie verärgert, während sie weiter wanderte. ‚Und außerdem war es völlig unangebracht.'

– Da war es wieder, dieses seltsame, unbehagliche Gefühl. Diesmal ließ es sich nicht mehr beiseiteschieben. Es stieg in ihr auf, wurde immer stärker und dichter, bis es sie von Kopf bis Fuß ausfüllte. Außerdem war da plötzlich die seltsame Vorstellung einer Glocke, die in ihrem Inneren erklang, während gleichzeitig irgendwelche Leute erwartungsvoll in einem Saal mit vielen Stühlen Platz nahmen.

In einer bestimmten Region ihres Bewusstseins öffnete sich der Vorhang eines Theaters und zeigte eine Bühne. Aus den Kulissen trat eine Maus heraus, die eine gewisse Ähnlichkeit mit ihr selbst hatte. Allerdings trug sie eine Brille, was ihr einen etwas strengen und irgendwie moralischen Gesichtsausdruck verlieh.

„Hao Tsu hat ihre Herausforderung nicht bestanden", teilte diese Maus dem Zuschauerraum mit. „Sie hat zu wenig Verantwortung für die Katze übernommen."

Eine weitere Maus erschien auf der Bühne. Sie war kleiner als die erste und wirkte bei Weitem nicht so streng. Zudem war sie mit einem bunten T-Shirt bekleidet, das lauter lachende Mäuse zeigte.

„Aber Hao Tsu hat doch jede Menge Verantwortung übernommen", widersprach sie ihrer Gefährtin, „sie hat die Katze in guten Händen zurückgelassen und sie nicht der Gefahr ausgesetzt, dass sie von Wühlmäusen angegriffen wird. Ich finde das sehr nett von ihr. Wenn wir es auf diese Weise betrachten, hat sie es doch gut gemacht."

„Hier geht es nicht um gut oder nett", sagte die erste Maus missbilligend.

„Worum geht es denn sonst?"

„Es geht darum, dass sie sich etwas vormacht." Die Maus mit der Brille trat nach vorne an den Bühnenrand und deutete mit einer dramatischen Geste auf Hao Tsu, die gerade feststellte, dass sie in der ersten Reihe saß.

„Sie hat nicht nachgedacht, als sie diese Herausforderung angenommen hat", rief sie in anklagendem Tonfall. „Sie hat sich überschätzt, jawohl! Und jetzt erfindet sie irgendwelche Gefahren durch Wühlmäuse – ha! Versucht, so zu tun, als ob sie achtsam und fürsorglich wäre – dass ich nicht lache! Sie hat sich das so zurechtgelegt, damit sie sich leise davonmachen kann. So ist es nämlich!“

Dann verschränkte sie die Arme und blickte sich triumphierend um.

In diesem Moment betrat eine dritte Maus die Bühne. Sie zog ein riesiges Stück Speck hinter sich her. Aus den Kulissen wurden ein Tisch und ein Stuhl herbeigetragen. Die Maus setzte sich, legte die Füße auf den Tisch und begann, mit großem Vergnügen an dem Speck zu nagen.

„Ich weiß gar nicht, was ihr beide habt“, sagte sie zwischen zwei Bissen. „Das ist doch alles völlig egal. Herausforderungen, Verantwortung – ist doch langweilig. Und dieses Gerede über richtig, falsch, sich davonmachen … wen interessiert das schon? Soll sie doch das Leben genießen. Hauptsache, sie hat eine schöne Zeit!“

Und während sie ein weiteres Mal ihre Zähne im Speck versenkte, fiel der Vorhang und die Bühne verschwand.

Hao Tsu landete wieder im Hier und Jetzt. Die Sonne schien. Der Fluss murmelte und gluckerte. Ein paar Frösche quakten. Eine Gruppe Flamingos wanderte auf dünnen, hohen Beinen durch das seichte Wasser.

Hao Tsu atmete tief ein und aus und fuhr sich mit den Pfoten über das Gesicht. Dann nahm sie einen flachen Kieselstein vom Boden, warf ihn mehrmals in die Luft und fing ihn wieder auf. Die Konzentration auf die Bewegung half ihr, sich etwas zu beruhigen.

Was war nur los mit ihr? Normalerweise war sie ausgeglichen und heiter. Doch jetzt kam es ihr vor, als würden ihre eigenen Gedanken kichernd um sie herumschwirren und von allen Seiten mit spitzen Nadeln auf sie einstechen. Ohne dass sie etwas dagegen tun konnte. Da half auch kein Kami-Katze.

Außerdem hatte sie das ungute Gefühl, dass dieses innere Theaterstück noch lange nicht zu Ende war. Dies hier war allenfalls der erste Akt gewesen.

„Das hier passiert alles nur wegen der Maus und ihren dummen Urlaubs-Scherzen“, sagte sie laut zu sich selbst. „Und wegen der Karthäuserkatze mit ihrer ewigen Ängstlichkeit“, fuhr sie fort.

In ihrem inneren Theater raschelte der Vorhang leise und öffnete sich einen kleinen Spalt. Die drei Mäuse grinsten und winkten ihr zu.

„Lasst mich bloß in Ruhe", sagte Hao Tsu zu ihnen. „Und überhaupt", rief sie aufgebracht, „das, was ihr da über mich erzählt, ist gar nicht wahr. In Wirklichkeit bin ich nämlich ganz anders!"

Wütend packte sie den Kieselstein und schleuderte ihn mit aller Kraft über den Fluss. Er flog mit großer Geschwindigkeit und hüpfte viele Male über die Oberfläche, bevor er schließlich versank. Die Frösche verstummten und die Flamingos flogen auf, während Hao Tsu mit schnellen Schritten davonging.

Nach einer Weile kam die Katze mit den zweifarbigen Augen aus dem Gebüsch und blickte ihr nach. Normalerweise fand sie Mäuse uninteressant. Aber eine Maus, die laut mit sich selbst redete und dann noch mit Steinen warf, hatte sie noch nie erlebt. Sie setzte sich auf eine Sandbank nah am Ufer und blickte nachdenklich über den Fluss.

In der Nähe streckte ein Frosch den Kopf aus dem Wasser und kletterte dann auf ein Seerosenblatt.

„Jemand hat einen Stein nach mir geworfen", sagte er vorwurfsvoll.

„Ich glaube, das war keine Absicht", antwortete die Katze zerstreut. Sie nahm einen flachen Kiesel, so, wie sie es bei der Maus gesehen hatte. Dann schloss sie das braune Auge, weil sie mit dem blauen besser zielen konnte. Wenn sie es schaffen würde, dass der Stein genau dort drüben landete, würde er die Beute aufscheuchen, die dann vermutlich hierher flüchten würde, und dann könnte sie selbst an genau dieser Stelle lauern und dann …

Vermutlich musste sie ein bisschen üben. Aber es könnte klappen.

Währenddessen hatten es sich die anderen jeweils auf ihre Weise rund um den großen Baum gemütlich gemacht. Die Giraffe zupfte ein paar Blätter aus der Krone. Das Flusspferd hatte sich zur Abkühlung in Ufernähe ins Wasser gelegt. Die Maus raschelte irgendwo im trockenen Laub auf der Suche nach interessanten Dingen.

Die Karthäuserkatze kletterte den Baum hinauf und hängte den Haken mit dem Trockenfisch sorgfältig an einen geeigneten Ast. Danach stellte sie sich auf die Hinterbeine und schärfte ihre Krallen an dem dicken Stamm.

„Irgendwann möchte ich auch einmal auf dem Rücken eines großen Tieres sitzen", sagte sie dabei versonnen. „Mich einfach tragen lassen. Vielleicht sogar ... fliegen?"

Das Letzte sagte sie betont beiläufig und blickte dabei betont nicht die Giraffe an.

Die Giraffe betrachtete die tiefen Kratzspuren, die die Karthäuserkatze gerade in der Rinde hinterlassen hatte.

„Tut mir leid, aber das kommt nicht in Frage", sagte sie energisch. „Ich will gar nicht darüber nachdenken, wie mein Rücken dann aussieht."

„Ist ja gut", meinte die Karthäuserkatze hastig. „War nur so eine Idee."

Sie bemühte sich, ihre Enttäuschung nicht zu zeigen.

„Nun, auf meinem Rücken könntest du schon sitzen", sagte das Flusspferd vom Ufer aus. „Groß bin ich ja schließlich auch. Außerdem habe ich eine dicke Schwarte und bin nicht so empfindlich. Und wenn du deine Krallen nicht zu sehr ausfährst, kannst du dich bei mir ganz gut festhalten."

„Wirklich?"

„Klar. Du wirst dann zwar nicht fliegen, aber wir könnten eine sehr interessante Wanderung machen."

„Das ist wirklich sehr nett von dir." Die Karthäuserkatze konnte ihr Glück kaum fassen. Geschmeidig sprang sie auf den Rücken des Flusspferds.

„Machen wir nun die interessante Wanderung?", fragte sie hoffnungsvoll.

„Ja sicher", antwortete das Flusspferd fröhlich, „wir wandern jetzt dorthin, wo es am allerschönsten ist!"

Es erhob sich und begann in den Fluss hineinzuwaten. Schließlich wollte es seinem Gast etwas wirklich Ungewöhnliches bieten.

Nach ein paar Schritten stellte die Karthäuserkatze fest, dass sie plötzlich schon wieder von Wasser umgeben war und das Ufer immer weiter zurückblieb. Schreckliche Erinnerungen überfluteten sie. Kleine Wellen schwappten bereits über ihre Pfoten.

„Äh, halt, Moment mal", rief sie beunruhigt, „ich dachte, wir machen eine Wanderung!"

„Machen wir ja auch." Das Flusspferd watete unbekümmert weiter.

„Nun, ich hatte eher gedacht, dass wir an Land bleiben. Und außerdem: Du weißt schon, dass ich nicht schwimmen kann?"

„Ich doch auch nicht."

„Ja, aber was machen wir, wenn der Fluss ganz tief wird?"

„Ach so, das hatte ich fast vergessen. Du musst deine Nasenlöcher zuklappen, wenn wir jetzt gleich auf dem Grund des Flussbetts wandern. Ist ganz einfach. Und übrigens: Wie lange kannst du die Luft anhalten?"

Mit einem entsetzten Satz sprang die Karthäuserkatze vom Rücken des Flusspferds und versuchte, so schnell wie möglich an Land zurückzukehren. Das hier war mindestens so schrecklich wie die Überfahrt auf der Dschunke.

Bevor sie auf Wanderschaft gegangen war, hatte sich ihr Kontakt mit Wasser darauf beschränkt, in der Nähe von Tümpeln auf Beute zu lauern – mit der Betonung auf IN DER NÄHE. Danach hatte sie mit großer Mühe eine Zeit überlebt, in der sie sich AUF dem Wasser befand. Jetzt gerade befand sie sich bereits IM Wasser und sie spürte, dass alles in ihr sehr, sehr fest entschlossen war, nicht auch noch eine Erfahrung UNTER Wasser zu machen.

Die Angst verlieh ihr ungeahnte Kräfte. Fontänen spritzten auf, als sie sich in riesigen Sprüngen dem Ufer näherte. Schließlich spürte sie trockenen Boden unter den Pfoten – doch das Bedürfnis, sich in Sicherheit zu bringen, trieb sie immer weiter. Ohne anzuhalten, rannte sie, bis sie den Baum erreichte. Wie ein grauer Blitz kletterte sie nach oben und verschwand im Geäst. Erst dort hielt sie an. Tropfen regneten zu Boden, als sie sich das Wasser aus dem Fell schüttelte.

Die Maus betrachtete die nasse Spur, die über den Uferstreifen führte und sich als dunkles Band den Baumstamm hinaufzog.

„Cool", sagte sie beeindruckt. „Wirklich eine tolle Show."

Sie wandte sich dem Flusspferd zu, das gerade langsam und etwas betreten zurückwatete.

„Wer hätte gedacht, dass Katzen solche Angst vor dem Wasser haben?“

„Also das ist mir jetzt etwas peinlich“, meinte das Flusspferd. „Ich hatte ja keine Ahnung. Dabei habe ich es wirklich nur gut gemeint.“

„Ach, das wird schon wieder“, sagte die Maus unbekümmert, „immerhin war das doch jetzt für sie eine wichtige Erfahrung, wie es in der Fremde so zugeht, nicht wahr?“

Die Karthäuserkatze hatte beschlossen, ihren Platz in sicherer Höhe erst einmal nicht zu verlassen. Sie saß in einer Astgabel neben ihrem Trockenfisch und putzte sich. Das half ihr, den Schrecken aus ihren Gliedern zu vertreiben.

Ein gefleckter Kopf erschien neben ihr.

„Mach dir nichts draus“, sagte die Giraffe freundlich, „du bist nicht die Einzige, die nicht gern ins Wasser geht. Ich zum Beispiel kann auch nicht schwimmen.“

„Danke. Du bist wirklich nett.“ Die Karthäuserkatze seufzte. Die Fremde war wirklich anstrengend. Immer wieder. Es schien nicht aufzuhören. Aber die Freundlichkeit der Giraffe tat ihr gut.

Erst jetzt merkte sie, wie hungrig sie nach diesem Abenteuer war. Sie zog ein Stück Fisch vom Haken und begann, es zu verspeisen.

„Es ist schon komisch“, meinte sie zwischen zwei Bissen, „dass in diesem schrecklichen Wasser diese wirklich leckeren Fische zu finden sind!“

Die Maus erschien zwischen den Giraffenhörnern und schnupperte.

„Darf ich auch mal probieren?“, fragte sie neugierig.

„Klar.“ Geschickt warf ihr die Karthäuserkatze mit der Pfote ein Stück Fisch zu.

Die Maus setzte sich ebenfalls in die Astgabel und knabberte.

„Schmeckt eindeutig nach Fisch“, meinte sie kauend. „Auch wenn er ein wenig trocken ist.“

„Das soll so sein“, erwiderte die Karthäuserkatze, „damit er sich länger hält!“

„So etwas ist auf Reisen sicher ganz praktisch. Wenn du die ganze Zeit unterwegs bist und so. Aber jetzt, wo du hier bei uns bist, solltest du mal richtig frischen Fisch versuchen. Kein Vergleich zu dem da!"

Das klang verlockend. Vor allem, weil die Karthäuserkatze gerade festgestellt hatte, dass nur noch sehr wenig von ihrem Reiseproviant übrig war.

„Aber wie soll ich denn an diesen frischen Fisch kommen? Du hast ja gesehen, wie das bei mir mit dem Wasser ist. Ich kann mir keinen Fisch aus dem Fluss holen."

Sie blickte die Maus hoffnungsvoll an.

„Könntest du vielleicht so einen Fisch für mich fangen?" Seit sie Hao Tsu begegnet war, hatte sie großes Vertrauen in die Fähigkeiten von Mäusen.

„Tja, also ..." – die Maus fühlte sich geschmeichelt. „Leider ist das nicht so ganz mein Fachgebiet. Aber hinter der nächsten Flussbiegung lebt eine Fischkatze. Die kann das."

„Wirklich? Eine Katze, die fischt?", fragte die Karthäuserkatze ungläubig.

„Ja. Sie macht das wirklich gut. Springt ins Wasser, schwimmt ein bisschen und holt sich dann die Fische heraus. Sie frisst davon, aber sie lässt mir immer etwas übrig." Die Maus strich sich betont lässig über die Schnurrhaare. „Ich lasse sozusagen fischen!"

Der Vollständigkeit halber muss an dieser Stelle angemerkt werden, dass die Maus bestimmte Details ihrer ersten Begegnung mit der Fischkatze, nun ja, weggelassen hatte. Zum Beispiel dies:

Während sie das erste Mal an den köstlichen Fischresten nagte, wurde sie plötzlich aus nächster Nähe von einem zweifarbigen Augenpaar neugierig gemustert. Zum Glück lag ein Ast in der Nähe.

„Wenn du mich fressen willst ...", drohte sie.

„Ja, ich weiß. Dann haust du mir eine runter", sagte die Fischkatze gelassen. „Die Frösche haben mir schon von dir erzählt. Aber ich will dich gar nicht fressen. Mir schmecken keine Mäuse. Ich ernähre mich viel lieber von Fisch, verstehst du? Und außerdem habe ich nichts dagegen, wenn andere meine Reste fressen. Denn wenn hier Fischreste herumliegen, bedeutet das, dass ich schon satt bin!"

Die Fischkatze warf noch einen belustigten Blick auf den Ast und ging dann kopfschüttelnd davon.

Von einer bestimmten Perspektive aus gesehen könnte man jetzt tatsächlich sagen, dass die Behauptung der Maus: „Ich lasse fischen" irgendwie der Wahrheit entsprach. Denn die Wirklichkeit liegt bekannterweise immer im Auge der Betrachterin. Und häufig ist sie dehnbar.

Die Karthäuserkatze jedenfalls war beeindruckt.

„Oh", sagte sie. „Könntest du mich dieser Katze mal vorstellen?"

Am nächsten Tag machten sie sich auf und wanderten flussaufwärts. Sie erreichten eine Stelle, an der sich eine lange Sandbank erstreckte. Hier war das Wasser seicht und ruhig.

In einiger Entfernung sahen sie die Fischkatze am Ufer sitzen. Neben ihr war ein Haufen mit flachen Kieselsteinen aufgeschichtet. Einen davon hielt sie prüfend in der Pfote. Sie blickte ein wenig finster.

Die beiden duckten sich sicherheitshalber erst einmal hinter einem Gebüsch, um sie zu beobachten.

„Was tut sie da?", fragte die Karthäuserkatze flüsternd.

„Keine Ahnung", flüsterte die Maus zurück. „Das Einzige, was ich sehen kann, ist, dass sie heute Morgen noch nichts gefangen hat. Denn sonst würden die Reste hier irgendwo herumliegen."

„Vielleicht meditiert sie ja", überlegte die Karthäuserkatze. „Weißt du, bei mir zu Hause im Kloster müssen wir vor dem Frühstück auch meditieren. Als Vorübung zum Unsichtbar-Werden."

„Wie auch immer", sagte die Maus, „ich muss mich jetzt von dir verabschieden."

„Oh, du kommst gar nicht mit?" Die Karthäuserkatze erschrak. „Ich dachte, du würdest mich ihr vorstellen."

„Nein, ich, äh … habe etwas Wichtiges zu tun." Die Maus wandte sich zum Gehen. „Aber ich bin sicher, ihr beide werdet euch gut verstehen."

Sie bückte sich nach einem Ast und winkte damit. „Viel Spaß mit den Fischen!"

Dann schwang sie sich den Ast über die Schulter und ging davon. Es war nicht so, dass sie der Fischkatze nicht glaubte, dass diese sich nicht für Mäuse interessierte. Aber selbst eine uninteressante Maus könnte schnell interessant werden, wenn eine Katze noch nicht gefrühstückt hat. Dieses Risiko wollte sie nicht eingehen. Sicher war sicher.

Die Karthäuserkatze blickte ihr nach und fühlte sich unbehaglich und im Stich gelassen. Schon wieder musste sie ihre Ängstlichkeit überwinden und mit einem fremden Tier in Kontakt gehen – diesmal sogar ganz alleine. Eine Zeit lang saß sie da, kämpfte mit ihrer Schüchternheit und bemitleidete sich. Am liebsten wäre sie umgekehrt und der Maus hinterhergelaufen. Nur die Aussicht auf frischen Fisch und die Tatsache, dass sie wirklich dringend eine neue Nahrungsquelle brauchte, hielt sie zurück. Gestern nämlich hatte sie ihr letztes Stück Trockenfisch verspeist.

Schließlich fasste sie sich ein Herz, erhob sich und schlich vorsichtig näher.

Die Fischkatze hatte sie noch nicht bemerkt. Sie war damit beschäftigt, einen Kieselstein nach dem anderen über die Wasseroberfläche zu schleudern. Die meisten von ihnen flogen nicht sehr weit, sondern gingen sofort unter. Einige hüpften kurz über das Wasser und versanken dann mit einem lauten Platschen. Offenbar schien ihr weder das eine noch das andere zu gefallen, denn sie fluchte jedes Mal. Irgendwann war der kleine Haufen neben ihr aufgebraucht.

„Äh … hallo?", sagte die Karthäuserkatze schüchtern.

Die Fischkatze fuhr herum und starrte sie an. Die Karthäuserkatze starrte gebannt zurück. Sie war noch nie jemandem begegnet, der ein blaues und ein braunes Auge hatte.

„Du hast interessante Augen", meinte sie vorsichtig.

„Ja, das haben schon einige gesagt", erwiderte die Fischkatze mit einem leichten Lächeln. Sie klang ruhig und freundlich. Die Karthäuserkatze war erleichtert. Offenbar schien ihr Gegenüber den Ärger über die Steine schnell vergessen zu haben.

„Für mich ist das nichts Besonderes, weißt du“, fuhr die Fischkatze fort. „Die meiste Zeit denke ich nicht daran. Nur manchmal wenn ich bei der Jagd mein Spiegelbild im Wasser betrachte, fällt es mir wieder ein.“

„Die Maus hat mir schon erzählt, dass du Fische fängst“, meinte die Karthäuserkatze. Sie war froh, so schnell einen Anknüpfungspunkt gefunden zu haben.

Doch die Fischkatze war an etwas anderem interessiert.

„Welche Maus war das denn?“, fragte sie. „Etwa diejenige, die mit Steinen werfen kann?“

„Steine? Nein, ich glaube nicht. Aber sie hat gerne einen dicken Ast dabei.“

„Ach, diese Maus.“ Die Fischkatze war etwas enttäuscht. „Ja, die habe ich mal getroffen. Wollte mir eine runterhauen.“ Sie grinste. „Sie mag wohl auch gerne Fisch. Seitdem lasse ich ihr immer ein paar Reste übrig. Ich bin da nicht so. Ich finde, auch kleine Tiere sollten ab und zu etwas Gutes zu fressen bekommen.“

„Ah ja.“ Die Karthäuserkatze fing an, etwas von unterschiedlichen Perspektiven und dehnbaren Wirklichkeiten zu verstehen. Dann nahm sie einen neuen Anlauf.

„Ich … äh … mag auch gerne Fisch“, sagte sie. „Obwohl ich keine Fischkatze bin. Und jetzt wollte ich fragen, ob du vielleicht …“

„Oh, du willst lernen, wie man Fische fängt“, sagte die Fischkatze erfreut. „Das kann ich dir beibringen. Pass auf!“

Sie erhob sich und watete an einer bestimmten Stelle ins Wasser.

„Hier halten sie sich gerne auf, weißt du“, sagte sie über die Schulter zur Karthäuserkatze, die sie fasziniert beobachtete. Dann watete sie noch ein Stück weiter. Das Wasser wurde immer tiefer und ging ihr bereits bis zum Bauch. Es schien ihr überhaupt nichts auszumachen.

„Und jetzt musst du so lange lauern, bis einer der Fische in deine Reichweite schwimmt.“

Sie verharrte unbeweglich. Jeder Muskel war angespannt. Dann, auf einmal, machte sie einen Kopfsprung und tauchte unter. Wasser wirbelte und schlug Wellen. Unter der Oberfläche fand ein kurzer Kampf statt. Dann tauchte der Kopf der Fischkatze wieder auf. In ihrem Maul zappelte ein Fisch. Sie schwamm ans Ufer und kletterte an Land. Das Fell klebte an ihr und kleine Bäche rannen an ihr herunter. Sie legte den Fisch auf der Erde ab und schüttelte sich. Tropfen hüllten sie ein wie eine Wolke und prasselten dann zu Boden. Die Karthäuserkatze wich erschrocken ein paar Schritte zurück.

„Du siehst, es ist ganz einfach", sagte die Fischkatze fröhlich, „jetzt müssen wir nur noch ein wenig warten, bis die anderen Fische wieder zurückkommen. Und dann kannst du selbst mal dein Glück versuchen."

„Also da gibt es ein Problem ..."

Das war jetzt wirklich ein schlimmer Moment. Es war eine Sache, schüchtern zu sein und Angst vor dem Wasser zu haben. Sich in Fässern zu verstecken und vom Rücken eines Flusspferds zu flüchten. Doch es war eine ganz andere Sache, das alles einer Artgenossin zu offenbaren. Denn Katzen versuchen immer, sich anderen Katzen gegenüber möglichst würdevoll zu verhalten. Vor einer anderen Katze zuzugeben, dass sie nicht mehr jagen konnte und sich vor dem Wasser fürchtete, war alles andere als würdevoll.

Aber dort im Fluss schwammen Fische und der Magen der Karthäuserkatze knurrte.

Irgendjemand – vermutlich war es die Meisterin – hatte einmal gesagt, dass es für eine Katze keine große Kunst sei, etwas Mutiges zu tun, wenn sie nicht besonders ängstlich war. Sondern dass wirklicher Mut darin bestehe, etwas zu tun, obwohl man in diesem Moment große Angst habe. Vermutlich war das hier einer dieser Momente. Nun gut. Dann würde sie jetzt eben mutig sein müssen.

Sie setzte sich auf ihre Hinterbeine und begann zu erzählen. Vom Kloster, von Hao Tsu und von ihrer Reise. Davon, dass sie jetzt keine Mäuse mehr, sondern ausschließlich Fisch fressen konnte, aber gleichzeitig nie, niemals in diesem Fluss tauchen und schwimmen könne.

Irgendwann hatte sie alles gesagt, was zu sagen war. Überraschenderweise fühlte es sich gut an. Sie war noch immer aufgeregt und hatte Herzklopfen. Doch seltsamerweise spürte sie gleichzeitig auch eine große Ruhe. Was auch immer die Fischkatze jetzt tun würde – sie selbst war endlich einmal mutig gewesen. Das war eine große Erleichterung.

Die Fischkatze tat erst einmal gar nichts. Still saß sie da und ließ das Gesagte auf sich wirken. Sie hatte einen ruhigen und besonnenen Charakter. So etwas war wichtig, wenn eine immer wieder lange unbewegt und konzentriert im Wasser stehen und abwarten muss. Nach einer Weile meinte sie:

„Ich verstehe. Du scheinst da wirklich in der Klemme zu stecken."

„Ja. Das hast du sehr gut ausgedrückt." Die Karthäuserkatze musste ein wenig lachen. Mit einem Mal fühlte sie sich erleichtert. Sich selbst einzugestehen, dass sie in der Klemme steckte, und nicht mehr dagegen anzukämpfen, hatte seltsamerweise auch etwas Entspannendes.

Die Fischkatze stand auf. Sie war sehr praktisch veranlagt.

„Die Fische sind jetzt sicher wieder in der Nähe", meinte sie und watete ins Wasser. „Ich fange uns noch einen. Und dann frühstücken wir erst mal."

KI-Aaiijj!!!

Etwa zwanzig Wühlmäuse rannten auf einer Bergwiese aufeinander zu. Sie stießen mit Wucht zusammen und bildeten ein Knäuel aus um sich schlagenden Körpern, die wild auf alles losgingen, was ihnen gerade unter die Pfoten kam. Offenbar schienen sie großen Spaß dabei zu haben. Ihre begeisterten Schreie hallten von den steilen Felswänden wider. Hao Tsu stand einige Meter entfernt und beobachtete das Geschehen.

„He, das ist jetzt aber kein Kami-Katze mehr!", rief sie einer Wühlmaus zu, die eine andere Maus mit den Zähnen am Schwanz gepackt hatte und gerade dabei war, diese schwungvoll um ihre eigene Achse zu schleudern. Die Angesprochene grinste nur. Antworten konnte sie nicht, denn sonst hätte sie ihre Gegnerin loslassen müssen – und diese hätte sicher sofort dasselbe mit ihr gemacht.

Die Wühlmäuse waren bereits vorher als wildes Bergvolk bekannt gewesen. Vermutlich würde sich dieser Ruf noch verstärken, wenn der Workshop vorbei war.

Eine Maus mit Schürze und weißer Kochmütze kletterte aus einem Mauseloch in der Nähe. Sie schlug mit einer Schöpfkelle mehrmals kräftig auf eine Bratpfanne und rief, so laut sie konnte: „Mittagessen!"

Das, so wusste Hao Tsu inzwischen, war ein Zauberwort, das bei den Wühlmäusen selbst den schönsten und interessantesten Kampf sofort beendete. Ein kollektiver Jubelschrei erklang und alle rannten, so schnell sie konnten, zu den Eingängen ihres unterirdischen Baus. Innerhalb kürzester Zeit hatte sich die Wiese geleert.

Hao Tsu lehnte sich an einen Felsen und betrachtete die umliegenden Berge. Auf den Gipfeln lag noch Schnee, doch die Almwiese vor ihr war mit leuchtenden Blüten übersät, die eifrig von unzähligen Insekten angeflogen wurden. Still und friedlich lag sie im Sonnenlicht, und nur ein paar niedergetretene Gräser erinnerten an die gerade stattgefundenen wilden Kämpfe.

Hao Tsu genoss die Ruhe, die jetzt auf einmal wieder eingekehrt war. Der Workshop machte Spaß, aber er war auch anstrengend. Sie freute sich bereits darauf, in ein paar Tagen wieder hinunter in die Ebene zu wandern. Manchmal vermisste sie sogar die ruhige und zurückhaltende Gesellschaft der Karthäuserkatze. Sie fragte sich, wie es ihr wohl jetzt ging. Ob sie mittlerweile gelernt hatte, sich unsichtbar zu machen?

In diesem Moment setzte wieder dieses seltsame, schon vertraute Gefühl ein. Es überraschte sie nicht sonderlich, dass sie sich ein weiteres Mal im Zuschauerraum des Theaters wiederfand, wo sich gerade der Vorhang hob.

Die Maus mit dem Speck hatte schon wieder die Beine auf den Tisch gelegt. Dazu hatte sie sich einen Strohhut über das Gesicht gezogen und schien zu dösen. Die Maus mit der Brille – Hao Tsu nannte sie für sich die Moral-Maus – lief hektisch neben ihr auf und ab. Ihre Schritte hallten auf den hölzernen Bühnenbrettern.

„Hör auf damit", ließ sich die Speck-Maus unter ihrem Strohhut vernehmen, „du machst mich ganz nervös. Du solltest dich mal entspannen."

„Ich bin entspannt!", rief die Moral-Maus aufgebracht. Sie hatte die Fäuste geballt und blickte angestrengt hin und her.

„Bist du nicht", meinte die Speck-Maus.

„Und wenn schon. Wie kann ich auch entspannt sein? Hao Tsu hat ihre Herausforderung noch immer nicht bestanden!"

„Wenn du dich weiter so aufführst, wird sie sie auch nicht bestehen. Glaubst du vielleicht, dass es hilfreich ist, wenn du sie die ganze Zeit in diesem Ton darauf hinweist?"

„Natürlich", sagte die Moral-Maus überzeugt. „Jemand muss sie doch darauf hinweisen. Immerhin ist das mein Job."

Die Speck-Maus seufzte, schob sich ihren Hut in den Nacken und blickte sie an.

„Mag sein. Aber wenn du sie immer nur anklagst, wird das nichts nützen. Wir müssen uns auch mit ihren Gefühlen beschäftigen."

In diesem Moment erschien die Maus mit dem bunten T-Shirt. Diesmal hielt sie eine riesige Lupe in der Hand.

„Gefühle?", rief sie fröhlich, „hat hier jemand was von Gefühlen gesagt? Das trifft sich gut. Gefühle sind meine Spezialität!"

Sie ließ sich am Bühnenrand nieder, nahm die Lupe und betrachtete Hao Tsu durch das Glas.

„Wir gehen dem Ganzen jetzt mal auf den Grund", verkündete sie. Sie beugte sich noch etwas tiefer.

„Sag mir: Was ist dein innerstes Gefühl zu dieser Herausforderung?"

Hao Tsu sah sich plötzlich aus nächster Nähe von einem riesigen Auge beobachtet. Sie fühlte sich etwas in die Enge getrieben. Was auch daran lag, dass sie darüber hinaus auf einmal von einem grellen Theaterscheinwerfer angestrahlt wurde.

„Mein innerstes Gefühl? Keine Ahnung. Was meinst du damit?"

Die Maus mit der Lupe ließ nicht locker. „Betrachte die ganze Sache einfach einmal wie eine Forscherin", beharrte sie eindringlich. „Suche nach deinem innersten Gefühl und beobachte es. Sieh nach! Wie ist es?"

In Hao Tsu breitete sich die Erkenntnis aus, dass weder der Scheinwerfer noch die Maus mit der Lupe weggehen würden, bevor sie nicht etwas Aufrichtiges über ihre Gefühle herausgefunden hätten. Daher ging sie in sich und forschte ein bisschen.

„Also … mein innerstes Gefühl. Tja." Sie dachte noch einmal an ihre erste Begegnung mit der Karthäuserkatze unter der Zirbelkiefer.

„Ich wollte damals eine Herausforderung", sagte sie versuchsweise. „Aber mittlerweile glaube ich, dass ich bei dieser Herausforderung versagt habe."

Sie war sich nicht sicher, ob dies ihr innerstes Gefühl war. Doch es war immerhin ein Anfang.

Die Speck-Maus gähnte.

„Versagen ist ein total langweiliges und nutzloses Gefühl, das dich überhaupt nicht weiterbringt", ließ sie sich vernehmen. „Such dir lieber ein anderes!"

Hao Tsu war etwas irritiert. Doch die Vorstellung, sich statt dieses Versagens einfach ein anderes Gefühl zu suchen, gefiel ihr. Allerdings war es gerade nicht so leicht, eines zu finden. Sie überlegte.

Sie hatte die Katze mit auf die Reise genommen, weil sie fest davon überzeugt gewesen war, dass diese dadurch irgendwann weniger ängstlich und schüchtern werden würde. Aber das war nicht passiert.

„Hm. Vielleicht hatte ich bei dieser Sache überzogene Erwartungen", meinte sie nachdenklich.

Die Mäuse auf der Bühne nickten ihr aufmunternd zu. Offenbar befand sie sich auf dem richtigen Weg. Die Moral-Maus rückte ihre Brille auf der Nase zurecht.

„Und? Was genau ist jetzt deine Herausforderung? Ich meine: deine WIRKLICHE Herausforderung?", fragte sie gespannt.

„Meine WIRKLICHE Herausforderung …", antwortete Hao Tsu bedächtig, „ist, zuzugeben, dass ich dieser Katze nicht helfen kann. Dass ich – Hao Tsu, die berühmte Kampfmaus – nicht die Richtige dafür bin. Sie muss ihre Erfahrungen auf ihre eigene Weise machen. Und das geht vermutlich nicht so, wie ich mir das vorstelle."

Einen Moment lang herrschte gespannte Stille.

„Hurra! Sie hat's begriffen!", rief die Maus mit der Lupe fröhlich. Sie sprang auf, packte die Speck-Maus und begann mit ihr Polka zu tanzen. Applaus brandete auf. Die Zuschauer erhoben sich von den Sitzen und beklatschten abwechselnd Hao Tsu und die Mäuse auf der Bühne. Hao Tsu fühlte sich erleichtert.

Als der Applaus verklungen war, sagte die Moral-Maus:

„Und nun schreiten wir zum letzten Akt. Der wird aber nicht mehr hier im Theater spielen, sondern draußen, im so genannten wirklichen Leben. Da hast du nämlich jetzt noch etwas zu erledigen: Du musst der Katze sagen, was du herausgefunden hast. Du musst ehrlich zu ihr sein und alles zugeben."

„Was? – Nein, also das kommt überhaupt nicht in Frage." Hao Tsu war entsetzt. „Es ist ja ganz in Ordnung, alles hier vor euch offenzulegen. Aber das muss reichen. Ich kann doch nicht einer Katze meine intimsten Gedanken erzählen!"

Die Moral-Maus setzte ihr strengstes Gesicht auf.

„Doch, du kannst. Du bist es ihr schuldig", beharrte sie. „Das gehört zur Herausforderung."

„Find' ich auch", meinte die Gefühle-Maus. Sie war gerade damit beschäftigt, ihre Lupe mit ihrem T-Shirt zu polieren. „Damit du wieder mit deinen Gefühlen ins Reine kommst, verstehst du?"

„Ich finde trotzdem, das geht zu weit", sagte Hao Tsu. „Schließlich bin ich eine Kampfmaus und sie ist eine Katze!"

Die Speck-Maus lehnte sich ein weiteres Mal in ihrem Stuhl zurück und legte die Beine auf den Tisch.

„Tut mir leid, meine Liebe", sagte sie zu Hao Tsu, „Aber wenn du wirklich wieder eine gute und unbeschwerte Zeit haben willst, wirst du nicht darum herumkommen." Sie deutete mit dem Kopf zu den anderen beiden Mäusen. „An diesem Punkt bin ich ausnahmsweise auch ihrer Meinung."

„Ihr seid blöd!", rief Hao Tsu wütend. „Ihr geht mir auf die Nerven – alle! Haut ab! Verschwindet endlich aus meinem Kopf oder meinem Geist oder wo immer ihr euch aufhaltet. Und nehmt dieses bescheuerte Theater mit. Ich will mich endlich wieder für mich alleine haben!"

Sie sprang auf und trat mit voller Wucht gegen die Bühnenbretter. Doch ihr Fuß traf ins Leere. Das Holz hatte keine Substanz.

„Äh, Entschuldigung", sagte jemand vorsichtig neben ihr. Hao Tsu zuckte zusammen. Sie stand auf der Trainings-Wiese. Die Sonne war ein Stück weitergewandert und der Felsen, an dem sie lehnte, lag bereits im Schatten. Irgendwo rauschte ein Bach.

„Ich wollte dich nicht stören", meinte die Wühlmaus respektvoll. „Machst vermutlich gerade wichtige und anspruchsvolle Übungen. Aber ich wollte dich trotzdem noch mal daran erinnern, dass das Essen fertig ist!"

Ein ganzes Stück entfernt fand zur gleichen Zeit ebenfalls eine Mahlzeit statt. Es war die beste, die die Karthäuserkatze jemals zu sich genommen hatte.

„Absolut köstlich. Vielen Dank!", sagte sie, als sie einige Zeit später mit vollem Magen zufrieden am Flussufer saß. Diesmal würde es keine Reste für andere Interessenten geben: Vom Fang der Fischkatze waren nur noch ein paar Gräten übrig.

„Freut mich, dass es dir geschmeckt hat", erwiderte die Fischkatze und putzte sich. „Es war mir ein Vergnügen. Außerdem ist es wirklich nett, beim Fressen einmal Gesellschaft zu haben."

Sie dehnte sich genüsslich. Eine Weile herrschte zwischen ihnen zufriedene, satte Stille, untermalt vom leisen Rauschen des Flusses. Gemeinsam blickten sie über das Wasser. In der Mitte des Flusses schnellte ein großer, silberner Fischleib in die Höhe, schnappte nach einer Fliege und tauchte wieder unter.

„Beim Fischen ist es nicht viel anders als bei der Jagd an Land", sagte die Fischkatze. „Du musst dich mit deiner Beute vertraut machen. Mit ihren Gewohnheiten und Vorlieben. Du musst lernen, so zu denken wie ein Fisch."

Sie deutete auf die Stelle, an der sie vorher in den Fluss gewatet war.

„Dort drüben zum Beispiel ist der Fluss seicht und das Wasser ist ruhig. Die kleinen Fische mögen das und kommen immer wieder hierher. Deswegen kann ich sie auch erwischen. Aber es gibt auch große Fische, so wie den da drüben. Die bleiben lieber im tiefen

Wasser. Da komme ich leider nicht hin, denn die Strömung ist zu stark. Große Fische sind sehr schwer zu jagen. Zumindest mit der traditionellen Methode." Sie blickte zu der Stelle im Fluss, an der der große Fisch in die Höhe gesprungen war.

„Aber vielleicht ändert sich das jetzt."

Dann erhob sie sich und begann ein weiteres Mal, flache Kieselsteine auf einen Haufen zu schichten.

„Weißt du, ich hatte da so eine Idee, es mit einer anderen Methode zu versuchen. Ich nenne es modernen, innovativen Fischfang." Sie musterte die Karthäuserkatze. „Wenn du willst, kannst du mir übrigens helfen. Es gibt dabei nämlich etwas zu tun, wofür du nicht ins Wasser gehen musst."

„Klar. Da bin ich gerne dabei", antwortete diese erfreut. So konnte sie sich wenigstens etwas für die Mahlzeit revanchieren.

„Kannst du gut zielen?"

„Keine Ahnung. Hab's noch nie versucht. Was muss ich denn tun?"

„Pass auf, ich erkläre es dir", sagte die Fischkatze eifrig und deutete auf die Mitte des Flusses, „wir müssen es irgendwie schaffen, den Stein dort drüben ins tiefe Wasser zu werfen. Dann werden nämlich die großen Fische aufgescheucht und schwimmen hierher ins seichte Wasser. Und dann springe ich hinein und fange sie." Sie überlegte kurz und fügte hinzu: „Zumindest habe ich mir das so vorgestellt."

Die Karthäuserkatze konnte sich das ebenfalls vorstellen.

„Ich verstehe", antwortete sie. „Und du meinst, dass ich die Steine werfen soll und du dann die Fische aus dem Wasser holst. Gute Idee. Wirklich sehr innovativ."

Sie nahm einen Stein in die Pfote, schloss kurz die Augen und konzentrierte sich. Im Kloster hatten sie monatelang üben müssen, bestimmte Dinge ganz genau vor dem inneren Auge an sich vorbeiziehen zu lassen. Außerdem hatte sie der Fischkatze vorhin beim Steinewerfen zugesehen. Im Geist sah sie den Stein fliegen und an einer ganz bestimmten Stelle landen. Sie visierte ihr Ziel an, holte aus und schleuderte den Kiesel, so fest sie konnte, über den Fluss. Er beschrieb einen hohen Bogen und versank mit einem lauten „Plopp" im tiefen Wasser, exakt an der Stelle, an der zuvor der Fisch gesprungen war.

„Sehr gut!“, rief die Fischkatze begeistert. „Du bist wirklich begabt!“

Sie sprintete zum Ufer und watete ins Wasser. Dort legte sie sich auf die Lauer, bereit zum Sprung.

Die Karthäuserkatze war stolz und glücklich. Endlich einmal war ihre Ausbildung zu etwas nütze gewesen. Noch nie hatte jemand zu ihr gesagt, dass sie begabt sei. Jetzt wartete sie ebenso gespannt wie die Fischkatze.

Minuten vergingen. Nichts rührte sich.

Die Fischkatze lockerte ihre Muskeln. Sie wandte sich zur Karthäuserkatze um, die etwas enttäuscht am Ufer auf und ab lief.

„Das sollte uns jetzt nicht abschrecken“, meinte sie zuversichtlich, „immerhin befindet sich diese innovative Fischerei noch in der Erprobungsphase.“

„Du hast Recht. Ich versuche es einfach noch einmal.“ Die Karthäuserkatze warf ein paar weitere Steine. Wieder trafen sie ihr Ziel, doch auch jetzt fand keiner der großen Fische den Weg zu dem Ort, an dem die Fischkatze lauerte.

Stattdessen näherte sich ein Seeadler, der hoch oben über der Stelle gekreist hatte, an der die Steine in den Fluss gefallen waren.

„Was macht ihr beiden da bloß“, rief er ärgerlich, „hört sofort auf damit! Ihr verscheucht die Fische!“

„Das ist genau die Absicht“, rief die Fischkatze zurück. „Wir wollen sie hierher ins seichte Wasser scheuchen!“

Der Seeadler landete auf einem Felsen in der Nähe und schüttelte sein Gefieder aus.

„Ihr habt offenbar keine Ahnung von großen Fischen“, sagte er und sah sie dabei missbilligend an, „wisst ihr denn nicht, dass die großen Fische immer in noch tieferes Wasser flüchten, wenn man sie aufscheucht? Die würden niemals hierherkommen, im Gegenteil: Jetzt sind sie erst mal weg. Dabei hatte ich gerade einen entdeckt. Wegen euch muss ich jetzt wieder aufsteigen und mir neue Beute suchen!“

Damit stieß er sich ab und flog majestätisch davon.

Die Fischkatze kam aus dem Wasser, setzte sich auf den Sand und leckte sich trocken.

„Bist du jetzt sehr enttäuscht, dass dein innovativer Fischfang nicht funktioniert?“, fragte die Karthäuserkatze.

„Ach, nein“, antwortete die Fischkatze gelassen. „Weißt du, ich kann ja noch immer nach der traditionellen Methode fischen. Und wer weiß, vielleicht fällt mir irgendwann etwas anderes Innovatives ein!“

Es wurde Abend. Die Karthäuserkatze hatte beschlossen, über Nacht zu bleiben. Die Aussicht, dass die Fischkatze am nächsten Morgen wieder auf die Jagd gehen würde, hatte ihr die Entscheidung leicht gemacht. Ob ihre neue Gefährtin die Fische jetzt innovativ oder traditionell fangen würde, war ihr eigentlich nicht so wichtig.

Sie tat es der Fischkatze nach und suchte sich eine gemütliche Sandkuhle, in der sie sich zusammenrollte. Es war ein langer und sehr aufregender Tag gewesen. Eine Weile lauschte sie noch den Nachtgeräuschen rund um den Fluss, dann schlief sie tief und traumlos.

Bei Tagesanbruch fühlte sie sich frisch und ausgeruht. Sie stand auf und dehnte sich.

Neben ihr öffnete die Fischkatze kurz ein Auge – diesmal war es das braune –, schloss es dann aber sofort wieder und schlief weiter. Für ihren Geschmack war es eindeutig noch zu früh. Außerdem würden die Fische auch in einer Stunde noch da sein.

Die Karthäuserkatze ging ein Stück am Ufer entlang, bis sie einen umgestürzten Baum fand, dessen Stamm über das Wasser ragte. Vorsichtig kletterte sie hinauf, lief ein paar Schritte und ließ sich dann nieder. Zufrieden sah sie sich um. Katzen lieben Plätze, an denen sie einen gewissen Überblick haben.

Unter ihr floss der Fluss träge dahin. Die Karthäuserkatze stellte fest, dass sie das Wasser diesmal überhaupt nicht nervös machte – zumindest nicht, so lange sie hier oben auf dem Trockenen saß und nicht nass wurde.

Sie beschloss, dass dies ein guter Platz für ihre Morgen-Meditation war. In den vergangenen Wochen war sie wegen all der vielen Ereignisse nicht dazu gekommen, aber heute wollte sie sie nachholen.

Im Gegensatz zu anderen Spezies geht es bei einer Katzen-Meditation nicht um innere Versenkung, denn damit können Katzen überhaupt nichts anfangen. Diese Übung sollte vielmehr die eigene Wahrnehmung schärfen. Es ging dabei ums Beobachten. Denn ein gutes, präzises Beobachten war eine der Voraussetzungen für das Unsichtbar-Werden. Davon jedenfalls war die Meisterin überzeugt. Sie konzentrierte sich und öffnete ihre Sinne: Was konnte sie sehen? Was konnte sie hören, riechen, spüren?

Da war natürlich vor allem der Fluss. Sonnenstrahlen glitzerten auf dem Wasser, die Luft roch feucht und ein wenig modrig. Der Fluss murmelte und gluckerte und sprach mit sich selbst. Sie spürte, wie der Baumstamm unter ihren Pfoten leise in der Strömung hin- und herschwang. Insekten summten. Ab und zu platschte es. Am gegenüberliegenden Ufer ließ sich der Fischadler in einem hohen Baum nieder und blickte wie sie über das Wasser. Vielleicht machte auch er seine Morgen-Meditation. Vermutlich aber wartete er einfach auf den richtigen Moment für seine Jagd.

Nach einer Weile gesellte sich ein weiteres, sehr leises Geräusch dazu, das sie nur deshalb wahrnahm, weil Katzen sehr gut hören können: Die Fischkatze war aufgestanden. Jetzt ging sie zum Ufer und watete ins Wasser. Bald würde es frische Fische geben.

‚Ich wünschte mir wirklich, dass auch ich in der Lage wäre, zu fischen', dachte sie sehnsüchtig. Eigentlich, so stellte sie fest, war dieser Wunsch viel größer als der, endlich unsichtbar zu werden. Fische waren so viel wichtiger als Unsichtbarkeit. Schließlich ging es dabei um Nahrung und Wohlbefinden. Und um Unabhängigkeit. Sie wollte sich endlich wieder selbst versorgen können.

Natürlich könnte sie noch eine Zeit lang hierbleiben. Die Fischkatze war freundlich und hilfsbereit und würde sicher weiterhin Fische für sie fangen. Aber die Karthäuserkatze wusste, dass sie es auf die Dauer nicht ertragen würde, sich von ihr durchfüttern zu lassen. Irgendetwas musste passieren.

Eine Libelle flog über ihren Kopf hinweg und verharrte dann in einiger Entfernung über dem Wasser. Sofort schnellte ein großer, silbriger Leib in die Höhe, schnappte nach ihr und verschwand wieder. Der Fischadler, der dies ebenfalls beobachtet hatte, breitete seine mächtigen Flügel aus und segelte über dem Fluss dahin. Dann, auf einmal, schoss er blitzschnell herab, packte einen großen Fisch mit seinen mächtigen Krallen, stieg wieder auf und flog mit seiner Beute davon. Die Karthäuserkatze sah ihm nach.

‚Wenn ich fliegen könnte', dachte sie, ‚würde ich es auch so machen. Übers Wasser gleiten und dann meine Krallen ausfahren, zupacken und weiterfliegen. Den Fisch fangen, ohne nass zu werden.'

Leider konnte sie nicht fliegen.

Aber vielleicht würde das Ganze ja auch anders funktionieren. Wenn sie zum Beispiel eine sehr lange Vorderpfote hätte, die weit hinaus in den Fluss greifen könnte …

Mehrere Erinnerungen und Erfahrungen aus der letzten Zeit, die bisher in ihrem Inneren nach Katzenart träge in der Sonne gelegen hatten, blinzelten und gähnten. Dann standen sie auf und versammelten sich zu einer kleinen Konferenz.

Man könnte statt der Vorderpfote etwas anderes benutzen. Und anstatt darauf zu warten, dass eine Libelle zufällig über die richtige Stelle flog, müsste man irgendwie versuchen …

Ein Plan nahm Gestalt an. Die Karthäuserkatze dehnte sich. Sie war sehr zufrieden. Diese Meditation hatte sich wirklich gelohnt.

‚Ich werde Unterstützung brauchen', dachte sie. Aber sie wusste auch schon, wo sie die bekommen würde. Was hatte die Fischkatze gleich wieder über die Jagd gesagt? Richtig: Du musst denken wie ein Fisch.

„Frühstück!", erklang es fröhlich in der Nähe. Die Fischkatze kam gerade aus dem Wasser.

„Heute Morgen waren sie schlau, die kleinen Mistkerle", sagte sie, „ich habe leider nur zwei sehr kleine Fische erwischt. Aber das macht nichts. Ich kann später noch mal auf die Jagd gehen, wenn wir nicht satt werden!"

Die Karthäuserkatze setzte sich zu ihr.

„Das wird vielleicht nicht nötig sein", meinte sie. „Ich muss nämlich eine Zeit lang weggehen. Habe etwas Wichtiges zu erledigen."

„Schade", meinte die Fischkatze. „Es war sehr nett mit dir."

„Es wird hoffentlich nicht zu lange dauern. Und dann komme ich gerne zurück.“ Die Karthäuserkatze war etwas verlegen, denn bisher hatte noch nie jemand gesagt, dass es nett war, mit ihr zusammen zu sein. „Übrigens: Was fressen eigentlich Fische?“

Die Fischkatze überlegte.

„Fliegen und Würmer“, sagte sie dann. „Und Maden. Und alles mögliche andere. Was sie halt so kriegen können.“

„Und die großen Fische dort draußen? Was fressen die?“

„Vermutlich dasselbe. Ich bin mir nicht sicher. Warum ist das so wichtig für dich?“

Die Karthäuserkatze lächelte. „Weil ich lernen möchte, so zu denken wie ein Fisch.“

„Also das sollten wir noch einmal singen.“ Die Giraffe seufzte. „Das müssen wir besser machen.“

Der „Dreigsang vom Wald“ erarbeitete sich gerade ein neues Lied.

„Ja, ich finde auch, in der letzten Strophe hat eine von uns sehr schräg geklungen“, bestätigte das Flusspferd.

Beide blickten vielsagend zur Maus hinüber.

„Stimmt“, meinte diese unbekümmert, „ich habe da ein paar Töne nicht ganz richtig getroffen. Hab stattdessen wohl eher improvisiert.“ Sie wandte sich an die Giraffe. „Ist aber auch wirklich eine extrem schwere Melodie, die du dir da ausgedacht hast.“

„Wieso? Du selbst warst doch diejenige, die gesagt hat, wir sollten endlich mal etwas Anspruchsvolleres singen!“

„Ja, aber damit habe ich nicht gemeint, dass ausgerechnet meine Stimme die schwerste sein muss!“

Es raschelte im Gras und die Karthäuserkatze kam vorsichtig um die Ecke.

„Da bist du ja wieder“, sagte die Maus, „sag, wie findest du unser neues Lied?“

„Äh … ganz gut. Sehr … äh … laut. Habe euch schon von Weitem gehört.“

Die Karthäuserkatze beschloss, nicht zu erwähnen, dass sie gerade fast von einer Herde flüchtender Antilopen niedergetrampelt worden war, die ihr in Panik entgegengekommen waren. Sie wollte auf keinen Fall unhöflich erscheinen.

„Siehst du", sagte die Maus triumphierend zu den anderen beiden, „der Katze hat es gefallen. So schlecht kann ich dann doch nicht gesungen haben."

„Ich schlage trotzdem vor, wir machen eine Pause" – die Giraffe verstand sich besser darauf, auch die Unter- und Zwischentöne einer höflichen Antwort zu hören – „und versuchen es später noch einmal."

Eine Pause dient bekanntlich der Erholung. Die drei Sängerinnen erholten sich jeweils auf ihre Art: Die Giraffe zupfte Blätter, das Flusspferd legte sich ins Wasser und die Maus saß am Ufer und ließ die Beine baumeln. Dabei sah sie der Karthäuserkatze zu, die suchend durch die Weidenbüsche kroch.

„Was machst du da?", fragte sie neugierig.

„Ach, nichts Besonderes." Der Karthäuserkatze war es peinlich, so genau beobachtet zu werden. Doch das kümmerte die Maus nicht.

„Gehst du auf die Jagd?", fragte sie weiter.

„Na ja. So könnte man es nennen." Die Karthäuserkatze hatte endlich gefunden, wonach sie gesucht hatte. Sie kam aus dem Gebüsch und zog eine lange, biegsame Weidenrute hinter sich her.

„Ich glaube aber nicht, dass sich das da für die Jagd eignet", meinte die Maus skeptisch. „Weißt du, Weidenruten taugen nichts. Du brauchst einen richtig dicken Ast. Damit kannst du viel besser zuschlagen."

„Nein, du verstehst nicht: Ich will damit nicht schlagen. Ich möchte damit jemanden … überlisten."

„Oh. Cool." Die Maus war beeindruckt. Überlisten fand sie gut.

Mittlerweile waren auch die Giraffe und das Flusspferd zu ihnen gestoßen. Interessiert sahen sie zu, wie die Karthäuserkatze in den Baum kletterte und den Haken holte, an dem bis vor Kurzem der Trockenfisch gehangen hatte.

„Würdet ihr mir vielleicht ein bisschen helfen?", fragte sie vorsichtig.

„Beim Überlisten – immer!", grinste die Maus.

„Gut.“ Sie wandte sich der Maus zu. „Du müsstest eine Liane abnagen und herbringen. Eine von den dünnen. Und sie darf nicht zu kurz sein. Ach, und noch etwas: Kannst du mir auch ein paar Würmer besorgen?“

„Würmer?“

„Ja. Oder Maden oder so etwas Ähnliches. Das wäre wirklich sehr hilfreich.“

„Na gut. Aber nur, wenn du mir verrätst, wen du da überlisten willst.“

„Fische.“

„Natürlich!“ Die Maus erinnerte sich. „Du warst ja bei der Fischkatze. Aber wie willst du Fische überlisten, wenn du nicht ins Wasser gehst?“

„Na ja“, antwortete die Karthäuserkatze, „weißt du, die Fischkatze würde jetzt sagen, es geht dabei um innovative Fischerei. Ich selbst nenne es, glaube ich: Fischen mit trockenen Pfoten.“

Die Würmer und Maden waren schnell gefunden, denn damit kennen sich Mäuse hervorragend aus. Etwas umständlicher war es, die abgenagte Liane aus dem Wald zu transportieren: Dauernd blieb sie an Wurzeln und Zweigen hängen. Glücklicherweise half da der biegsame Hals der Giraffe, die immer wieder dafür sorgte, dass sie sich nicht zu sehr verhedderte.

Währenddessen führte die Karthäuserkatze ein langes und intensives Gespräch mit dem Flusspferd, in dem es um die Gewohnheiten der hiesigen Fische ging. Und schließlich halfen alle mit, die verschiedenen Dinge so zusammenzufügen, wie sich die Katze das ausgedacht hatte.

Schließlich war das Gerät zum Fischen mit trockenen Pfoten fertig. Die Karthäuserkatze betrachtete noch einmal prüfend den Fluss. Dann suchte sie sich eine geeignete Stelle am Ufer und stellte sich dort in Position. Sie konzentrierte sich auf einen ganz bestimmten Punkt im Wasser und warf dann den Köder aus. Mit einem leisen, platschenden Geräusch versank der Haken mit dem Wurm im Fluss. In der Strömung straffte sich die Liane, die mit der Weidenrute verbunden war. Die Karthäuserkatze warf dem Flusspferd einen fragenden Blick zu und dieses nickte anerkennend: Genau dort, wo der Köder gelandet war, hielten sich immer die großen Fische auf.

Alle vier blickten gespannt aufs Wasser. Eine Weile geschah nichts. Das stimmte natürlich nicht. Auch wenn nichts geschieht, passiert immer irgendetwas. In diesem Fall floss zum Beispiel jede Menge Wasser flussabwärts, einige Wolken segelten vorbei, Wind rauschte in den Bäumen und die Sonne rückte ein Stück weiter. Ganz abgesehen von den Antilopen, die vorsichtig ihre Köpfe aus dem Wald streckten und misstrauisch die Ohren aufstellten, um zu lauschen.

„Mir ist langweilig", beschwerte sich die Maus nach einiger Zeit. „Ich finde, jetzt wäre eine gute Gelegenheit, noch einmal unser neues Lied zu proben."

„Auf keinen Fall!", protestierte die Karthäuserkatze entsetzt. Fieberhaft überlegte sie, wie sie auf möglichst höfliche Art verhindern konnte, dass die Maus wieder improvisierte. Schließlich sagte sie zu ihr:

„Weißt du, das Überlisten ist wie eine Jagd. Und als Jägerin musst du immer leise sein."

„Aha", sagte die Maus. „Na gut."

Sie gähnte, legte sich auf den Rücken und betrachtete die Wolken. Deshalb bekam sie nicht mit, wie die Giraffe der Karthäuserkatze zuzwinkerte.

Und dann kam der Moment, in dem es geschah.

Die Liane zuckte, dann spannte sie sich und die Weidenrute bog sich durch. So fest sie konnte, krallte sich die Karthäuserkatze in den Boden. Langsam und sehr, sehr vorsichtig holte sie ihre zappelnde Beute aus dem Fluss.

Es war ein wirklich großer Fisch. Und abgesehen von ein paar wenigen Tropfen waren ihre Pfoten tatsächlich trocken geblieben.

„Das war richtig gutes Überlisten", sagte die Maus zufrieden. „Und der Fisch sieht sehr lecker aus. Kann ich ein Stück abhaben? Immerhin habe ich dir die Liane und den Wurm besorgt."

Die Karthäuserkatze strich mit der Pfote andächtig über ihren ersten selbst gefangenen Fisch. Eine große Ruhe und ein großes Glück erfüllten sie. Sie blickte die Maus an und lächelte.

„Vom nächsten, den ich fange, bekommst du gerne etwas ab", sagte sie. „Aber den hier möchte ich mit jemand anderem teilen." Mit diesen Worten packte sie den Fisch und ging davon.

Die anderen sahen zu, wie sie hinter der Wegbiegung verschwand.

„Ich finde, sie hat sich verändert", meinte das Flusspferd. „Sie wirkt plötzlich viel selbstbewusster."

Diesmal waren es die Elefanten. Eine große Gruppe, alte und junge, war in den Fluss gewatet, hatte getrunken, gebadet, sich prustend und trompetend im Schlamm gewälzt – und selbstverständlich hatten alle Fische sofort das Weite gesucht. Die Fischkatze hatte sie aus der Ferne beobachtet und geseufzt. Natürlich, der Fluss war nicht nur für sie da. Er gehörte allen und musste geteilt werden. Und es war auch schön gewesen, zuzuschauen, wie viel Spaß diese riesigen Tiere im Wasser hatten. Aber ihr Magen knurrte und nun musste sie mal wieder ihre Mahlzeit verschieben.

Plötzlich hörte sie, wie sich etwas näherte. Sie drehte die Ohren und lauschte. Ein angestrengtes Ächzen und Stöhnen ertönte und dazu kam immer wieder ein eigenartiges schleifendes Geräusch.

Dann sah sie die Karthäuserkatze. Sie zog einen großen, grauschillernden Fisch hinter sich her, der fast so lang war wie sie selbst. Ein breites, glückliches Grinsen lag auf ihrem Gesicht und ihre Augen leuchteten. Erschöpft ließ sie den Fisch fallen.

„Der ist für dich", meinte sie stolz und etwas atemlos. „Als Dankeschön, und weil du mich auf eine innovative Idee gebracht hast!"

Die Fischkatze umrundete den Fisch und schnupperte anerkennend daran. Dann setzte sie sich auf die Hinterbeine und blickte die Karthäuserkatze aus ihren zweifarbigen Augen an.

„Das wird eine wunderbare Mahlzeit für uns beide geben", sagte sie ernst. „Aber ich hoffe, du weißt, dass ich mich genauso über deine Rückkehr gefreut hätte, wenn du ohne den Fisch gekommen wärst. Vielleicht hast du ja Lust, jetzt ein bisschen länger hierzubleiben. Und mir ganz genau zu erzählen, wie du das gemacht hast!"

„Gerne“, antwortete die Karthäuserkatze. Schon wieder spürte sie eine große Ruhe und ein großes Glück.

Eine Weile saßen sie nebeneinander und genossen diesen verzauberten Moment, der entsteht, wenn auf einmal alles noch viel besser gekommen ist, als eine es sich vorstellen oder wünschen konnte.

Der Fisch reichte ihnen für mehrere Tage. Sie fraßen, putzten sich, lagen faul in der Sonne und fraßen und putzten sich wieder. Dazwischen machten sie Pläne. Vielleicht würden sie ein Fischgeschäft eröffnen. Mit einem Schild, auf dem stehen würde: „Traditionelle und innovative Fischerei. Fische jeder Größe.“

Nicht lange danach kehrte Hao Tsu aus den Bergen zurück. Ihr Reisebündel war schwer. Die Wühlmäuse hatten ihr zum Abschied einen großen Käse geschenkt.[14] Als sie den großen Baum am Fluss erreichte, stand die Sonne bereits hoch und es herrschte eine behäbige Mittagsstille. Niemand war zu sehen.

Nur vom Fluss her ertönte leises Schnarchen und kurz darauf ein lautes, herzhaftes Gähnen. Das Flusspferd hatte gerade seinen Mittagsschlaf beendet und stieg aus dem Wasser.

„Wo sind denn die anderen?“, fragte Hau Tsu.

„Die Maus und die Giraffe sind beim Fliegen“, meinte das Flusspferd. „Heute hat es wohl mal wieder eine gute Thermik.“

„Und die Katze? Die ist doch hoffentlich nicht verloren gegangen?“ Hao Tsu war plötzlich etwas besorgt.

„Die? Nein, die müsste auch hier irgendwo am Ufer sitzen. Mit ihrer Weidenrute. Weißt du, eigentlich wohnt sie jetzt flussaufwärts bei der Fischkatze. Aber sie sagt, dass hier die großen Fische besser beißen, deshalb kommt sie immer mal wieder bei uns vorbei.“

---

14 Nein, sie hatten den Käse nicht selbst hergestellt – so etwas hätte niemals zu ihrem Selbstverständnis als wildes, furchterregendes Bergvolk gepasst. Stattdessen hatten sie einen Tunnel gegraben, der direkt hinter dem Käse-Regal einer nahe gelegenen Sennerei endete. Das war viel eleganter. Und außerdem war es viel einfacher gewesen.

„Beißen? Was hat sie denn mit beißenden Fischen zu tun!“, fragte Hao Tsu alarmiert.

Das Flusspferd grinste.

„Das wirst du schon sehen“, sagte es. „Übrigens hat sie sich einen Namen gegeben. Sie nennt sich jetzt: die Anglerin.“

„Die Anglerin? Was bedeutet das?“, fragte Hao Tsu verständnislos.

„Auch das wirst du dann herausfinden“, meinte das Flusspferd geheimnisvoll und grinste wieder.

Hao Tsu machte sich auf und ging suchend am Fluss entlang. Irgendwann erblickte sie die Weidenrute. Sie steckte in einiger Entfernung aufrecht im Sand. Eine Liane war daran befestigt und hing in der Strömung. In einem Korb daneben lagen zwei große Fische. Doch von der Karthäuserkatze war weit und breit nichts zu sehen.

Hao Tsu spürte, wie sich ihr Nackenfell aufstellte. Sie begann zu rennen.

‚Ich hätte sie doch nicht alleinlassen sollen‘, dachte sie verzweifelt. ‚Die Theatermäuse haben sich getäuscht. Ich hätte ihr helfen müssen. Schließlich bin verantwortlich für sie – und jetzt ist ein schreckliches Unglück passiert! Vermutlich ist sie ins Wasser gefallen. Ausgerechnet ins Wasser, vor dem sie doch so große Angst hat …‘

Sie rannte noch schneller. Im Geiste sah sie sich bereits in den Fluss springen und mit einem riesigen beißenden Fisch kämpfen, der die Karthäuserkatze mit seinen grausigen, spitzen Zähnen gepackt hatte. Sie hoffte, dass das Kami-Katze auch unter Wasser funktionieren würde. Und dass sie lange genug die Luft anhalten konnte. Atemlos erreichte sie den Angelplatz am Ufer und starrte angestrengt in die Wellen.

Plötzlich begann die Luft zu flirren und die Karthäuserkatze materialisierte sich neben ihr.

„Oh. Schön, dass du wieder da bist“, sagte sie freundlich. „Wie war dein Workshop?“

Entgeistert starrte Hao Tsu in das graue Katzengesicht. Dann begriff sie. Sie atmete tief aus und begann laut zu lachen.

„Du hast es endlich geschafft!“, rief sie und klatschte in die Pfoten. „Du hast gelernt, dich unsichtbar zu machen! Sag, wie ist dir das gelungen?“

„Ach, das kam irgendwie von selbst. Im Grunde weiß ich gar nicht so recht, wie ich das mache. Es passiert mir einfach ab und zu. Vor allem, wenn ich beim Angeln bin." Sie holte die Angelrute ein und warf sie dann wieder aus.

„Aber eigentlich", fuhr sie fort, „ist es gar nicht mehr so wichtig, dass ich es jetzt kann. Denn weißt du, die Fische sehen mich sowieso nicht, wenn ich am Ufer sitze. Für die bin ich immer unsichtbar."

Hao Tsu ließ sich neben der Karthäuserkatze – die jetzt die Anglerin hieß – im warmen Sand nieder. Sie öffnete ihr Bündel und brach ein Stück Käse ab. Nachdenklich knabberte sie daran und blickte über das Wasser. Der Fluss rauschte gleichmäßig, und um sie herum war es sehr friedlich.

„Wie ich höre, bist du umgezogen", meinte sie nach einer Weile. „Und hast eine Freundin gefunden. Ich nehme an, du wirst nicht mit mir zurückreisen."

„Nein, ich möchte hier bleiben. Die Fischkatze und ich haben da so eine Geschäftsidee." Sie lachte. „Natürlich etwas mit Fischen. Es macht großen Spaß, Pläne zu machen!"

„Da ist wohl wirklich viel passiert in deinem Leben, seit ich weggegangen bin", sagte Hao Tsu.

In ihrem Inneren hörte sie ein rhythmisches, hölzernes Geräusch. Die Moralmaus hatte die Vorderpfoten verschränkt und klopfte ungeduldig mit dem Fuß auf die Bühnenbretter. Die bunte Gefühle-Maus winkte mit ihrer Lupe und die Speck-Maus nickte ihr aufmunternd zu. Es war unübersehbar, dass der letzte Akt gerade begonnen hatte.

Hao Tsu nahm sich zusammen und räusperte sich.

„Weißt du, äh, ich muss dir noch etwas sagen. Ich hatte dann doch ein schlechtes Gewissen, dass ich einfach ohne dich weitergereist bin", meinte sie. „Ich hatte gedacht, dass ich dich irgendwie … im Stich gelassen habe. Aber dann habe ich begriffen, dass du deine eigenen Erfahrungen machen musst. Und dass ich dir dabei nicht helfen kann."

Die Anglerin blickte sie verwundert an.

„Aber du hast mir doch dabei geholfen", meinte sie. „Ohne dich wäre ich niemals hier gelandet. Ich hätte nie gemerkt, wie sehr ich mich vor dem Wasser fürchte, und wäre deshalb auch nie auf die Idee mit dem Fischen-mit-trockenen-Pfoten gekommen. Und außerdem", fügte sie nach einer kleinen Pause lächelnd hinzu, „wenn ich mit dir in die Berge gegangen wäre, hätte ich nie die Fischkatze getroffen! Und das wäre jetzt wirklich schade gewesen."

Hao Tsu dachte ein wenig darüber nach.

„Ja. Stimmt eigentlich", sagte sie dann zögernd. „Wenn man es auf diese Weise betrachtet, klingt alles ganz logisch und einfach. Hm."

Auch sie erkannte in diesem Moment, wie sehr die Wirklichkeit im Auge der Betrachterin liegt.

Die Theater-Mäuse traten an den Bühnenrand, fassten sich an den Pfoten und verbeugten sich würdevoll. Dann rannten sie in ihre Garderobe und schlossen die Türe hinter sich. Hao Tsu hörte Sektkorken knallen und Gläser klirren und immer wieder lautes, schallendes Gelächter. Es klang ein wenig spöttisch. Aber ganz sicher war sie sich da nicht.

Auf dem weichen Waldboden erklangen Schritte. Sie waren sehr, sehr leise, aber der Fuchs hörte sie trotzdem. Vorsichtig schlich er näher, bog und eine Ecke – und erstarrte vor Schreck. Dann kniff er den Schwanz ein, machte kehrt und rannte davon, so schnell er konnte.

„He, komm zurück! Das ist unfair! Du könntest wenigstens einen Versuch machen, mich zu fressen!", rief Hao Tsu hinter ihm her. Sie seufzte resigniert. Es war nicht mehr zu übersehen, dass sie wieder zu Hause war.

Sie wanderte den Hügel hinauf und setzte sich unter die Zirbelkiefer. Wolken jagten über den Himmel und die Äste des mächtigen Baumes wiegten sich im Wind. Sie lehnte sich an den Stamm und blickte über die vertraute Landschaft. Geduldig wartete sie. Sie war sich sicher, dass es nicht mehr lange dauern würde. Ihre Rückkehr würde sich schnell herumsprechen.

Irgendwann spürte sie wieder dieses Prickeln zwischen den Schulterblättern. Sie wartete noch ein wenig länger. Dann sagte sie – beiläufig und im Plauderton:

„Wie du siehst, bin ich alleine zurückgekommen. Deine Schülerin ist in der Fremde geblieben. Hat sich entschlossen, aus dem Kloster auszutreten. Aber ich soll alle schön grüßen, die sie kennen."

Die Stille dauerte an. Niemand war zu sehen. Nur der Wind blies einige trockene Kiefernnadeln hin und her. Hao Tsu schwieg ein paar Momente, dann fuhr sie fort:

„Und, was dich wohl am meisten interessieren dürfte: Ja, sie hat es gelernt, das mit dem Unsichtbar-Werden. Aber sie findet es nicht mehr wichtig. Geht stattdessen lieber angeln."

„SIE GEHT WAS??"

Die Katzen-Meisterin erschien neben ihr. Sie saß auf den Hinterbeinen und starrte Hao Tsu aus ihren gelben Augen fassungslos an.

„Sie angelt. Hat ihre Ernährung umgestellt. Sie frisst jetzt nur noch Fisch."

„Erstaunlich", sagte die Meisterin verblüfft.

„Ja", bestätigte Hao Tsu, „es ist doch immer wieder überraschend, wie sich die Dinge so entwickeln."

„Wenn ich es recht überlege, passt das zu ihr", sagte die Meisterin nachdenklich. „Sie war schon immer etwas anders als die anderen Schülerinnen. Ehrlich gesagt …" – sie räusperte sich und klang auf einmal etwas unbehaglich – „… war sie für mich eine ziemliche Herausforderung. Es hat eine ganze Weile gedauert, bis mir klar wurde, dass ich nichts mehr für sie tun kann."

„Ach? Tatsächlich?" Hao Tsu blickte die Meisterin interessiert an. Diese jedoch sah starr geradeaus. Man merkte, dass es ihr nicht leicht fiel, als Katze mit einer Maus über dieses Thema zu sprechen.

„Und dann", fuhr sie etwas zögerlich fort, „hatte ich auch noch ein schlechtes Gewissen, dass ich sie fortgeschickt habe! Ich musste einige äh … spirituelle Übungen machen, bevor ich meine Ausgeglichenheit wieder gefunden hatte."

Sie leckte ihre Pfote und fuhr sich dann damit über den Kopf. Wie Katzen das gerne tun, wenn sie verlegen sind.

Jetzt war es an Hao Tsu, sich zu räuspern. Sie dachte an die Theatermäuse und beschloss, ebenfalls ehrlich zu sein.

„Offen gesagt“, meinte sie vorsichtig, „ging es mir ähnlich. Sie hat auch mich vor große Herausforderungen gestellt.“ Nach einer Weile und fügte sie hinzu: „Wahrscheinlich ist das eine Gabe.“

„Wahrscheinlich“, bestätigte die Meisterin. Sie musste zugeben, dass das sehr weise gesprochen war.

Hao Tsu erhob sich, packte ihr Reisebündel und verbeugte sich würdevoll.

„Ich muss weiter“, sagte sie. „Es war mir eine Ehre, dich kennenzulernen.“ Damit ging sie davon.

Sie freute sich auf zu Hause. Während sie über die vertrauten Pfade wanderte, ließ sie sich das Gespräch, das sie gerade geführt hatte, noch mal durch den Kopf gehen. Die Begegnung mit dieser Katzenmeisterin war sehr interessant gewesen. Und dass eine Maus und eine Katze einträchtig unter der Zirbelkiefer sitzen und reden konnten, war schon recht ungewöhnlich. Allerdings wusste sie genau, dass sie dieser Meisterin gegenüber trotzdem achtsam sein musste. Bei allem Respekt: Einer Katze, die sich unsichtbar machen konnte, war nicht zu trauen.

Sie versuchte, sich vorzustellen, wie es war, gegen eine unsichtbare Katze zu kämpfen. Bei diesem Gedanken musste sie lächeln. Es würde sicher eine Herausforderung werden. Und Herausforderungen waren schließlich genau das, was sie sich wünschte.

Zweiter Teil

Die andere Geschichte

„Wir sind ein großes und starkes Volk. Die letzte Zählung, die unser Königspaar kürzlich durchführen ließ, ergab eine Anzahl von mehreren Millionen Individuen. Wobei das mit den Individuen eigentlich so nicht stimmt. Denn für unser Volk gilt nur die Gemeinschaft. Die Einzelne zählt nichts. Nur, wenn wir alle zusammenarbeiten, können wir unseren Staat am Leben erhalten. Eine von uns alleine – das wäre absurd. Das würde nicht gehen. Nur gemeinsam konnte uns all das gelingen, was wir bisher aufgebaut haben. Individualität ist uns fremd – oder war es zumindest. Bis vor Kurzem. Bis wir das DING fanden.

Seitdem ist viel passiert. Die meisten von uns begrüßen diese Veränderungen. Sie sind der Meinung, dass wir fortschrittlicher geworden sind.

Da ist zum Beispiel diese Sache mit den verschiedenen Berufen. Wir haben unser Königspaar, das für den Nachwuchs sorgt, dazu die Arbeiterinnen, die unsere Brut pflegen und Nahrung bereitstellen, und schließlich die Soldatinnen, die unser Volk schützen und verteidigen. In dieser Hinsicht sind wir genauso organisiert wie andere Termitenvölker auch. Bei uns jedoch gibt es auch noch Holzfällerinnen, Lehmträgerinnen und Ziegelmacherinnen. Und seit Neuestem gibt es mich.

Bis vor Kurzem war ich eine einfache Arbeiterin, aber mittlerweile habe ich einen neuen Job: Ich bin die Geschichte-Schreiberin der Termiten, die auf dieser Insel leben.

Denn mein Volk will, dass genau berichtet wird, wie wir hierherkamen, was aus uns geworden ist und wie unsere Geschichte jetzt weitergeht. Das DING hat alles verändert: Mit seiner Hilfe haben wir gelernt, wie man Feuer macht …“

Die Geschichte-Schreiberin der Termiten lehnte sich in ihrem Stuhl zurück und las, was sie gerade geschrieben hatte. Dabei zerkaute sie ein Stück ihres Bleistifts und schluckte es herunter. Das half ihr nicht nur bei der Konzentration, sondern war gleichzeitig ein kleiner Snack zwischendurch. Wie alle Termiten fraß sie gerne ein wenig Holz. Auch wenn sie dadurch einen gewissen Verschleiß an Schreibmaterial hatte.

Gedankenverloren sah sie aus dem Fenster. Der Ausblick war atemberaubend, denn ihre Schreibstube lag im vierzehnten Stock des Termitenturms, direkt neben dem Thronsaal. Zu Füßen des Turms waren die Ziegeleien zu sehen, lang gestreckte Gebäude mit Kaminen, die Tag und Nacht rauchten. Dahinter erstreckten sich die Urwälder bis zu den Hügelkuppen. Allerdings waren diese immer wieder von gerodeten Flächen durchbrochen: Die Termiten hatten einen großen Verschleiß an Brennmaterial.

„Unsere Vorfahren errichteten ihre Bauten noch auf traditionelle Art“, schrieb sie weiter. „Zum Bauen brauchten sie nichts anderes als die Erde unter ihren Füßen und ihren Speichel. Die alten Termitenhügel hatten dunkle Gänge, enge Kammern und die Wohnung des Königspaares lag tief unter der Erde. Heute ist alles anders. Dieser Turm hier besteht aus gebrannten Ziegeln. Er ist hell und weiträumig. Noch nie gab es ein Termitenvolk, das über so viel Wohnfläche verfügte. Wir sehen darin einen großen Fortschritt.“

Sie hielt erneut inne und schaute hinaus.

In der Ferne sah man das Meer. Auch dort, das wusste sie, wurde gebaut. Ein Trupp Arbeiterinnen errichtete gerade eine Hafenmole.

Wieder blieb ihr Blick an den bräunlichen, nackten Rodungsflächen im Wald hängen, auf denen kein Baum mehr wuchs. Sie wirkten wie große Wunden und machten sie traurig. Andere Termiten meinten, das sei eben der Preis des Fortschritts – und auch ihr selbst war klar, dass ohne das Holz für die Ziegeleien der neue Termitenturm nicht hätte gebaut werden können. Und natürlich fand sie es auch sehr angenehm, diesen hellen Arbeitsplatz mit Ausblick zu haben. Aber dennoch beschlich sie immer wieder ein leises Unbehagen angesichts dieser gewaltigen Veränderungen. Sie merkte, dass es ihr schwerfiel, so zu berichten, wie es das Volk von ihr erwartete: optimistisch und voller Zuversicht.

Sie war sich nämlich nicht sicher, ob dieser Fortschritt wirklich so großartig war, wie viele behaupteten. Denn der Umgang mit dem Feuer hatte nicht nur die Termitenbauten verändert, sondern auch die Termiten selbst. Allen voran die Königin. Das, was mit der Königin passiert war, fand sie irgendwie ziemlich schwierig.

Sie seufzte und legte das Blatt zur Seite. Sie würde erst einmal einen persönlichen Entwurf machen müssen, bevor sie mit der offiziellen Dokumentation fortfahren konnte.

Vorsichtig sah sie sich um. Dann griff sie in die Schreibtischschublade und nahm ein kleines Heft heraus, dem man ansah, dass es oft benutzt wurde. Auf dem Einband hatte sie das Wort „Tagebuch" in kunstvollen Buchstaben geschrieben. Sie vergewisserte sich noch einmal, dass sie nicht beobachtet wurde. Dann nahm sie ihren Stift und blätterte zu einer leeren Seite.

„Damals, kurz nachdem wir mit den ersten gebrannten Lehmziegeln experimentiert hatten", schrieb sie, „geschah etwas sehr Ungewöhnliches. Unsere Königin verließ ihre geschützte unterirdische Kammer und stieg an die Oberfläche.

Sie, die bis dahin ihr ganzes Leben in der Dunkelheit verbracht hatte, so wie alle Königinnen vor ihr, krabbelte ins Licht, sah sich um und verkündete:

‚Ich habe eine Vision. Packt eure Sachen. Und vergesst ja das DING nicht!'

‚Auweia', dachte ich damals. Auch die anderen Termiten waren erst einmal sehr verblüfft.

Visionen waren uns bisher völlig unbekannt gewesen. Doch das DING hatte zu diesem Zeitpunkt schon so viel Neues in Gang gebracht – und nun bescherte es uns offenbar eine Königin mit Visionen.

Wir diskutierten ihren Vorschlag. Ich selbst war skeptisch, aber viele andere fanden die Idee spannend. ‚Alles veränderte sich – warum sollten wir daher nicht auch einmal einer Vision folgen', argumentierten sie. Also starteten wir in ein großes Abenteuer.

Wir verließen unseren alten Termitenbau, fuhren über das Meer und siedelten uns auf dieser Insel an, weil es hier große Lehm-Lagerstätten gab und genügend Holz, um die Brennöfen zu befeuern. Dann begannen wir zu bauen.

Jetzt ist die Vision der Königin Wirklichkeit geworden. Unser Termitenturm ist vermutlich der größte, der jemals errichtet wurde. Auch in seinem Inneren hat er gewaltige Dimensionen: die weit verzweigten Kreuzgewölbe im Keller, die riesigen Brutkammern oder die Fünfzehn-Zimmer-Suite für das Königspaar. Und natürlich den Thronsaal. Ja, zum ersten Mal in der Geschichte unseres Volkes gibt es jetzt einen Thronsaal.

Ganz oben an der Spitze des Turmes wollte die Königin ihn haben – und genau dort ist er jetzt. Er ist so groß, dass er fast unser ganzes Volk aufnehmen könnte, mit enormen Fenstern, die in die vier Himmelsrichtungen schauen, und einem zusätzlichen, umlaufenden Balkon. Während der Bauarbeiten habe ich mich immer wieder gefragt, wozu die Königin auch noch einen Balkon haben will. Als er dann fertig war, kam mir ein Verdacht.

Dieser Balkon eignet sich nämlich hervorragend dazu, hinauszutreten, huldvoll zu winken und sich von den eigenen Untertanen bejubeln zu lassen. Ich habe die Vermutung, dass sie ihn genau dafür errichten ließ.

Wobei sie dabei etwas Wesentliches übersehen hat.

Unser Volk hat nämlich zum Jubeln überhaupt keine Zeit, weil es immer mit anderen Dingen beschäftigt ist. Ständig sind alle irgendwo unterwegs und arbeiten. Und außerdem hat das Königin-Bejubeln bei uns keinerlei Tradition.

Denn Königin-Sein ist für uns Termiten ein Job wie jeder andere auch. Nicht besser oder wichtiger als das, was alle anderen tun. Königin-Sein ist eine Dienstleistung für unser Volk und wir erwarten, dass sie ihren Job genauso ordentlich macht wie alle anderen, die immer versuchen, ihr Bestes zu geben. Da gibt es nichts zu bejubeln. Von daher ist der Balkon eigentlich überflüssig. Nun, immerhin ist er ein schöner Aussichtspunkt.

Die Königin verbringt dort viel Zeit. Neulich sah ich ihr dabei zu, wie sie an der Brüstung lehnte und mit einem sehnsüchtigen Blick übers Land schaute. Dabei runzelte sie die Stirne und führte Selbstgespräche.

‚Wir sollten uns präsentieren', sagte sie immer wieder. Ich war mir nicht ganz sicher, wen sie meinte, wenn sie von ‚wir' sprach. Ich habe gelesen, dass es Orte gibt, an denen Königinnen von sich selbst in der Mehrzahl sprechen.

Dann, auf einmal, schien ihr eine Idee zu kommen.

‚Spiele', rief sie begeistert, ‚Das ist es! Wir werden internationale Spiele veranstalten!'

Sie eilte in den Thronsaal und rief mich zu sich.

‚Ich habe eine Vision', verkündete sie. Ein verzücktes Lächeln lag auf ihrem Gesicht.

‚Auweia', dachte ich im Stillen. ‚Schon wieder.'

Gestern dann gab es eine Vollversammlung – und nun wissen es alle:

Wir werden ein zweites Bauwerk errichten. Keinen Turm diesmal, sondern ein großes ovales Gebäude mit Zuschauergalerien und einem freien Platz in der Mitte. Die Königin hat auch bereits einen Namen dafür gefunden. Sie nennt es ‚das Kolossale Kolosseum'. ‚Wenn es fertig gestellt ist', sagte sie, ‚wird es ein großes Fest geben, mit Gästen aus aller Welt.' So, wie ich es verstanden habe, sollen diese Gäste in der Arena des Kolosseums gemeinsam singen, tanzen, akrobatische Kunststücke aufführen und sich dabei vergnügen. Um Völkerverständigung, betonte sie, solle es dabei gehen, um gemeinsames Feiern und ein friedliches Miteinander. Nur dafür sei das Gebäude gedacht.

‚Wir wollen unsere großartigen Fähigkeiten als Baumeisterinnen in den Dienst der Allgemeinheit stellen!', rief sie uns zu.

Viele von uns nickten zustimmend. Etwas für die Allgemeinheit zu tun hat bei uns einen hohen Wert. Keine Termite erhebt Einwände gegen etwas, das allen anderen zugutekommt.

Ich selbst jedoch habe den Verdacht, dass es der Königin nicht so sehr um Völkerverständigung geht, sondern darum, endlich einmal bejubelt zu werden. Und nachdem das mit ihrem eigenen Volk nicht so recht funktioniert, möchte sie es jetzt auf diese Weise versuchen."

Die Geschichte-Schreiberin machte einen energischen Punkt hinter das letzte Wort. Dann klappte sie das Heft zu und verstaute es sorgfältig unter einem Stapel anderer Dokumente ganz hinten in der Schublade. Dieser Text war natürlich nicht zur Veröffentlichung bestimmt.

Ein paar Schönwetterwolken segelten am Mittagshimmel und auf der Weide herrschte schläfrige Stille. Alle Kühe hatten sich zum Wiederkäuen niedergelassen. Die Raben Lug und Trug hockten auf dem Ast eines Baumes und beobachteten sie. Besonders beobachteten sie eine ganz bestimmte Kuh, die wie immer etwas abseits lag.

„Wenn ich es schaffe, mich anzuschleichen und sie ins Bein zu zwicken, steht sie auf und macht uns einen Kuhfladen", flüsterte Trug seiner Schwester zu. „Da sind immer leckere Dinge zum Auspicken drin."

„Du weißt doch, dass sie das nicht mag", entgegnete Lug.

„Ja, aber das letzte Mal ist jetzt wirklich schon sehr lange her. Und einmal ist keinmal." Er wetzte seinen Schnabel an dem Ast. „Ich versuche es einfach."

„Lass es lieber", warnte seine Schwester. Doch Trug war bereits aufgeflogen und landete gerade ein paar Meter hinter der Kuh. Diese schien ihn nicht zu bemerken.

Leise trippelte er weiter. Der Kuhfladen rückte in greifbare Nähe.

„Glaubst du, ich bin blöd? Du hattest versprochen, mich nicht mehr zu zwicken", sagte die Kuh und drehte den Kopf. „Wenn du es jetzt trotzdem machst, dann ändere ich die Geheimzahl für eure Rabenklappe, damit du den Panzer nicht mehr betreten kannst." Sie überlegte. „Und außerdem verstecke ich den Computer", fuhr sie fort. „Und zwar so, dass du ihn nie wieder findest!"

Der Rabe erstarrte und sträubte erschrocken sein Gefieder.

„Ich hab dir doch gesagt, dass es nicht funktionieren wird!", rief seine Schwester vom Baum herunter.

„Ja, ja, schon gut. War nicht so gemeint." Trug bemühte sich um Schadensbegrenzung.

„Doch“, widersprach die Kuh, „ich kenne dich: Es war genau so gemeint von dir.“ Sie machte ein paar Kaubewegungen. „Und übrigens: Was ich da gerade über den Computer gesagt habe, war ebenfalls so gemeint von mir. Genau so.“

Diese Drohung, das wusste sie, wirkte immer, denn der Laptop im Inneren des Schildkrötenpanzers war für den Raben Trug sehr wichtig. Mehr noch, er war mittlerweile so etwas wie der Mittelpunkt seines persönlichen Universums geworden. Da konnten nicht einmal leckere Kuhfladen konkurrieren.

Seit die Schildkröte fort war, lag dieser Panzer nun schon längere Zeit unbeweglich am Rande der Weide. Ein paar Büsche und hohes Gras hatten ihn fast überwuchert und nur ein schmaler Pfad, den die Kuh benutzte, führte bis vor die Eingangstüre. Knapp oberhalb dieser Türe befand sich seit einiger Zeit ein etwa rabengroßes Loch in der Wand, das mit einer Klappe verschlossen war. Die Rabenklappe ermöglichte es Lug und Trug, jederzeit ein- und auszufliegen, auch wenn die Kuh gerade nicht zu Hause war. Es hatte sich nämlich herausgestellt, dass sich die Eingangstüre des Panzers nur öffnete, wenn die Kuh hineinwollte. Für die Raben hatte es daher einen anderen Zugang gebraucht.

Die Klappe war nicht billig gewesen. Der Specht, den sie dafür engagiert hatten, hatte fast eine Woche dafür gebraucht und einen horrenden Preis an Fichtensamen und Käferlarven verlangt. Neben der Klappe befand sich eine Tastatur mit Zahlen und Symbolen und eine Anflugstange, auf der Trug jetzt gerade landete.

„Mal sehen …“, er legte den Kopf schief und begann, mit seinem Schnabel auf die Tasten zu klopfen. „Also … das war die Fünf, zweimal die Drei, dann das Rabensymbol mit dem Kopf nach links, dann der Rabe im Flug und zum Schluss auf ‚bestätigen‘ …“

Es klickte und die Klappe öffnete sich.

„Los, komm!“, rief er seiner Schwester zu. „SuFi wartet sicher schon.“

„Einen Moment, bitte!“, erklang plötzlich eine schnarrende Stimme in der Nähe. Es raschelte im Gebüsch und ein großer, muskelbepackter Dachs trat heraus. Er trabte näher und reckte seine lange Nase lauernd nach vorn. In einer Pfote hielt er ein

Blatt Papier. Es sah aus wie ein Formular. Prüfend warf er einen Blick darauf.

„Nach meinen Informationen wohnt hier die Schildkröte. Ich habe eine wichtige Nachricht für sie. Ist sie zu Hause?"

„Nein, die Schildkröte ist schon lange weg", antwortete Lug. „Ist nach der Winterruhe nicht mehr wiedergekommen."

„Aha." Der Dachs malte etwas mühsam ein Kreuz in eines der Kästchen auf dem Formular. Er konnte zwar ein wenig lesen, aber nicht besonders gut schreiben, was unter anderem an seinen krallenbewehrten Pfoten lag.

„Und wer ist der Rechtsnachfolger der Schildkröte? Ihr vermutlich. Oder vielleicht dieser SuFi, von dem ihr gerade gesprochen habt?"

„Dieser SuFi ist eine ‚Sie' und ist die virtuelle Suchen-und-Finden-Funktion im Laptop", entgegnete Trug ärgerlich. „Und außerdem habe ich keine Ahnung, was du mit Rechtsnachfolger meinst!"

Der Dachs war ihm unangenehm. Außerdem stank er.

„Vielleicht stellst du dich erst einmal vor und erklärst du uns, was du überhaupt willst", sagte seine Schwester.

„Soso. Vorstellungen wollt ihr. Und danach auch noch Erklärungen", meinte der Dachs mürrisch. „Das ist mal wieder typisch für euch Raben. Immer arrogant, frech und unverschämt. Aber nachdem ihr hier offenbar ein- und ausgeht" – er deutete vielsagend auf die Rabenklappe – „werde ich euch mal ein paar Fakten nennen."

Er zückte eine Visitenkarte. „Grimmbart Dachs" stand darauf. Und darunter: „Forderungsmanagement – Inkasso".

„Das Reisebüro ‚Travel Light' hat mich beauftragt, die Schulden der Schildkröte einzuziehen", sagte er.

„Travel Light – nie gehört", meinte Lug.

„Die Schildkröte – von der ihr offenbar so wenig wisst – hat vor einiger Zeit dort eine Reise gebucht", fuhr der Dachs fort. „Galapagos. Zwei Monate, Fünf-Sterne-Hotel, Vollpension, Schwimmkurs, Tagesausflüge – das ganze Programm. War nicht billig. Leider hat sie bis heute nichts davon bezahlt. Und die

Mahnungen konnten nicht zugestellt werden, weil offenbar ihr E-Mail-Account nicht mehr existiert."

„Oh", meinte Trug. Er erinnerte sich daran, wie er beim Neu-Programmieren des Computers alle Daten der Schildkröte gelöscht hatte. SuFi hatte ihn damals noch extra darauf hingewiesen. Aber das würde er dem Dachs nicht auf die Nase binden.

„Ja, das machen sie häufig, die Schuldner", fuhr der Dachs fort. Er lächelte freudlos und zeigte dabei ein paar spitze Zähne. „Typisches Verhalten von Zahlungsunwilligen. Sie versuchen, so zu tun, als ob es sie nicht mehr gibt. In Wirklichkeit sitzen sie auf einer sonnigen Insel oder so. Das ist natürlich feige und hinterhältig. Aber wir haben da unsere Methoden ..."

„Die Schildkröte war weder hinterhältig noch feige!", sagte eine entrüstete Stimme hinter ihm. Die Kuh war den Trampelpfad entlanggekommen und hatte die letzten Sätze mitgehört.

„Sie ist nach der Galapagos-Reise in ihre Winter-Traumzeit gegangen und hat dabei vermutlich die Dimension gewechselt. Deshalb ist sie jetzt verschwunden!"

„Was du nicht sagst." Der Dachs hatte sich umgedreht und musterte die Kuh. „Interessant. Darf ich fragen, wer du jetzt schon wieder bist? Vielleicht auch eine Rechtsnachfolgerin dieser Schildkröte?"

„Keine Ahnung. Was meinst du damit?", fragte die Kuh verständnislos.

„Nun, was ich wissen will, ist: Wohnst du hier?"

„Ja, manchmal."

„Hervorragend." Der Dachs rieb sich die Pfoten. „Und gibt es in dem Panzer auch noch Gegenstände, die der Schildkröte gehört haben?", fragte er listig.

„Jede Menge", sagte die Kuh. „Wir haben eigentlich nichts weggeworfen."

„Hervorragend!", sagte der Dachs wieder. „Und was, zum Beispiel, hat sie dir da hinterlassen?"

„Na ja, zum Beispiel dieses Porzellanservice. Und die Pendeluhr. Aber die geht nicht mehr richtig. Wahrscheinlich, weil sie schon sehr alt ist. Ungefähr hundert Jahre."

„Ganz hervorragend!", meinte der Dachs zum dritten Mal. „Sonst noch etwas?" Seine Augen bekamen einen seltsamen Glanz.

„Ach, da ist natürlich der Computer. Und irgendwo gibt es auch noch diesen goldenen Kerzenl… – Aua! Was macht ihr da?"

Die beiden Raben hatten sie heftig ins Bein gezwickt. Jetzt flatterte Trug um ihren Kopf herum.

„Sag bloß nichts mehr!", flüsterte er ihr ins Ohr. „Merkst du denn nicht, dass der dich aushorchen will? Er will herausfinden, was es da drin an wertvollen Dingen gibt, und dann will er sie mitnehmen!"

„Stimmt das?", fragte die Kuh misstrauisch. „Willst du wirklich Sachen aus dem Schildkrötenpanzer nehmen?"

„Nun …" – der Dachs räusperte sich und versuchte, sich einen möglichst offiziellen Anstrich zu geben. „Wie du mir selbst gerade mitgeteilt hast, befinden sich verschiedene Wertgegenstände in diesem Panzer, die ganz eindeutig der Schuldnerin gehören. Ich fordere dich daher auf, mir sofort Zugang zu ihnen zu gewähren, damit ich sie beschlagnahmen kann!"

Er machte einen Schritt auf den Panzer zu.

Trug flatterte auf seinen Rücken. Mit aller Kraft krallte er sich dort fest und krächzte.

„Du wirst den Computer nicht anrühren!", schrie er. „Hier wird nichts beschlagnahmt! Wenn du das versuchst, hacke ich dir die Augen aus!"

„Lass mich in Ruhe, du lästiger kleiner Vogel", sagte der Dachs unbeeindruckt und schüttelte ihn ab.

Die Kuh vertrat ihm den Weg. „Jetzt reicht's aber! Verschwinde von hier. Und lass dich nie mehr blicken!"

Der Dachs war es gewohnt, dass die Schuldner beim Inkasso Widerstand leisteten. Damit konnte er umgehen. Offenbar war es Zeit für eine härtere Gangart. Er hob eine Pfote und spreizte seine langen Krallen.

„Versuchst du etwa, mich einzuschüchtern?", fragte er drohend, „dann sieh dir mal an, was ich da habe! Damit möchtest du bestimmt keine Bekanntschaft machen, nicht wahr? Ich rate dir dringend, dass du mich jetzt in diesen Panzer lässt!"

Die Kuh schnaubte durch ihre Nasenlöcher und trat ein paar Schritte zurück. Eine Weile verharrte sie ganz still. Die Luft um sie herum schien zu vibrieren. Sie fixierte den Dachs. Irgendetwas an ihrem Blick war ihm plötzlich sehr unangenehm. Zudem bemerkte er, dass ihre Augen mittlerweile blutunterlaufen waren.

Die Kuh senkte ihren Kopf und atmete tief ein.

„Ich versuche nicht, dich einzuschüchtern – ich mache es!“, schrie sie dann. Dabei senkte sie ihren Kopf noch ein wenig tiefer und rannte los.

Der Dachs sah zwei drohende spitze Kuhhörner in sehr schnellem Tempo auf sich zukommen. Er war nicht dumm. In seinem Beruf war es äußerst wichtig zu wissen, in welchen Momenten man sich auch mal zurückziehen sollte. Ein solcher Moment war jetzt gekommen. Er machte kehrt und trollte sich.

Trug flatterte um ihn herum.

„Ja, hau bloß ab, du Mistkerl!“, krächzte er begeistert.

„Das wird euch nichts nützen! Denn ich komme wieder!“, rief der Dachs drohend über die Schulter, bevor er im Gebüsch verschwand.

Einige Monate später war im Thronsaal der Termiten eine kleine, aber illustre Gesellschaft versammelt. Es handelte sich dabei durchwegs um gekrönte Häupter – auch wenn die wenigsten von ihnen gerade eine Krone aufhatten.

Die Wetterkönigin zum Beispiel hatte sich stattdessen einen dekorativen Turban um den Kopf geschlungen. Dazu trug sie ein schimmerndes Gewand, das bei jeder Bewegung seine Farbe veränderte. Gerade war es blau mit goldenen Einsprengseln. Sie hatte sich entschieden, zu diesem Treffen in einem großen, hageren Körper zu erscheinen, der das Gewand gut zur Geltung brachte. Als personifizierte Elementarkraft konnte sie sich jede beliebige Gestalt verleihen, die ihr gefiel. Allerdings kam es nicht so oft vor, dass sie überhaupt eine Gestalt annahm. Ihr Reich waren die Winde und Luftströmungen, die Wasserwirbel und die Gezeiten. Daher war sie für andere meistens eher zu spüren, als zu sehen. Auch jetzt schien sie immer eine warme Brise zu umwehen und ihre Silhouette verschwamm ab und zu, sodass man durch sie hindurch sehen konnte.

Der Termitenkönig trug eine Arbeitshose und Gummistiefel, an denen sich roter Staub aus der Ziegelbrennerei festgesetzt hatte. Er fühlte sich unwohl: Diese Versammlungen waren nicht so sein Ding. Sein Alltag spielte sich normalerweise zwischen den Lehmgruben und den Brennöfen ab. Und natürlich in dem zugigen Verschlag am Rande der Ziegelei mit der Aufschrift „Büro", der überquoll von Plänen und Konstruktionszeichnungen. Hier verbrachte er den Großteil seiner Zeit und war froh, dass er sich nicht um den Termitenstaat kümmern musste. Das machte seine Frau – und die war, soweit er das beurteilen konnte, sehr effizient darin.

Das Arrangement ihrer Ehe war einfach, gut durchdacht und stellte beide zufrieden: Sie führte die Regierungsgeschäfte und er durfte das tun, was er am besten konnte – nämlich Gebäude planen und errichten. Meistens allerdings so, wie sie es sich vorstellte.

Ihre Beziehung verlief die meiste Zeit sehr harmonisch, denn ihre Wege kreuzten sich selten und sie sahen sich so gut wie nie.

Der heutige Termin allerdings war eine Pflichtveranstaltung für ihn – daran hatte die Königin keinen Zweifel gelassen.

„Wenn du nicht erscheinst, werde ich dich abholen lassen", hatte sie gedroht. Der Termitenkönig wusste, was das bedeutete. Als er das letzte Mal eine Besprechung mit der Königin vergessen hatte, hatte sie die Soldatinnen geschickt. Etwa fünfzig von ihnen hatten sein Büro gestürmt und ihn dann höflich, aber unerbittlich in den Turm eskortiert.

Aus diesem Grund war er heute pünktlich, wenn auch widerwillig erschienen. Er versuchte sein Unbehagen zu überspielen, indem er sofort routiniert die herrschende Temperatur und Luftfeuchtigkeit des Thronsaals prüfte. Danach nickte er zufrieden. Dieser neue Kamin, den er da konstruiert hatte, funktionierte gut. Es war hier allerhöchstens null Komma ein Grad wärmer, als es seine Berechnungen vorgesehen hatten.

Hm. Diese null Komma ein Grad: Wenn er es recht überlegte, könnte man da noch einmal nachbessern …

Er lehnte sich an die Wand, zog einen Stift und einen zusammengerollten Plan aus der Tasche seiner Arbeitshose und begann mit ein paar Berechnungen.

„Hallo Onkel", sagte eine Stimme neben ihm.

Der Termitenkönig blickte zur Seite. Ein Frosch sah ihn aus großen, runden Augen an. Im Gegensatz zu allen anderen trug er tatsächlich eine Krone auf dem Kopf.

„Hallo, äh … Neffe", murmelte der Termitenkönig zerstreut. Er erinnerte sich vage, diesen königlichen Verwandten schon einmal gesehen zu haben, als er in den Sümpfen nahe am Meer nach neuen Lagerstätten für Lehm gesucht hatte. Richtig, da war er ihm begegnet, am Rand eines Teichs. Der Neffe hatte im Schilf gesessen und gequakt. Hatte diese Krone aufgehabt, genauso wie jetzt. Irgendjemand hatte ihm erzählt, dass er aus seiner Heimat hatte fliehen müssen und jetzt hier im Exil lebte. Tragisches Schicksal, irgendwie.

Der Termitenkönig war es gewohnt, über die Qualität von Lehmziegeln oder die Temperatur der Brennöfen zu reden. Diplomatischer Smalltalk oder gar Gespräche über das persönliche Befinden gehörten nicht zu seinen Stärken. So etwas bereitete ihm immer großes Unbehagen. Daher nickte er dem Jungen nur kurz zu und beugte sich schnell wieder über seine Zahlen.

Der Froschkönig neben ihm nahm seine Krone ab, hauchte sie an und polierte sie. Danach setzte er sie wieder auf. Er tat dies vor allem, um überhaupt irgendetwas zu tun – und nicht einfach nur dazusitzen, unbeachtet von den anderen und irgendwie völlig fehl am Platz. Er bemühte sich um einen gleichmütigen Gesichtsausdruck. Um nichts auf der Welt wollte er den anderen zeigen, wie verzweifelt er sich fühlte.

Er wusste, er sollte den Termiten dankbar sein. Immerhin hatten sie ihn aufgenommen, als damals die große Frosch-Revolution in seiner Heimat ausgebrochen war und er bei Nacht und Nebel das Land verlassen musste. Sie hatten ihm einen komfortablen Teich zur Verfügung gestellt – und er hatte sich im Gegenzug verpflichten müssen, niemals eine Termite zu fressen.

Aber ein wirkliches Zuhause war das hier nicht. Seine Tage und Nächte waren eintönig. Er langweilte sich und meistens fühlte er sich sehr einsam. Die Termiten waren eigentlich immer mit ihrem Staat und ihren Gebäuden beschäftigt. Sie interessierten sich nicht für Frösche.

Dass er das Königspaar mit „Onkel“ und „Tante“ ansprach und diese ihn als „Neffen“ bezeichneten, hatte damit zu tun, dass sich alle Königshäuser im Tierreich als eine Art weit verzweigten Clan betrachteten. Man nahm sich gegenseitig zur Kenntnis und pflegte einen höflichen, aber kühlen Umgang. Ein ungeschriebenes Gesetz allerdings wurde von allen eingehalten: Man ließ einander nicht hängen. Schon gar nicht, wenn einer von ihnen plötzlich einer Revolution zum Opfer fiel. Bei so etwas wurde Unterstützung geleistet.

Doch dies bedeutete nicht, dass man ein persönliches Interesse an den anderen entwickelte. Im Gegenteil: In manchen Kreisen galt es sogar als unfein. Adel verpflichtete zwar – aber nicht zu Freundlichkeiten oder gar zu familiären Gefühlen.

‚Ich hoffe, das hier ist bald vorbei‘, dachte der Froschkönig.

Um sich abzulenken, sah er aus dem Fenster und betrachtete die große, ovale Arena, die von hier aus gut zu sehen war. Wie ein riesiges, im Schlaf zusammengerolltes Tier ruhte das Kolossale Kolosseum auf dem sandigen Untergrund. In den letzten Monaten waren tausende von Termiten Tag und Nacht mit seinem Bau beschäftigt gewesen. Es war erstaunlich, wie schnell sie dieses Gebäude quasi aus dem Boden gestampft hatten. Es schien ihnen sehr wichtig zu sein, auch wenn dem Froschkönig nicht so ganz klar war, weshalb. Angeblich sollte dort eine Veranstaltung stattfinden.

In einer Kurve, die nach Süden zeigte, hatten die Termiten ein großes Podest errichtet. Dort hatten sie das DING eingemauert. Zwei runde Glasscheiben, ummantelt von einer Fassung aus brüchigem Leder, waren so aufgestellt, dass sie das Sonnenlicht einfangen konnten. Unter den Glasscheiben gab es einen Hohlraum, der von den Termiten regelmäßig mit trockenen Gräsern gefüllt wurde. Immer, wenn die Sonne in einem bestimmten Winkel auf die Gläser schien, bündelten diese das Licht und es wurde so heiß in der Kammer, dass das Gras zu brennen begann. Dann wurde das Feuer mit kleinen und größeren Zweigen genährt und eilig fortgeschafft. Dies wiederholte sich jeden Tag. Gerade war es wieder so weit. Der Froschkönig beobachtete eine Reihe von Termiten, die geschäftig hin- und hereilten.

‚Eines muss man ihnen lassen', dachte er. ‚Sie sind wirklich gut organisiert.'

Eine zeremonielle Fanfare erklang neben ihm und riss ihn aus seinen Beobachtungen. Mehrere Termiten stemmten sich mit aller Kraft gegen die riesigen Flügeltüren des Thronsaals, bis diese sich weit öffneten. Die Termitenkönigin erschien im Türrahmen und betrat mit schnellen, energischen Schritten den Raum. Im Vergleich zu den anderen Termiten war sie sehr groß. Sie trug flache, praktische Schuhe und ein etwas langweiliges, aber ebenso praktisches Kostüm – in diesen Sachen war sie meistens anzutreffen. Missbilligend musterte sie die rötlichen Spuren von Lehmstaub, die der Termitenkönig bei seiner Ankunft hinterlassen hatte, entschied sich dann jedoch, dass sie diesmal darüber hinwegsehen würde. Heute ging es um etwas Wichtigeres.

Sie nahm auf ihrem Thron Platz und blickte in die Runde. Sofort wurde es still.

Die Fanfarenbläserinnen und die Türhüterinnen stellten sich aufrecht hin und blickten starr geradeaus. Die Geschichte-Schreiberin, die an einem kleinen Stehpult in der Ecke stand, nahm ein Blatt Papier und zückte ihren Stift. Der Froschkönig rückte seine Krone zurecht und der Termitenkönig rollte hastig seinen Plan zusammen. Sogar die Wetterkönigin nahm eine klare Kontur an und neigte interessiert den Kopf.

Die Termitenkönigin räusperte sich.

„Liebe Verwandte", sagte sie, „wir haben diese Familienkonferenz einberufen, weil wir mit euch die internationalen Festspiele in unserem großartigen Kolossalen Kolosseum organisieren wollen."

Die Geschichte-Schreiberin zuckte ein bisschen zusammen.

‚Sie tut es schon wieder', dachte sie. ‚Wen meint sie mit ‚wir'?'

„Als Erstes", fuhr die Termitenkönigin fort, „werden wir klären, wen wir alles einladen möchten. Ich finde, es sollten möglichst viele verschiedene Gäste sein, damit es ein möglichst buntes Fest wird. Ich dachte dabei zum Beispiel an Nagetiere, Raubtiere, fliegende Tiere, Wiederkäuer …"

Die anderen nickten beifällig.

„In diesem Fall, liebe Tante, sollten wir aber zusammen mit der Einladung auch gleich ein paar Regeln und Umgangsformen formulieren", ließ sich der Froschkönig vernehmen.

Die Termitenkönigin runzelte die Stirn.

„Was meinst du mit ‚Regeln'?"

„Nun, zum Beispiel: Kein Tier darf einen anderen Gast fressen, während es hier auf der Insel ist." Der Froschkönig, der eigentlich gar nicht vorgehabt hatte, etwas zu sagen, rückte verlegen ein weiteres Mal an seiner Krone, überrascht von seiner eigenen Kühnheit.

„Wozu soll das denn gut sein?", fragte die Termitenkönigin verständnislos.

Der Froschkönig erkannte, dass er mental einige Gänge zurückschalten musste. Die Termiten waren Insekten. Sie wussten zwar, dass es Tiere gab, die keine Insekten waren. Doch deren Lebens- und Fressgewohnheiten hatten sie offenbar bisher wenig interessiert. Wenn diese Spiele nicht in einem Desaster enden sollten, musste er eine Erklärung finden, die die Termiten verstanden. Vor allem die Königin. Er dachte kurz nach.

„Es ist doch so …", meinte er dann, „du möchtest sicher, dass deine Gäste alle die schönen Gebäude bewundern und danach, wenn sie nach Hause kommen, begeistert von den Termiten erzählen …"

Die Königin nickte, ebenso wie die meisten anderen anwesenden Termiten.

„… und es wäre sicher auch in deinem Sinn, wenn du selbst in diesen Erzählungen besonders lobend erwähnt wirst, denn schließlich hattest du ja die Ideen." Er deutete aus dem Fenster. „Zu diesem Gebäude. Und zu diesem Fest."

Die Königin nickte wieder. Sie lächelte leicht und bemühte sich, nicht zu geschmeichelt zu wirken. Die Geschichte-Schreiberin verschluckte sich an einem Stück Bleistift und musste husten.

‚Er hat sofort erkannt, was dahintersteckt', dachte sie mit grimmiger Genugtuung, als sie wieder zu Atem kam. ‚Wahrscheinlich, weil er sich mit dem König-Sein auskennt.'

„Doch falls jetzt einige von deinen Gästen andere Besucher fressen", fuhr der Froschkönig fort, „dann gäbe das womöglich eine schlechte Stimmung. Einige der Gäste würden sich daraufhin sehr unwohl fühlen und später zu Hause erzählen, dass es ein ganz schlechtes Fest gewesen sei. Sie würden über die Termiten schimpfen. Und von dir und den schönen Gebäuden wäre dann vielleicht gar nicht mehr die Rede."

Eine Weile herrschte Schweigen. Die Termiten überdachten diese Argumente.

„Ich finde, der Junge hat Recht, meine Liebe", sagte der Termitenkönig.

Die Termitenkönigin nickte bedächtig mit dem Kopf.

„Das mit den Regeln erscheint mir sinnvoll", meinte sie. „Denn das Wichtigste ist schließlich, dass das Festival so gut wird, dass unsere Besucher begeistert sind."

Ein Lächeln erschien auf ihrem Gesicht. Sie erhob sich und breitete ihre sechs Arme aus.

„Ich sehe es schon vor mir!", sagte sie entzückt, „die Tribünen voller Gäste. Und in der Arena jagt eine Darbietung die nächste. Die Zuschauer jubeln, die Sieger stehen stolz auf einem Podest und alle winken uns zu. Was für eine Vision! Findet ihr nicht auch?"

Ein leises Geräusch erklang aus der Ecke hinter dem Stehpult. Es klang wie „auweia". Die Königin hörte es nicht. Sie wandte sich dem Froschkönig zu.

„Lieber Neffe", sagte sie, „du scheinst dich ja mit solchen Dingen gut auszukennen. Daher beauftrage ich dich hiermit, dieses Fest zu gestalten."

„Was, ich?" – der Froschkönig war entsetzt – „aber ich habe so etwas noch nie gemacht! Was soll ich denn da gestalten?"

„Ach, du weißt schon: Einladungen unterschreiben, Gäste empfangen, würdevoll herumstehen, ein wenig plaudern, winken und so weiter", meinte die Termitenkönigin leichthin. „Da hast du als ehemaliger König sicher eine Menge Erfahrung. Notfalls musst du eben delegieren. In Königshäusern wird immer delegiert!"

„Ja. Das merke ich gerade", murmelte der Froschkönig bedrückt. Dann kam ihm ein Gedanke.

„Ich kann unmöglich mit dem Gestalten beginnen", sagte er. „Wir wissen ja gar nicht, wie all diese Gäste auf die Insel kommen sollten. Womöglich findet überhaupt niemand hierher!" Erleichtert lehnte er sich zurück.

„Oh, gut, dass du das ansprichst", sagte die Termitenkönigin, „damit kommen wir zum nächsten Punkt unserer Besprechung: die Anreise."

Sie wandte sich an die Wetterkönigin.

„Wir hatten gehofft, du greifst uns dabei ein wenig unter die Arme."

„Mal überlegen …", die Wetterkönigin wechselte einige Male die Farbe ihrer Gewänder, während sie in Gedanken ein paar Optionen durchspielte. „Die fliegenden Gäste werde ich problemlos anreisen lassen. Für alle anderen könnte ich eine geeignete Meeresströmung bereitstellen."

„Oh", meinte der Froschkönig fröhlich, „dann müssen wir das Ganze absagen. Denn eine Meeresströmung alleine wird nicht reichen. Da bräuchtet ihr zusätzlich auch noch ein Schiff dazu. Und erfahrene Segler, die hierher finden. Sehr erfahrene Segler. Eigentlich gibt es nur einen einzigen, der …"

Er brach ab, als er das Glitzern in den Facettenaugen der Termitenkönigin bemerkte.

„Lieber Neffe, es scheint fast so, als ob du versuchst, dieses großartige, sensationelle Fest schon im Vorfeld zu boykottieren. Wir sind darüber nicht amüsiert!" Sie funkelte ihn an. „Aber auch zu diesem Thema haben wir uns bereits Gedanken gemacht." Sie wandte sich der Flügeltüre zu und klatschte in die Hände. „Die Soldatinnen können jetzt den Gefangenen hereinführen!", rief sie.

Wieder erklang die Fanfare. Ein Gorilla betrat den Thronsaal, begleitet und misstrauisch beobachtet von etwa tausend Termiten. Mehrere Attribute wiesen ihn eindeutig als Seeräuber aus, beispielsweise seine Augenklappe, die Ohrringe und der blitzende

Diamant in seinem Eckzahn. Das Entermesser hatten ihm die Termiten abgenommen. Trotzdem wirkte er recht entspannt. Als er den Froschkönig erblickte, zwinkerte er ihm zu.

„Hallo Majestät!“, rief er fröhlich, „haben Sie sich eingelebt in Ihrem Exil? Das haben wir doch gut hingekriegt damals mit der Überfahrt. Jetzt sieht's wohl so aus, als gäbe es wieder einen Job für mich.“

„Ja. Sieht ganz so aus.“ Der Froschkönig seufzte und ergab sich den Umständen. Auch er selbst würde jetzt wohl einen Job annehmen müssen.

Der Gorilla hatte inzwischen die Wetterkönigin entdeckt.

„Oh, Mylady ist auch da! Es ist mir eine große Freude, dich zu sehen“, sagte er. „Kann es sein, dass du ein wenig nachgeholfen hast, damit ich mal wieder hierher gefunden habe?“ Er nahm seinen Seeräuberhut vom Kopf und verbeugte sich formvollendet vor der Wetterkönigin. „Ich hoffe, du versorgst mich auch in Zukunft mit guten Winden.“

Es war deutlich zu merken, dass er großen Respekt vor ihr hatte. Denn trotz seiner Segelkünste hatte es der Gorilla bisher nur ein einziges Mal geschafft, auf dieser Insel zu landen. Damals hatte er den Froschkönig an Bord gehabt und eine seltsame, recht energische Meeresströmung hatte sein Schiff direkt in den Hafen getragen. Wegen der köstlichen Kokosnüsse, die hier wuchsen, hatte er später mehrmals versucht, zurückzukehren, doch erst jetzt war es ihm wieder gelungen.

Die Wetterkönigin schwieg. Aber einige subtile Anzeichen – zum Beispiel die glitzernden Pailletten, die plötzlich in ihrem Turban auftauchten – wiesen darauf hin, dass sie sich ein wenig geschmeichelt fühlte.

Die Termitenkönigin klopfte verärgert auf den Tisch.

„Schluss jetzt mit der Konversation!“, rief sie dem Gorilla zu. „Wir haben schließlich nicht endlos Zeit. Und überhaupt“, fuhr sie fort, „was fällt dir eigentlich ein, als Gefangener das Gespräch an dich zu reißen? Wir sind nicht amüsiert! Du solltest lieber schweigen und gehorchen. Anlässlich eines großen Festes wirst du nämlich mit deinem Schiff unsere Gäste auf die Insel bringen.“

„So etwas in der Art hab ich mir schon gedacht", antwortete der Gorilla gelassen und kratzte sich am Bauch. „Bleibt nur noch zu klären, welchen Lohn ich dafür bekomme."

„Lohn? Du bist tatsächlich so unverschämt und forderst LOHN??" Vor lauter Empörung begann die Termitenkönigin zu beben. Die Fühler an ihrem Kopf zitterten und schwankten hin und her. „Du kannst froh sein, dass wir bisher nicht über dich hergefallen sind. Glaub mir, es ist nicht besonders angenehm, von tausenden Termiten gleichzeitig gebissen zu werden! Wir werden dich inhaftieren, bis du gehorchst. Soldatinnen! Packt den Gefangenen und werft ihn sofort ins Verlies!"

„Äh, Tante ...", fiel ihr der Froschkönig ins Wort, „ich glaube, das ist keine besonders gute Idee. Wir sollten es besser mit Diplomatie versuchen."

Die Termitenkönigin fuhr herum und funkelte ihn an. Eine Weile herrschte Stille im Thronsaal. Die meisten Termiten hielten den Atem an. Sogar die Geschichte-Schreiberin verharrte mit dem Bleistift einige Zentimeter über dem Papier.

„Ich finde, der Junge hat Recht, meine Liebe", sagte der Termitenkönig in die Stille hinein. „Außerdem haben wir gar kein Verlies."

„Tatsächlich?", murmelte die Königin. „Dann sollten wir vielleicht bald eines bauen ... – Also gut, Neffe", meinte sie dann. „Dann versuche du es meinetwegen einmal mit dieser Diplomatie. Wir sind gespannt!" Sie verschränkte zwei ihrer sechs Arme vor der Brust und nickte ihm auffordernd zu.

Der Froschkönig atmete tief durch. Dann stand er auf, zauberte ein breites Lächeln auf sein Froschgesicht und näherte sich dem Gorilla.

„Lieber Freund", sagte er, „bitte verzeihe uns dieses unglückliche Missverständnis. Zuerst einmal bist du natürlich keineswegs unser Gefangener. Sondern unser geschätzter Gast!"

Hinter sich hörte er, wie die Termitenkönigin heftig die Luft einsog. Sicher war sie schon wieder nicht amüsiert. Doch sie nahm sich zusammen und schwieg.

„Du weißt, dass ich große Stücke auf dich halte", fuhr der Froschkönig fort. „Umso bedauerlicher finde ich es, dass unsere

Sicherheitskräfte …" – er deutete auf die ihn umgebenden Soldatinnen – „leider etwas übereifrig gewesen sind, als ihr euch begegnet seid. Es wird nicht wieder vorkommen."

Der Gorilla schenkte dem Froschkönig ein diamantglitzerndes Grinsen. „Das hört sich schon etwas besser an", meinte er. „Trotzdem sehe ich nicht ein, warum ich kostenlos eure Gäste transportieren sollte."

„Darauf wollte ich gerade zu sprechen kommen." Der Froschkönig hüpfte auf ein kleines Podest, das neben dem Gorilla stand und eine dekorative Vase beherbergte. Jetzt, so fand er, war es sehr wichtig, dass dieses Gespräch auf Augenhöhe weitergeführt wurde. Behutsam schob er die Vase ein Stück beiseite, winkte den Gorilla näher zu sich heran und legte ihm vertraulich den Arm um die Schultern.

„Auch dies war, wie du gleich sehen wirst, ein Missverständnis. Denn eigentlich wollten wir etwas Geschäftliches mit dir besprechen. Wie mir bekannt ist, bist du ja als Pirat gewissermaßen auch Geschäftsmann."

Der Gorilla hob skeptisch eine Augenbraue. „Na ja. Irgendwie. Sozusagen", antwortete er zögerlich.

Der Froschkönig überlegte fieberhaft. „Ich meine, du freust dich immer, wenn du etwas erhältst, was dich nichts kostet, nicht wahr?"

Der Gorilla nickte.

„Siehst du. Und daher möchten wir dir ein Geschäft vorschlagen. Es geht dabei um Kokosnüsse."

Diesmal zog der Gorilla beide Augenbrauen nach oben und blickte den Froschkönig gespannt an.

„Nun, du kennst ja sicher die Kokospalmen mit den wirklich exquisiten Früchten, die hier auf unserer Insel wachsen. Was hältst du davon, wenn wir dir jedes Mal, wenn du hier anlegst, eine ganze Schiffsladung davon schenken? Kostenlos! Und um dich dafür, äh, zu bedanken, bringst du alle Gäste hierher, die mit dem Schiff zu unseren Festspielen anreisen wollen. Was sagst du dazu?"

„Nun …", der Gorilla wiegte den Kopf. „Was würde denn passieren, wenn ich niemanden transportiere und mir die Kokosnüsse trotzdem einfach nehme?“, fragte er dann. „Bitte versteh mich nicht falsch: Als Geschäftsmann könnte ich mich mit deinem Vorschlag anfreunden. Aber als Pirat würde ich einfach in die Palmen klettern und sie mir holen.“

„In diesem Fall“, sagte der Froschkönig ruhig, „fürchte ich, dass es zu einigen weiteren bedauerlichen Missverständnissen mit unseren Sold… äh … Sicherheitskräften kommen würde. Zu sehr bedauerlichen Missverständnissen.“

„Oh.“

Der Gorilla hatte nicht wirklich Angst vor den Termiten. Doch er wusste, dass es sehr, sehr viele von ihnen auf dieser Insel gab – und dass sie gemeinsam sehr, sehr unangenehm werden konnten.

„Nun, wenn das so ist“, meinte er nach einer kurzen Bedenkzeit, „würde ich sagen, wir sind im Geschäft.“ Er bleckte die Zähne und hob seine Hand. „Schlag ein!“

Der Froschkönig hob ebenfalls seine Hand und klatschte sie in die ausgestreckten Finger des Gorillas.

Die Stimmung im Thronsaal entspannte sich deutlich.

„Gut gemacht, Junge“, sagte der Termitenkönig.

„Danke.“ Der Froschkönig verzog seine Lippen. Wieder erschien ein Lächeln auf seinem Gesicht. Diesmal kam es von Herzen. Das Lob machte ihn stolz.

Die Termitenkönigin nickte anerkennend.

„Nun, lieber Neffe“, meinte sie, „ich finde, du hast gerade bewiesen, dass du tatsächlich der Richtige bist, um hier die Organisation zu übernehmen.“

Der Froschkönig merkte, dass er sich so gut fühlte wie seit Monaten nicht mehr. Vielleicht war die Sache mit dem Organisieren der Festspiele wirklich keine so schlechte Idee.

Auf jeden Fall würde seine Langeweile ein Ende haben. Er würde wieder wichtig sein und eine Aufgabe haben. Er könnte wieder etwas bewirken! Seine Erfahrungen wurden gebraucht. Und er würde endlich einmal kreativ sein dürfen. Könnte jede Menge neue Ideen entwickeln. Wenn er es sich recht überlegte, war das hier eigentlich sogar noch viel besser als sein alter Beruf.

„In Ordnung", sagte er und rieb sich die Hände. Sein Froschgrinsen wurde noch ein wenig breiter. „Dann übernehme ich also hiermit das Management des Festivals und aller Contests, einschließlich PR – Print und Online – sowie die Accomodation und die Organisation des Caterings …"

Seine Begeisterung war so groß, dass er die verständnislosen Gesichter der Anwesenden glatt übersah.

Die Termitenkönigin winkte ungeduldig.

„Ja, ja, von mir aus", sagte sie. „Du wirst schon wissen, was du zu tun hast. Und vergiss nicht, zu delegieren!"

Am Ende dieses Tages saß der Froschkönig am Rande seines Teichs und ließ sich von den letzten Strahlen der Abendsonne bescheinen. Er war müde, aber gleichzeitig sehr zufrieden. Nach der Besprechung im Thronsaal hatte er noch eine Ortsbegehung gemacht. Über mehrere Stunden war er im Kolossalen Kolosseum herumgehüpft und hatte sich alles genau angesehen. Es war wirklich sehr beeindruckend. Die Arena war groß und weitläufig, die Tribünen fassten viele Zuschauer und die Akustik war sensationell. Hier konnte man tatsächlich ein richtig großes Event inszenieren.

‚Man sollte auch das DING in das Fest einbauen', dachte er. Schließlich wäre das Kolosseum ohne Feuer nie errichtet worden. Vielleicht könnte man einen Ast entzünden und feierlich durch die Arena tragen? – Nein, keinen Ast, entschied er. Es musste etwas anderes sein, etwas Besonderes.

In der Nähe lag ein umgedrehtes Ruderboot am Ufer. Es schien niemandem zu gehören, daher hatte der Froschkönig darunter ein paar seiner Habseligkeiten verstaut.

Er kroch unter das Boot, holte ein Klemmbrett heraus und begann, sich Notizen zu machen. Schon bald war das Papier ziemlich vollgekritzelt. Beim Schreiben rutschte ihm seine Krone ins Gesicht. Unwillig nahm er sie ab, legte sie zur Seite und beschloss, sie ab jetzt nicht mehr zu tragen. Sie passte nicht mehr. Für diesen neuen Job würde er sich eine andere Kopfbedeckung suchen. Vielleicht eine Schirmmütze oder so etwas.

Eine winzige Sumpfschildkröte kam durch das seichte Wasser geschwommen und kletterte neben ihm auf einen Stein. Interessiert beobachtete sie den Froschkönig, der eifrig schrieb. Seine Schrift wurde immer kleiner, je mehr die restliche freie Papierfläche schrumpfte.

„Ich brauche mehr Papier", murmelte er vor sich hin.

Und vielleicht auch jemanden, der ihm ein bisschen Schreibarbeit abnahm. Da gab es doch diese Termite an dem Stehpult …

„Am besten wäre ein Computer", sagte er laut. „Vielleicht sogar mit Zusatz-Equipment. Dann könnte man während der Feier Bilder auf eine große Leinwand projizieren."

Gedankenverloren betrachtete er die glitzernde Wasseroberfläche des Teichs.

„Ich hatte mal so einen Computer", sagte die Sumpfschildkröte verträumt und blinzelte in die untergehende Sonne. „Genauer gesagt, einen Laptop. Ist aber lange her. Ich erinnere mich kaum daran. War irgendwie in einer anderen Dimension."

„Was hast du gerade gesagt?", fragte der Froschkönig zerstreut. Er hatte nicht zugehört. Er war damit beschäftigt, den letzten Quadratzentimeter auf seinem Klemmbrett mit winzigen Buchstaben zu füllen.

„Ach, nicht so wichtig", antwortete die Sumpfschildkröte. Sie kletterte vom Stein, ließ sich ins Wasser gleiten und schwamm davon.

Schon seit mehreren Tagen tobte sich in dieser Gegend ein herbstliches Sturmtief aus. Dunkle Wolken jagten über den Himmel, rissen die letzten Blätter von den Bäumen und ließen einen eiskalten, ungemütlichen Dauerregen niederprasseln.

Der Dachs saß im Unterholz und beobachtete den Schildkrötenpanzer. Wasser rann ihm in die Ohren. Immer wieder musste er die Nässe aus seinem Fell schütteln. Ab und zu nieste er. Er war schlecht gelaunt und ziemlich wütend. Dieser Job war das Frustrierendste, was er in seiner Laufbahn als Schuldeneintreiber je erlebt hatte. Normalerweise reichte es, den Schuldnern ordentlich zu drohen, damit er bekam, was er wollte. Oder notfalls noch ein wenig Gestank zu verbreiten. Doch das hier war anders.

Nicht nur, dass die beiden Raben und die Kuh sich leider überhaupt nicht einschüchtern ließen. Auch der Ort, wo die Wertgegenstände lagerten, die er sich besorgen wollte, verwirrte ihn.

Da war zum Beispiel die Sache mit den Größenverhältnissen. Eigentlich war es völlig unmöglich, dass zwei ausgewachsene Raben in einem so kleinen Schildkrötenpanzer verschwinden konnten. Aber sie taten es. Völlig absurd und rätselhaft wurde das Ganze jedoch bei der großen Kuh, die ebenfalls in diesem kleinen Panzer ein- und ausging. Es war wirklich seltsam.

Abends, wenn die Dämmerung einsetzte, schimmerte häufig ein freundliches und warmes Licht durch die Fenster des Panzers und es waren Stimmen und Gelächter zu hören. Dies erweckte in dem Dachs ein eigenartiges, ziehendes Gefühl. Es hatte etwas mit seiner Kindheit zu tun, an die er sich eigentlich gar nicht mehr erinnern konnte. Doch nun tauchten da ab und zu verschwommene Bilder auf: ein tiefer und gemütlicher warmer Bau, die beruhigende Nähe seiner Mutter und vor allem das vergnügte Balgen mit seinen Geschwistern.

Der Dachs hatte allerdings überhaupt keine Lust auf solche gefühlsduseligen Erinnerungen. Sie waren ihm unangenehm und er versuchte, sie fortzuschieben. Meistens gelang es ihm. Manchmal jedoch wurde bei solchen Gelegenheiten der Wunsch, in diesen Panzer hineinzugelangen, noch stärker als sonst.

In einem unbeobachteten Moment hatte er es bereits versucht. Doch außer dass er sich die Nase blutig gestoßen hatte, war nichts passiert. Die Türe ließ sich einfach nicht öffnen. Als Nächstes hatte er dann versucht, den Panzer aufzuheben und wegzutragen. Zu seiner Überraschung schien er sehr schwer zu sein und ließ sich keinen Millimeter bewegen. Wütend hatte er dem Ding einen Tritt versetzt. Daraufhin war plötzlich eine monotone, etwas blecherne Stimme erklungen, die mehrmals wiederholte:

„Achtung. Einbruch zwecklos. Dieser Bereich wird videoüberwacht."

Was ihn trotz all dieser Misserfolge immer wieder hierher zurückbrachte, war das Wissen, dass sich im Inneren wahrscheinlich sehr wertvolle Sachen befanden. Der Dachs liebte wertvolle

Sachen. In seinem Bau hatte er extra eine große Kammer gegraben, in der er all das hortete, was ihm im Lauf der Zeit von den verschiedenen Schuldnern übergeben worden war. Nun, einen Teil davon hatten immer seine Auftraggeber bekommen. Aber die wirklich interessanten und wertvollen Dinge hatte er behalten.

Ein weiterer Regenschauer prasselte auf ihn herunter. Obwohl es gerade erst Mittag war, verdunkelten düstere Wolken den Himmel.

Im Panzer wurden die Lichter angezündet. Wieder spürte der Dachs eine unbestimmte Sehnsucht. Ärgerlich schob er das Gefühl beiseite. So etwas passte nicht zu ihm. Er war erwachsen und ging seit Langem alleine durch die Welt.

Nun ja, ganz am Anfang hatte er noch versucht, mit anderen Tieren Freundschaft zu schließen. Aber das hatte nie funktioniert. Die meisten hatten sofort die Nase gerümpft, wenn er sich näherte, und waren vor seinem Geruch geflüchtet. Daher hatte er die Versuche schnell aufgegeben. So, wie er jetzt lebte, war es viel besser. Mittlerweile hasste er die Gesellschaft anderer Tiere. Andere Tiere gingen ihm auf die Nerven. Sie waren eigensinnig und gaben Widerworte.

Dinge dagegen waren etwas ganz anderes. Dinge waren still. Sie blieben einfach an ihrem Platz und warteten auf ihn. In ihrer Gesellschaft fühlte er sich wohl. Immer, wenn er Zeit hatte, saß er in seiner Schatzkammer, nahm hier und dort ein kostbares Stück in die Pfoten, strich darüber und betrachtete es, um es dann wieder zurückzulegen. Im Laufe der Zeit hatte er ein gutes Gespür für Wertgegenstände entwickelt. In diesem Panzer zum Beispiel gab es sehr wahrscheinlich jede Menge davon: Antiquitäten. Elektronik. Und Gold. Da war er sicher. All das wollte er haben. Und er würde es bekommen. Irgendwie. Vielleicht mit List. Notfalls auch mit Gewalt.

In der Küche rückte Trug den Laptop zurecht und startete ihn.

„Hoffentlich ist SuFi jetzt endlich mal fertig, womit auch immer sie die letzten Tage beschäftigt war“, sagte er sehnsüchtig. „Dauernd bekommen wir nur eine Nachricht auf den Bildschirm:

‚Traumzeit – Aufgaben im Hintergrund. Kein Zugriff auf die Suchen-und-Finden-Funktion'."

„Das macht sie bestimmt mit Absicht", mutmaßte die Kuh. Sie öffnete gerade den Schrank unter der Spüle und kramte darin herum. „Vielleicht ist sie jetzt auch in eine andere Dimension gewechselt und kommt nicht mehr zurück. So wie die Schildkröte."

„Sei still!", rief Trug entsetzt, „das tut sie bestimmt nicht!"

Er sträubte seine Federn und pickte hektisch nach ein paar Tasten.

„So etwas solltest du zu ihm nicht sagen", meinte seine Schwester Lug vorwurfsvoll. „Das wäre so ziemlich das Schlimmste, was ihm zustoßen könnte."

„Warum nicht?" Die Kuh hatte gerade keinen Sinn für Mitgefühl. „Ist alles schon mal passiert. Ah. Da ist er ja."

Sie zog einen riesigen Kerzenleuchter unter der Spüle hervor. Er war über und über mit Wachs bedeckt, doch an manchen Stellen leuchtete er golden und man konnte Tiermotive erkennen.

Zufrieden stellte sie ihn auf den Küchentisch. „Ich wusste doch, dass sich das Ding hier irgendwo versteckt", sagte sie. Gemeinsam mit Lug betrachtete sie ihren Fund.

„Wir sollten ihn sauber machen", meinte die Rabin. „Dann können wir mehr erkennen." Sie pickte an den Wachsresten. Vorsichtig und geschickt begann sie, das freizulegen, was sich darunter befand.

Nach einiger Zeit konnte man im oberen Teil des Kerzenleuchters den Hals und den Kopf einer Giraffe erkennen und unten, an seinem Fuß, eine Gruppe Elefanten. Je mehr Wachs abfiel, desto deutlicher wurde, dass der Leuchter aus sehr vielen verschiedenen Tieren bestand, die alle aufeinander standen: unten die großen, dann etwas weniger große und so weiter. Es gab Zebras, Kühe, einen Geier, Hunde und Katzen, Hühner und sogar eine Schlange. Je höher die Pyramide wurde, desto kleiner wurden die Tiere. Ganz an der Spitze saß eine Maus und hielt den Behälter, in dem der Rest einer dicken Bienenwachskerze steckte.

Währenddessen hatte sich der Dachs leise dem Panzer genähert. Er legte sich flach auf den Boden und versuchte, durch das Küchenfenster zu schauen. Wegen der Größenverhältnisse war das nicht so ganz einfach. Es war, als ob man durch ein Schlüsselloch spähen wollte, das sich dicht über dem Boden befand.

„He, jetzt wird es aber richtig dunkel dort draußen“, bemerkte Lug und deutete mit einem Flügel zum Fenster. „Das Unwetter ist wohl immer noch nicht vorbei.“

Schnell zog der Dachs seinen Kopf zurück. Dabei fluchte er leise. Er hatte auf dem Küchentisch etwas Goldenes gesehen und hätte gerne herausgefunden, was das war.

„Der Leuchter gefällt mir“, sagte die Kuh, nachdem Lug die letzten Wachsreste entfernt hatte. „Vor allem diese Kuh in der Mitte. Aber er ist ein bisschen angelaufen. Ich sollte ihn polieren, dann wird er bestimmt noch schöner.“

Sie stand auf und holte einen Lappen.

„Hurra! Sie ist wiedergekommen!“, rief Trug auf einmal und zeigte auf den Laptop. „SuFi ist wieder da. Hallo SuFi!“ Begeistert flatterte er vor dem Bildschirm auf und ab.

„Hallo zurück“, grinste SuFi, als sie den Raben erblickte. „Na, hat unsere installierte Alarmanlage funktioniert?“

„Ich denke schon“, antwortete Trug. „Richtig überprüfen kann man das ja nicht, weil wir ja nicht wirklich eine Videoüberwachung eingerichtet haben. Doch es ist auch nichts weggekommen.“

Der Dachs lehnte außen am Schildkrötenpanzer und hatte ein Ohr an die Wand gelegt. Er hörte Stimmen, die sich unterhielten. Leider klang alles etwas dumpf, sodass er nichts verstand. Er beschloss, lieber am Dach des Panzers zu horchen. Vielleicht konnte er dort etwas mehr verstehen. Eigentlich musste er sich ja nur darüber stellen und dann den Kopf ablegen, so klein, wie das Ding war.

Er schwang ein Bein über den Panzer und erlebte eine Überraschung. Plötzlich befand er sich hoch über dem Boden. Unter seinen Pfoten wölbte sich eine große, halbrunde Fläche. Fast wäre er abgerutscht. Hektisch versuchte er, sich mit seinen Krallen festzuhalten. Dieser Panzer war wirklich rätselhaft. Nicht nur sein Gewicht, sondern auch seine Größe war anders, als es auf den ersten Blick schien. Offenbar konnte er seine Größe demjenigen anpassen, der mit ihm in Körperkontakt kam. Das würde auch erklären, wie die Raben und die Kuh dort hineinpassten, ohne sich den Kopf anzustoßen. Trotz seiner unbequemen Position war der Dachs sehr fasziniert. Der Panzer war der interessanteste Gegenstand, dem er in seiner Laufbahn als Schuldeneintreiber begegnet war. Mehr denn je wollte er herausfinden, was sich in seinem Inneren befand.

Drinnen blickte Trug prüfend an die Decke. „Da oben ist so ein komisches Geräusch", sagte er.

„Ach, das ist sicher nur ein Ast, der über das Dach kratzt", meinte die Kuh. „Kein Wunder bei dem Wind."

Der Dachs hatte inzwischen sein Gleichgewicht wieder gefunden. Er horchte und nickte zufrieden. Hier konnte er alles wunderbar verstehen. Offenbar unterhielten sich die Raben und die Kuh mit diesem SuFi.

„Wo warst du denn die ganze Zeit?", fragte Trug neugierig.

„Hab ich euch doch geschrieben: in der Traumzeit."

„Und was hast du dort gemacht?"

„Ich bin ein wenig in den Dimensionen unterwegs gewesen."

„Und? Wie war das so?"

„Ooch, na ja. Ganz ok." SuFi wanderte ein wenig auf dem Bildschirm hin und her und kaute an einem virtuellen Salatblatt. Dabei bemühte sie sich, möglichst gelassen und beiläufig zu wirken. Leider achtete sie dabei aber nicht auf ihren Gesichtsausdruck. Dieser zeigte blitzende Augen und ein breites Grinsen.

Lug sah es und spürte einmal wieder, wie sich ihre Nackenfedern aufstellten. Sie kannte das jetzt schon. Es passierte immer, wenn sich irgendwelche aufregenden Dinge ankündigten. Die Computerschildkröte hatte irgendetwas sehr Interessantes aus der Traumzeit mitgebracht, das sie alle betraf, da war sie sich ganz sicher. Ihre Nackenfedern hatten sich noch nie geirrt.

„Sag es uns", forderte sie SuFi auf.

„Ich verstehe nicht. Was meinst du? Was soll ich denn sagen?" SuFi versuchte, ahnungslos und verwundert zu wirken. Es gelang ihr nicht besonders gut.

Lug brachte ihren Schnabel ganz nah an den Bildschirm.

„Früher oder später würdest du sowieso damit rausrücken", meinte sie. „Also warum nicht gleich? Du platzt ja schon fast vor Neuigkeiten. Sag sie uns einfach!"

„Na gut.“ SuFis Grinsen wurde womöglich noch ein wenig breiter. „Ich habe zwei Überraschungen für euch: Die erste ist, dass ich herausgefunden habe, wie ich diesen Panzer von einem Ort zum anderen bewegen kann. Mit allem, was drin ist!“

„Wozu soll das denn gut sein?“, fragte die Kuh misstrauisch.

„Aber das ist doch klar!“ Die Raben hatten sofort begriffen, welche Möglichkeiten diese neue Technologie ihnen bieten würde.

„Verstehst du denn nicht?“, meinte Trug aufgeregt, „wir könnten auf diese Weise ganz schnell irgendwohin reisen. Alle gemeinsam. Und von dort aus wieder irgendwohin. Wir könnten sogar eine Weltreise machen. Das ist wirklich fantastisch.“

‚Und ich müsste dabei nicht einmal auf den Laptop verzichten‘, dachte er. Aber das würde er nicht im Beisein der Kuh aussprechen. Denn er bemerkte, dass sie schon wieder diesen skeptischen Gesichtsausdruck bekam.

„Ich will aber keine Weltreise machen“, entgegnete die dann auch gleich und klang dabei sehr mürrisch.

„Nun, fürs Erste schlage ich euch vor, dass wir mit einer einzelnen Reise beginnen“, sagte SuFi. „Das ist nämlich meine zweite Überraschung: Ich habe eine Einladung mitgebracht. Seht her!“

Sie verschwand. Stattdessen öffnete sich ein Dokument. Es zeigte mehrere bunte Bilder: einen Strand mit Kokospalmen, einen hohen Turm, einen Teich, Wiesen und Wälder und ein weiteres ovales, majestätisches Gebäude. Daneben stand ein Text mit vielen Ausrufezeichen.

EINLADUNG
Besucht unser einzigartiges Festival und lasst euch verzaubern!
Großer Wettbewerb zu Ehren der Termiten in den Sparten
Tanz, Gesang und Akrobatik!
Poetry Slam! Tolle Preise!
Für Essen und Trinken wird gesorgt!
Staunt über die spektakulären Gebäude der Termiten!
Verbringt unvergessliche Stunden im Kolossalen Kolosseum!!!

An dieser Stelle waren die Ausrufezeichen besonders zahlreich. Darunter stand dann noch: „Anreise bis spätestens Ende der Woche."

„Das ist ja schon bald", stellte Lug fest. „Dann sollten wir uns aber beeilen."

SuFi streckte ihren Kopf hinter der Einladung hervor.

„Kein Problem", meinte sie gut gelaunt. „Von mir aus können wir sofort starten."

„Halt!", rief die Kuh energisch. „Das geht mir zu schnell. Das muss ich mir erst in Ruhe überlegen." Sie zog eine Grimasse. „Ich weiß ja noch gar nicht, ob ich da überhaupt hinwill." Unbehaglich betrachtete sie die Fotos auf dem Bildschirm. „Das da sieht ganz anders aus als hier."

„Aber genau das ist doch der Sinn der Sache", entgegnete Lug, „wenn es dort so aussehen würde wie hier, hätte es ja keinen Zweck dorthin zu fahren."

„Ja, aber was ist, wenn es dort ganz schrecklich ist? Wenn mir das Gras nicht schmeckt und lauter Tiere da sind, die ich blöd finde? – Und tanzen will ich auf keinen Fall!", fügte sie trotzig hinzu.

„Das musst du auch nicht", meinte Trug besänftigend. Er erkannte, dass gerade wieder der Moment gekommen war, in dem ein wenig Überzeugungsarbeit geleistet werden musste. Er flog auf das Fensterbrett und deutete hinaus.

„Pass auf", sagte er zu ihr, „wenn du aus diesem Fenster schaust – was siehst du?"

„Regen", antwortete die Kuh. Sie sah noch einmal genauer hin und verbesserte sich dann:

„Jetzt sehe ich Schneeregen."

„Ja, genau. Schneeregen!", bestätigte Trug und freute sich. Das Wetter war offenbar eindeutig auf seiner Seite. „Der Winter steht vor der Türe", fuhr er fort. „Und du weißt ja, wo du normalerweise den Winter verbringst."

„Natürlich", sagte die Kuh unwillig. „Im Stall. Worauf willst du eigentlich hinaus?"

„Nun, wie wir alle aus deinen Erzählungen wissen, ist es im Stall unerträglich eng, du kannst nicht ins Freie und die anderen

Kühe gehen dir auf die Nerven." Lug hatte erfasst, wohin ihr Bruder mit seiner Überzeugungsarbeit steuerte.

„Aber wenn du jetzt mit uns verreist, dann kommst du wieder in den Sommer. Es ist wunderschönes Wetter und du kannst die ganze Zeit im Freien sein. Stell dir das doch einfach mal vor."

„Dort ist es warm …", nahm Trug den Faden auf.

„Der Himmel ist tiefblau …" Lug kam so langsam in Fahrt.

„Es wächst saftiges Gras …" Jetzt hatten sich beide als gutes Team eingespielt.

„Und jede Menge frischer Löwenzahn!", ergänzte SuFi vom Bildschirm aus und klinkte sich ein. Dieses Gespräch machte ihr Spaß. „Weit und breit gibt es keinen Stall. Und so gut wie keine anderen Kühe."

Das Letzte war ziemlich frei erfunden. Aber bei einer Improvisation aus dem Stegreif war das schon in Ordnung.

„Ja, danke, ich hab's kapiert. Also gut, ihr habt Recht", stimmte die Kuh etwas widerwillig zu. „Es wäre wirklich schön, wieder im Sommer zu sein." Sie räusperte sich, zögerte ein wenig und sagte dann mit leiser Stimme: „Aber das ist meine allererste Reise. Wisst ihr, ich glaube, ich fürchte mich ein wenig."

„In meinen Dateien steht, ein wenig Furcht ist ganz normal bei vielen nicht-virtuellen Tieren", meinte SuFi. „Das gehört wohl dazu."

„Wir werden schon auf dich aufpassen", versprach Lug freundlich. „Wir lassen dich nicht alleine."

„Und falls es dir dort wirklich nicht gefällt, reisen wir wieder mit dir zurück", ergänzte ihr Bruder.

„Na, dann ist ja alles geklärt", sagte SuFi zufrieden. „Pass auf!" Sie wandte sich an Trug. „Ich zeige dir jetzt gleich einen fünfzehnstelligen Code aus Zahlen und Buchstaben. Den gibst du ein, dann klickst du auf das Schildkrötensymbol und dann …"

Oben auf dem Dach trug der Wind einen weiteren nasskalten Schauer heran, und ließ ihn über dem Dachs niedergehen. Trotz seines dichten Fells war er mittlerweile völlig durchnässt und durchgefroren. Missmutig beschloss er, dass es für heute genug war. Er hatte sowieso nichts Interessantes über irgendwelche

Wertgegenstände herausfinden können. Gerade wollte er vorsichtig absteigen, als der Regen abrupt aufhörte.

Gleichzeitig wurde es still. Doch es war nicht die Art von Stille, die er kannte. Es war eine absolute und irgendwie sehr beunruhigende Stille. Kein Laut war mehr zu hören, nicht einmal sein eigener Atem.

Der Dachs hatte den Eindruck, als sei die ganze Welt angehalten worden. Alles war reglos und starr. Nichts bewegte sich mehr. Er blickte um sich. Dichte, graue Nebelschwaden hatten sich über den Panzer gelegt. Er blinzelte. Vergeblich versuchte er, irgendetwas zu erkennen. Auch diesen Nebel hatte er noch nie erlebt. Er fühlte sich an wie eine kompakte Wand.

Dies alles war fremdartig und bedrohlich, doch es war, wie er jetzt feststellen musste, nicht das Schrecklichste. Das Schrecklichste war, dass ihm gleichzeitig hier auf diesem Panzer jede einzelne Körperzelle auch noch etwas ganz anderes vermittelte: nämlich, dass er sich gerade in sehr großer Höhe befand und mit ungeheurer Geschwindigkeit dahinraste. Zwar gab es keinen Fahrtwind und auch sonst war nichts zu sehen. Aber dennoch gab es dieses Wissen in ihm, hartnäckig und unerbittlich: Hier war er, an einem völlig geräuschlosen, starren Ort – und irgendwo dort unten, schrecklich tief unter ihm, zog im gleichen Moment die Erde in einem furchtbaren Tempo an ihm vorbei.

Der Dachs schluckte. Er fühlte sich grauenhaft. All die vielen gefährlichen Situationen, die er in seinem bisherigen Leben gemeistert hatte, hatten ihn nicht auf das hier vorbereitet. Das hier war anders. Hier gab es keinen aufgebrachten Schuldner, den man mit ein paar lauten Sätzen oder notfalls mit ausgefahrenen Krallen einschüchtern konnte. Das hier war kein Gegner, den man einschätzen und auf den man reagieren konnte. Das hier war körperlos. Es war ein totenstilles, rasendes Nichts.

Er spürte, wie ihm übel wurde, als sein Nervensystem versuchte, diese Erkenntnisse zu verarbeiten. Sein Herz pochte wie wild. Verzweifelt krallte er sich am Panzer fest, der das einzig Verlässliche schien, was ihm noch geblieben war. Jeder einzelne

Muskel tat ihm weh. Er schloss die Augen und verfluchte einmal mehr diesen beschissenen Job, der ihn in diese Situation gebracht hatte.

Irgendwann, nach, wie es ihm vorkam, endlosen Stunden, gab es plötzlich einen Ruck und alles hörte auf. Offenbar waren sie gelandet. Er blinzelte und versuchte, sich zu orientieren. Sonnenlicht blendete ihn. Der Panzer lag am Rande eines Teichs. Gras und Schilf wuchsen an seinem Ufer. Insekten summten und von Ferne hörte man das Geräusch einer Brandung.

„Sind wir schon da?“, sagte jemand unter ihm aus dem Inneren des Panzers. Es klang wie die Kuh.

„Na, das war ja alles halb so wild. Eigentlich eine wirklich angenehme Reise. Hat nur zweimal etwas geruckelt!“

Der Dachs atmete tief durch.

Noch immer pulsierte der Schrecken in jeder Faser seines Körpers und der Ort, an dem er sich jetzt befand, war ihm völlig unbekannt. Das ängstigte ihn.

Dann jedoch erblickte er etwas, das ihn ein wenig an zu Hause erinnerte: Nicht weit von hier gab es Bäume. Sie waren zahlreich. Lianen hingen von ihnen herab und Vogelrufe erklangen in ihren Kronen. Zwar wirkte alles ein wenig seltsam und fremd – aber dennoch schien das dort drüben offenbar ein Wald zu sein. Und ein Wald war genau das, was er jetzt dringend brauchte: einen Platz, an dem er sich verstecken und erholen konnte. Auch wenn er nicht so aussah wie zu Hause, schien er doch groß und tief genug zu sein, um darin unterzutauchen.

Mühsam löste er seine Krallen aus dem Panzer und ließ sich zu Boden gleiten. Mit schmerzenden Gliedern humpelte er davon, so schnell er konnte, und verschwand im dichten, dunklen Grün.

An mehreren anderen Orten wurden ebenfalls Reisevorbereitungen getroffen.

Denn die Einladung zum Festival auf der Termiteninsel hatte eine riesige Woge der Begeisterung ausgelöst. Wie eine Flutwelle rollte diese Woge über Länder und Meere, brach sich an dieser Stelle und an jener – nur, um sich erneut aufzubauen und weiter zu rollen. Niemand konnte der Woge entkommen. Alle wurden von ihr ergriffen.

Nun ja: viele.

Zumindest einige.

Vor allem solche mit Abenteuerlust und künstlerischen Ambitionen.

„Sieh mal: Wir können eine neue Reise mit der Wetterkönigin machen!"

Die Maus hatte ein Flugblatt in der Pfote und strahlte über das ganze Gesicht. Aufgeregt stellte sie sich auf die Zehenspitzen und streckte die Arme nach oben, um es der Giraffe zu zeigen.

Die Giraffe beugte sich herunter, sah sich die Bilder an und las.

„Das klingt interessant", meinte sie. „Vor allem das mit dem Wettbewerb. Wir könnten dort mit unserem ‚Dreigsang vom Wald' auftreten."

„Ja, stimmt! Oh ist das cool!" Die Maus sprang glücklich auf und ab. „Und sicher wird es wieder ein Abenteuer geben. In fremden Ländern gibt es immer Abenteuer."

„Mag sein. Aber du solltest wissen, dass du dort vielleicht der Geierin begegnen wirst. Ich habe mir sagen lassen, dass sie auch auf die Insel reisen wird."

„Oh", erwiderte die Maus ernüchtert. Damit hatte sie nicht gerechnet. Die Geierin war noch immer ein großes Problem für sie. Nicht nur, dass sie sie damals ausgelacht hatte. Auch heute noch schien sie jedes Mal sehr amüsiert zu sein, wenn sie einander über den Weg liefen. Das kränkte und irritierte die Maus. Sie versuchte daher, der Geierin möglichst aus dem Weg zu gehen.

Doch dann stellte sie fest, dass die Woge der Begeisterung so stark war, dass sie sie mühelos über diesen Umstand hinwegtragen konnte. Sie entschied, dass selbst die Anwesenheit der blöden Geierin sie nicht davon abhalten würde, an dem Festival teilzunehmen.

„Ist mir egal", meinte sie. „Ich werde einfach so tun, als ob sie nicht da wäre."

Bei anderen war die Woge der Begeisterung bisher nur als eine kleine Welle angekommen, die sie aufnehmen oder aber ignorieren konnten. Entsprechend herrschte dort noch eine gewisse Unentschlossenheit.

Das Flusspferd war den ganzen Vormittag damit beschäftigt gewesen, seine Muschel sauber zu machen, denn in letzter Zeit waren keine Walgesänge mehr zu hören gewesen, wenn es sie ans Ohr hielt. Stattdessen ertönte nur noch ein langweiliges Rauschen. Vielleicht lag es ja an den Algen, die sich in den Windungen angesiedelt hatten.

„Ja, ja, ich habe schon davon gehört. Die Frösche haben es mir erzählt. Sie werden übrigens nicht hinfahren. Sie haben nämlich erfahren, dass ihr ehemaliger König dort im Exil lebt. Und außerdem gibt es dort eine Termitenkönigin und einen Termitenkönig. Das können sie nicht mit ihrer revolutionären Gesinnung vereinbaren, haben sie gesagt. Und dass sie Monarchien kategorisch ablehnen und deshalb eine Veranstaltung an einem solchen Ort boykottieren würden."

„Aber das kann dir doch egal sein", meinte die Giraffe. „Die Strömung der Wetterkönigin trägt dich auch ohne die Frösche zu dem Festival. Oder du segelst auf dem Schiff des Gorillas. Er wird dir sicher einen Bottich mit Wasser organisieren, in dem du dich während der Reise aufhalten kannst."

„Ich weiß nicht. Ich glaube nicht, dass ich auf dieses Festival möchte. Es ist ziemlich weit dorthin." Das Flusspferd hatte die letzten Algenflecken von der Muschel gekratzt und legte sie nun zum Trocknen in die Sonne.

„Ach komm schon. Wir brauchen dich doch für unseren Chor! Und so weit ist das jetzt auch wieder nicht", erwiderte die Maus.

„Ich weiß nicht", sagte das Flusspferd wieder. „Wisst ihr, eigentlich bin ich gerade ganz allgemein nicht so reiselustig."

„Aber du kannst uns doch jetzt nicht im Stich lassen!", rief die Maus entsetzt.

„Vielleicht überlegst du es dir noch einmal", meinte die Giraffe freundlich. „Sieh mal, dort auf dem Foto, der Teich sieht doch eigentlich recht einladend aus."

„Ich weiß nicht", sagte das Flusspferd zum dritten Mal.

„Du bist blöd", entgegnete die Maus zornig.

Die Diskussion schien festgefahren. Die Sängerinnen des „Dreigesangs vom Wald" saßen am Flussufer und schwiegen. Es herrschte eine gewisse Angespanntheit.

Plötzlich wurde das Schweigen durch ein Geräusch unterbrochen. In der Muschel knackte es ein paar Mal. Dann ertönte eine Stimme.

„Test", sagte sie. „Test, eins, zwei, drei." Und dann: „Hallo? Hallo Schätzchen! Hörst du mich? Wenn du mich hörst, dann geh doch bitte ran!"

„Das klingt wie der Delfin", sagte die Giraffe zum Flusspferd.

„Ganz sicher", bekräftigte die Maus. „Niemand sonst sagt *Schätzchen* zu dir. Ich glaube, du solltest ihm antworten."

Das Flusspferd nahm die Muschel auf.

„Hallo Delfin", sagte es, „bist du das?"

„Natürlich, Schätzchen! Wer sollte es sonst sein?" Der Delfin gluckste. „Hör zu, Liebes, ich hab eigentlich gar keine Zeit zum Plaudern. Ich rufe nur kurz an, um dir zu sagen, dass du unbedingt zu unserer Show auf dieser Termiten-Insel kommen musst!"

„Welche Show?"

„Oh, weißt du, ich habe mich dafür mit ein paar Freunden zusammengetan. Wir nennen uns ‚The Pink Flying Dolphins'. Die Jungs sind gut, sage ich dir. Natürlich müssen wir noch etwas an der Choreografie feilen. Aber bis das Festival beginnt, sind wir so weit."

„Aha", sagte das Flusspferd skeptisch.

„Hör mal, Schätzchen, du kommst doch, oder?" Der Delfin ließ sich nicht beirren. „Du musst einfach kommen! Schließlich sind wir verwandt. Ich lasse keine Ausreden gelten."

„Na ja. Also …"

Es war nicht das erste Mal, dass sich das Flusspferd von diesem selbst ernannten Verwandten überrumpelt fühlte. Hilfe suchend blickte es hinüber zu den anderen Chorsängerinnen. Die Giraffe und die Maus nickten heftig und machten aufmunternde Gesten. Das Flusspferd seufzte.

„Also gut", sagte es dann.

Etwa eine halbe Tagesreise flussabwärts wurde die Woge der Begeisterung zu etwas, das sich unerwartet und bedrohlich über einen sonst sehr friedlichen Angelplatz ergoss. Natürlich nur im übertragenen Sinn. Doch auch die metaphorische Gischt einer solchen Woge konnte sehr lebhafte und ausgesprochen unangenehme Erinnerungen mit sich bringen.

„Nein. Auf gar keinen Fall! Nie wieder setze ich eine Pfote auf dein Schiff!" Die Anglerin schüttelte sich entsetzt. Um sich zu beruhigen, holte sie ihre Leine ein und warf sie dann wieder aus. Ihr graues, kurzes Karthäuserkatzenfell hatte sich gesträubt.

Der Gorilla überlegte.

„Auch nicht, wenn ich dir ein großes Bündel Trockenfisch schenke?"

„Du verstehst nicht. Das hier" – sie deutete auf den Korb neben sich, in dem einige frisch gefangene Fische lagen – „schmeckt sehr viel besser als jeder Trockenfisch. Nicht, dass ich dir nicht dankbar wäre für die Verpflegung damals", fügte sie hinzu. „Aber noch einmal mit deinem Schiff zu reisen, wäre einfach zu schrecklich. Diese Fahrt war die schlimmste Erfahrung meines Lebens."

Ihre Freundin, die Fischkatze, war gerade aus dem Fluss gestiegen und setzte sich jetzt dazu. Neugierig beobachtete sie die beiden.

„Wie ist es denn so, dieses Meer, auf dem du mit deinem Schiff herumfährst?", fragte sie den Gorilla.

„Oh, es ist groß. Meistens ist es blau." Der Gorilla überlegte. „Und es gibt darin sehr viele unterschiedliche Fische."

Die Fischkatze spitzte interessiert die Ohren.

„Es ist viel zu groß. Und es hat Wellen", sagte die Anglerin düster. „Ganz schreckliche, riesige Wellen, die immer auf und ab schwappen."

„Diesmal nicht", meinte der Gorilla. „Die Wetterkönigin macht mir eine ganz besondere Meeresströmung. Auf der lässt sich sehr komfortabel reisen. Es schaukelt höchstens ein kleines bisschen."

„Nein. Es geht trotzdem nicht", beharrte die Anglerin.

„Aber wir könnten euch beide wirklich gut brauchen", versuchte es der Gorilla erneut. „Schließlich muss sich irgendjemand darum kümmern, dass die nicht-vegetarischen Gäste etwas zu fressen haben."

„Tut mir leid."

Die Fischkatze hörte dem Gespräch zu und schwieg. Sie hätte sehr gerne dieses Meer kennengelernt und ausprobiert, wie man darin fischen könnte. Doch das hier, so fand sie, musste ihre Freundin alleine entscheiden.

„Ihr könntet jeden Tag an einem bestimmten Ort mit euren Fischen warten." Der Gorilla gab nicht auf. „Und alle Tiere, die nicht selbst fischen können, wissen, dass ihr da seid, und kommen, um sich einen Fisch zu holen. Sicher freuen sie sich darüber. Und sicher bekommt ihr im Gegenzug von ihnen dann das eine oder andere geschenkt."

Er überlegte, wie er das Ganze noch beschreiben könnte.

„Ihr hättet dann so etwas wie ein Fischgeschäft", sagte er dann.

Die Anglerin zuckte zusammen. Sie tauschte einen Blick mit der Fischkatze und starrte dann den Gorilla an.

„Hast du gerade *Fischgeschäft* gesagt?"

„Oh, ich verstehe: Ihr möchtet in den Einzelhandel einsteigen!" Er grinste erleichtert und zeigte dabei seinen Diamanten. „Warum habt ihr das nicht gleich gesagt? Also da kann ich euch das Festival wirklich empfehlen: viel Kundschaft und keinerlei Konkurrenz! Für Händlerinnen wie euch geradezu ideal."

Er sah von einer zur anderen.

„Ich würde euch auch ein schönes Schild für euren Laden malen", fügte er großzügig hinzu. „Kostenlos, versteht sich."

Die Anglerin erhob sich und begann, ihre Ausrüstung zusammenzupacken.

„Nur, wenn du draufschreibst: ‚Traditionelle und innovative Fischerei'", sagte sie. „Oder vielleicht doch besser: ‚Fischen mit nassen und trockenen Pfoten'!"

In einer abgelegenen Bergregion am Fuße einer Zirbelkiefer erreichte die Woge der Begeisterung eine nie geahnte Höhe – doch kurz darauf wurde sie von einer unerwarteten Querströmung erfasst, die sie seitlich wegzog, irgendwohin, wo sie sich nicht mehr auskannte und eine Zeit lang orientierungslos hin- und her schwappte.

Hao Tsu, die Japanische Kampfmaus, wanderte unter dem mächtigen Baum auf und ab und sprach mit sich selbst. Zumindest wirkte es so. Dabei gestikulierte sie wild und ausladend. Etwas schien sie ziemlich zornig zu machen. Immer wieder rief sie Sätze wie: „Ich hasse Festivals!" oder: „Kommt überhaupt nicht in Frage!" und: „Nicht mit mir, das könnt ihr vergessen!"

Die Mäuse ihres inneren Theaters saßen aufgereiht am Bühnenrand und sahen sie an. Eine von ihnen hatte wieder diese strenge, irgendwie moralisch wirkende Brille aufgesetzt. Die nächste war in ihr übliches buntes Gewand gekleidet und die dritte trug wie immer einen ausgefransten Strohhut auf dem Kopf.

„Ich fürchte, du hast noch nicht wirklich die Brisanz dieser Einladung für unser Theater erfasst", sagte die Moral-Maus in gewichtigem Ton. Dabei senkte sie den Kopf und musterte Hao Tsu über den Rand ihrer Brille mit einem strengen Blick. „Wir haben hier endlich die Chance, etwas total Innovatives und Avantgardistisches zu inszenieren! Diese Gelegenheit können wir uns nicht entgehen lassen. Außerdem haben wir bereits Kontakt mit unseren Kolleginnen aus der Geisterkatzen-Welt aufgenommen. Wir werden ein internationales Ensemble sein!"

„Also noch mal: Habe ich das richtig verstanden?", sagte Hao Tsu, „ihr wollt, dass ich mit euch zu diesem Festival reise, obwohl ich da überhaupt nicht hinwill, nur damit ihr dort Theater spielen könnt. Das ist doch völlig absurd!"

„Aber sicher ist es das!" Die bunte Gefühle-Maus sprang auf und begann, in wirren Kreisen auf der Bühne herumzulaufen. „Absurdes Theater – schon mal davon gehört? Das wird großartig. Die Leute werden toben!" Sie vollführte einige Saltos. Hao Tsu verdrehte die Augen.

Die dritte Maus schob ihren Strohhut ins Genick und grinste. Dann beugte sie sich verschwörerisch zu Hao Tsu herab und flüsterte:

„Hey, und weißt du, was das Beste an diesem absurden Theater ist? Ich werde es dir sagen: Das Beste ist, dass alle machen können, was sie wollen. Ich zum Beispiel …" – sie griff in die Tasche und zog ein Stück Käse hervor – „werde in dem ganzen Stück nur chillen!"

Die Moral-Maus fuhr herum und starrte sie missbilligend an.

„Also, ich fürchte, da hast du etwas gründlich missverstanden", meinte sie säuerlich. „Wir sollten unbedingt noch mal eine Grundsatzdebatte über die Konzeption des Stückes, seine Intention und vor allem die politische Brisanz …"

„Was soll denn so schlecht sein am Chillen?", unterbrach sie die Maus mit dem Strohhut gekränkt. „Schließlich findet das Festival auf einer Insel mit Kokospalmen statt."

Sie holte ein zerknittertes Flugblatt mit Käseflecken aus ihrer Tasche und deutete auf ein Foto.

„Ja und?"

„Siehst du diese Kulisse? Eine solche Insel schreit sozusagen nach einer Rolle wie meiner. Ich habe mir vorgestellt, dass ich während des ganzen Stückes unter einem Sonnenschirm sitze und dabei ein Getränk mit einem Strohhalm in der Hand halte."

„Das ist der größte Blödsinn, den ich je gehört habe. Total kontraproduktiv und völlig reaktionär." Die Moral-Maus war fassungslos. „Ich glaube langsam, du willst uns unser Stück kaputtmachen."

„Und ich glaube, du willst meine überragenden schauspielerischen Ideen boykottieren", fuhr die Maus mit dem Strohhut auf. „Dauernd machst du mich nieder! Wahrscheinlich bist du total neidisch und möchtest mich am liebsten aus dem Ensemble herausmobben!"

„Du spinnst ja!"

„Zimtzicke!"

„Ignorantin!"

„Banause!"

„Oh, das ist ja wundervoll!", rief die Gefühle-Maus und klatschte in die Hände, „ein Konflikt, wie schön! Endlich geht es hier einmal zur Sache. Nur zu, Mädels, zeigt endlich eure Gefühle! Lasst euch gehen. Lasst alles heraus!"

Hao Tsu schüttelte ungläubig den Kopf. Dann stand sie auf und verließ das Theater. Draußen atmete sie tief durch. Die Zirbelkiefer breitete ihre mächtigen Äste aus. Eine köstliche Stille umgab sie. Das Theater und seine Bewohnerinnen schienen weit fort.

Und das würde auch so bleiben, beschloss sie. Die Mäuse würden vermutlich auch einen anderen Weg finden, zu diesem Festival zu gelangen. Falls sie sich nicht vorher die Köpfe einschlugen.

Der einzige Ort, an dem die Woge der Begeisterung leider ganz vergeblich anbrandete, lag sehr weit entfernt an der Küste des urzeitlichen Meeres. Zwar hatten die Wellen auch dort ein Flugblatt angeschwemmt. Feucht und mit schon etwas ausgeblichenen Farben landete es am Strand. Die Sonne trocknete es und der Wind trieb es einige Stunden lang hin und her. Doch niemand nahm Notiz von ihm.

Weiter oben, in den heißen Felsspalten, ruhten die Eier der Gezeitenhühner und waren einmal wieder mit ihrer Verwandlung vom Küken in ein ausgewachsenes Huhn beschäftigt. Doch bis die Zeit zum Schlüpfen gekommen war, würde es noch eine Weile dauern.

Die Sonne ging unter, die Dämmerung setzte ein und die zurückkehrende Flut nahm die Einladung wieder mit sich fort.

Auszug aus dem Tagebuch der Geschichte-Schreiberin:

„Seit die Vorbereitungen für das Festival begonnen haben, passieren sehr aufregende Dinge auf unserer Insel. Sie haben meinen Alltag völlig verändert. Ich habe jetzt eine zusätzliche Aufgabe, die mich sehr in Anspruch nimmt. Aber sie ist großartig und ich bin sehr glücklich darüber! Ich bin jetzt nämlich ‚Assistentin des Eventmanagements' – ja, so lautet mein neuer Beruf. Mein Job ist es, den Froschkönig zu unterstützen und dabei alle wichtigen Dinge aufzuschreiben. Manchmal darf ich sogar eine Liste entwerfen oder ein Formular.

Zum Beispiel dieses Blatt mit dem AGB, das allen Festival-Gästen gleich bei ihrer Ankunft ausgehändigt wird. Darauf bin ich besonders stolz. AGB steht für ‚Achtsames und Gebührliches Benehmen' und beschreibt ganz genau, was die Besucher beachten müssen. Zum Beispiel, dass sie sich nicht gegenseitig fressen dürfen und dass sie uns Termiten und unseren Turm unbedingt in Ruhe lassen, den Anweisungen unserer Sicherheitskräfte Folge leisten und das Kolossale Kolosseum nicht beschädigen dürfen.

Es stehen noch eine Menge weiterer Dinge auf diesem Formular, die ich hier nicht im Einzelnen ausführe, denn danach wären die Seiten meines Tagebuchs vermutlich voll. Ich habe mich dafür richtig ins Zeug gelegt und wir mussten eine sehr kleine Schrift verwenden, damit alles auf einer Seite Platz hat. Ganz unten steht dann noch der Satz: ‚Ich habe die Regeln des AGB gelesen und akzeptiert' und daneben müssen alle Tiere ein Häkchen setzen. Erst wenn sie das getan haben, dürfen sie an dem Festival teilnehmen.

Ich habe dem Froschkönig vorgeschlagen, dass ich unseren Besuchern bei der Ankunft den Text vorlesen und ein bisschen erklären könnte, aber er war der Meinung, dass das nicht nötig sei. Natürlich vertraue ich da seinem Urteil, denn er hat ja bereits in seinem früheren Leben viele Erfahrungen mit fremden Gästen gemacht. Und wie sich herausgestellt hat, hatte er völlig Recht: Tatsächlich ist es nämlich so, dass die allermeisten von ihnen den Text gar nicht lesen, sondern gleich ihren Haken ans Ende setzen. Das enttäuscht mich etwas, denn ich habe mir wirklich viel Mühe mit diesen AGB gegeben. Aber vermutlich liegt es daran, dass auch die meisten Besucher schon sehr erfahren darin sind …"

Die Geschichte-Schreiberin machte eine kleine Pause und lockerte ihre verspannten Muskeln. Auf dem Gang vor der Türe ihrer Schreibstube herrschte derzeit ein ständiges Kommen und Gehen, denn hier führten die Treppen hinauf auf den Balkon. Dieser war für viele Termiten gerade eine große Attraktion. Die meisten von ihnen verließen den Turm nur ungern und hielten sich fern von den Gästen, denn sie wollten nicht das Risiko eingehen, zertreten zu werden. Stattdessen stiegen sie immer wieder in den obersten Stock hinauf, um von dort aus neugierig das Treiben der vielen Festivalbesucher zu beobachten.

Der Balkon war wirklich ein guter Aussichtspunkt. Blickte man nach oben, sah man zum Beispiel alle möglichen Vögel, die in der Luft kreisten, darunter auch eine imposante Geierin. Tief unter ihnen wanderten die vierbeinigen Gäste durch die Landschaft. Gerade konnte man ein Lama, mehrere Kühe, zwei Katzen, eine Gruppe Zebras und eine Giraffe beobachten.

Von großem Interesse waren auch das Fischgeschäft an der Hafenmole und der Schildkrötenpanzer auf der Wiese vor dem

Teich. Hier war immer etwas los. Rund um den Panzer war schnell ein gemütlicher Treffpunkt entstanden, denn dieser Platz war für die meisten Festivalbesucher sehr anziehend: Das Gras auf der Wiese schmeckte hervorragend und im Teich konnten sie ihren Durst stillen oder ein Bad nehmen. Man hatte zusätzlich ein paar Tische und Stühle aufgestellt, sodass auch die nichtvegetarischen Gäste, die vom Fischgeschäft kamen, hier in aller Ruhe ihre Mahlzeit verzehren konnten. Abends brannte oft ein kleines Feuer und es wurde gesungen. Die Termiten staunten und waren sehr fasziniert.

Die Geschichte-Schreiberin nahm ihren Stift wieder auf.

„Der Froschkönig hält sich sehr oft vor dem Schildkrötenpanzer auf, mit dem eine Kuh und zwei Raben angereist sind", fuhr sie fort. „Er ist sehr glücklich über diese Gäste, denn mit dem Panzer ist ein Computer auf die Insel gekommen. Jetzt hat er sozusagen sein Büro dorthin verlegt. Ich selbst schreibe ja lieber auf Papier, aber für den Frosch ist dieses Gerät geradezu ideal. Mit seinen acht Fingern kann er fast schon schneller schreiben als der Rabe, der ihm den Umgang mit der Tastatur beigebracht hat. Im Gerät wohnt eine virtuelle Schildkröte namens SuFi, was eine Abkürzung für Suchen-und-Finden ist. Derzeit sucht und findet sie allerdings vor allem die vielen Dokumente, die der Froschkönig für die verschiedenen Wettbewerbe erstellt hat, welche nach der feierlichen Eröffnung des Festivals stattfinden werden.

Schon jetzt kann man verschiedene Tiere beobachten, wie sie für ihre große Vorstellung proben. Sehr beeindruckend sind zum Beispiel die Delfine, die sich draußen in der Bucht vor dem Hafen auf ihre Show vorbereiten. Ihre Sprünge und Formationen sind so elegant und gleichzeitig so akrobatisch! Ich hätte nie geglaubt, dass so etwas möglich ist.

Eine weitere fliegende Darbietung kommt von den Fledermäusen, allerdings braucht diese ein ganz besonderes Timing, denn sie bestehen darauf, in der Abenddämmerung aufzutreten. Und dann gibt es noch ein Känguru, das gerne einen Weitsprung-Wettbewerb machen möchte. Leider haben sich jedoch bisher keine anderen Teilnehmer gefunden, gegen die es antreten könnte.

Ich persönlich mag am liebsten den ‚Dreig'sang vom Wald' – das ist ein Chor, der aus einer Maus, einem Flusspferd und einer Giraffe besteht, die gleichzeitig auch ein Vogel ist, was ich sehr seltsam finde. Aber alle sind der Meinung, dass sie ganz hervorragend singen kann, vielleicht liegt es an den Flügeln. Die beiden anderen Chormitglieder geben ebenfalls ihr Bestes. Abends am Lagerfeuer durfte ich schon die eine oder andere Kostprobe ihres Gesangs erleben und ich muss ehrlicherweise zugeben, dass sie manchmal ein wenig … nun ja, eigenwillig klingen, aber das stört die Wenigsten. Denn sie singen mit einer solchen Begeisterung, dass alle Zuhörer davon angesteckt werden. Inoffiziell gelten sie bereits als Favoriten in der Sparte Chorgesang. Vor allem deshalb, weil sie wohl der einzige Chor sein werden, der auftreten wird.

Bei den Darbietungen, in denen es darum geht, die Termiten und ihre Baukunst zu loben, haben wir bisher leider noch sehr wenige Anmeldungen. Dabei wäre es gerade dort sehr wichtig, dass viele Tiere antreten, denn schließlich geht es ja hier um einen Wettbewerb. Der Froschkönig meint, vielleicht sollten wir dafür als Anreiz noch einen zusätzlichen Spezial-Preis schaffen. Ich selbst habe vorgeschlagen, dass wir vor Beginn des Festivals den interessierten Besucherinnen und Besuchern schon mal das Innere der Arena zeigen und ihnen ein wenig dazu erklären. Denn schließlich, gab ich zu bedenken, kennen sie sich ja im Gegensatz zu uns mit Ziegelbauten gar nicht aus. Erst wenn sie merken, wie viel Arbeit und auch wie viel Kunstfertigkeit da drinsteckt, können sie auch alles gebührend loben.

Der Froschkönig fand, das sei eine sehr gute Idee. Ich glaube sogar, er war ein wenig beeindruckt. Das hat mich sehr stolz gemacht.

Alles ist immer wieder sehr aufregend für mich. Ich bin dauernd unterwegs, schlafe kaum und lerne jeden Tag etwas Neues dazu. Früher, als ich nur die Geschichte der Termiten aufschreiben musste, war mir oft langweilig. Das hat sich geändert. Jetzt hätte ich gar keine Zeit mehr für Langeweile. Und alles macht mir solchen Spaß!

Langsam fiebern wir alle der großen Eröffnungsfeier entgegen. Auch die Königin, so heißt es, ist deshalb sehr beschäftigt – ich frage mich allerdings, womit. Vermutlich mit ihrer Garderobe. Sicherlich nicht mit der Organisation dieser Feier, denn schließlich hat sie ja alles dem Froschkönig überlassen. Sie nennt das *delegieren*.

Er und ich arbeiten gerade Tag und Nacht. Es gibt noch so unendlich viel zu tun bis dahin! So ein Mega-Event realisiert sich schließlich nicht von selbst."

Zufrieden und mit ein wenig Stolz las sie noch einmal den letzten Satz und ließ sich das „Mega-Event" und das „realisiert" auf der Zunge zergehen. Sie hatte in letzter Zeit eine Menge neuer Wörter gelernt.

„Alleine der ganze Vorlauf", schrieb sie eifrig weiter, „also zum Beispiel das Veranstaltungsdesign, die Promotion, das Web-Publishing, das war alles richtig anspruchsvoll. Mittlerweile sitzen wir an der Planung der Liveacts, dann kommt die Verleihung der Awards ... Deshalb muss ich jetzt auch Schluss machen. Gleich habe ich noch ein Date mit den Soldatinnen. Muss noch einmal das Sicherheitskonzept mit ihnen durchgehen. Sie haben immer noch nicht wirklich begriffen, warum sie zum Opening diese Badges mit der Aufschrift ‚Securities' tragen sollen. Und danach muss ich zum Meeting mit dem Froschkönig. Er wollte mit mir noch das Lichtdesign für die Multimediashow besprechen."

Die Geschichte-Schreiberin legte den Stift zur Seite und klappte ihr Tagebuch zu. Wie immer verstaute sie es in der Schublade ihres Schreibtischs. Dann griff sie nach einer neongelben Weste, die über der Stuhllehne hing, und zog sie über. Auf dem Rücken konnte man den Schriftzug „Eventmanagement – Junior Personal Assistent" lesen. Zielstrebig verließ sie die Schreibstube und lief die Treppen des Turms hinab.

Dem Dachs ging es nicht besonders gut. Noch immer schmerzten seine Glieder von der furchterregenden Reise. Sein Kopf tat weh und seit seiner Landung plagte ihn ein lästiges Ohrensausen. Er sehnte sich nach Ruhe. Doch die war, wie sich herausstellte, auf dieser Insel schwierig zu finden.

Über ihm lärmten die Vögel, die immer zahlreicher zu werden schienen. Aber nicht nur in der Luft, auch auf dem Boden gab es so viele Tiere, wie er noch nie an einem Ort gesehen hatte. Sie grasten auf den Wiesen, standen am Fluss, plätscherten im Teich, wanderten durch den Wald, zupften Blätter von den Bäumen und raschelten durchs Gebüsch. Das Schlimmste daran jedoch war, dass sie sich dauernd unterhielten, lachten, einander etwas zuriefen und manchmal sogar Lieder sangen. Der Dachs hasste Lieder. Sie verstärkten seinen Tinnitus.

Er beschloss, sich einen Bau zu graben. Nur einen kleinen, denn er rechnete nicht damit, dass er lange an diesem schrecklichen Ort bleiben würde. Er machte sich auf die Suche nach einer geeigneten Stelle. Der Untergrund durfte nicht zu steinig sein. Für ein Provisorium wollte er sich keine große Mühe machen.

In der Nähe dieses großen, ovalen Dings wurde er fündig: Ein paar Bäume standen dort und es gab genug Gebüsch, um den Eingang zu verbergen. Der Dachs begann zu graben. Es ging leicht, denn der Boden war weich und sandig. Nach kurzer Zeit hatte er die Höhle fertig. Zufrieden rollte er sich darin ein, um sich endlich auszuschlafen.

Die Kuh stand in der Küche des Schildkrötenpanzers und machte den Abwasch. Sie hatte sich hierher zurückgezogen, um mal wieder eine Zeit lang ihre Ruhe zu haben. Bisher war sie nicht eine einzige Minute für sich gewesen. Erstaunlicherweise hatte ihr das eigentlich gar nichts ausgemacht. Im Gegenteil. Sie konnte sich nicht erinnern, dass sie schon einmal so lange ununterbrochen gut gelaunt gewesen war. Trotzdem hatte sie nun das Bedürfnis nach einer Pause.

Zum Glück öffnete sich die Türe des Panzers nur für sie selbst. Alle anderen mussten draußen bleiben. Bis auf die Raben natürlich, aber die hatten jetzt ja ihren eigenen Eingang. Überhaupt hatte sie in letzter Zeit wenig von ihnen gesehen. Lug hatte sich mit einer riesigen Geierin angefreundet und war ständig mit ihr unterwegs. Ihr Bruder Trug saß die meiste Zeit mit dem Froschkönig zusammen. Sie hatten den Computer draußen vor der Türe auf einen der Tische gestellt und klapperten den ganzen Tag mit der Tastatur. Nur abends trugen sie ihn zurück in den Panzer, damit SuFi ihren Akku laden konnte.

Die Kuh ließ Wasser ins Spülbecken laufen. Sie zog ein paar Gummihandschuhe an und begann, das Geschirr zu spülen. Das meiste davon waren kleine und große Teller, aber es waren auch ein paar Schüsseln und Untertassen dabei. Das umfangreiche Porzellanservice, das sonst immer nur im Küchenbuffet gestanden hatte, erfüllte jetzt endlich seinen Zweck, denn draußen kamen immer wieder ein paar Gäste vorbei. Manche von ihnen liebten es, zum ersten Mal in ihrem Leben Geschirr zu benutzen. Zum Beispiel diese Maus. Täglich kam sie mit einem Stückchen Fisch oder ein wenig Kokosnuss, setzte sich an einen der Tische, legte alles feierlich auf den Teller und aß es auf. Sie sagte, dass sie den Teller „cool" fände – was immer dieses „cool" bedeutete.

Die Kuh war selbst am meisten überrascht, wie gut ihr das bunte Treiben um sie herum gefiel. Vermutlich lag es daran, dass all die Festivalbesucher ganz anders waren als ihre Kuhherde zu Hause. Niemand warf hier schräge Blicke, tratschte oder wollte sich unbedingt zur Leitkuh aufspielen. Die Tiere, so unterschiedlich sie auch waren, begegneten einander meistens sehr entspannt. Alle konnten so sein, wie sie waren – auch sie selbst. Das war eine neue und sehr schöne Erfahrung. Sie mochte das.

Sie trocknete die letzten Teller ab und stapelte sie aufeinander. Einige von ihnen waren schon kaputtgegangen, aber die Kuh fand, dass so etwas einfach dazugehörte, wenn man Geschirr benutzte.

Es klopfte ans Küchenfenster. Sie öffnete es und sah hinaus. Fünf Möwen saßen in einer Reihe auf dem Fensterbrett und sahen sie erwartungsvoll an.

„Wir hätten gerne drei Heringe und eine Makrele", sagte eine von ihnen, „aber bitte ohne Zwiebeln!"

Die Kuh seufzte ein wenig, denn es war heute schon das dritte Mal, dass sie so etwas erlebte.

„Das Fischgeschäft ist dort drüben, am Hafen", antwortete sie geduldig und deutete in eine Richtung. „Dort bekommt ihr euren Fisch. Hier könnt ihr euch dann hinsetzen und essen. Braucht ihr einen Teller?“ Die Möwen sahen sie erstaunt an, schüttelten den Kopf und flogen davon.

Die Kuh warf noch einen Blick nach draußen, bevor sie das Fenster schloss. Auf der Wiese waren der Froschkönig mit Trug und dieser Termite in ihrer neongelben Weste um den Computer versammelt. Sonst war niemand zu sehen. Wahrscheinlich machten die meisten Besucher gerade ein Nickerchen, bevor am Abend der Trubel wieder losging.

Sie zog die Gummihandschuhe aus und legte sich im Wohnzimmer auf die Couch.

Endlich Ruhe, dachte sie. Sie würde ebenfalls ein kleines Nickerchen machen.

Währenddessen erklomm die winzige Sumpfschildkröte das Ufer des Teichs und kletterte an Land. Langsam und etwas traumverloren kroch sie auf den Schildkrötenpanzer zu. Je näher sie kam, desto riesiger ragte er vor ihr auf.

„Seltsam, dass der so groß ist. Früher wirkte er irgendwie viel kleiner“, murmelte sie und trat durch die Türe, die sich widerstandslos öffnete.

„Wer ist denn das schon wieder?“, rief die Kuh ärgerlich und erhob sich von der Couch. „Ich dachte, die Türe ist zu!“

„Ist sie auch schon wieder“, antwortete die Sumpfschildkröte. „Hallo, Kuh. Schön, dich mal wieder zu sehen.“

Die Kuh starrte perplex nach unten. Erinnerungen stiegen in ihr auf, die etwas mit gemeinsamen Löwenzahn-Mahlzeiten und interessanten Gesprächen zu tun hatten. Sie schnappte nach Luft.

„Du bist es wirklich“, sagte sie etwas ungläubig, „wo um alles in der Welt kommst du jetzt her? Und wieso bist du so geschrumpft?“

„Wie es der Zufall will, wohne ich jetzt ganz hier in der Nähe. Und dass ich kleiner geworden bin – nun, du weißt ja, wie das so ist, wenn eine in der Traumzeit unterwegs ist.“

„Weiß ich nicht“, meinte die Kuh verschnupft. „Ich weiß nur, dass du irgendwann weg warst. Bist einfach verschwunden. Ohne mir Bescheid zu geben. Das war am Anfang ziemlich schlimm für mich.“

Sie erinnerte sich an den Moment, in dem sie erkannt hatte, dass die Schildkröte fortgegangen war. Alter Zorn und eine eigentlich schon zur Ruhe gebettete Trauer erwachten und bauten sich zu einer mächtigen Welle auf. Sie schwappte durch ihre vier Mägen und stieg unaufhörlich nach oben. Sie spürte, wie sich ihre Augen mit Tränen füllten.

„Du hast mich alleingelassen", schniefte sie. „Das war so gemein von dir!"

„Oh je", sagte die Sumpfschildkröte mitfühlend.

„Was heißt hier 'oh je'!", rief die Kuh erbost. „Du könntest wenigstens sagen: Es tut mir leid!"

Die Schildkröte überlegte einen Moment. Dann schüttelte sie den Kopf.

„Das tut es aber nicht", sagte sie ruhig. „Weißt du, ich erinnere mich nur, dass ich damals in die Winterruhe-Traumzeit gegangen bin mit einem großen Glücksgefühl, weil ich endlich schwimmen gelernt hatte. Überall in mir war da plötzlich das Wissen, wie es geht, sich im Wasser zu bewegen. Irgendwie muss sich das in der Traumzeit dann so ausgewirkt haben, dass ich in diesem Teich gelandet bin."

Die Kuh schwieg.

„Ich hatte es nicht geplant, falls du das denkst", fuhr die Schildkröte fort. „So was passiert einfach ab und zu bei uns. In der Schildkröten-Traumzeit kann es vorkommen, dass wir uns verändern." Sie blickte die Kuh an.

„Aber das gilt natürlich nicht nur für Schildkröten. Du weißt ja: Alles verändert sich. Überall. Immer. Das ganze Leben ist Veränderung, verstehst du? Das ist manchmal schön für uns und manchmal nicht. Aber es passiert. Und daher kann ich nicht sagen, dass es mir leidtut. – Aber ich wollte dich gewiss nicht verletzen", fügte sie freundlich hinzu.

„Na gut", meinte die Kuh widerstrebend. „Dann hoffe ich wenigstens, dass du glücklich bist in deinem neuen Körper und deiner neuen Umgebung."

„Oh ja", erwiderte die Schildkröte zufrieden. „Es ist ein sehr schönes neues Leben, das ich da führe. Wobei …" – sie blickte in die Runde – „jetzt, wo ich meinen alten Panzer sehe, fällt mir erst so richtig auf, wie klein ich eigentlich geworden bin. Das war mir vorher gar nicht so klar."

Sie lächelte und betrachtete verträumt die Bilder an den Wänden.

„Ach, dieser Panzer!", sagte sie etwas wehmütig. „Da kommen viele Erinnerungen hoch. Ich denke, ich schaue mich mal ein bisschen um."

Interessiert begann sie hin- und herzukriechen, nahm hier einen Gegenstand auf und strich dort über ein Möbelstück. Die Kuh lehnte am Küchentisch, hatte die Vorderbeine vor der Brust verschränkt und sah ihr zu.

„Was ist eigentlich mit der Pendeluhr los?", fragte die Schildkröte und deutete auf den Uhrenkasten. „Wieso tickt die nicht? Hast du vergessen, sie aufzuziehen?"

„Die ist vor ein paar Wochen kaputtgegangen. Muss repariert werden", antwortete die Kuh.

„Soso", sagte die Schildkröte. Es klang etwas skeptisch. „Und was ist das da? Dieses seltsame Loch in der Wand mit der Plexiglasscheibe davor?"

„Eine Rabenklappe. Damit meine Freunde hier ein- und ausfliegen können."

„Aha." Man merkte deutlich, dass die Schildkröte nicht viel von Rabenklappen hielt.

„Nun, du und deine Freunde haben sich ja wohl häuslich eingerichtet hier", fuhr sie säuerlich fort. „Das Küchenbuffet stand früher auch woanders. Und wieso gibt es nur noch siebzehn Teller von diesem Service? Das waren früher mal zwanzig!" Missbilligend drehte sie ihren Kopf hin und her.

„Also, ich kann nicht sagen, dass ich mit diesen Veränderungen einverstanden bin, die du da vorgenommen hast!", sagte sie dann.

Ein mächtiger Ärger erfasste die Kuh. Sie schnaufte wütend und war schon dabei, in Gedanken eine angemessene zornige Antwort zu formulieren.

„Was fällt dir eigentlich ein", wollte sie sagen. „Wie, glaubst du, würde dieser Panzer jetzt aussehen, wenn ich mich nicht die ganze Zeit darum gekümmert hätte? Ich habe geputzt, Salat gepflanzt und alles in Ordnung gehalten. Ich habe neue Freunde gefunden und versucht, so gut wie möglich ohne dich weiterzumachen. Und jetzt kommst du daher und mäkelst an allem herum – genau wie früher! Damals habe ich meistens geschwiegen, wenn du dich so benommen hast. Aber jetzt lasse ich mir das nicht mehr gefallen! Jetzt kannst du nicht mehr alles mit mir machen!"

Sie öffnete ihr Maul und holte Luft, um all diese Dinge laut und wütend herauszurufen. Vielleicht würde sie auch ein wenig aufstampfen, um das Ganze entsprechend zu untermalen.

Doch dann zog der Ärger zu ihrer eigenen Überraschung vorbei und der große, zornige Schwall lief in einer sanften Welle aus. Sie atmete aus, entspannte sich und musste sogar ein wenig grinsen.

„Ach, weißt du", sagte sie stattdessen, „alles verändert sich. Auch wenn man gerade nicht damit einverstanden ist. Angeblich ist das ganze Leben Veränderung. Hat vor Kurzem eine zu mir gesagt."

„Tatsächlich?", meinte die Schildkröte nach einer kleinen, verblüfften Pause. Jetzt musste auch sie lachen. „Nun, vermutlich hat sie Recht, diese Eine. Aber was ich trotzdem gerne wissen möchte", fuhr sie jetzt in versöhnlichem Ton fort, „ist, warum diese Salatpflanzen dort drüben kaum Blätter haben. Ich kann mir nicht vorstellen, dass du hier lieber Salat aus Töpfen frisst, wo doch das Gras auf der Wiese so gut schmeckt."

„Ich nehme die Blätter und lege sie als Dekoration auf die Teller. Zusammen mit ein paar Streifen Karotte oder manchmal auch ein paar Blumen. Dadurch sieht das Essen einfach besser aus. Du würdest es nicht glauben, wie viele Tiere das toll finden."

„Erstaunlich."

„Ja. Das finde ich auch. Der Panzer ist eine richtige Fundgrube. Es gibt eine ganze Menge Sachen hier drin, die wir plötzlich verwenden können."

Dann tranken sie noch eine Tasse Tee zusammen und sprachen über die alten Zeiten und über die neuen. Und darüber, dass die Kuh nicht mehr so oft ihre Ruhe haben musste und die Schildkröte jetzt zwar schwimmen konnte, aber dass sich ihr Wunsch nach Vollpension noch immer nicht erfüllt hatte. Doch sie fand, das sei nicht schlimm.

„Die Wasserlinsen sind ganz köstlich, weißt du. Und überhaupt bin ich mittlerweile zu der Überzeugung gelangt, dass Vollpension oft überschätzt wird."

„Übrigens: Weißt du eigentlich, dass du deine Galapagos-Reise noch gar nicht bezahlt hast?", fragte die Kuh beim Abschied. „Neulich war da so ein unangenehmer Dachs, der wollte das Geld bei dir eintreiben. Aber ich habe ihn in die Flucht geschlagen." Sie grinste stolz.

„Na so was. Da bin ich aber froh, dass ich nicht da war", meinte die Schildkröte leichthin. Auch das Begleichen von Rechnungen, so fand sie, wurde allgemein überschätzt. Sie winkte der Kuh freundlich zu und machte sich auf den Weg zurück zum Teich.

Die Kuh winkte ebenfalls. Dann spülte sie die Teekanne aus und stellte die Tassen ins Spülbecken. Sie wunderte sich ein wenig über sich selbst. Früher hätte sie eine solche Begegnung vermutlich sehr aufgewühlt. Doch was sie nun in ihren vier Mägen spürte, war eher eine große Ruhe, vermischt mit einer kleinen Wehmut.

Es war schön, so unverhofft eine alte Freundin wieder zu treffen. Doch irgendetwas war anders gewesen als damals. Und das lag nicht nur daran, dass die Schildkröte jetzt so klein war und im Wasser lebte. Denn an bestimmten Punkten, so stellte die Kuh fest, hatte sich diese alte Freundin eigentlich gar nicht verändert. Vielmehr war sie selbst anders geworden.

‚In der langen Zeit ohne die Schildkröte hat sich auch bei mir viel getan', dachte sie. ‚Aber erst jetzt, wo ich ihr wieder begegnet bin, konnte mir das so richtig klar werden.'

Früher war ihr zum Beispiel gar nicht aufgefallen, dass sich die Schildkröte trotz ihrer klugen Gedanken eigentlich nicht besonders für andere interessierte, sondern sehr in ihre eigene Welt eingesponnen war. Wahrscheinlich hatte sie sie damals viel zu sehr bewundert, um das zu erkennen. Jetzt aber konnte sie es deutlich sehen.

„Es stimmt schon: Das Leben ist Veränderung", sagte sie laut zu sich selbst. Sie lauschte den Worten nach. Sie hörten sich gut an.

Sie räumte noch ein wenig auf und summte dabei vor sich hin. Dann nahm sie das Schild mit der Aufschrift „Komme bald wieder“, hängte es von außen an die Türe des Panzers und ging davon. Nicht weit von hier gab es eine wunderbare Stelle zum Grasen. Die unterschiedlichsten Tiere kamen dort zusammen. Neulich hatte sie zum Beispiel mit einem Lama, einem Yak, mehreren indischen Buckelrindern und einer Giraffe ein wirklich anregendes Gespräch übers Wiederkäuen gehabt. Heute, so hatten sie ausgemacht, wollten sie sich wieder treffen und einander etwas über die Gräser und Kräuter in ihren jeweiligen Heimatländern erzählen. Die Kuh war schon sehr gespannt und freute sich auf interessante Gespräche.

Der Dachs erwachte nach unruhigem Schlaf. Zwar waren seine Kopfschmerzen jetzt weg. Dafür war der Tinnitus umso lauter. Missmutig kroch er aus seinem Bau. Er hatte Hunger. Diese ganze Insel machte ihn wahnsinnig.

Ein Luchs schlenderte vorbei.

„Unten am Hafen gibt es heute Räucherfisch“, sagte er mit leuchtenden Augen. „Du solltest ihn probieren!“

Der Luchs befand sich auf einer spirituellen Reise, die ihm Erleuchtung bringen sollte. Dieses Festival, so fand er, war total geeignet dafür. Nicht nur, aber auch wegen des Räucherfischs.

„Ach, lass mich doch in Ruhe!“, fauchte der Dachs wütend und zeigte drohend sein Gebiss. „Ich habe Ohrensausen!“

„Wenn du meinst.“ Der Luchs zuckte mit den Schultern und sprang mit einem eleganten Satz auf einen umgefallenen Baumstamm. Dort machte er ein paar Dehnübungen. Unter den verblüfften Augen des Dachses verharrte er anschließend eine Zeit lang in einer ziemlich komplizierten Yogastellung, die sich „der Luchs grüßt die Sterne“ nannte. Danach ging er fröhlich pfeifend davon. Gerade vorhin hatte er nämlich ein wunderbares Gespräch mit einer heiligen Kuh gehabt, die ihm die Grundlagen indischer Mystik erklärt hatte. Das hatte ihn tief beeindruckt.

Natürlich würde er noch viel dazulernen müssen, bevor er sich wirklich in dieser Mystik-Sache auskannte. Aber eines war ihm bereits jetzt schon klar: Er würde keine Energie an einen Dachs verschwenden, der eindeutig ein so schlechtes Karma ausstrahlte.

Der Dachs sah den Luchs zwischen den Bäumen verschwinden. Das Pfeifen ging ihm auf die Nerven. Missmutig kratzte er sich am Ohr. Sein Tinnitus, den er gerade kurzzeitig vergessen hatte, meldete sich zurück. Ärgerlich schüttelte er seinen Kopf hin und her, im vergeblichen Versuch, dieses unangenehme Sirren in seinen Ohren loszuwerden.

„Alles Verrückte", murmelte er finster. „Ich hasse sie!"

Am liebsten wäre er zurück in seinen Bau gekrochen. Doch sein Magen knurrte. Früher oder später brauchte er etwas zu fressen. Mürrisch machte er sich auf den Weg.

Am Hafen stand die Fischkatze hinter der Theke des Fischgeschäfts. Sie hatte eine weiße Plastikschürze umgebunden und musterte zufrieden die Auslagen. Es gab Süßwasser- und Meeresfische, kleine und größere Fische, ganz oder filetiert, sowie einen Bottich mit zerkleinertem Fisch und Resten. An einer der Seitenwände hingen Bündel von Trockenfisch. Die Termiten hatten ihre Kenntnisse zur Verfügung gestellt und neben dem Laden ein kleines Feuer entfacht, über dem eine Reihe von Fischen auf Stöcke gespießt waren und gerade im Rauch gar wurden. Die Fischkatze hatte die Anregung der Kuh aufgenommen und zwischen den ausgelegten Fischen ein paar Zwiebelringe, Zitronenscheiben und etwas Seetang drapiert.

Vor dem Laden hatte sich bereits wieder eine längere Schlange gebildet, obwohl er noch gar nicht geöffnet war. Unterhaltungen und Scherze flogen hin und her. Die Fischkatze war immer wieder beeindruckt von der Geduld, mit der ihre Kunden langsam voranrückten, um irgendwann an der Reihe zu sein und von ihr einen Fisch zu bekommen. Sogar die Möwen, die ihre Fische eigentlich problemlos selbst fangen konnten, trippelten gelassen in der Schlange mit, bis sie schließlich auf eine Sitzstange vor der Theke flatterten und von dort aus ihre Auswahl trafen. Die Möwen waren der Meinung, dass der Fisch aus dem Fischgeschäft besser schmeckte als ein selbst gefangener.

‚Vermutlich', dachte die Fischkatze, ‚gefällt ihnen einfach das Schlangestehen. Es gibt dabei viel zu sehen und sie können sich unterhalten.'

Sie konnte das gut verstehen. Sie selbst fand auch, dass ein Fisch besser schmeckte, wenn er in Gesellschaft verspeist wurde. Das hatte sie sehr deutlich gemerkt, als sie sich mit der Anglerin befreundet hatte.

Beide liebten dieses Fischgeschäft und waren sehr stolz darauf. Sie lösten einander meist an der Theke ab – so konnte immer eine in Ruhe fischen gehen und für Nachschub sorgen.

Die Fische kosteten nichts. Sie wurden verschenkt. Der Gorilla hatte anfangs entsetzt den Kopf geschüttelt und versucht, den beiden Katzen die Grundlagen von Handel und Wirtschaftlichkeit beizubringen.

„Es geht darum, dass ihr auch etwas für die Fische bekommt, die ihr hergebt", hatte er gesagt. „Das ist der Sinn dabei, wenn ihr Handel treibt. Das Ziel ist, dass ihr danach reicher seid als vorher."

„Aber wir sind doch schon reich", widersprach die Fischkatze. „Denn seit die Anglerin das Fischen mit trockenen Pfoten erfunden hat, können wir unglaublich viele Fische fangen – mehr, als wir fressen können. Das ist der erste Reichtum. Und wenn wir dann etwas von den Fischen abgeben und andere Tiere sich darüber freuen, ist das der zweite Reichtum."

„Und der dritte Reichtum", hatte die Anglerin fröhlich ergänzt, „ist, dass ich jetzt jeden Tag angeln gehen kann!"

„Nun ja, das mag schon sein. Aber was ist denn mit materiellem Reichtum? Ihr wisst schon: wertvolle Dinge und so."

„Ich verstehe nicht so ganz, was du damit meinst", sagte die Fischkatze. „Ich brauche so etwas nicht. Ich kann schwimmen und habe meine Krallen. Was würden mir irgendwelche Dinge nützen? Und du …" – sie blickte die Anglerin liebevoll an – „brauchst höchstens ab und zu eine neue Angelrute und ein paar Köder, nicht wahr?"

„Nun, wenn ihr meint."

Der Gorilla fand diese Vorstellung von Reichtum noch immer etwas verwirrend. Aber weil er ein einmal gegebenes Versprechen immer einlöste, hatte er sich dann doch ans Werk gemacht und ein hübsches Schild für das Fischgeschäft gemalt, auch wenn es in seinen Augen gar kein Geschäft war. Zwar gab es auf diesem Schild nun keine Preisliste – trotzdem hatte er sich darum bemüht, dass hier zumindest ein gewisser merkantiler Eindruck erweckt wurde.

„Liebe Kunden“, hatte er geschrieben, „die Geschäftsleitung freut sich über ein Dankeschön. Zum Beispiel in Form von Angelruten und Ködern.“

Dann hatte er aus Treibholz und alten Schiffsplanken eine große Bretterwand gezimmert und das Schild daran befestigt, damit es auf keinen Fall übersehen wurde. Darunter hatte er einen Topf mit Deckel platziert.

Es hatte sich schnell herausgestellt, dass das eine gute Idee gewesen war. Mehrere Weidenruten lehnten an der Bretterwand, und im Topf befanden sich fast immer einige Käfer oder Regenwürmer. Jemand hatte sogar eine Art Köcher aus Schilfgras geflochten, in den die Anglerin ihre Ruten stecken und auf dem Rücken von einem Angelplatz zum nächsten transportieren konnte. Sie war sehr stolz darauf und trug ihre Angelruten seitdem immer mit sich herum – auch, wenn sie gerade nicht angelte.

Die größte Überraschung an der ganzen Sache war jedoch, dass viele Tiere das mit dem Dankeschön wörtlich genommen hatten: Die ganze Bretterwand war von oben bis unten vollgekritzelt. „Sehr guter Fisch“, stand da zum Beispiel, oder: „Lecker! Danke!“ oder auch: „Cool, euer Fisch! Besonders auf einem Teller!“

Dazwischen gab es Strichzeichnungen von lächelnden Gesichtern und nach oben gereckten Pfoten.[15]

Die beiden Fischhändlerinnen freuten sich sehr über diese Kommentare. Gerade vorhin war die Fischkatze noch an der Bretterwand vorbeigegangen und hatte sich einmal mehr die

15 Die Bretterwand wurde übrigens im Laufe der Zeit immer beliebter. Wegen der vielen Zeichnungen nannte man sie irgendwann „das Buch der Gesichter“. Auch SuFi war sehr angetan davon und spielte mit der Idee, das Ganze nach dem Ende des Festivals im InterNetSch fortzusetzen. Doch das ist eine ganz andere Geschichte, die nun wirklich nichts mit dieser hier zu tun hat. Außerdem gibt es nichts, was an den Charme einer Wand aus alten, ausgebleichten Schiffsplanken und Treibholz heranreichen könnte.

vielen Dankeschöns angesehen. Das hier, so fand sie, war auch ein großer Reichtum. Sie überflog die Wand nach neuen Einträgen und wurde fündig. Der neueste Satz lautete: „Euer Räucherfisch ist eine Erleuchtung!"

Sie rückte zufrieden ihre Schürze zurecht und öffnete den Laden für das Nachmittagsgeschäft.

Nicht weit entfernt saß zur gleichen Zeit das Flusspferd auf der Mole und blickte über das Meer. Eine kleine Gruppe von Pinguinen nahm gerade in der Bucht ein Bad. Weiter draußen sprangen die Pink Flying Dolphins wieder einmal in einer eleganten Formation in die Luft, bevor sie routiniert ins Wasser zurückglitten. Einer von ihnen tauchte anschließend wieder auf. Er balancierte auf seiner Schwanzflosse und winkte.

„Hallo Schätzchen!", rief er, „schön, dass du gekommen bist. Habe leider gerade gar keine Zeit. Aber wir sehen uns nach der Show!"

Das Flusspferd winkte zurück.

„Die sind wirklich gut", sagte plötzlich eine Stimme neben ihm.

Das Flusspferd drehte den Kopf. Die Hafenmole lag still und leer in der Sonne. Niemand war zu sehen.

„Stimmt", sagte es dann schmunzelnd zu der leeren Stelle neben sich. „Hast du schon gehört, dass man ihre Show bei der Eröffnungsfeier auf eine Leinwand projizieren will? Dann können alle Tiere im Stadion zusehen, was sie hier draußen machen."

Die Luft flirrte ein bisschen und die Anglerin wurde sichtbar. Sie befestigte gerade einen Köder am Haken und warf die Leine aus. Das Flusspferd lachte.

„Ich hab mir schon gedacht, dass du hier irgendwo bist", sagte es zu ihr. „Habe deinen Fischkorb da drüben stehen sehen. Ehrlich gesagt finde ich, dass du immer besser wirst mit diesem Unsichtbar-Werden."

„Wie meinst du das?"

„Nun, früher konnte man immer noch deine Angelrute sehen, wenn du unsichtbar warst. Sie hing dann irgendwie etwas seltsam in der Luft. Da wusste ich genau, wo du gerade angelst. Aber jetzt hast du es wohl geschafft, dass die auch unsichtbar wird. Deine Technik wird immer besser."

„Ja. Sieht ganz so aus“, meinte die Anglerin bescheiden. „Weißt du, damals, als ich noch nicht geangelt habe, wollte ich so gerne unsichtbar sein, aber es ist mir nicht gelungen. Und jetzt, wo ich es eigentlich gar nicht mehr brauche, fällt es plötzlich ganz leicht.“

„Vielleicht gerade deshalb“, meinte das Flusspferd nachdenklich. „Du bist jetzt einfach viel entspannter als früher. Übrigens, was ich dich schon immer mal fragen wollte …“ – es deutete auf den Schwimmer, der ruhig auf dem Wasser lag. „Wenn du mit einer unsichtbaren Angel fischst, heißt das dann, dass auch die Fische deinen Köder nicht sehen?“

„Hm, gute Frage. Das habe ich mir noch nie überlegt. Aber wahrscheinlich sehen sie ihn. Sonst würden sie schließlich nicht anbeißen, oder?“

„Was kannst du mir heute empfehlen?“, fragte die Maus gespannt, als sie an der Reihe war. Sie liebte das Fischgeschäft.

„Nun, ich würde sagen: Versuch mal die geräucherte Forelle. Hat zwar mehr Gräten als die Salzwasserfische, aber sie schmeckt delikat.“ Die Fischkatze nahm einen Fisch und legte ihn auf ein paar große Blätter. „Ich packe sie dir ein wenig ein, denn du isst ja sicher wieder oben bei der Kuh.“

„Oh danke. Ach, bevor ich es vergesse: Ich habe euch etwas mitgebracht.“ Die Maus zog ein zusammengerolltes, durchscheinendes Stück Schnur hervor und reichte es über die Theke. „Für die Anglerin“, sagte sie. „Das ist die ideale Leine. Dünn und leicht und trotzdem total fest. Die Kreuzspinne, die das gemacht hat, sagt, sie würde sogar einen Haifisch aushalten.“

„Was es alles gibt!“ Bewundernd betrachtete die Fischkatze die neue Angelschnur. „Wie hast du die Spinne dazu gebracht, dass sie dir das überlässt?“

„Oh, ich habe ihr ein Geschäft vorgeschlagen. Ich lasse dafür im Gegenzug neben ihrem Netz einen Fischrest liegen. Das lockt die Fliegen an!“

„Gute Geschäftsidee“, meinte die Fischkatze anerkennend.

„He, was soll das? Der drängelt sich einfach vor!“

In der Warteschlange ertönten auf einmal unmutige Stimmen.

„Stell dich gefälligst hinten an, wie alle anderen!" „Unverschämt!" „Sag mal, geht's noch?"

Der Dachs betrat den Laden. Ruppig schob er einen Reiher zur Seite und näherte sich der Theke. Die ärgerlichen Kommentare der anderen schienen ihn nicht zu beeindrucken. Im Gegenteil: Sie schienen ihm sogar Spaß zu machen.

Die Maus rümpfte die Nase. Ein ekelhafter Geruch überdeckte plötzlich die leckeren Fischaromen. Der Dachs musterte ungerührt die Auslage. Dann fuhr er die Krallen aus, nahm sich einen Fisch und verschlang ihn mit einem einzigen Bissen.

„Das ist ja nur etwas für meinen hohlen Zahn", zischte er verächtlich und maß die Fischkatze mit einem herablassenden Blick. „Hast du nichts Größeres hier?"

„Wir haben noch einen großen Fisch hinten in der Kühlung." Es fiel der Fischkatze sichtlich schwer, höflich zu bleiben. Dieser Kunde gefiel ihr nicht. Er wirkte hinterhältig und aggressiv. Außerdem hatte er so ein unangenehm gieriges Glitzern in den Augen.

„Und? Worauf wartest du dann noch? Hol ihn!"

Die Fischkatze spürte, wie sich ihr Nackenfell sträubte. Wortlos drehte sie sich um und ging durch die Hintertüre, wo in einer Wanne mit kaltem Wasser ein großer Fisch lag. Von hier aus konnte man die Anglerin und das Flusspferd auf der Hafenmole sitzen sehen. Die Fischkatze winkte hinüber und machte dringende Zeichen. Sie konnte jetzt Hilfe gebrauchen.

„Wurde auch Zeit", sagte der Dachs finster, als sie mit dem Fisch wieder zurückkehrte.

„He, du könntest ruhig etwas freundlicher zu ihr sein", sagte die Maus. „Schließlich hat sie dir extra einen besonders großen Fisch geholt."

Der Dachs drehte sich langsam um. Seine Augen verengten sich zu schmalen, gefährlichen Schlitzen. Er musterte die Maus. Dann fuhr er eine seiner Krallen aus. Sehr, sehr langsam beugte er sich herunter und setzte ihr die Kralle an die Kehle. Es tat weh. Die Maus schluckte. Ihr Maul war auf einmal ganz trocken. Sie hörte, wie die Fischkatze hinter der Theke nach Luft schnappte und leise zu fauchen begann.

„Du willst dich wirklich mit mir anlegen?“, flüsterte der Dachs drohend. Sein Gestank war jetzt fast unerträglich. „Du denkst wohl, weil du klein und frech bist, kannst du dir das erlauben? – Aber nicht mit mir!“, brüllte er plötzlich. „Niemand legt sich mit mir an, hörst du? Niemand!“ Er fletschte die Zähne.

Jemand tippte ihm von hinten auf die Schulter.

„Ich mache dir jetzt ein sehr großzügiges Angebot“, sagte das Flusspferd ruhig. „Du nimmst deinen Fisch und verschwindest. Und dann“, fuhr es fort, „kommst du nie wieder auch nur in die Nähe dieses Fischgeschäfts.“

Es senkte seinen massigen Kopf, sodass sich der Dachs Auge in Auge mit ihm wiederfand.

„Dieses Angebot gilt noch genau zwei Minuten“, fuhr das Flusspferd fort. „Also solltest du dich schnell entscheiden.“

„Und wenn ich dein Angebot nicht annehme?“, fragte der Dachs lauernd. Er hatte keineswegs vor, sich vertreiben zu lassen. „Was willst du dann machen? Mich fressen?“, meinte er höhnisch. „Zufällig weiß ich nämlich, dass du nur Gras frisst.“

„Oh nein“, sagte das Flusspferd. Ein leichtes, aber irgendwie auch beunruhigendes Lächeln erschien auf seinem Gesicht. „Ans Fressen hatte ich dabei gar nicht gedacht. Falls du auf mein Angebot verzichtest, bleibt mir nichts anderes übrig, als ‚Hallo‘ zu dir zu sagen. Wobei die Betonung dabei zuerst auf dem ‚HAA‘ liegt. So etwa …“ Bei diesen Worten trat es einen Schritt nach vorne und riss während des „HAA“ sein riesiges Maul auf.

Der Dachs blickte unversehens auf ein paar mächtige, gelbliche Zähne, die fast so groß wie sein eigener Schädel waren. Dahinter gähnte ein grausiger, tiefer Schlund. Heißer Atem schlug ihm ins Gesicht. Er wich zurück. Dass dieses gemütlich wirkende Tier ein derart furchterregendes Maul besaß, war ihm nicht so ganz klar gewesen. Plötzlich erinnerte er sich auch wieder daran, dass Flusspferde zu den gefährlichsten Landtieren zählten.

„Ich könnte dir jetzt auch noch das ‚LOO‘ demonstrieren“, sagte das Flusspferd. „Falls es dir noch nicht klar sein sollte: Das ‚LOO‘ ist das, was unmittelbar auf das ‚HAA‘ folgt. Möchtest du es sehen?“ Es machte einen weiteren Schritt nach vorne.

Wieder wich der Dachs ein Stück zurück. Diesmal stieß er an die Fischtheke.

„Du hast jetzt noch eine halbe Minute", sagte das Flusspferd. „Ich an deiner Stelle würde mich langsam entscheiden."

Der Dachs knirschte mit den Zähnen. Wütend riss er der Fischkatze den großen Fisch aus den Pfoten und verließ das Geschäft.

„Ihr verdammten Idioten!", schrie er, während er sich entfernte. „Ihr widerlichen Angeber! Euch werde ich es noch zeigen!"

In der Warteschlange wurde geklatscht und „Bravo" gerufen. Das Flusspferd winkte verlegen lächelnd ab. „Gerne geschehen", sagte es.

„Was hat er denn mit ‚es' gemeint", fragte der Reiher verständnislos, „was will er uns zeigen?"

„Ach, das hat nichts zu bedeuten", sagte die Maus. „Das ist einfach nur ein Rückzugsgefecht. Er versucht nur, sich wieder etwas besser zu fühlen." Sie wandte sich zum Flusspferd und schüttelte ihm feierlich die Pfote.

„Danke. Das hast du wirklich super gemacht! – Aber du weißt schon, dass ich das auch alleine geschafft hätte", betonte sie dann lässig, „denn immerhin kann ich ja Kami-Katze. Ich habe mich nur zurückgehalten, weil ich diese komischen AGB unterschrieben habe!"

„Selbstverständlich hättest du das", meinte das Flusspferd bestätigend. „Das weiß ich doch."

Aber in seinem Inneren war es sehr erleichtert, dass diese Auseinandersetzung so glimpflich abgelaufen war. Dieser Dachs hatte einen seltsamen Blick gehabt. Da war so ein irres Flackern in seinen Augen gewesen, das dem Flusspferd gar nicht gefallen hatte. Es war sich nicht sicher, ob das Kami-Katze der Maus in diesem Fall wirklich ausgereicht hätte.

Im Kolossalen Kolosseum war man währenddessen intensiv mit den letzten Vorbereitungen für die große Eröffnungsfeier und die anschließenden Veranstaltungen beschäftigt. Unzählige Termiten hatten in den letzten Tagen den Boden der Arena gleichmäßig mit Sand bedeckt.

Auf der nach Süden ausgerichteten Seite waren einige weitere dabei, sorgfältig die beiden runden Glasscheiben des DINGs zu polieren, welches feierlich auf seinem Podest thronte. Wieder andere befestigten gerade die letzten Sitzstangen, die hinter den höchsten Sitzplätzen speziell für die geflügelten Besucher aufgestellt waren.

Auf einer der oberen Tribünen waren der Froschkönig, Trug und die Geschichte-Schreiberin über den Laptop gebeugt. Hoch am Himmel konnte man eine sehr große und eine ziemlich kleine Vogelsilhouette erkennen. Trugs Schwester Lug und die Geierin kreisten über der Szenerie. Langsam ließen sie sich immer tiefer sinken, um schließlich auf einer der Sitzstangen zu landen.

„Also dort drüben, genau gegenüber dem Eingangstor, wird die große Leinwand hochgezogen", sagte der Froschkönig gerade und deutete in die entsprechende Richtung. „Als Erstes werden die Türen geöffnet und alle Zuschauer gehen zu ihren Sitzplätzen. Die Vögel werden vermutlich schon vorher da sein, aber das ist gar nicht so schlecht. Denn dadurch ist alles schon ein wenig belebt. Das hebt die Stimmung. Die Veranstaltung beginnt mit einer Begrüßung, in der ich die Termiten und ihre Königin würdige. Dann wird dort oben ein Feuer gemacht." Er deutete hinauf zu dem DING. „Die Königin nimmt den Leuchter, zündet die Kerze an diesem Feuer an und übergibt ihn dann feierlich an eines der Tiere."

„Wir dachten dabei an das Flusspferd", ergänzte die Geschichte-Schreiberin, „es ist sehr beliebt, und fast alle Zuschauer kennen es."

„Gute Idee", meinte Trug. „Ich habe von der Sache mit dem Dachs gehört. Hatte auch schon eine Begegnung mit ihm. Unangenehmer Typ. Das Flusspferd hat das anscheinend sehr gut gemacht."

Der Froschkönig blickte auf den Bildschirm des Laptops, auf dem sein Ablaufplan zu sehen war, und fügte noch ein paar Stichwörter ein. „Gut. Also, das Flusspferd läuft mit der brennenden Kerze eine Runde durch die Arena und in der zweiten Runde schließen sich ihm alle Tiere an, die während des Festivals eine Aufführung haben werden.

Gleichzeitig blenden wir auf der großen Leinwand die Show der Pink Flying Dolphins ein. Das wird sicher sehr beeindruckend. Und vor allem ist es ein guter Abschluss für die Veranstaltung", schloss er zufrieden.

„Ach, übrigens, weil wir gerade bei Videos sind", sagte der Rabe und hackte mit dem Schnabel auf ein paar Tasten, „da ist heute noch ein Beitrag für das Festival angekommen. Über das InterNetSch. Eine Gruppe von Mäusen hat ein Theaterstück gemacht."

„Warum sind sie denn nicht persönlich erschienen?", fragte die Geschichte-Schreiberin.

„SuFi meint, sie seien irgendwie … virtuell. Und dass sie ihre Kunst daher eben auch nur im virtuellen Raum praktizieren können", antwortete Trug. „Ehrlich gesagt, so ganz habe ich das nicht verstanden. Aber SuFi findet, dass das schon in Ordnung sei. Sie meint, virtuelle Daseinsformen hätten die gleichen Rechte wie alle anderen. Schließlich sei sie selbst virtuell und fordert daher, wir dürften auf keinen Fall jemanden ausgrenzen. Ah, da ist es. Ich lasse mal den Anfang des Videos laufen."

Auf dem Bildschirm erschien eine Bühne, die abwechselnd in rotes, grünes und gelbes Licht getaucht war. Dazwischen gab es immer wieder kurze Momente, in denen es stockdunkel wurde. Das wirkte etwas verwirrend. Und es war auch etwas anstrengend, zuzusehen.

Mehrere Mäuse befanden sich auf der Bühne. Eine von ihnen trug einen Badeanzug und saß in einem gestreiften Liegestuhl. Eine zweite rannte hin und her und warf mit Konfetti. Im Hintergrund sah man eine graue Katze, die ein wenig an die Anglerin erinnerte. Sie tat eigentlich gar nichts, sondern saß unbeweglich da wie eine Statue. Ab und zu war sie plötzlich verschwunden, um einige Zeit später an einer anderen Stelle wieder aufzutauchen.

Eine weitere Maus stand am Bühnenrand. Sie trug eine Brille und las in einem Buch. Nach einiger Zeit klappte sie es zu, stand auf und begann, nachdenklich auf- und abzugehen.

„Alle glauben, der Weg sei das Ziel", sagte sie, „doch ich behaupte, dass das Ziel der Weg ist!"

Daraufhin hob die Maus im Liegestuhl ein Glas. Es war mit einer blauen Flüssigkeit gefüllt und mit einem Strohhalm sowie einem Papierschirmchen ausgestattet.

„Da bin ich anderer Meinung. Das Ziel ist das Chillen. Curaçao!“, sagte sie bedeutungsvoll und prostete den Zuschauern zu, woraufhin sie von der herumrennenden Maus mit Konfetti überschüttet wurde.

Im Anschluss daran nahmen die Schauspielerinnen ihre Ausgangspositionen ein und alles begann wieder von vorne.

„Das geht jetzt ungefähr eineinhalb Stunden so weiter“, sagte Trug. „Am Ende sagen sie noch: ‚Diese Aufführung ist das Ergebnis einer intensiven, durchdringenden und interdisziplinären Auseinandersetzung mit brennenden gesellschaftlichen Themen.‘ Und dass sie hoffen, dass wir auch anspruchsvolles Theater zu schätzen wissen.“

„Aha“, sagte der Froschkönig ratlos. „Also ich weiß nicht so recht … Was meint ihr denn dazu?“

Die Mitglieder des Festivalmanagements schwiegen eine Weile.

„Ich finde, SuFi hat Recht“, meinte Trug schließlich. „Wir sollten sie ins Programm aufnehmen. Auch wenn wir das Stück komisch finden. Es geht darum, dass wir ihre Arbeit würdigen. Sicher haben sie sich viel Mühe gemacht.“

„Das sehe ich auch so“, bekräftigte die Geschichte-Schreiberin. „Auch wenn ich nicht behaupten kann, dass ich das hier verstehe. Aber vielleicht gibt es ja andere Besucher, die so etwas interessant finden. Wir dürfen nicht immer nur von uns selbst ausgehen.“

Sie blickte nach oben, um den Stand der Sonne zu prüfen.

„Oh, ich muss leider weg“, rief sie und griff eilig nach ihrer Weste. „Gleich beginnt doch hier die Führung für alle, die an der Architektur des Kolossalen Kolosseums interessiert sind!“

Der Dachs saß am Ufer des Teichs auf dem umgedrehten Ruderboot. Es brodelte in ihm wie in einem kochenden Topf mit scharfer, ätzender Flüssigkeit. Neben der Wut auf dieses arrogante Flusspferd spürte er eine Art generellen Hass auf diese vielen, ekelhaft fröhlichen Tiere, die sich laut und penetrant an allen Orten der Insel ausbreiteten. Zum Beispiel am gegenüberliegenden Ufer, wo die Tische und Stühle rund um den Schildkrötenpanzer wie Pilze aus dem Boden gewachsen waren. Seitdem herrschte dort ein so lebhaftes Kommen und Gehen, dass überhaupt nicht mehr daran zu denken war, sich an den Panzer anzuschleichen. Er konnte es kaum ertragen, dass es offenbar keine Möglichkeit gab, an die Wertgegenstände in seinem Inneren heranzukommen. Außerdem wurde es hier immer schwieriger, einen Platz zu finden, wo man alleine war. Die anderen Tiere schien das nicht zu stören. Offenbar waren sie immer in Gesellschaft. Wieder flackerte kurz dieses ärgerliche sehnsüchtige Gefühl in ihm auf, das er eigentlich nicht haben wollte.

Vom anderen Ufer klangen Stimmen und Gelächter herüber. Der Dachs knirschte mit den Zähnen. Er hasste dieses Gelächter. Als er das Fischgeschäft verließ, hatten sie ihn bestimmt alle ausgelacht. Vermutlich machten sie sich auch jetzt über ihn lustig.

Aber er würde sich rächen. An allen. Irgendwann würde sich eine Gelegenheit ergeben. Und dann würden sie sich wünschen, dass sie ihm nie begegnet wären.

Er fuhr sich mit den Pfoten über die Ohren und drehte seinen Kopf von einer Seite auf die andere, in der Hoffnung, dass davon sein Ohrensausen etwas leiser werden würde. Doch es nutzte nichts. In seinen Gehörgängen hatte sich ein hartnäckiger hoher Pfeifton eingenistet, während gleichzeitig das laute Gelächter vom anderen Ufer auf seinem Trommelfell immer wieder spitze, schmerzhafte Stiche hinterließ.

Der salzige Fisch hatte ihn durstig gemacht. Der Dachs beugte sich zum Wasser hinunter, um zu trinken.

Etwas unter dem Ruderboot fing seinen Blick ein. Der Dachs hatte eine sehr scharfe Wahrnehmung für glitzernde Dinge entwickelt – und hier glitzerte etwas. Er schob eine Pfote unter das Boot und zog, bis ein halb geöffneter Sack zum Vorschein kam. Er warf einen kurzen Blick hinein. Langsam erschien ein zufriedenes Grinsen auf seinem Gesicht. Vorsichtig sah er sich um. Dann warf er sich den Sack über die Schulter und lief, so schnell es ging, zu seinem Bau.

In der Sicherheit seines Verstecks schüttete er seine Beute auf dem Boden aus, um das, was er da mitgenommen hatte, genauer zu betrachten. Im matten Licht, das durch den Eingang des Baus schien, funkelten eine Krone, ein mit Edelsteinen besetztes Zepter und ein protziger Siegelring.

Der Dachs bekam Herzklopfen, als ihm klar wurde, dass er tatsächlich einen echten Schatz gefunden hatte. Das Belohnungszentrum in seinem Hirn wurde aktiv, und eine Reihe von Botenstoffen schwärmte aus und verteilte sich in seinem Körper. Zum ersten Mal, seit er an diesem schrecklichen Ort gelandet war, hatte er den Eindruck, dass es ihm besser ging. Angenehme Empfindungen breiteten sich in ihm aus. Sogar sein Tinnitus schien etwas leiser zu werden. Andächtig strich er über seinen wundervollen, glänzenden neuen Fund. So etwas Kostbares hatte er noch nie besessen. Das hier war wirklich ein Hauptgewinn.

Sein Gehirn, das mittlerweile mit Glückshormonen geflutet wurde, begann fieberhaft zu arbeiten.

Was, wenn das hier erst der Anfang wäre? Bisher hatte er nur an die Wertgegenstände der Schildkröte gedacht. Aber vielleicht gab es auf dieser Insel auch noch weitere Kostbarkeiten. Bei so vielen Tieren, die hier herumliefen, war das nicht auszuschließen. Und da er hier weit weg von seiner Heimat war, müsste er sie auch mit niemandem teilen. Er würde sie behalten. Alle!

‚Schluss mit den Auftragsarbeiten für irgendwelche Reisebüros', dachte er. Ab sofort würde er nur in seine eigene Tasche arbeiten. Er würde sich selbstständig machen und seine eigene Firma gründen. Der Schatz würde sozusagen sein Grundstock sein. Und natürlich alles, was sich in dem Schildkrötenpanzer befand. In dieser Sache würde er jetzt endlich mal tätig werden …

Einige der Glückshormone in seinem Hirn ballten sich zusammen und schufen einen Geistesblitz. Wieso sich eigentlich nur mit einzelnen Gegenständen aus dem Panzer begnügen? Nein, er würde dafür sorgen, dass er gleich den ganzen Panzer bekommen würde. Denn das Wertvollste an ihm waren gar nicht die Gegenstände, die er enthielt. Das Wertvollste, so wurde ihm gerade klar, war der Umstand, dass man mit dem

Panzer verreisen konnte. Dass er darauf nicht schon längst gekommen war!

Wenn er nämlich erst im Besitz des Panzers war, könnte er damit überallhin gelangen. Er könnte in allen Ländern der Erde auf Schatzsuche gehen und dann zurückkommen und seine Beute hier verstecken. Natürlich würde er dazu nicht mehr auf dem Panzer sitzen, sondern in seinem Inneren. Wenn er den Kommentar der Kuh bei der Landung richtig verstanden hatte, schien man drinnen wohl recht bequem zu reisen.

Und wenn dieses Festival, von dem alle sprachen, endlich vorbei war, würde es hier auch wieder leerer werden. Dann wäre diese Insel abgelegen genug, sodass er unbehelligt seine Schätze horten konnte. So gesehen war das hier geradezu ideal für seine Pläne. Ein hervorragender Firmensitz!

Aufgeregt begann er, hin- und herzuwandern. Seine Stimmung wurde immer besser. Endlich fühlte er sich wieder in der Lage, Pläne zu schmieden.

Er würde wieder eine Schatzkammer anlegen, beschloss er. Mit mehreren Fluchttunneln. Sicherheitshalber. Und weiträumig sollte sie werden. Man musste schließlich von Anfang an so richtig groß planen, nur dann war so eine Firma sinnvoll.

Gut gelaunt pfiff er vor sich hin.

Natürlich musste er jetzt als Erstes in den Besitz des Panzers kommen. Und dafür würde er mit einer ganz neuen Strategie arbeiten. Ab jetzt würde er nicht mehr seine Zeit damit verschwenden, sich im Verborgenen irgendwo anzuschleichen. Schluss mit diesen Heimlichkeiten! Als Inhaber einer eigenen Firma musste man ganz anders an so eine Sache herangehen: Man musste sich zeigen. Mit anderen in Kontakt treten. Mit ihnen reden.

Aber diesmal würde er dafür sorgen, dass sich kein Tier vor seinem Geruch abwendete. Vor allem aber würden sie es nicht mehr wagen, ihn auszulachen. Nein, die würden sich alle noch ganz schön wundern, wenn sie ihm das nächste Mal begegneten! Denn er würde souverän und überzeugend auftreten und vor allem ein paar schlagkräftige Argumente präsentieren, die die anderen nicht ignorieren konnten.

Was diese Argumente betraf, so hatte er auch bereits eine Idee: Er würde eine professionelle, gut durchdachte Erpressung inszenieren.

Zufrieden rieb er sich die Pfoten. Dies war wirklich ein hervorragender Business-Plan. Nun war ihm auch klar, was seine nächsten Schritte sein würden. Bevor er mit der Schatzkammer beginnen konnte, würde er zuerst noch einen anderen Raum in seinem Bau anlegen müssen. Es sollte ein Ort werden, der ausbruchssicher war und so gut versteckt, dass niemand außer ihm selbst wusste, wo er sich befand.

Er war sehr zufrieden mit sich: Wenn sein Plan aufging, hätte er damit gleichzeitig auch noch seine Blamage in dem Fischgeschäft gründlich gerächt.

Die Teilnehmer der Führung folgten der Termite in ihrer neongelben Weste. Sie bildeten eine bunt gemischte Gruppe. Neben der Maus, die an ihrem Lieblingsplatz auf dem Kopf der Giraffe saß, gehörten auch die Kuh, der Luchs, zwei Elefanten, ein Känguru, ein Yak, einige Buckelrinder sowie eine Ente dazu. Lug und die Geierin beobachteten das Ganze interessiert von ihrem Aussichtsplatz. Während die Giraffe den beiden Vögeln freundlich zuwinkte, gab sich die Maus wie immer große Mühe, die Geierin zu ignorieren.

„Wie ihr seht, stehen wie hier in der Arena des einzigartigen Kolossalen Kolosseums“, begann die Geschichte-Schreiberin. Sie war etwas aufgeregt, denn das war ihre erste Führung. Neben ihr stand der Termitenkönig und fingerte ebenfalls nervös an seinem zusammengerollten Manuskript. Eigentlich wollte er überhaupt nicht hier sein. Doch seine Frau hatte mal wieder eine ihrer unmissverständlichen Ansagen gemacht.

„Das Gebäude ist ganz aus gebrannten Ziegeln errichtet“, fuhr die Geschichte-Schreiberin fort. „Dazu wird euch der Termitenkönig, der das alles hier konstruiert hat, ein paar Erklärungen abgeben.“

„Nun“, der Termitenkönig entrollte sein Manuskript und räusperte sich, „das Rohmaterial für die Ziegel wird aus regionalen Lagerstätten hier auf der Insel gewonnen und besteht aus unverfestigten klastischen Sedimenten, die sich durch ihre charakteristischen Schichtsilikate auszeichnen. Der Brennvorgang der genormten Blöcke benötigt etwa zwei Wochen, wobei das Baumaterial einer Temperatur von dreihundert bis neunhundert Grad ausgesetzt wird. Dies verändert die von uns verwendeten Materialien hinsichtlich ihres spezifischen Gewichts, ihrer Struktur sowie insbesondere auch ihres Wärmedurchgangskoeffizienten. Der Unterschied zum sogenannten Stampflehm besteht darin, dass …“

„Äh, ich glaube, unsere Teilnehmer interessieren sich mehr für das große Ganze und nicht so sehr für die Details“, unterbrach ihn die Geschichte-Schreiberin und ging hastig ein paar Schritte weiter. „Und hier“, sagte sie und deutete in eine bestimmte Richtung, „seht ihr sozusagen das Herzstück, nicht nur dieses Bauwerks, sondern unserer ganzen Kultur. Wir nennen es das DING!“

Die Gruppe blickte nach oben und betrachtete das Podest mit den beiden eingemauerten Glasscheiben.

„He, schau mal. Das ist ja deine alte Fliegerbrille!“, meinte die Giraffe zur Maus. „Die hast du doch damals unter dem Baum liegen gelassen, weil du nichts mit ihr anfangen konntest.“

„Stimmt.“ Die Maus sah den Termiten zu, die geschäftig um die beiden runden Gläser herumkrabbelten. „Aber für die Termiten scheint sie wohl ziemlich wertvoll zu sein. Ich könnte sie eigentlich zurückverlangen.“ Sie grinste.

„Könntest du nicht. Schließlich hast du sie ja sozusagen weggeworfen. Und außerdem: Schau doch nur, was die Termiten damit machen!“

In einer langen Prozession näherten sich mehrere hundert Termiten dem Podest. Jede von ihnen trug einen trockenen Grashalm oder einen kleinen Zweig. Dass ihre Lasten größer und schwerer waren als sie selbst, schien ihnen nicht das Geringste auszumachen. Eine nach der anderen verschwand in dem Hohlraum unter den Glasscheiben, um nach einiger Zeit am anderen Ende ohne ihre Bürde wieder herauszukrabbeln. Eine weitere Gruppe wartete in der Nähe. Diese war mit winzigen Schaufeln und Schubkarren ausgestattet.

„Was ihr hier beobachten könnt, ist unsere tägliche Feuer-Zeremonie“, erklärte die Geschichte-Schreiberin stolz. „Es ist der wichtigste Moment des Tages für unser Volk. Wie ihr sehen könnt, wird gerade unter dem DING das Brennmaterial aufgeschichtet. Danach warten wir, bis die Sonne durch die Gläser gebündelt wird und alles entzündet. Bitte achtet gleich auf diesen kleinen Kamin an der Seite des Podests.“

Eine der Termiten blies in eine Fanfare, woraufhin die anderen alle zurücktraten. Eine kurze Zeit herrschte aufmerksame und erwartungsvolle Stille. Dann begann eine dünne Rauchfahne durch den winzig kleinen Kamin nach oben zu steigen. Die Termite mit der Fanfare blies ein zweites Mal.

„Das Feuer brennt!“, verkündete sie, woraufhin sich die Termiten mit den Schubkarren zu einer Reihe formierten. Eine nach der anderen verschwand nun genauso wie ihre Vorgängerinnen in dem Hohlraum. Offenbar holten sie drinnen etwas von dem Feuer, denn als sie wieder auftauchten, züngelten aus den Schubkarren kleine Flammen, die eilig in Richtung der Ziegeleien gebracht wurden.

Die Teilnehmer der Führung klatschten begeistert.

„Das ist ergreifend“, sagte der Luchs andächtig. „Ich bin mir sicher, es wird ein wichtiger Meilenstein auf dem Weg zu meiner Erleuchtung!“

„Ich hoffe, diese Termiten haben sich neben dem Feuermachen auch mit effektiver Brandbekämpfung auseinandergesetzt“, sagte ein Elefantenbulle wichtigtuerisch. „Falls nicht, könnte ich sie gerne mit meinem Know-how unterstützen.“ Er hob seinen Rüssel. „Das Prinzip ist ganz einfach: Erst das Wasser ansaugen und dann kräftig durch die Nase ausatmen!“

„Sehr interessant.“ Der Termitenkönig machte sich ein paar Notizen. „Vielleicht können wir beide das nach der Führung etwas vertiefen.“

Oben auf einer der Sitzstangen wiegte die Geierin skeptisch ihren Kopf hin und her.

„Also ich weiß nicht“, sagte sie zur Rabin. „Wozu soll das alles denn gut sein? Ich bin mein Leben lang auch gut ohne Feuer ausgekommen.“

„Nun“, antwortete Lug, „immerhin sind sie dadurch auf die Idee gekommen, dieses Gebäude zu errichten. Ohne das Feuer würde das Festival nicht stattfinden. Und du selbst wärst jetzt wahrscheinlich auch nicht hier.“ Sie dachte kurz nach. „Und ich hätte noch nie Räucherfisch probiert. Und wir beide hätten uns nicht kennengelernt. Und der Froschkönig hätte keinen Job. Und die Kuh hätte die Schildkröte nicht wieder getroffen. Und mein Bruder Trug …“

„Ja, ja, schon gut“, lachte die Geierin, „Ich hab's verstanden. Wenn man es von dieser Warte aus betrachtet, hat es tatsächlich viel bewirkt.“

Währenddessen war die Gruppe mit ihrer Führerin ein Stück weitergewandert. Sie befand sich nun genau in der Mitte der ovalen Arena. Im Gegensatz zu allen anderen Bereichen war hier kein Sand ausgestreut. Stattdessen hatten die Termiten den Boden an dieser Stelle mit einer kleinen, kreisförmigen Fläche aus Ziegeln gepflastert.

„Zum Abschluss möchten wir euch noch das hier zeigen“, sagte die Geschichte-Schreiberin. „Der Platz, an dem wir hier stehen, wird auch der ‚Flüster-Punkt‘ genannt.“

Sie nickte dem Termitenkönig aufmunternd zu. Dieser entrollte ein weiteres Mal sein Manuskript und begann:

„Hierbei geht es um die besondere Akustik, die wir in diesem Gebäude dadurch umgesetzt haben, dass die leicht konkave Wölbung der Sitzsteine die Resonanz moduliert.“

Er hob den Kopf und machte eine bedeutungsvolle Geste, die das gesamte Oval der Zuschauertribünen umfasste. Es war unübersehbar, dass er sich hier in seinem Element befand.

„Vorausgegangen waren natürlich eingehende Messungen des Schallabsorptionsgrades, vor allem der tieffrequenten Schallwellen“, fuhr er stolz fort. „Was sich daraufhin im Praxistest verifizieren ließ.“ Er strahlte die Gruppe an.

„Das war eine großartige Idee, versteht ihr?“, fuhr er begeistert fort, „denn dadurch wurde insbesondere die Verständlichkeit von Sprechstimmen enorm verbessert. Die Frequenz- und Resonanzanalyse hat zudem ergeben, dass die Akustik des

Kolossalen Kolosseums bei vollen Zuschauerrängen durch die natürlichen Eigenfrequenzen der Anwesenden zusätzlich optimiert wird", schloss er zufrieden.

Die darauf folgende Stille seiner Zuhörerinnen und Zuhörer verunsicherte ihn ein wenig, doch er vermutete, dass es sich dabei um ehrfürchtiges Staunen handelte. Zufrieden rollte er sein Manuskript zusammen.

Die Geschichte-Schreiberin seufzte innerlich.

„Vielen Dank für deine Ausführungen", sagte sie dann. „Nun, ich denke, äh, es wäre ganz gut, wenn wir diese jetzt zusätzlich mit einer kleinen praktischen Demonstration vertiefen würden."

Sie sah sich suchend um, bis sie weit entfernt im obersten Rang die Geierin und Lug auf ihren Sitzstangen entdeckte. Sie winkte ihnen zu.

„Konntet ihr da oben gut verstehen, was hier unten gerade gesprochen wurde?", fragte sie hinauf. Dabei rief sie nicht laut, wie man es eigentlich bei dieser großen Entfernung erwarten sollte, sondern sprach in ganz normaler Lautstärke.

Die beiden Vögel sahen sich an.

„Also ehrlich gesagt", rief die Geierin herunter, „habe ich das meiste nicht wirklich verstanden."

„Oh." Die Geschichte-Schreiberin zupfte enttäuscht und nervös an ihrer gelben Weste. Sie war sich sicher gewesen, dass die Antwort ganz anders lauten würde, und hatte darauf vertraut, dass die Gruppe danach die sensationelle Akustik besser verstehen würde.

Glücklicherweise hatte Lug eine schnelle Auffassungsgabe und kam ihr zu Hilfe.

„Aber trotzdem haben wir jedes Wort des Termitenkönigs laut und deutlich gehört", ergänzte sie.

Auf dem Kopf der Giraffe beugte sich die Maus herab und flüsterte ihrer Freundin ins Ohr:

„Das war knapp. Die Geierin hätte es fast vermasselt. Typisch für sie."

„Was heißt hier ‚typisch für mich'?", rief die Geierin laut von oben. „Was meinst du damit?"

„Nun, das, was ihr hier gerade erlebt", sagte die Geschichte-Schreiberin erleichtert, „zeigt euch ganz deutlich, warum diese Stelle der ‚Flüster-Punkt' genannt wird. Um es mit anderen Worten zu sagen: Wer hier steht und etwas sagt, wird von allen Zuschauern im Kolossalen Kolosseum sehr gut verstanden. Selbst wenn ihr leise sprecht, kann man eure Stimme auch noch in den höchsten Rängen verstehen. Das ist während des Festivals natürlich besonders für alle Tiere wichtig, die zum Beispiel singen oder ein Gedicht vortragen. Schließlich müssen die Zuschauer sie gut hören können, damit sie danach auch kräftig klatschen. Und damit", schloss sie ihre Ausführungen, „sind wir am Ende angekommen. Nur noch ein Hinweis in eigener Sache", fügte sie hinzu, „weil wir gerade bei Gedichten waren: Ich möchte euch daran erinnern, dass es beim Poetry Slam einen Spezialpreis zu gewinnen gibt. Für das beste Gedicht, das sich mit den Bauwerken der Termiten beschäftigt. Denn die sind, wie ihr jetzt erlebt habt, wirklich etwas ganz Besonderes."

Nach dem Ende der Führung zerstreute sich die Gruppe. Die Maus und die Giraffe gingen langsam in Richtung Ausgang.

„Dieser Spezialpreis beim Poetry Slam ist cool!" Die Maus war begeistert. „Der ist wie für mich gemacht. Ich werde gleich anfangen zu dichten." Sie überlegte. „Was hältst du davon, wenn ich beginne mit: ‚Termiten, Termiten, die sollte man verbieten'?"

„Nichts", meinte die Giraffe, „davon halte ich gar nichts."

„Wieso? Das reimt sich doch wunderbar!"

„Ja, schon. Aber es ist ein blöder Reim. Der ist nicht sehr schmeichelhaft, weißt du. Das ist ungefähr so, als würde jemand über dich dichten: Alle Mäuse haben Läuse."

„Hm, stimmt." Nachdenklich kratzte sich die Maus am Kopf. „Aber verbieten ist trotzdem ein Superreim auf Termiten. Irgendetwas wird mir bestimmt dazu einfallen", meinte sie fröhlich. „Ich suche mir jetzt gleich ruhigen Ort, an dem sich meine Kreativität so richtig ausbreiten kann!"

Die Arena hatte sich geleert. Nur Lug und die Geierin hockten noch immer auf den Sitzstangen und plauderten.

„Die Maus scheint dich nicht besonders zu schätzen“, bemerkte Lug.

„Ja. Sie kann es nicht ausstehen, wenn man über sie lacht.“ Die Geierin grinste. „Aber ich kann einfach nicht anders. Dabei mag ich sie. Ich finde sie immer wieder sehr witzig. Und ehrlich gesagt, ist sie auch ziemlich mutig, dafür, dass sie so klein ist.“

Sie blickten über das Kolossale Kolosseum.

„Und weil wir gerade bei kleinen Tieren sind: Es ist wirklich ein sehr beeindruckendes Gebäude, das die Termiten hier erschaffen haben“, fuhr sie fort. „Wenn man bedenkt, dass sie nur ein paar Zentimeter groß sind.“

„Ja“, antwortete Lug. „Aber dafür gibt es sehr viele von ihnen.“

Sie schwiegen eine Weile. Minuten verstrichen. Wind rauschte in den Bäumen des nahen Urwalds.

Lug spürte plötzlich, wie sich ihre Nackenfedern sträubten. Ein seltsames, unangenehmes Gefühl stieg in ihr auf, das sie nicht so recht einordnen konnte. Sie wusste nur, dass es nichts mit der Plauderei über Mäuse und Termiten zu tun hatte. Am ehesten noch mit dem Kolossalen Kolosseum selbst.

Auch die Geierin schien etwas zu bemerken, denn sie begann, unruhig auf der Sitzstange hin- und herzuschaukeln.

„Irgendetwas ist eigenartig, nicht wahr?“, sagte sie. „Du spürst es auch. Ich sehe, dass sich deine Nackenfedern aufgestellt haben.“

„Du hast Recht.“ Lug seufzte. „Etwas wird passieren. Leider kann ich dir aber nicht sagen, was es sein wird.“

„Schade. Was ist denn die anderen Male so passiert, wenn sich deine Federn aufgestellt haben?“

„Oh, alles Mögliche. Einmal zum Beispiel haben wir das Rätsel um ein Gezeitenhuhn gelöst. Und das letzte Mal geschah es, als sich herausgestellt hat, dass man mit dem Panzer verreisen kann. Doch das hier …“, sie plusterte ihr Gefieder auf, „fühlt sich anders an. Irgendwie … ziemlich groß.“

„Nun, wir sind hier ja auch in einem großen Gebäude.“

„Nein, ich glaube eher, dass hier etwas ziemlich Großes passieren könnte. Etwas, das uns allen einen riesigen Schrecken einjagen wird.“

Wieder schwiegen sie und ließen ihre Blicke schweifen.

„Wobei ich in meinen Federn spüre, dass es darin seltsamerweise auch ein großes Glück geben könnte“, fuhr die Rabin fort.

Versonnen blickte sie ein letztes Mal in die Runde. Dann seufzte sie und glättete energisch ihren widerspenstigen Nacken. „Aber es hilft uns nicht, hier zu sitzen und zu spekulieren.“

„Stimmt.“

Die Geierin schlug ein wenig mit den Flügeln und machte sich bereit, zu starten.

„Komm mit. Die Thermik sieht gut aus. Lass uns ein wenig fliegen. Alles, was wir im Moment tun können, ist abzuwarten und am Himmel unsere Kreise zu ziehen.“

Die Maus lag auf einem Felsvorsprung und blickte in den blauen Himmel. Tief unter ihr rauschte das Meer. Ein paar Möwen segelten über dem Wasser. Wenn sie sich umdrehte, konnte sie in der Ferne die Tische und Bänke vor dem Schildkrötenpanzer erkennen. Doch hier war sie alleine. Sie hatte diesen Platz gewählt, weil sie der Meinung war, dass eine Dichterin das Meer und die Einsamkeit brauchte, um sich inspirieren zu lassen. Außerdem fand sie, dass sie an diesem Ort ihre Verse wunderbar laut deklamieren konnte.

Leider gab es im Moment noch nichts zu deklamieren. Seit ihr die Giraffe klar gemacht hatte, dass man Termiten eben nicht verbieten sollte, mangelte es ihr ein wenig an Inspiration.

„Also gut“, sagte sie in das Meeresrauschen hinein, „was reimt sich denn noch auf Termiten. Da hätten wir zum Beispiel ‚bieten‘ und ‚Riten‘. Vielleicht auch ‚Mythen‘. Hm …“, sie überlegte.

„Und, dann wären auch noch ‚Tüten‘ möglich. Termiten in Tüten … – na ja.“

Sie dachte weiter nach. Worte sprangen kreuz und quer in ihrem Kopf herum. Irgendwann begannen sich ein paar von ihnen zu einem neuen Reim zu formieren. Ja, so könnte es vielleicht gehen. Das war gar nicht so schlecht. Vielleicht ein wenig pathetisch. Sie würde ausprobieren, wie sich das anhörte, wenn sie es aussprach.

Sie setzte sich auf und räusperte sich.

„Mythen bieten die Termiten“, begann sie.

„Und sie bau'n mit, äh, Feuer-Riten. Ja, Feuer-Riten, das ist sehr g…"

Ihre Überlegungen brachen abrupt ab, als sie plötzlich von hinten einen Schlag auf den Kopf erhielt. Ganz benommen spürte sie noch, wie sie in einen Sack gesteckt und hochgehoben wurde. Dann wurde ihr endgültig schwarz vor Augen.

‚Das war einfach', dachte der Dachs zufrieden. ‚Bei dem Rauschen der Wellen und dem Krach, den sie selbst gemacht hat, musste ich mich nicht einmal anschleichen.'

Einige Zeit später erwachte die Maus mit einer dicken Beule und einem Brummschädel. Offenbar befand sie sich unter der Erde, denn es war fast völlig dunkel. Nur wenn sie den Kopf hob, sah sie weit oben einen kleinen hellen Punkt. Der Geruch, der sie umgab, ließ keinen Zweifel daran, dass sie sich in einem Dachsbau befand.

„Mist!", schimpfte sie laut. „Dieser Scheiß-Kerl!"

Sie begann, die Wände abzutasten. Irgendwo musste es hier doch so etwas wie eine Türe geben, einen Eingang, durch den der Dachs sie hereingeschleppt hatte. Schließlich erspürten ihre Pfoten einen großen, glatten Stein, der in der Wand verkeilt war. Mit aller Kraft stemmte sie sich dagegen, zog und zerrte daran. Leider ließ er sich keinen Millimeter bewegen. Wütend versetzte sie ihm schließlich einen Tritt. Doch abgesehen davon, dass ihr danach der Fuß wehtat, hatte auch das keine Wirkung.

Schwer atmend machte sie eine Pause und überlegte. Welche Möglichkeiten gab es denn noch, hier herauszukommen?

Der kleine Punkt über ihr brachte sie auf eine Idee.

„Dass ich da nicht schon eher darauf gekommen bin!", sagte sie fröhlich in die Dunkelheit der Kammer hinein. „Lag wohl an der Beule auf meinem Schädel."

Sie begann an der Wand ihres Gefängnisses hochzuklettern. Wie alle Mäuse konnte sie hervorragend klettern. Doch in diesem Fall erwies sich die Wand als tückisch: Sie bestand aus Sand, der immer feinkrümeliger wurde, je höher sie stieg. Auf halber Höhe rutschte sie schließlich ab und landete wieder auf dem Boden.

Sie versuchte es ein zweites und ein drittes Mal, jedoch ohne Erfolg. Die einzige Erkenntnis, die sie dabei gewann, war, dass dieser helle Punkt an der Decke tatsächlich ein kleines Luftloch war. Doch sie konnte es nicht erreichen.

Enttäuscht und erschöpft setzte sie sich hin und hielt sich mit den Pfoten ihren immer noch schmerzenden Kopf.

Es fiel ihr nicht leicht, zuzugeben, dass sie in dieser Kammer eingesperrt war und absolut gar nichts dagegen tun konnte. Zum ersten Mal in ihrem Leben hatte sie Angst. Sie fühlte sich sehr alleine und vermisste ihre Freundinnen schmerzlich. Wenn doch nur die Giraffe und das Flusspferd hier wären. Die würden dem Dachs schon die Meinung sagen.

Überhaupt: Warum hatte er sie eigentlich verschleppt? Was hatte er jetzt vor mit ihr?

Ein schabendes Geräusch riss sie aus ihren Gedanken. Der Stein vor dem Eingang wurde ein kleines Stück beiseite gerückt. In dem schmalen Spalt erkannte sie die scharfen Krallen des Dachses.

„Na, wieder aufgewacht?" Er grinste hämisch. „Hier drin zu sitzen ist etwas anderes, als im Fischgeschäft die große Klappe zu haben, nicht wahr? So ohne ein Flusspferd, das dir aus der Patsche hilft."

„Das Flusspferd und die anderen werden das hier überhaupt nicht lustig finden", erwiderte die Maus empört. „Sie werden mich finden. Und dann kannst du dich auf etwas gefasst machen!"

„Niemand wird dich finden. Dieser Bau ist sehr gut versteckt. Du kommst hier nur raus, wenn dafür etwas anderes hereinkommt!"

„Wie meinst du das?"

Der Dachs bückte sich und schob einen Stift, etwas Papier und einen Kerzenstummel durch den Spalt.

„Schreib einen Brief", befahl er. „Deine Freunde sollen mir den Schildkrötenpanzer aushändigen. Mit allem, was darin ist. Dann lasse ich dich gehen."

„Aha. Erpressung also."

Jetzt wusste die Maus zumindest, wieso sie hier gelandet war. Sie war sich zwar nicht sicher, ob ihr dieses Wissen dabei helfen würde, hier herauszukommen, aber immerhin hatte sie jetzt ein paar Informationen. Informationen waren immer für irgendetwas gut. Vielleicht sollte sie das Gespräch noch etwas weiterführen.

„Sag mal, wieso schreibst du den Brief nicht selbst?“, fragte sie.

„Ich hab's nicht so mit dem Schreiben. Außerdem brauche ich deinen Brief als Beweis, dass ich dich wirklich in meiner Gewalt habe. Und jetzt hör' auf zu fragen und fang an!“

Der Dachs war ein wenig irritiert. Das Verhalten der Maus entsprach irgendwie nicht seinen Vorstellungen eines Entführungsopfers. Er hatte nicht erwartet, dass seine Gefangene Erklärungen verlangte.

Die Maus war noch nicht fertig.

„Und wenn du den Panzer wirklich bekommen solltest – was willst du denn dann mit ihm machen? Du bist doch keine Schildkröte?“

„Nun“, begann der Dachs gönnerhaft, „das ist der Unterschied zwischen dir und mir: Ich habe jede Menge Ahnung von geschäftlichen Dingen – und wie man an deiner Frage erkennt, hast du überhaupt keine Ahnung. In dem Panzer sind doch jede Menge Wertgegenstände. Und der Panzer selbst ist sozusagen die Grundlage für mein neues Business. Ich plane nämlich …“

In diesem Moment gelang es seinem Verstand, zu seinen Worten aufzuschließen, und es wurde ihm klar, dass es sehr unklug wäre, wenn er zu diesem Zeitpunkt zu offenherzig über sein kommendes Business berichtete. Eigentlich sollte ja alles streng geheim bleiben. Doch diese Maus hatte ihn irgendwie über den Tisch gezogen.

„Jetzt reicht's aber!“, brüllte er wütend. „Was willst du eigentlich noch alles wissen? Schreib endlich!“

„Ja, ja, schon gut.“ Die Maus merkte, dass sie im Moment nicht mehr erfahren würde. „Gib mir zehn Minuten.“

Mittlerweile war ihr klar geworden, dass sie sich wohl oder übel einige Zeit hier aufhalten musste. Das Schreibzeug kam ihr dabei gerade recht. Das würde sie behalten, denn mit irgendetwas musste sie sich schließlich die Zeit vertreiben. Sie würde die Gelegenheit nutzen und an dem Termitengedicht weiter arbeiten. Bis zum Poetry Slam war sie bestimmt wieder frei. Das hoffte sie jedenfalls.

Ein paar Fans des ‚Dreig'sangs vom Wald' waren vor dem Schildkrötenpanzer versammelt, um die letzte Chorprobe mitzuerleben. Sogar die Kuh hatte ihren Abwasch beendet, die Schürze beiseitegelegt und sich erwartungsvoll dazugesetzt.

Das Flusspferd kam aus dem Wasser, sah die Giraffe an und schüttelte den Kopf.

„Am anderen Ufer des Teichs ist sie auch nicht", sagte es. „Ich habe überall nachgesehen." Es klang besorgt.

Die Giraffe runzelte die Stirn.

„Tut mir leid, aber unsere Probe muss heute wohl ausfallen", sagte sie bedauernd zu den anderen. „Wir können die Maus nicht finden."

„Schade", sagte die Fischkatze enttäuscht. „Ausgerechnet heute, wo das Fischgeschäft geschlossen ist wegen der Eröffnungsfeier am Abend. Wir wollten uns endlich mal einen schönen freien Nachmittag machen und uns mit euren Liedern auf die Feier einstimmen. Aber da kann man wohl nichts machen."

„Vor ein paar Stunden habe ich die Maus oben auf den Klippen gesehen, als ich zu meinem Angelplatz gegangen bin", meinte die Anglerin und rückte den Gurt ihres Köchers zurecht. „Sie hat laut mit sich selbst gesprochen."

„Ja, sie will ein Gedicht über die Termiten machen und hat sich dafür einen ruhigen Ort gesucht", sagte Trug. „Obwohl ich nicht ganz verstehe, wieso sie sich dazu nicht an den Computer setzt. Ich jedenfalls hätte das so gemacht."

„Nun, vielleicht wurde sie von der Muse geküsst und hat dabei die Zeit vergessen", mutmaßte die Kuh. „Ich an eurer Stelle würde mir keine Sorgen machen. Spätestens heute Abend zu Eröffnungsf…" – sie brach ab und starrte den Dachs an, der aus dem nahen Gebüsch herausgetreten war und nun mit lässigem Gang auf die Gruppe zusteuerte.

„Was willst du denn hier?", fragte sie finster. „Du traust dich aber etwas. Muss ich dich jetzt ein zweites Mal verjagen? Oder willst du lieber eine weitere Unterhaltung mit dem Flusspferd führen?"

Der Dachs blickte in die Runde und grinste. In seiner Pfote hielt er ein zusammengefaltetes Blatt Papier.

„Ich würde keinem von euch raten, sich heute mit mir anzulegen", sagte er höhnisch. „Auch dir würde ich das nicht empfehlen!" – dies galt dem Flusspferd, das sich anschickte, ein paar Schritte auf ihn zu zu machen.

„Wie ich gerade gehört habe, sucht ihr diese Maus. Kann sein, dass ich etwas mit ihrem Verschwinden zu tun habe."

Er entfaltete das Papier und hielt es der Kuh unter die Nase.

„Lies!", forderte er sie auf.

Die Kuh nahm es und las. Sie schnappte nach Luft. Dann hob sie langsam den Kopf.

„Er hat die Maus entführt", sagte sie tonlos zu den anderen. „Und jetzt fordert er den Panzer als Lösegeld. Mit allem, was sich darin befindet."

„Auch den Computer?", entfuhr es Trug erschrocken.

„Auch den." Der Dachs musterte die versteinerten Gesichter und lächelte spöttisch. „Nun, ich sehe schon, dass ihr das erst einmal irgendwie verarbeiten müsst. Daher bekommt ihr jetzt ein bisschen Zeit, um euch daran zu gewöhnen. Ich bin schließlich kein Untier. Morgen früh komme ich wieder. Dann besprechen wir die Einzelheiten der Übergabe."

Er hatte sich den Zeitplan genau durchgerechnet. Wenn er die ganze Nacht graben würde, wäre seine neue Schatzkammer gegen Morgen fertig. Vorher würde es gar keinen Sinn machen, den Panzer in Empfang zu nehmen.

Er wandte sich zum Gehen.

„Übrigens würde ich euch dringend raten, mich nicht zu verfolgen", sagte er noch. „Denn falls ich merken sollte, dass jemand mir nachschleicht, ist unser Deal hier geplatzt. Dann werdet ihr eure Maus nie wiedersehen!"

Mit diesen Worten verschwand er hinter den Büschen, aus denen er gekommen war.

Die Zurückgebliebenen sahen sich an. Zunächst herrschte eine entsetzte Stille. Dann brach ein Sturm los. Alle redeten durcheinander.

„Ich gehe in den Urwald und werde jeden einzelnen Baum untersuchen!", rief die Giraffe.

„Und ich werde jeden einzelnen Zentimeter Waldboden abgrasen", sagte die Kuh leidenschaftlich. „Irgendwo werden wir das Versteck schon finden."

„Ich könnte mit meiner Schwester und der Geierin über dem Wald kreisen und versuchen, von oben etwas zu sehen", sagte Trug.

„Und ich", ergänzte das Flusspferd drohend, „werde mir den Dachs morgen noch einmal vorknöpfen."

„Aber was ist, wenn wir sie bis morgen nicht finden? Und der Dachs dir trotz Vorknöpfen das Versteck nicht verrät?", wandte die Fischkatze ein. „Wir sollten unbedingt einen kühlen Kopf behalten."

Die Gruppe schwieg sorgenvoll.

„Vielleicht sollten wir ihm doch den Panzer geben", meinte die Kuh nach einer Weile. „Wenn er im Gegenzug die Maus freilässt – das ist doch viel wichtiger als so ein Panzer, nicht wahr?"

„Bist du verrückt?", rief Trug. „Du kannst doch SuFi nicht an diesen Banditen ausliefern! Sie würde das bestimmt nicht wollen. Außerdem kann er doch überhaupt nichts mit ihr anfangen. Der kann ja mit diesen Krallen nicht einmal ordentlich schreiben!"

Die Kuh nahm den Brief und blickte in die Runde.

„Wenn ich etwas für die Maus tun kann, dann werde ich das auch tun", sagte sie fest. „Ihr Brief hat mich so berührt. Hört doch mal, was sie schreibt:

‚Liebe Kuh und alle anderen, ich sitze hier in einem Loch, aber leider weiß ich nicht, wo genau das ist, denn sonst würde ich es euch sagen, damit ihr mich holen kommt. Der blöde Dachs hat mich ausgetrickst und hierher gebracht. Er will deinen Panzer haben wegen der Wertgegenstände, wie er sagt. Lieber Trug, vielleicht kannst du SuFi einfach vorher irgendwie in Sicherheit bringen. Ich weiß ja, wie du an dem Computer hängst.'"

Die Kuh blickte auf und schniefte ein wenig.

„Der Dachs ist vielleicht clever, aber auch ein bisschen dumm", las sie weiter, „er will ein Business aufmachen, was immer das ist. Ich werde weiter versuchen, ihn in Gespräche zu verwickeln. Macht euch um mich keine Sorgen. Ich habe jetzt einen Stift und

Papier und sogar eine Kerze. Ich beschäftige mich mit meinem Gedicht. Ich finde, es ist wichtig, auch unter widrigen Umständen den eigenen kreativen Faden nicht zu verlieren. Macht es gut. Eure Maus."

An dieser Stelle brach die Kuh endgültig in Tränen aus.

„Sie ist so tapfer, findet ihr nicht auch?", schluchzte sie.

Die anderen schwiegen betreten. Fast alle räusperten sich oder wischten sich die Augen.

Der Dachs saß ein paar Meter entfernt versteckt in den Büschen und nickte zufrieden. Soso, sie planten also, den Urwald zu durchkämmen. Na, da konnten sie lange suchen. Die hielten sich vermutlich für sehr schlau. Doch niemand von ihnen war auf die Idee gekommen, dass das Versteck hier ganz in der Nähe am Rande dieses Kolosseums lag.

Automatisch rieb er sich die Ohren. Das Geräusch darin war noch immer da, aber das würde sicher auch irgendwann vergehen. Und abgesehen von dem Tinnitus fühlte er sich großartig. Denn sein Plan war dabei aufzugehen. Diese Kuh hatte er praktisch schon überredet. Der Panzer war ihm so gut wie sicher.

Leise schlich er sich fort. Auf dem Weg zu seinem Bau achtete er genau darauf, ob ihm jemand folgte. Doch es war niemand zu sehen.

Auf der Wiese vor dem Panzer herrschte mittlerweile bedrücktes Schweigen. Irgendwann hob die Fischkatze den Kopf. Etwas erregte ihre Aufmerksamkeit. Genauer gesagt, war es eigentlich das Gegenteil davon. Es ging um eine Abwesenheit, um jemanden, der auf einmal nicht mehr da zu sein schien. Sie blickte sich um. Dann lächelte sie.

„Ihr solltet noch ein wenig warten, bevor ihr anfangt, den Urwald zu durchsuchen. Es kann nämlich sein, dass das gar nicht nötig sein wird."

„Wie kommst du darauf?", fragte die Kuh verständnislos.

„Seht euch mal um. Die Anglerin fehlt. Vermutlich hat sich unsichtbar gemacht und verfolgt den Dachs."

„Na, hoffentlich geht das gut", meinte die Kuh. „Allerdings verstehe ich nicht, warum sie ihr Angelzeug dabei hat."

„Ach, das hat nichts zu bedeuten", sagte die Fischkatze. „Sie trägt es einfach aus Gewohnheit mit sich herum. Legt es eigentlich nur ab, wenn sie schlafen geht."

Vor seinem Bau streckte der Dachs misstrauisch seine Nase in die Luft und prüfte einmal mehr, ob ihm auch wirklich niemand gefolgt war. Auf dem Weg hierher hatte er immer wieder einen leichten Fischgeruch wahrgenommen. Doch da er niemanden entdecken konnte, hatte er es schließlich auf den Fisch zurückgeführt, den er selbst verspeist hatte. Ein letztes Mal blickte er sich um. Dann verschwand er in der Röhre, die in die Tiefe führte.

Kurz danach hörte man in der Nähe das Rascheln von Schilfrohr. Dies war etwas eigenartig, da hier im weiten Umkreis gar kein Schilf wuchs.

„Mist", sagte eine Stimme. „Mit dem Angelzeug passe ich nicht in den Bau."

Das Rascheln wanderte ein paar Meter weiter. An der Rinde eines Baumes war ein leises Kratzen zu hören. Es klang wie Krallen, die sich in den Stamm bohrten. In einer Astgabel erschien ein Köcher aus Schilfrohr, der einige Angelruten enthielt. Er schaukelte hin und her, während sich das Geräusch der Krallen wieder den Stamm hinab bewegte.

„Ah. Viel besser so", sagte die Stimme. Dann war es still. Zurück blieben ein paar Pfotenabdrücke in der sandigen Erde, die in den Dachsbau führten. Doch angesichts der vielen Spuren, die der Dachs bereits dort hinterlassen hatte, fielen sie nicht weiter auf.

Der Luchs hatte auf einem Felsen in der Nähe seine tägliche Erleuchtungsübung gemacht, die ihn mit den Energien des Universums in Kontakt bringen sollte. Zum ersten Mal hatte er dabei in seiner Trance etwas gehört. Da war ein Kratzen und Flüstern gewesen und Geräusche, die ihn irgendwie an Schilfrohr erinnerten.

Eifrig und hoch motiviert machte er sich auf den Weg zum Teich. Er würde sich dort eine Schilfmatte flechten und sie dann als Unterlage für seine Yoga-Übungen benutzen. Denn solchen Hinweisen aus dem Universum sollte man unbedingt nachgehen.

Die Anglerin schlich inzwischen lautlos durch die Gänge des Dachsbaus. Der strenge Geruch, der hier über allem lag, ließ sie die Nase rümpfen. Ein leichtes Prickeln ihrer Ohren bestätigte ihr, dass sie noch immer unsichtbar war. Ihr Herz klopfte. Sie war aufgeregt und ein wenig ängstlich. Zwar wusste sie mittlerweile, wie das mit dem Unsichtbar-Werden funktionierte. Doch bisher war es eigentlich immer nur ein Spaß gewesen, eine fröhliche und leichte Übung, damit sie ihre Ausbildung aus dem Katzenkloster nicht ganz verlernte. Diesmal jedoch war alles anders. Diesmal, das wusste sie, durfte sie sich keinen Fehler erlauben. Mit ihren Schnurrhaaren und den Haarbüscheln auf ihren Ohren tastete sie sich weiter. Sie versuchte, sich im Dunkeln zu orientieren. Wo könnte der Dachs die Maus gefangen halten?

Irgendwann hörte sie aus der Ferne eine Stimme, die ihr bekannt vorkam. Sie folgte der Richtung, aus der sie kam. Der Gang endete an einem großen Stein.

„Also, welche Reime auf Termiten habe ich jetzt schon gefunden: *Mythen, Riten und verbieten*“, erklang es dahinter. „Dazu *brüten, hüten und bitten.* Und dann noch *berieten und vergüten.* Jetzt brauche ich nur noch ein paar gute Ideen dazu.“

Die Anglerin kratzte vorsichtig mit den Krallen über den Stein. Er war groß und massiv und bewegte sich keinen Millimeter.

„Hallo Maus“, flüsterte sie. „Bist du das da drin?“

„Und natürlich *Nieten* …“, fuhr die Maus fort, „aber am besten gefallen mir doch die *Feuer-Riten.* Die sollten unbedingt irgendwo auftauchen.“

„Hallo Maus!“, rief die Anglerin laut, „hörst du mich?“

Hinter dem Stein war es plötzlich still. Dann vernahm sie einen tiefen, erleichterten Seufzer.

„Hey, Anglerin. Bin ich froh, dass du mich gefunden hast. – Kannst du mich hier herausholen?“

„Tut mir leid. Aber der Stein ist viel zu schwer. Wir müssen uns irgendetwas anderes einfallen lassen.“

„Schade“, sagte die Maus enttäuscht. Sie dachte nach.

„Ganz oben in der Decke ist ein kleines Loch“, meinte sie dann. „Aber ich fürchte, wenn du dort oben drauftrittst, stürzt die

Decke ein und du fällst zu mir herunter. Hier ist alles voller Sand, verstehst du. Diese Kammer ist nicht besonders stabil gebaut."

Die Anglerin überlegte fieberhaft.

‚Ich könnte Hilfe holen', dachte sie. Aber welches Tier wäre schmal genug, sich durch diese Gänge zu zwängen, und gleichzeitig so stark, diesen Stein zu bewegen? Ihr fiel niemand ein.

‚Der Dachs hat sich dieses Versteck gut überlegt', dachte sie finster.

In diesem Moment näherten sich schlurfende Schritte und der strenge Geruch verdichtete sich. Der Dachs kam den Gang entlang. Entsetzt machte die Anglerin einen Sprung zur Seite und presste sich an die Wand. Sie konzentrierte sich auf ihre Ohren und hoffte inständig, dass sie nicht ausgerechnet jetzt sichtbar werden würde.

Der Dachs kroch an ihr vorbei. Seine Schultern streiften ihre Schnurrhaare. Sie hielt den Atem an und erstarrte.

Der Dachs näherte sich dem schweren Stein und hämmerte dagegen.

„Was ist hier los?", polterte er. „Mit wem hast du da gerade geredet?"

„Mit niemandem", rief die Maus.

„Das stimmt nicht. Du kannst mir nichts vormachen. Ich habe dich laut und deutlich sprechen hören."

„Natürlich hast du das. Ich habe mit mir selbst gesprochen."

„Wozu solltest du mit dir selbst sprechen?"

„Na, weil ich dichte. Ich bin Dichterin, wusstest du das nicht? Gerade verfasse ich eine, äh, Ode an die Bauten der Termiten. Ja, genau. Und so eine Ode muss unbedingt laut deklamiert werden."

„Erzähl' mir doch keine Märchen." Der Dachs blieb misstrauisch. Außerdem wusste er nicht, was eine Ode war.

„Du glaubst mir nicht? Dann pass mal auf!"

Hinter dem Stein erklang das Rascheln von Papier. Dann hörte man ein Räuspern.

„Sie tun nicht brüten, die Termiten", begann die Maus mit bedeutungsschwerer Stimme, „denn sie tun das Feuer hüten …" sie brach ab und schwieg.

„Und? Wie geht sie weiter, diese Ode?", fragte der Dachs.

„Nun, um ehrlich zu sein, suche ich noch nach einem Reim auf ‚Feuer hüten'."

Der Dachs musste nicht sehr lange überlegen.

„Banditen", sagte er selbstgefällig. „Das ist doch naheliegend. Und Parasiten. Und, wenn's sein muss, auch noch Stalaktiten. Das sind so Dinger, die in alten Dachsbauten von der Decke herunterwachsen, wenn man lange genug wartet."

„Oh. Super. Danke. Nun, dann würde ich so fortfahren …"

Wieder räusperte sie sich und nahm mit bedeutungsvoller Stimme den Faden wieder auf:

„… und sind auch keine Parasiten … äh … sind Stalaktiten nicht und nicht Banditen …" – an dieser Stelle folgte eine kleine, aber dramatische Pause, um zu unterstreichen, dass das Gedicht nun auf seinen Höhepunkt zusteuerte – „und sicherlich auch keine Nieten!"

„Na, wie findest du es?", fragte sie kurz darauf in normalem Ton, „ist doch schon richtig gut, oder?"

Trotz ihrer Anspannung musste die Anglerin lächeln.

‚Das hat sie sich alles gerade aus dem Stand zusammengereimt', dachte sie bewundernd. ‚Dabei klingt es, als ob sie die ganze Nacht daran gearbeitet hätte.'

„Na, ja", sagte der Dachs zögerlich. Er verstand nichts von Poesie und fühlte sich etwas überfordert.

„Oh, ich verstehe. Du möchtest vielleicht als Co-Autor erwähnt werden, wenn diese Ode auf der Bühne vorgetragen wird. Nun, vielleicht könnte ich das arrangieren."

Schon wieder fühlte sich der Dachs irritiert und verwirrt. Er hatte keine Ahnung, was ein Co-Autor war oder eine Bühne und was da arrangiert werden sollte. Einmal mehr beschlich ihn das Gefühl, dass seine Gefangene ihn auf irgendeine Art verspottete.

„Ich habe jetzt keine Zeit, mir deine komischen Verse anzuhören", sagte er finster. „Ich bin beschäftigt. Muss heute noch eine große Kammer graben." Er wandte sich um und trabte davon. Sollte die Maus doch vor sich hin deklamieren. Zumindest war er sich jetzt sicher, dass seine Geisel noch immer gut weggesperrt war.

Er hatte jetzt wirklich etwas anderes zu tun. Beim Graben seiner Schatzkammer war er nämlich in der Tiefe auf ein unerwartetes Hindernis gestoßen. Eine Ziegelwand hatte ihm den Weg versperrt. Er kroch zu seiner Baustelle zurück, tastete über die Ziegel und fluchte. Bisher war alles so gut gegangen. Der Untergrund war feinkrümelig und sandig und er war mit seiner Arbeit zügig vorangekommen. Es wäre ein Unsinn, jetzt aufzugeben und es an einer anderen Stelle erneut zu versuchen. Außerdem fehlte ihm dazu einfach die Zeit. Bis morgen früh musste schließlich alles fertig sein.

Er fuhr seine Krallen aus und begann, den Mörtel zwischen den Ziegelsteinen herauszukratzen. Bald hatte er die ersten Ziegel gelockert. Er warf sie beiseite und grunzte zufrieden. Das war leichter gegangen, als er gedacht hatte. Bald würde er dieses Hindernis weggeräumt haben.

Nachdem sich der Dachs entfernt hatte, atmete die Anglerin erleichtert aus. Sie schlich zu dem Stein zurück, der den Zugang zur Maus versperrte.

„Pass auf“, sagte sie, „deine Ode an die Termiten hat mich auf eine Idee gebracht. Ich werde an die Oberfläche kriechen und versuchen, dieses Luftloch ausfindig zu machen. Dafür musst du hier unten ganz laut weiterdichten. Denn dann kann ich dich oben vielleicht hören. Und wenn ich die Stelle gefunden habe, hole ich dich da raus.“

„Kein Problem. Dichten ist eine meiner leichtesten Übungen. – Aber wie willst du an das Luftloch rankommen, wenn du es gefunden hast?“, fragte die Maus zweifelnd. „Die Decke diese Kammer ist bestimmt ganz dünn. Die wird dich niemals tragen!“

„Ach, das lass nur meine Sorge sein. Ich habe da so eine Idee“, meinte die Anglerin. Sie überprüfte noch einmal das Prickeln in ihren Ohren und machte sich auf den Weg zum Ausgang.

Die Maus nahm ihre Notizen zur Hand. Die Aussicht, bald wieder frei zu sein, beflügelte sie sehr.

„Ode an die Bauten der Termiten. Hm“, sagte sie. „Ist eigentlich gar nicht so schlecht als Titel. Natürlich nur, wenn die Banditen

und Parasiten wieder gestrichen werden. Also gut: ‚Wer wollte mir verbieten'…"

Laut deklamierend begann sie, in ihrem Gefängnis auf- und abzuwandern. Nach ein paar Versuchen und Verbesserungen hatte sie folgende Zeilen gefunden:

Ode an die Bauwerke der Termiten:
Wer wollte mir verbieten
Die Bauten der Termiten
Mit Lob zu überschütten.
Sie sind wie Wundertüten,
Gebaut mit Feuer-Riten
Und werden gar zu Mythen
(Oh könnt' ich sie nur mieten)
Sind wirklich coole Hütten …

„Hurra!", rief sie begeistert und warf ihre Pfoten in die Höhe. „Das klingt gut! Ich bin genial!"

„Bravo!", erklang eine vertraute Stimme von oben. „Bestimmt wirst du diesen Spezialpreis gewinnen. Aber das, was ich mir ausgedacht habe, ist auch ziemlich genial. Pass auf!"

Eine dünne Angelschnur senkte sich durch das Luftloch in der Decke herab. An ihrem Ende baumelte etwas, das aussah wie eine kleine Schüssel. Die Maus erkannte, dass es die Schale einer Kokosnuss war.

„Wow!", sagte sie beeindruckt.

„Setz' dich in die Nussschale", rief die Anglerin. „Ich ziehe dich hoch. Aber falls du weiter deklamierst, solltest du jetzt besser keine dramatischen Gesten dazu machen. Damit die Schale nicht hin- und herschaukelt!"

Und so passierte es, dass die Maus auf leichte und fast schon spielerische Weise aus ihrem Gefängnis schwebte und dadurch auch noch eine Ode ans Licht brachte. Umsichtig und mit großem Können bugsierte sie die Anglerin durch das Luftloch. Dann schwang sie die Angel herum und ließ ihren Fang sanft zu Boden gleiten, genau so, wie sie sonst ihre Fische an Land holte.

Als die Maus aus der Kokosnussschale kletterte und wieder sicheren Boden unter den Füßen spürte, war sie, ganz gegen ihre sonstigen Gepflogenheiten, erst einmal zittrig und still und musste dann sogar ein wenig weinen.

„Das hier ist das coolste Abenteuer, das ich jemals erlebt habe", schluchzte sie und umarmte die Anglerin. „Ich hätte nie gedacht, dass ich einer Katze jemals so dankbar sein würde. Weißt du was? Ich werde eine Ballade schreiben und sie dir widmen. Über die mutige und listige Katze. Und natürlich auch über die tapfere Maus. Am besten fange ich sofort damit an. Gerade bin ich nämlich voll im kreativen Flow!"

Die Ballade musste allerdings dann doch noch etwas warten, weil die Maus genauso wie alle anderen Tiere die große Eröffnungsfeier des Festivals nicht versäumen wollte. Während der Nachmittag langsam dem Abend zustrebte, füllten sich die Ränge des Kolossalen Kolosseums, bis schließlich alle Plätze besetzt waren. Sogar die Sumpfschildkröte hatte ihren Teich verlassen, um mit der Kuh zusammen die Feier zu erleben.

Auf den Sitzstangen drängten sich die Vögel dicht an dicht. Nur auf einer von ihnen gab es noch ein wenig Platz. Eine große Boa kroch den Pfosten hinauf und schickte sich an, ihren mächtigen Leib um die Stange zu wickeln.

„Hier ist schon besetzt, tut mir leid", sagte Lug. „Außerdem sind diese Plätze für die fliegenden Zuschauer reserviert."

Die Boa hob den Kopf und züngelte missmutig hin und her.

„Soso, besetzt", meinte sie ärgerlich. „Da könnte ja jeder daherkommen und so etwas behaupten!"

„In diesem Fall stimmt es aber", bekräftigte die Geierin. „Frag nur die Sicherheitskräfte. Das sind die Termiten mit den gelben Armbinden, auf denen ‚Security' steht."

„Bitte suche dir einen anderen Platz", mischte sich Trug ein. „Vielleicht dort drüben, wo das Feuer brennt. Da ist es sicher schön warm!"

„Da war ich schon. Aber die Sitze um das Podest herum sind alle für die Termiten bestimmt."

In diesem Moment schwang sich der Gorilla an einer langen Liane über die Mauer des Kolosseums und landete auf der Sitzstange.

„Danke, dass ihr mir den Platz freigehalten habt", meinte er etwas atemlos, „Ich hatte einen ungünstigen Wind und die Strömung war diesmal ein bisschen langsam. Liegt vermutlich daran, dass sich die Wetterkönigin gerade nicht so konzentriert, weil sie auch hier im Stadion ist."

„He, wollt ihr mich verarschen? Von wegen fliegende Zuschauer! Der da ist aber ganz sicher kein Vogel", beschwerte sich die Boa beleidigt, während sie davonglitt.

„Stimmt. Aber fliegen kann er trotzdem. Ab und zu."

Die Maus brauchte keinen Sitzplatz, da sie es sich einmal wieder auf dem Kopf der Giraffe bequem gemacht hatte. Sie hatte jedoch darauf bestanden, dass die beiden Katzen neben ihnen saßen.

„Wir sind alle sehr froh, was du getan hast – und wir sind stolz auf dich", sagte die Giraffe zur Anglerin. „Wenn wir wieder zu Hause sind, möchten wir uns bei dir bedanken. Du wolltest doch immer mal mit mir fliegen."

„Ja, aber wenn ich auf deinem Rücken sitze, muss ich mich richtig festkrallen. Und du hast doch gesagt, dass dir meine Krallen zu spitz sind."

„Nun, ich habe mir da etwas überlegt. Die Idee kam mir, als ich den da gesehen habe." Sie deutete auf den Luchs, der ein paar Reihen unter ihnen auf seiner neuen geflochtenen Schilfmatte saß. „Wenn wir so etwas auf meinem Rücken befestigen, müsste es eigentlich gehen."

Die Gespräche ringsum wurden leiser. Die Tiere reckten ihre Hälse und blickten hinunter.

Auf dem Flüsterpunkt in der Mitte der Arena hatte man ein Rednerpult errichtet. Der Froschkönig schritt darauf zu. Neben ihm ging die Termitenkönigin. Sie trug eine sehr majestätisch wirkende, festliche rote Robe mit einer langen Schleppe, die über den Sand schleifte. Eine farblich passende Handtasche hing an einem ihrer sechs Arme. Auf ihrem Kopf saß ein ebenfalls roter breitkrempiger Hut mit zwei Löchern, aus denen ihre Fühler ragten. Wie die Geschichte-Schreiberin bereits geahnt hatte,

hatte sie sich bei der Auswahl ihrer Garderobe große Mühe gegeben. Sie wollte bei ihren Gästen einen bleibenden Eindruck hinterlassen.

Der Froschkönig stellte sich ans Pult und räusperte sich. Glasklar und deutlich war dieses Geräusch an jeder Stelle des Gebäudes zu hören. Die Unterhaltungen verebbten. Eine erwartungsvolle Stille machte sich breit.

In der VIP-Lounge des Termitenbereichs nickte der Termitenkönig zufrieden vor sich hin. Die Akustik bei vollem Haus war gut und entsprach einmal wieder genau seinen Berechnungen. Neben ihm hatte die Wetterkönigin Platz genommen, die diesmal in ein nachtblaues festliches Gewand gehüllt war. Die Geschichte-Schreiberin hatte den Laptop aufgeklappt und zusätzlich einen Notizblock und einen Stift vor sich. Man erwartete von ihr einen ausführlichen Bericht, der in die Chroniken ihres Volkes eingehen sollte. Gerade hatte sie „Robe – Hut – Handtasche" notiert.

„Liebe Gäste", begann der Froschkönig, „das Volk der Termiten heißt euch herzlich hier im Kolossalen Kolosseum willkommen! Wir hoffen, ihr hattet bisher einen angenehmen Aufenthalt auf dieser Insel."

„Hatten wir, nicht wahr?", sagte die Maus leise zur Giraffe. „Bis auf ein paar kleine Unannehmlichkeiten."

„Die Königin der Termiten möchte euch dafür danken, dass ihr so zahlreich hier erschienen seid, um sie und die großartigen Leistungen ihres Volkes zu … äh … würdigen."

Er machte eine Pause. Die Zuschauer schwiegen erwartungsvoll. Die Termitenkönigin runzelte die Stirn und sah den Froschkönig an.

„Was ist?", fragte sie verständnislos. „Wieso jubeln die nicht? Die müssen mir doch jetzt zujubeln! War das nicht so abgemacht?" Entrüstet stellte sie ihre Handtasche ab und verschränkte zwei ihrer Arme vor der Brust. Finster musterte sie das Publikum. Ihr Hut vibrierte im Takt ihrer Fühler.

Die Akustik war wirklich exzellent. Wieder war alles auch in den obersten Rängen zu verstehen. Gelächter erklang aus den Reihen der Zuschauer, diesmal gefolgt von kräftigem Applaus.

„Na bitte. Geht doch.“ Die Königin verbeugte sich zufrieden, woraufhin ein weiteres Mal fröhlich geklatscht wurde. Die Stimmung im Publikum war auf einmal sehr heiter. Man hatte nicht mit einer kabarettistischen Einlage gerechnet.

In der VIP-Lounge hatte die Wetterkönigin die Farbe ihrer Gewänder gewechselt. Sie zeigten nun ein fröhliches Gelb. Offenbar schien sie sich großartig zu amüsieren. Die Geschichte-Schreiberin hingegen kaute bereits auf ihrem dritten Bleistift. Angestrengt überlegte sie, wie sie diesen Teil ihres Berichtes formulieren könnte. Vielleicht sollte sie nur lapidar schreiben: „Die Zuschauer jubelten.“

Der Froschkönig tupfte sich mit einem Taschentuch die Stirn. Gerade war er sehr dankbar für seine lange Erfahrung als Staatsoberhaupt: Auch da hatte es immer wieder peinliche Situationen gegeben. Damals hatte er gelernt, entweder so zu tun, als ob nichts gewesen wäre, oder im günstigsten Fall sogar einen Vorteil daraus zu ziehen. Vielleicht würde ihm das jetzt wieder gelingen. Er zauberte ein Froschgrinsen auf sein Gesicht und breitete die Arme aus.

„Und nun“, verkündete er gut gelaunt, „wird unsere bezaubernde, charmante und schlagfertige Königin …“ – wieder gab es Applaus, woraufhin die Termitenkönigin huldvoll winkte – „… die offizielle Flamme des Festivals entzünden!“

In der VIP-Lounge blätterte die Geschichte-Schreiberin zu einer neuen Notizbuchseite, um die Worte „bezaubernd, charmant und schlagfertig“ festzuhalten.

Die Sonne war im Begriff, hinter dem Horizont zu versinken. Ein letztes Mal spiegelte sie sich in den Gläsern der Fliegerbrille, die von den Termiten „das DING“ genannt wurde. Natürlich waren ihre Strahlen um diese Zeit nicht mehr stark genug, um dahinter ein Feuer zu entfachen. Doch die Termiten hatten vorgesorgt: Im Hohlraum unter den Brenngläsern hatten sie heute ein kleines Feuer in Gang gehalten.

Zum Klang einer Fanfare entstieg eine der Schubkarrenfahrerinnen dem Hohlraum. Das Feuer flackerte in ihrem Gefährt. Geschickt steuerte sie die Schubkarre die Treppen zwischen den Zuschauerreihen hinab. Eine Reihe „Ahs“ und „Ohs“ waren zu hören, denn nicht alle Tiere waren mit den Feuer-Routinen der Termiten vertraut.

Als sie den Flüsterpunkt erreicht hatte, erklang eine weitere Fanfare. Man konnte sehen, wie der Froschkönig einen großen Leuchter mit Tiermotiven und einer Bienenwachskerze hervorholte, um ihn der Termitenkönigin feierlich zu überreichen.

„He, den kenne ich!“, ertönte eine kleine, empörte Schildkrötenstimme aus dem Zuschauerraum. „Das ist mein Leuchter, siehst du das? Der, der immer unter der Küchenspüle stand! Wie kommen die an mein Eigentum?“

„Was heißt hier *dein Eigentum*? Ich glaube, du hast schon wieder vergessen, wer jetzt in diesem Panzer wohnt und sich um alles kümmert“, entgegnete die Kuh. „Also, wenn du dich beschweren willst, dann mach das bei mir, denn ich habe dem Management den Leuchter für diese Zeremonie überlassen!“ Sie hob den Kopf und ihre Augen funkelten. „Und wenn du's genau wissen willst: Ich bin sehr stolz darauf!“

(„Kuh – Leuchter – stolz darauf“, notierte die Geschichte-Schreiberin)

Unten in der Arena nahm die Termitenkönigin den Leuchter und entzündete die Kerze an dem Feuer aus der Schubkarre. Dann hielt sie ihn hoch, sodass alle Zuschauer die hübschen Tiermotive erkennen konnten. Obwohl er viel größer und schwerer war als sie selbst, hielt sie ihn mühelos. Ein Raunen der Bewunderung ging durch die Menge, als einmal mehr die enormen Kräfte der Termiten deutlich wurden.

„Dieser Leuchter ist ein Symbol dafür, dass wir alle zu einem gemeinsamen Fest zusammengekommen sind. Daher eröffne ich hiermit feierlich unser großartiges Festival in diesem großartigen Gebäude!“, rief sie.

Diesmal traf es wirklich zu, dass die Zuschauer jubelten.

Die Termitenkönigin verbeugte sich und winkte ein weiteres Mal hoheitsvoll. Dann nickte sie auffordernd dem Flusspferd zu, das in der ersten Reihe saß. Dieses erhob sich und ging los, um den Leuchter in Empfang zu nehmen.

Es war ziemlich aufgeregt. Man hatte ihm gesagt, dass es mit der brennenden Kerze eine Ehrenrunde durch das Kolosseum drehen sollte, unter den Augen aller Zuschauer. Es sei nun berühmt, hatte der Froschkönig zu ihm gesagt, wegen dieser Sache im Fischgeschäft. Aber das Flusspferd glaubte eigentlich nicht, dass es dafür wirklich so viel Aufmerksamkeit verdiente. Seiner Meinung nach war es einfach nur zur richtigen Zeit am richtigen Ort gewesen. Und was den Dachs und seine miesen Tricks betraf, so waren in der Zwischenzeit auch ganz andere Tiere sehr klug und mutig gewesen.

Mittlerweile war es in der Mitte der Arena angekommen. Feierlich wurde ihm der Leuchter überreicht. Wieder klatschten die Zuschauer. An manchen Stellen erklangen Bravo-Rufe.

Doch anstatt damit loszulaufen, wie es vereinbart war, blieb es stehen, hob den Kopf und blickte zu den Rängen hinauf. Reihe um Reihe saßen sie hier, all diese unterschiedlichen Tiere, mit ihren freudigen, erwartungsvollen Gesichtern.

‚Wie schön das ist, dass sie alle diese weite Reise gemacht haben, um jetzt gemeinsam hier zu sein', dachte es. Dann fasste es einen Entschluss.

Es hob den Leuchter noch einmal in die Höhe und drehte sich dabei langsam im Kreis, sodass auch wirklich alle in der Arena die darauf abgebildeten Gestalten gut sehen konnten.

„Liebe Tiere", sagte es, „ich finde, dieser Leuchter ist das perfekte Symbol für unser Festival. Wie ihr sehen könnt, besteht er aus vielen verschiedenen Tieren, die aufeinander stehen: Unten gibt es die Elefanten, die alles tragen. Oben sitzt die Maus, die die Kerze festhält. Dazwischen stehen andere Tiere, eines auf dem anderen. Doch erst alle zusammen bewirken, dass dieser Leuchter stabil ist. Denn wenn auch nur eines dieser Tiere plötzlich fortgehen würde, würde das Ganze in sich zusammenfallen. Und genauso ist es mit diesem Festival."

Das Flusspferd machte eine kleine Pause. Wieder war es vollkommen still auf den Rängen. Alle warteten darauf, wie es weitergehen würde.

„Schaut euch um", sprach es weiter. „Schaut nach oben und unten, nach rechts und links und seht, wie viele ihr seid. So viele. Und von so weit her seid ihr gekommen. Manche von euch haben sich große Mühe gegeben und lange geübt, um in den nächsten Tagen ihre Vorführungen zu zeigen. Andere sind mitgekommen, um ihre Freundinnen und Freunde anzufeuern, und wieder andere sind einfach nur da, weil sie neugierig sind und interessiert – auch das ist wichtig. Einige, wie zum Beispiel der Froschkönig und die Geschichte-Schreiberin, haben in letzter Zeit Tag und Nacht gearbeitet, damit alles reibungslos klappt. Vielen Dank an euch dafür!"

Diesmal schrieb die Geschichte-Schreiberin nicht mit. Atemlos lauschte sie dem Applaus, der, wenn sie genau hinhörte, sehr viel lauter klang als der Jubel für die Königin. Sie sah, wie sich der Froschkönig würdevoll und staatsmännisch routiniert verbeugte. Vermutlich setzten gerade wieder seine königlichen Reflexe ein. Dann erst wurde ihr bewusst, dass viele der Tiere erwartungsvoll zu ihr hinüberblickten – und dass dieser Moment auch ihr selbst galt. Verlegen erhob sie sich und machte eine kleine, etwas ungelenke Verbeugung.

‚So fühlt es sich also an, wenn man bejubelt wird', dachte sie erstaunt. Es war ein sehr großes, irgendwie berauschendes Gefühl. Ein wenig konnte sie nun die Termitenkönigin verstehen. Allerdings hatte diese damit gerechnet. Für die Geschichte-Schreiberin jedoch war dieser Jubel ein unerwartetes und kostbares Geschenk.

„Sicher, ohne die Baukünste der Termiten und ohne die ehrgeizigen Pläne ihrer Königin gäbe es das Kolossale Kolosseum nicht", sprach das Flusspferd weiter. „Doch ohne all die vielen Gäste wäre dieser Ort nur stumm und leer. Ohne euch wäre das hier nur eine Ansammlung von Steinen …"

An dieser Stelle sah man, wie die Termitenkönigin merklich zusammenzuckte. Doch das Flusspferd ließ sich nicht beirren.

„… Wenn auch von sehr geschickt aufeinander gesetzten Steinen …"

Der Termitenkönig nickte bekräftigend mit dem Kopf. „Geschickt aufeinander gesetzt", kritzelte die Geschichte-Schreiberin.

„… Aber erst mit euch allen wird das Ganze ein Festival."

Ein anerkennendes Raunen erfüllte die Ränge des Kolossalen Kolosseums. Alle spürten, dass das Flusspferd nun zum Höhepunkt seiner Rede ansetzte.

„Liebe Tiere“, fuhr es fort, „es ist schön, dass ihr jetzt schon dieses Gebäude und auch einige von uns beklatscht und bejubelt habt. Aber das Wichtigste an diesem Festival hat noch keinen Applaus bekommen. Denn das Wichtigste seid ihr selbst. Ihr seid diejenigen, die diesen Ort erst wirklich zum Leben erwecken. Es ist ein großes Geschenk, dass ihr alle hier seid. Vielen Dank an euch – an das wunderbare Publikum!“

Einen kurzen Moment war es still. Doch dann wurde klar, dass all der Applaus, den es bis dahin gegeben hatte, nur eine kleine Vorübung gewesen war, etwas, um sich warmzulaufen für den Jubel, der nun einsetzte. Ein ohrenbetäubender Lärm erfüllte das Kolossale Kolosseum. Die Tiere erhoben sich von ihren Sitzen und Sitzstangen. Einige begannen mit großer Begeisterung nach unten zu klettern, um dort glücklich zu springen, zu hüpfen, zu flattern oder zu galoppieren. Immer mehr folgten ihrem Beispiel, bis schließlich fast das gesamte Publikum in die Arena strömte. In der VIP-Lounge krabbelten die Termiten aufgeregt übereinander. Die Wetterkönigin konzentrierte sich ein wenig und erschuf gerade eine freundliche Thermik, in der die Geierin und einige weitere Vögel über der Arena kreisen konnten. Die Giraffe nutzte die Gunst der Stunde, breitete ihre Flügel aus und drehte zur großen Freude der Maus ebenfalls eine Runde in der Luft.

Die Termitenkönigin, die mittlerweile in der VIP-Lounge Platz genommen hatte, nahm ihren Hut ab und stellte ihre Handtasche zur Seite. Etwas verunsichert beobachtete sie das Geschehen.

„Also ich weiß nicht“, sagte sie, „eigentlich war das hier etwas anders geplant.“

„Mach dir nichts draus“, meinte der Termitenkönig fröhlich. „Du solltest dich lieber freuen. Hast du schon jemals einen solchen Jubel erlebt? Das ist viel besser, als wir es hätten planen können!“

SuFi entschied, dass dies der geeignete Moment war, die große Leinwand zu aktivieren. Vor dem Hintergrund der waghalsigen Sprünge der Pink Flying Dolphins fielen sich die Festivalbesucher in die Arme und tanzten. Um das Rednerpult hatte sich eine Traube gebildet, denn viele wollten das Flusspferd zu seiner Rede beglückwünschen. Der Kerzenleuchter wanderte von Pfote zu Pfote, bis er einmal um die Arena gekreist und dabei mindestens fünfzig Mal in die Luft geworfen worden war. Dass das feierliche Feuer dabei schon ziemlich bald ausging, störte niemanden.

Es dauerte eine ganze Weile, bis die Eröffnungsfeier des Festivals schließlich zu Ende ging. Längst war die Sonne untergegangen. Als Letzter verließ der Luchs die Arena mit seiner zusammengerollten Schilfmatte unter dem Arm. Er wanderte noch ein wenig vor dem Kolossalen Kolosseum hin und her und blickte dabei zu den Sternen hinauf. Einmal mehr war er beeindruckt und ergriffen, wie gut das Universum für ihn sorgte: Dieses Fest war ganz sicher ein weiterer Schritt auf seinem Weg zur Erleuchtung gewesen. Dann machte er sich auf den Weg zum Schildkrötenpanzer, wo bestimmt noch einige Tiere nach diesem Event zusammensitzen und feiern würden.

Wie alle anderen Besucher, die vor ihm das Kolosseum verlassen hatten, übersah auch er den kleinen Riss in der Außenmauer gleich neben dem Eingangsportal. Vor Kurzem hatte es ihn noch nicht gegeben. Nun aber wurde er von Stunde zu Stunde größer und breiter.

Der Dachs wühlte sich mit seinen Krallen durch den Untergrund. Immer weiter und weiter grub er. Mittlerweile hatte er jedes Zeitgefühl verloren. Seit Stunden hatte er ununterbrochen gearbeitet, weder gegessen noch getrunken, doch das war ihm egal. Der Schaffensrausch, in dem er sich mittlerweile befand, ließ ihn alles um ihn herum vergessen. Noch nie zuvor hatte er eine derart große unterirdische Kammer angelegt. Der Sack mit dem Goldschatz aus dem Ruderboot lag in einer Ecke und wirkte winzig klein angesichts der riesigen Halle, die da entstanden war. Auch für den Schildkrötenpanzer war jetzt schon reichlich Platz – doch darum ging es ihm längst nicht mehr. Denn seine Firma, davon war er überzeugt, würde schließlich noch viel mehr einbringen. Und dafür brauchte er Platz. Viel Platz. In den nächsten

Jahren würde er unermesslich viele Schätze anhäufen. Für diese konnte die Kammer gar nicht groß genug werden.

Bisweilen gaukelte ihm sein Tinnitus seltsame Geräusche vor. Einmal hatte er sogar den Eindruck gehabt, dass über ihm Stimmen, Gelächter und Applaus zu hören waren. Doch da er mittlerweile genau wusste, dass sich das alles nur in seinem Innenohr abspielte, blendete er es aus und fuhr fort zu graben. Das Ohrensausen, davon war er überzeugt, würde schon von selbst vergehen. Spätestens, wenn er hier unten zwischen all seinen Reichtümern saß.

Eine weitere Ziegelmauer versperrte ihm den Weg. Diesmal ließ er sich davon überhaupt nicht mehr beirren. Entschlossen machte er sich daran, auch diese Steine aus der Wand zu hebeln und hinter sich auf einen Haufen zu werfen.

Einer davon war besonders groß und an den Rändern mit kunstvollen Ornamenten verziert, die offenbar vor dem Brand in den Ziegel geritzt worden waren. In der Mitte befanden sich Buchstaben. Der Dachs stutzte. Neugierig betastete er seinen Fund. Wieso sollte sich jemand die Mühe machen, einen Stein zu beschreiben, um ihn dann hier in der Tiefe zu vergraben? Mühsam versuchte er, sich an seine mageren Kenntnisse im Lesen zu erinnern und das Geschriebene zu entziffern.

„D I E S I S T D E R G R U N D S T E I N F Ü R D A S K O L O S S A L E K O L O S S E U M“, buchstabierte er. „E R R I C H T E T V O N D E N F E U E R M A C H E N D E N T E R M I T E N.“

Verständnislos starrte er auf die Schrift. Das waren einfach zu viele Buchstaben für ihn. Sie ergaben keinen Sinn.

Doch irgendetwas daran war trotzdem sehr faszinierend. Er hatte davon gehört, dass wertvolle Dinge gerne einmal vergraben und danach vergessen wurden. Vielleicht war dies eine uralte geheime Botschaft, die ihm einen Hinweis auf einen weiteren Schatz in der Nähe geben würde. Und falls das tatsächlich so war, dann war es auch völlig logisch, dass er die Schrift nicht entziffern konnte: Denn so ein Hinweis war natürlich verschlüsselt. Das lag sozusagen in der Natur der Sache. Sonst könnte ja jeder diesen Schatz finden.

Versonnen strich er mit der Pfote über den Stein. Er würde ihn in seinem Bau deponieren und sich später in Ruhe damit beschäftigen. Das Beste wäre, jemanden zu finden, der sich gut mit Buchstaben auskannte. Da gab es doch diese Termite, die immer mit einem Stift herumlief. Vielleicht würde er sie kidnappen und sie zwingen, ihm diese Botschaft zu übersetzen. Und dann, sobald er wusste, was die Schrift bedeutete, könnte er diesen neuen Schatz heben und ihn zusammen mit allen anderen Wertgegenständen in der großen Kammer aufbewahren. Er konnte sein Glück kaum fassen. Alles ging plötzlich so leicht und mühelos und fiel ihm geradezu in den Schoß. Seine neue Firma stand wirklich unter einem guten Stern.

Sein Tinnitus, so stellte er fest, war gerade wieder stärker geworden. Seit einigen Minuten gab es in seinen Ohren ein feines, aber hartnäckiges, zusätzliches Geräusch. Es war eine Art Zischen und hörte sich an wie Sand, der unaufhörlich rieselte. Dazu gesellte sich nun auch ein Knacken und Klirren, das ihn an den Klang der Ziegelsteine erinnerte, als er sie aus dem Mauerwerk gelöst hatte.

Unwillig dehnte er seinen Nacken und wendete den Kopf nach rechts und links. Doch das Ohrensausen ließ sich leider nicht vertreiben. Im Gegenteil. Nun kamen auch noch dumpfe, grollende Töne dazu …

Etwas in seinem Kopf schlug Alarm. Der weiße Streifen auf seinem Rücken begann, sich unwillkürlich zu sträuben. Sein Gedankenfluss stoppte, als die uralten Reflexe, die in seinem Gehirn für das Überleben zuständig waren, die Kontrolle übernahmen und „raus hier!“ riefen. Eine gewaltige Welle aus Angst und Adrenalin durchflutete ihn. Er ließ den Stein fallen, schoss wie ein Blitz durch die Schatzkammer und stürzte sich in den Tunnel seines Baus, der auf dem kürzesten Weg an die Oberfläche führte. Eine Druckwelle begann, sich zu formieren, und folgte ihm.

Draußen war der Riss in der Mauer bereits zu einem breiten, gähnenden Spalt geworden. In den oberen Sitzreihen wölbten sich die Ziegel. Mörtel rieselte und die ersten Sitzstangen lösten sich aus ihrer Verankerung und fielen um. Ein Ächzen war zu hören. Das Podest mit der Feuerstelle begann, sich zur Seite zu neigen. Das Glas der Fliegerbrille zerbarst mit einem Klirren in tausend winzige Splitter. Dann gab der Untergrund des Bauwerks nach und die Fundamente verloren ihren Halt. Die Decke der Schatzkammer brach ein und ein Krater öffnete sich in der Mitte der Arena. In einer Kaskade aus Steinen sackte eine Mauer nach der anderen in sich zusammen und stürzte in den gähnenden Schlund.

Das Donnern war ohrenbetäubend. Die Erde bebte in einer kurzen, aber heftigen Erschütterung, als das Kolossale Kolosseum in sich zusammenfiel. Splitter von Ziegelsteinen flogen durch die Luft und eine riesige Staubwolke erhob sich in den Nachthimmel.

Plötzlich waren alle Tiere wach. Vögel flatterten mit erschrockenen Rufen von den Ästen der Bäume, auf denen sie geschlafen hatten. Viele der vierbeinigen Besucher des Festivals rannten in Panik über die Insel. In seinem Turm war das gesamte Termitenvolk in hellem Aufruhr. Ein nicht enden wollender Strom von Termiten quoll aus dem Eingangstor. Noch stand der Turm. Doch der Termitenkönig hatte gerade festgestellt, dass auch er durch die Erschütterungen einsturzgefährdet war. Erste Ziegel hatten sich bereits gelockert und ein unheilvolles Ächzen war zu hören. Es würde nicht mehr lange dauern, bis auch er in sich zusammensacken würde.

Der Termitenkönig zitterte am ganzen Körper.

„Wie konnte das nur passieren“, flüsterte er immer wieder.

„Damit können wir uns später beschäftigen“, sagte die Termitenkönigin resolut. „Jetzt haben wir anderes zu tun!“

Energisch und effektiv begann sie, die Evakuierung des Turms zu organisieren. Sie war fest entschlossen, dafür zu sorgen, dass kein einziges Mitglied ihres Volkes zurückblieb. Später, wenn alles vorbei war, würde sie sich einen ruhigen Ort suchen und um ihren wunderbaren Thronsaal weinen. Und um den Balkon.

Die Termiten rannten, so schnell sie konnten. Dass sie auch sonst in ihrem Alltag perfekt organisiert waren, kam ihnen jetzt zugute. Was auf den ersten Blick wie ein unüberschaubares Gewimmel aus Termitenleibern erschien, war in Wirklichkeit eine gut geplante Flucht. Denn alle Termiten folgten einer Duftspur, die die Königin gelegt hatte und die das Volk an einen Platz führte, der sich in sicherer Entfernung befand.

Irgendwann war es dann so weit: Ein weiteres Donnern war zu hören. Wieder bebte die Erde und eine weitere Staubwolke stieg empor, als nun auch der Wohnturm der Termiten einstürzte. Danach wurde es endlich still.

Die Dämmerung setzte ein und schließlich ging die Sonne auf, als ob nichts gewesen wäre, unbeeindruckt und genau so, wie sie es jeden Morgen tat.

Nach und nach kehrten die versprengten Festivalbesucher zurück und begannen, sich um das zu versammeln, was vom Kolossalen Kolosseum übrig geblieben war. Eine Gruppe von verschiedenen Vögeln hatte sich in einem großen Baum niedergelassen. Auch Lug, Trug und die Geierin waren dabei. Sie blickten über das Trümmerfeld.

„Jetzt ist es passiert. Genauso wie du es vorhergeahnt hast", meinte die Geierin.

„Ja." Lug seufzte. „Weißt du, manchmal wünschte ich mir, dass ich nicht diese speziellen Nackenfedern hätte."

„Nun, zumindest in einer Sache war das Kolosseum nett zu uns allen. Wir durften noch eine wunderbare Eröffnungsfeier erleben. Und soweit ich sehen kann, ist kein einziges Tier ernsthaft verletzt worden. Auch die Termiten sind rechtzeitig aus ihrem Turm geflüchtet. Da haben wir wirklich Glück gehabt", bemerkte Trug. „Auch das haben dir deine Nackenfedern gesagt."

Das Flusspferd, die Giraffe und die Maus standen mit vielen anderen Tieren am Rande des riesigen Schutthaufens. Der Flüsterpunkt und die Arena waren in dem gähnenden Krater verschwunden.

„Es ist so jammerschade", meinte die Giraffe. „Alles ist kaputt und das Festival wurde abgesagt. Nun können wir nicht mehr mit unserem Chor auftreten und berühmt werden."

„Ja. Und mein Gedicht für den Spezialpreis macht jetzt auch keinen Sinn mehr." Die Maus seufzte.

„Am meisten tun mir die beiden dort drüben leid." Das Flusspferd deutete zum Froschkönig und der Geschichte-Schreiberin. Sie standen ein paar Meter entfernt und starrten mit versteinerten Gesichtern auf die Trümmer.

„Sie haben so viel für das Festival gearbeitet und jetzt ist alles umsonst. Na, ja, bis auf die Eröffnungsfeier. Aber das Schlimmste für die Termiten ist noch etwas anderes: Ich habe gehört, dass auch die Fliegerbrille kaputtgegangen ist und sie nun kein Feuer mehr machen können."

Die Giraffe reckte ihren langen Hals nach vorne und blickte in den Krater.

„Dort unten glitzert etwas", meinte sie. „Wir sollten versuchen, es heraufzuholen. Vielleicht ist es wichtig für die Termiten. Allerdings weiß ich nicht, wie wir das machen sollen. Dort hinunter zu steigen ist viel zu gefährlich."

„Oh, weißt du, da hätte ich schon eine Idee", meinte die Maus lebhaft. Die Aussicht auf ein weiteres kleines Abenteuer hob ihre Stimmung und beflügelte sie. „Ich kenne nämlich eine Expertin für schwierige Bergungen!"

Wenig später hatte sich eine große Gruppe von Schaulustigen eingefunden, um die Anglerin zu beobachten, die dabei war, ihre Angel nach dem mysteriösen glitzernden Fund auszuwerfen. Wie immer bei solchen Gelegenheiten drängelten sich alle um die besten Plätze, was in diesem speziellen Fall nicht ganz ungefährlich war. Die Sicherheitskräfte der Termiten hatten daher ihre gelben Armbinden wieder angelegt und bemühten sich, die Waghalsigsten davon abzuhalten, über den Rand des Kraters zu fallen.

Trotz der gerade überstandenen Katastrophe war die Stimmung fröhlich und erwartungsvoll. Nichts ist schöner als ein interessantes und aufregendes Spektakel, bei dem man selbst als Zuschauer mitwirken kann. Die Fischkatze hatte einen großen Korb mit Fischen mitgebracht, die reißenden Absatz fanden.

Die Anglerin hatte ihre kräftigste Rute, eine sehr lange, feste Angelschnur und einen großen Haken mitgebracht. Es war nicht ganz einfach, den Haken genau zu platzieren, und sie brauchte mehrere Versuche, bei denen sie von den Umstehenden kräftig angefeuert wurde. Glücklicherweise stellte sich heraus, dass das glitzernde Ding von einem löchrigen und sehr staubigen Sack umwickelt war. Schließlich verhakte sich die Angel darin und er wurde langsam, aber stetig nach oben gezogen. Die Zuschauer applaudierten. Als die Anglerin ihren Fund zu Boden ließ, klirrte es darin.

„He, dieser Sack kommt mir bekannt vor", sagte die Maus. „Genau so einen hat mir der blöde Dachs über den Kopf gezogen, als er mich entführt hat. War allerdings ein bisschen sauberer. Und hatte weniger Löcher."

Die Anglerin öffnete den Sack, zog eine verbeulte Krone heraus und hielt sie hoch, sodass alle sie sehen konnten.

„Das ist ja meine!", rief der Froschkönig erstaunt. Er griff in den Sack und holte die restlichen Gegenstände hervor. „Und auch der ganze andere Kronschatz. Der lag immer unter dem Ruderboot. Wie kommt das alles denn in diesen Krater?"

„Du solltest lieber fragen: Wer hat das alles hierher gebracht." Die Maus hatte sofort einen Verdacht. „Ich glaube, ich weiß jetzt, was passiert ist", sagte sie langsam. „Der Dachs hat dauernd davon geredet, dass er eine große Kammer graben würde. Ich denke mal, er wollte alles, was er sich so zusammenraubt, dorthin transportieren. Wahrscheinlich hat er sich beim Graben übernommen. Die Kammer ist zu groß geraten und dann ist alles eingestürzt."

Ihre Augen weiteten sich und sie holte erschrocken Luft, als ihr plötzlich noch etwas anderes klar wurde.

„Wenn der Dachs mich in diesem Sack transportiert hat und der jetzt hier im Krater liegt, dann war dieses Loch, in dem er mich gefangen gehalten hat, ganz hier in der Nähe. Vermutlich ist es ebenfalls eingestürzt!", rief sie laut.

Sie bekam eine Gänsehaut und schüttelte sich.

„Die Wände waren sowieso schon ziemlich bröselig. Mir wird ganz schlecht bei der Vorstellung, was passiert wäre, wenn mich die Anglerin gestern nicht befreit hätte", meinte sie entsetzt.

Ein Raunen ging durch die Menge. Zornige Stimmen wurden laut:

„Das war gar kein Unfall – es war der Dachs, der das Kolosseum zerstört hat!"

„Und beinahe hätte er auch die Maus auf dem Gewissen!"

„Er muss zur Verantwortung gezogen werden!"

„Er hat uns das Festival kaputtgemacht!"

„Na warte, wenn wir den finden!"

„Dem werden wir es zeigen!"

Die Tiere redeten aufgeregt durcheinander. Empörung breitete sich aus wie eine Welle. Gruppen bildeten sich und zogen los, um die Insel zu durchkämmen. Dieser Dachs sollte nicht ungeschoren davonkommen.

Nur der Termitenkönig stieß einen traurigen, aber gleichzeitig erleichterten Seufzer aus. Auch wenn es ihn schmerzte, dass seine wunderbaren Gebäude nicht mehr existierten, war er doch froh, dass der Zusammenbruch kein Konstruktionsfehler gewesen war. Er musste sich nichts vorwerfen. Was geschehen war, fiel sozusagen unter höhere Gewalt.

Während die meisten Tiere zornig über die Insel streiften, schlenderte der Luchs ein Stück am Kraterrand entlang. Schließlich entrollte er seine Schilfmatte und ließ sich nieder, um im Angesicht der Ruinen ein wenig zu meditieren. Er hatte den Eindruck, dass die Suchtrupps auch ohne ihn gut zurechtkamen. Außerdem fand er, dass gerade zu einem Zeitpunkt wie diesem das Universum nicht außer Acht gelassen werden durfte. Irgendwer müsste sich schließlich auch darum kümmern.

Er machte einige Atemübungen und versenkte sich in seine Meditation. Nach einiger Zeit vernahm er in der Nähe ein leises, schabendes Geräusch. Die kleine Sumpfschildkröte ließ sich neben ihm auf der Matte nieder und blinzelte.

„Ich habe mir sagen lassen, dass du dich mit dem Universum beschäftigst", meinte sie beiläufig. „Sag mir doch, welche universellen Erkenntnisse ziehst du denn jetzt aus diesem Schutthaufen?"

„Nun … ich bin mir nicht sicher."

Der Luchs war plötzlich sehr aufgeregt. Er fühlte sich geehrt, dass er von einer Schildkröte angesprochen wurde. Er hatte großen Respekt vor Schildkröten. Schließlich gab es sie schon so lange auf der Erde. Bestimmt waren sie alle bereits seit vielen Jahrtausenden erleuchtet.

„Weißt du, ich habe gerade darüber nachgedacht, dass der Zusammenbruch des Kolossalen Kolosseums ein Beispiel dafür ist, dass sich alles immer verändert“, sagte er vorsichtig. „Dass alles im Fluss ist und so. Also, ich meine, dass nichts bleibt, wie es einmal war, verstehst du ...?“ Verlegen brach er ab und hoffte, dass er jetzt nichts Dummes gesagt hatte.

Die Schildkröte ließ sich seine Worte durch den Kopf gehen. „Hervorragend“, sagte sie schließlich und nickte zufrieden. „Ich sehe schon: Du hast bereits ein wesentliches Gesetz des Universums begriffen.“ Danach erhob sie sich und kroch langsam davon.

Der Luchs sah ihr nach. Ein großes Glücksgefühl stieg in ihm auf. Sein Herz klopfte. ‚Jetzt ist es also passiert‘, dachte er verzückt. ‚Vermutlich bin ich nun erleuchtet. Zumindest ein bisschen.‘

Irgendetwas war passiert.

Was genau es gewesen war, konnte er nicht mehr sagen. Nur, dass es etwas Unheimliches gewesen war. Etwas Bedrohliches. Der Dachs hatte vage Bilder von rutschendem Sand, einer Druckwelle und einem ohrenbetäubenden Lärm. Woran er sich jedoch genau erinnerte, war dieser entsetzliche Schrecken, der ihn veranlasst hatte, um sein Leben zu rennen, immer weiter und weiter, so schnell er konnte. Der Schrecken steckte noch immer in seinen Knochen.

Irgendwann war er an dem kleinen Teich gelandet und hatte sich unter dem Ruderboot versteckt, dessen feste, hölzerne Planken ihm ein Gefühl von Sicherheit vermittelt hatten.

Wie lange er hier schon kauerte, wusste er nicht. Es mussten bereits mehrere Stunden sein, denn als er hier angekommen war, war es dunkel gewesen und jetzt tasteten sich bereits ein paar Sonnenstrahlen in sein Versteck.

Irgendetwas war auch in seinem Inneren passiert. Sein Kopf fühlte sich an, als ob es dort auf einmal große, leere Räume gab, die bis vor Kurzem von bestimmten Teilen seines Ichs besetzt gewesen waren. Nun aber waren diese Teile fortgegangen und die Räume wirkten einsam und unbewohnt. Es schien ihm, als ob ein paar wesentliche Elemente seiner Person einfach verschwunden waren.

Der Dachs fand das sehr beunruhigend. Verunsichert streifte er durch die Leere seines Kopfes, tastete sich an den Wänden entlang und versuchte, sich in dieser neuen, fremden Landschaft zu orientieren. Er fürchtete sich und fühlte sich sehr alleine.

Die Sehnsucht nach Geborgenheit und freundlicher Gesellschaft, die er in letzter Zeit immer von sich ferngehalten hatte, kam zurück und breitete sich in ihm aus. Er wollte nicht mehr alleine sein. Er wollte jemanden finden, der ihn ansah und mit ihm sprach. Vielleicht gab es ja dort draußen jemanden, der ihn beruhigte und nett zu ihm war.

Vorsichtig kroch er unter dem Boot hervor. Der Teich lag ruhig und friedlich in der Sonne. In der Ferne hörte er Rufe und das Knacken von Zweigen. Es hörte sich an wie viele Beine, die durch das Dickicht des Waldes stapften. Die Geräusche klangen sehr aufgebracht. Und sie kamen immer näher.

Wieder stieg Angst in ihm auf. Das, was sich hier näherte, klang nicht wie die Gesellschaft, nach der er sich sehnte.

‚Sie kommen, um mich zu holen', dachte er verschreckt. Warum genau sie ihn holen wollten, fiel ihm zwar nicht mehr ein. Doch bestimmte, über die Jahre gut eingeübte Reflexe funktionierten nach wie vor und signalisierten ihm unmissverständlich, dass er so schnell wie möglich von hier verschwinden musste.

Auch auf der anderen Seite Teichs waren jetzt zornige Stimmen zu hören. Von überall her näherten sich seine Verfolger. Hecktisch blickte der Dachs um sich. Der einzig mögliche Fluchtweg schien wohl das Wasser zu sein.

Er packte das Boot und stemmte sich mit aller Kraft dagegen, um es umzudrehen. Dann schob er es ins Wasser. Eine kleine Sumpfschildkröte steckte ihren Kopf aus dem Schilf.

„Ich hab ihn gefunden", rief sie laut. „Er ist hier, am Teich! Und er lässt gerade das Boot zu Wasser!"

„Halt die Klappe, du blödes kleines Biest!“, zischte der Dachs. Plötzlich schien es ihm, als ob einer seiner inneren Räume wieder bewohnt war. Ein kleiner Teil seines alten Ichs lugte durch die Verwirrung in seinem Kopf. Dieser Teil bestand im Wesentlichen aus seinem Hass und seiner Wut. Er bekam große Lust, die Schildkröte zu packen, zwischen seine kräftigen Kiefer zu klemmen und zuzubeißen. Leider fehlte ihm dazu die Zeit.

Daher fletschte er nur seine Zähne, griff nach den beiden Riemen, die am Ufer lagen, sprang in das Boot und begann zu rudern. Aus den Augenwinkeln bemerkte er, wie sich viele Tiere am Ufer versammelten und auf das Wasser zeigten. Doch noch war er sicher in diesem Boot. Weiter vorne, so erinnerte er sich, würde er einen kleinen Fluss erreichen, der sich durch die Landschaft schlängelte und dann ins Meer mündete. Dort wollte er hin. Die Strömung würde das Boot viel schneller machen. Das gab ihm einen Vorsprung. Und wenn er am Meer angekommen war, würde er weiter rudern, immer weiter, irgendwohin …

Vor ihm tauchte ein Hindernis auf. Es sah aus wie ein grauer, halbrunder Stein, dessen Oberfläche ein wenig aus dem Wasser ragte. Er steuerte das Boot zur Seite, um daran vorbeizukommen. Seltsamerweise schien es ihm, als ob sich auch der Stein in die gleiche Richtung bewegte. Erneut änderte er seinen Kurs. Doch auch diesmal schien der Stein zu wandern und ihm den Weg zu versperren.

Der Dachs hielt verwirrt inne und ließ die Ruder sinken. Das Boot dümpelte unentschlossen vor sich hin. Er begriff nicht, was da geschah. Die Leere in seinem Kopf war wieder da und er wusste nicht mehr, was er jetzt tun sollte.

Doch dann kehrte zu seiner Erleichterung die elementare Wut zurück und übernahm das Kommando. Entschlossen packte er die Riemen und setzte das Boot wieder in Bewegung. Mit kräftigen Schlägen steuerte er geradewegs auf das Hindernis zu.

Auf einmal fühlte er sich großartig. Denn die Wut machte alles ganz einfach und klar: Das Verhalten dieses Steins war eine bodenlose Unverschämtheit. Niemand durfte es wagen, sich einem Dachs so in den Weg zu stellen! Aber der Stein würde diese

Frechheit teuer bezahlen. Gleich würde er das blöde, eigensinnige Ding rammen, jawohl! Und dann würde er mit den Riemen zuschlagen, mit aller Kraft. Er würde den Stein zerschmettern, in lauter kleine Stücke. Er würde …

Das Hindernis vor ihm schien zu wachsen. Zwei Ohren tauchten auf, gefolgt von wulstigen Brauen. Ein massiger Kopf erhob sich aus dem Wasser. Zwei Augen blickten ihn an.

„Wir kennen uns ja bereits", sagte das Flusspferd. „Aber ich möchte trotzdem die Gelegenheit nutzen, dich ein zweites Mal mit einem kräftigen ‚Hallo' zu begrüßen!"

Es öffnete sein Maul. Wieder blickte der Dachs in einen riesigen, dunklen Schlund.

Doch im Gegensatz zu seiner ersten Begrüßung im Fischgeschäft begnügte sich das Flusspferd diesmal nicht mit dem ‚HAAA'. Diesmal kam auch das ‚LOOO' gründlich zum Einsatz.

Holz splitterte, als es das Boot mit einem kräftigen Biss in zwei Hälften zerteilte.

Mit einem verzweifelten Sprung stürzte sich der Dachs ins Wasser und versank.

Luftblasen stiegen um ihn herum nach oben und ein paar Fische flüchteten. Wasser füllte seine Nasenlöcher und sein Maul. Seine Wut war verschwunden. Jetzt ging es nur noch darum, sich zu retten. Mit aller Kraft paddelte er mit den Pfoten und erreichte die Oberfläche, wo er nach Luft schnappte. Dann hielt er auf das Ufer zu. Hinter sich hörte er, wie das Flusspferd zu einem weiteren „LOOO" ansetzte. Wieder hörte man das Krachen von berstendem Holz. Diesmal flogen die Riemen durch die Luft. Sie vollführten einen Salto und beschrieben einen hohen Bogen am Himmel, bevor sie mit großer Wucht wieder herunterfielen. Einer von ihnen landete auf dem Dachs, gerade, als er das Ufer erreichte.

Der Schlag traf seinen Kopf. Rein körperlich war das nicht so schlimm. Die Beule würde sicher bald wieder abschwellen. Doch der wütende Rest seines alten Ichs war fassungslos: Empört und beleidigt entschied er, dass es nun endgültig genug war. Er packte seine Sachen und verließ den Kopf des Dachses, um nie wieder zurückzukehren.

Der Dachs kletterte mit letzter Kraft an Land. Erschöpft ließ er sich auf den Boden fallen. Als er das Gras unter seinen Pfoten spürte, durchströmte ihn eine Welle der Erleichterung. Er war gerettet. Da war dieser böse Wasserdrache gewesen, der hatte sein Boot gefressen. Er hatte sich sehr gefürchtet. Aber jetzt war es zum Glück vorbei. In seinem Kopf herrschte eine große Ruhe. Sogar das Ohrensausen, das ihn so lange geplagt hatte, war endlich fort. Das fühlte sich schön an und war eine große Erleichterung.

Er blickte auf. Da waren jede Menge Tiere. Sie hatten einen Kreis um ihn gebildet. Unbeweglich standen sie da, als ob sie auf etwas warteten. Er sah mehrere Elefanten, zwei Katzen, eine Giraffe, Kühe, eine kleine Schildkröte, ein Känguru und viele andere, die er nicht kannte. Alle blickten ihn an. Auf einem Baum in der Nähe hockten eine Menge Vögel und ein großer Gorilla. Auch sie schauten zu ihm hinunter.

Es war ganz still.

Der Dachs spürte eine alt vertraute Sehnsucht. Er merkte, dass er gerne etwas Gesellschaft hätte. Plötzlich wünschte er sich, dass diese Tiere mit ihm sprechen würden.

Eine Maus löste sich aus dem Kreis und kam langsam auf ihn zu. Sie hielt einen kräftigen Ast in der Pfote.

„Gleich wird sie dieses Kami-Katze mit ihm machen", sagte der Gorilla oben auf dem Baum leise zu den Raben. „Das hat sie übrigens von einer guten Freundin von mir gelernt", fügte er noch hinzu. Es klang ein wenig stolz.

Der Dachs sah die Maus näher kommen. Er freute sich.

All die Jahre hatte er alleine in seinem Bau gesessen und sich danach gesehnt, seine Zeit mit anderen zu verbringen. All die Jahre hatte es irgendwie nicht geklappt. Niemand wollte sich mit ihm abgeben. Doch jetzt schien das anders zu werden: Hier kam jemand, um mit ihm zu sprechen. Das war schön. Er war nicht mehr alleine. Jetzt würde alles gut werden.

Er erhob sich und ging der Maus entgegen. Als er sie erreicht hatte, schüttelte er ihr freundlich die Pfote.

„Ich freue mich, dich kennenzulernen", sagte er. „Weißt du, ich habe schon lange keine Gesellschaft mehr gehabt."

Die Maus blickte ihn misstrauisch an und schwang probeweise ihren Ast hin und her.

Der Dachs verstand nicht, warum sie das tat, aber er fand es interessant, ihr zuzuschauen. Er fühlte sich wohl. Gesellschaft zu haben, war wirklich angenehm.

„Wieso trägst du diesen Ast in der Pfote?", fragte er schließlich.

„Damit ich besser zuschlagen kann", entgegnete die Maus finster.

„Oh. Das ist großartig." Der Dachs freute sich. „Dann könntest du zum Beispiel den schlimmen Wasserdrachen schlagen. Falls er an Land kommt."

Er blickte ängstlich nach rechts und links und beugte sich dann verschwörerisch zur Maus hinunter.

„Weißt du, der Drache ist nämlich sehr gefährlich und ich fürchte mich vor ihm."

Er deutete zuerst auf den Ast und dann auf die Maus.

„Aber du bist sicher sehr mutig. Ich glaube, du könntest ihn besiegen. Und ich müsste dann keine Angst mehr haben." Er seufzte. „Leider hat er sich gerade versteckt. Deshalb wäre es das Beste, du würdest eine Weile hierbleiben. Sicherheitshalber, verstehst du?"

Sein Gesicht hellte sich auf.

„Ja, das ist überhaupt eine gute Idee", sagte er glücklich. „Du bleibst hier und gehst überhaupt nicht mehr weg. Wir sind einfach die ganze Zeit zusammen. Du passt auf mich auf, leistest mir Gesellschaft und wenn der Wasserdrache wiederkommt, beschützt du mich. Oh bitte – du musst dableiben und mir helfen. Das machst du doch, nicht wahr?"

Die Maus war verwirrt. So etwas hatte sie nicht erwartet. Sie drehte sie sich um und blickte fragend zu den anderen Tieren. Einige von ihnen zuckten ratlos mit den Schultern.

Schließlich senkte sie ihren Ast und seufzte.

„Schade", sagte der Gorilla bedauernd. „Das wird wohl doch nichts mit dem Kami-Katze."

Die Maus sah den Dachs an.

„Ich habe keine Ahnung, was mit dir passiert ist", meinte sie zu ihm. „Aber egal, was es war: Dir würde ich niemals helfen! Du kannst froh sein, dass ich dich nicht verhaue!"

Mit diesen Worten wandte sie sich um und ging davon.

„He! Wo willst du hin?", rief der Dachs entsetzt. „Du kannst mich doch nicht einfach alleine lassen! Was ist, wenn der Wasserdrache wiederkommt? Du musst hierbleiben!"

Fassungslos sah er zu, wie sich die nette Gesellschaft, die er gerade noch gehabt hatte, Schritt für Schritt von ihm entfernte. Das war gemein. Sie sollte zurückkommen. Er brauchte Gesellschaft. Alleinsein war langweilig und schrecklich. Er wollte, dass sich jemand um ihn kümmerte. Und er hatte Angst. Jemand sollte kommen und bei ihm bleiben. Jetzt. Sofort.

Er legte seinen Kopf in den Nacken und begann zu wimmern. Das Wimmern wurde schnell zu einem lauten Jammern und ging schließlich in ein durchdringendes Geheul über. Es war schrill und ausdauernd und erweckte nicht den Eindruck, als ob er bald damit aufhören würde.

„Das ist ja grauenvoll!", rief die Kuh.

Das Geheul war wirklich schwer zu ertragen. Einige Tiere, die dazu in der Lage waren, hoben ihre Pfoten und hielten sich die Ohren zu. Das Känguru versuchte zusätzlich, den Kopf in seinen eigenen Beutel zu stecken. Lug und Trug flogen auf und krächzten. Sie fanden, dass schreckliche Geräusche besser auszuhalten waren, wenn sie selbst möglichst laut waren.

Der Gorilla stopfte sich ein paar Blätter in die Ohren, packte eine Liane und schwang sich an ihr vom Baum herunter. Als er unten war, zog er mit einem kräftigen Ruck daran, sodass sie abriss. Er schleifte sie hinter sich her und näherte sich dem Geheul.

Der Dachs sah ihm entgegen. Die Aussicht, wieder Gesellschaft zu haben, beruhigte ihn. Er jaulte ein letztes Mal auf, schniefte noch ein wenig und wurde still. Widerstandslos ließ er sich die Liane um den Hals binden.

„Komm mit", sagte der Gorilla und zog an der so entstandenen Leine. „Ich bringe dich jetzt an einen Ort, wo du ganz viel Gesellschaft haben wirst. Die Tiere dort sind zwar klein, doch dafür gibt es ziemlich viele von ihnen. Ich bin nicht ganz sicher, was sie mit dir anstellen werden. Aber eines kann ich dir jetzt schon sagen: Sie werden sehr gut auf dich aufpassen. Und ganz sicher wirst du dort nie wieder alleine sein."

Der Wind hatte aufgefrischt. Die Wetterkönigin hatte pünktlich eine perfekte Brise geschickt. Unter vollen Segeln glitt das Piratenschiff aus der Bucht, begleitet von den Pink Flying Dolphins, deren elegante Sprünge dem Abschied eine festliche Note gaben. Der Gorilla stand am Steuer und sang aus voller Kehle, wie er es immer tat, wenn er mit seinem Schiff aufs offene Meer hinausfuhr. An Deck standen viele Tiere und winkten den Zurückbleibenden zu, die sich am Hafen versammelt hatten.

Das Flusspferd, das sich ebenfalls auf dem Schiff befand, ließ sich zu einem kleinen Abschiedsjodler hinreißen, bevor es sich von der Reling abwandte, um in seinem großen Bottich mit Süßwasser Platz zu nehmen. Den Jodler hatte es einmal zu Hause von einem Storch gelernt, der seine Sommer regelmäßig am Fuß der Alpen verbrachte. Prompt bekam es wieder Applaus. Der Delfin winkte begeistert zum Deck hinauf.

„Irgendwann solltest du wirklich mal schwimmen lernen, Schätzchen", rief er. „Dann könnten wir deinen Jodler in unsere nächste Show einbauen!"

Der Gorilla schmunzelte. Vermutlich würde auf dieser Fahrt viel gesungen werden. Das war ihm Recht. Er spürte die kräftige Strömung unter dem Kiel und nickte zufrieden. Auf dieser Fahrt würde es nicht viel für ihn zu tun geben. Er band das Steuerrad fest und schwang sich in die Hängematte, die er im Ruderhaus aufgehängt hatte. Genüsslich schaukelte er hin und her. Diese Reise würde zwar etwas länger dauern, weil sein Schiff mehrere Kontinente anlaufen musste, bevor er alle Passagiere zu Hause abgesetzt hatte. Doch er konnte sicher sein, dass die Strömung und die Winde der Wetterkönigin es ohne Schwierigkeiten ans Ziel bringen würden. Und danach würde er zurückkehren und seinen Laderaum mit Kokosnüssen füllen. Er freute sich schon darauf.

Derzeit war der Laderaum weitgehend leer, wenn man einmal von einigen Heu- und Sandhaufen absah, die später als Nachtlager dienen würden, und der Schilfmatte, auf der der Luchs gerade in seine Yoga-Übungen versunken war. Und natürlich von dem Fass in der Ecke, an dem ein Köcher mit Angelruten lehnte und auf dessen Grund die Anglerin wieder ihre Krallen in den Fassboden geschlagen hatte, während sie versuchte, regelmäßig ein- und auszuatmen, um ihre Angst vor dem großen Wasser und ihre schreckliche Seekrankheit einigermaßen im Zaum zu halten. Leider gelang ihr das gerade nicht besonders gut.

Ein Schatten verdunkelte die runde Öffnung über ihr und ein Kopf mit zwei Hörnern und großen, freundlichen Augen blickte auf sie herunter.

„Du Arme", sagte die Kuh mitfühlend.

„Was machst du denn hier auf dem Schiff?" Die Anglerin vergaß vor Erstaunen kurzzeitig, wie übel ihr war. „Du bist doch in dem Schildkrötenpanzer hierhergekommen. Warum reist du nicht genauso wieder nach Hause?"

„Ach, das weißt du noch gar nicht: Ich fahre nicht nach Hause. Ich habe mir gedacht, dass ich mich einmal ein wenig in der Welt umschauen möchte. Zuerst reise ich nach Indien. Dort soll es zwar viele Menschen geben, aber ich habe gehört, dass in manchen Gegenden die Kühe völlig ungestört durch die Straßen laufen können und nie in den Stall müssen. Und danach ziehe ich hinauf in die Berge. Das Yak hat mich in den Himalaja eingeladen. Es meint, dass ich unbedingt einmal auf seinen Bergwiesen grasen sollte."

„Das ist sehr mutig von dir." Die Anglerin war beeindruckt. „Alleine so weit weg zu fahren – in ein Land, in dem alles bestimmt ganz fremd ist. Ich kann mich noch gut erinnern, wie schwer ich mich auf meiner Reise getan habe."

„Nun, am Anfang bin ich gar nicht alleine. Der Luchs reist nämlich auch nach Indien. Wegen der Erleuchtung und so."

„Das ist gut. Und was passiert dann mit dem Panzer?"

„Oh, da sehe ich überhaupt kein Problem", meinte die Kuh leichthin. „SuFi und die Raben werden das bestimmt auch ohne mich hinkriegen."

Das Schiff hob sich im Takt einer Welle und senkte sich dann wieder.

„Nun“, die Anglerin atmete ein weiteres Mal tief ein und aus, „falls ich diese Fahrt überleben sollte, lade ich dich hiermit auch ein, uns zu besuchen. Wenn du dann irgendwann vom Himalaja genug haben solltest.“

Das Fischgeschäft war geschlossen, doch ein leichter Fischgeruch hing noch immer in der Luft und trug Erinnerungen an das fröhliche Treiben, das bis vor Kurzem hier stattgefunden hatte. Die Geschichte-Schreiberin lehnte ihren Rücken an die Bretterwand mit den vielen Dankeschöns und nahm ein zerknittertes Stück Papier zur Hand. Sorgfältig strich sie es glatt und holte ihren Stift hervor. Auch wenn sie gar nicht mehr sicher war, ob ihr Volk derzeit überhaupt eine Geschichte-Schreiberin brauchte, hatte sie das Bedürfnis zu dokumentieren, was passiert war. Sie wollte weiterhin berichten, wie es ihrem Volk erging, so wie es ihr vor dem Unglück aufgetragen worden war. Doch vor allem wollte sie ihre persönlichen Gedanken notieren. Das half ihr, das Geschehene zu verarbeiten.

Da ihr altes Tagebuch irgendwo tief unter den Trümmern des Termitenturms begraben lag, hatte sie nach Ersatz gesucht. Sie hatte alle alten Flugblätter, Programme und Notizzettel gesammelt, die sie finden konnte, denn viele von ihnen hatten eine unbeschriebene Rückseite.

„Das große Festival ist zu Ende, bevor es begonnen hat“, schrieb sie. „Die Katastrophe könnte nicht schlimmer sein: Alles liegt in Trümmern und die Vision der Königin ist ebenso zusammengestürzt wie unser Turm und das Kolossale Kolosseum. Wir haben in aller Eile einen provisorischen Bau für uns Termiten errichtet – auf die alte Art, aus Erde und Speichel, denn wir können keine gebrannten Ziegel mehr herstellen. Unser neuer Wohnsitz ist natürlich viel kleiner und einfacher geworden und folgt eher unserer früheren Tradition. Die Gänge zum Beispiel sind wieder niedrig und schmal. Es gibt keinen Thronsaal mehr und auch keinen Balkon, und die Kammer des Königspaares liegt wie früher tief unter der Erde. Unsere Königin hat sich dorthin zurückgezogen, um in Ruhe zu trauern, wie sie gesagt hat. Doch zuvor wurde sie noch von unserem ganzen Volk bejubelt, denn sie hat den alten Turm rechtzeitig und so umsichtig evakuiert, dass wir bei dieser schrecklichen Katastrophe keine einzige Termite verloren haben. Alle haben sie geklatscht und laut ‚Bravo!' gerufen. Das ‚Bravo!'-Rufen war uns bisher ja völlig fremd. Wir haben uns das von den anderen Tieren abgeschaut und es ist mittlerweile in unserem Volk sehr beliebt. Auch ich selbst habe geklatscht und gejubelt, denn ich muss zugeben, dass die Königin viel für unser Volk getan hat. Und auch, wenn es bei uns selbstverständlich ist, dass alle immer ihr Bestes geben, ist es doch schön, dafür einmal Anerkennung zu bekommen. Da spreche ich aus eigener Erfahrung."

Sie legte das vollgeschriebene Blatt zur Seite und nahm sich ein neues.

„Der Dachs, der das alles verursacht hat, ist in unserem Gewahrsam. Unsere Soldatinnen bewachen ihn rund um die Uhr, bereit, zu tausenden über ihn herzufallen, falls er versuchen sollte, wegzulaufen, doch das wird wahrscheinlich nicht passieren. Er ist nämlich sehr wunderlich geworden und es muss immer jemand bei ihm sein, sonst fängt er an, unerträglich zu schreien. Vermutlich kann er für seine Taten nicht mehr zur Rechenschaft gezogen werden.

Trotzdem haben wir seine Verbrechen gründlich ermittelt und aufgelistet. Sie reichen von Bedrohung und Erpressung über Diebstahl und Entführung bis zu schwerer Sachbeschädigung, und wenn unsere Königin nicht so tatkräftig gewesen wäre, wäre auch noch fahrlässige Körperverletzung dazugekommen, vielleicht sogar mit Todesfolge. Der Froschkönig hat noch den Verstoß gegen die AGBs genannt, aber ich habe gesagt, dass das juristisch etwas schwierig werden könnte, weil sich herausgestellt hat, dass er die AGBs gar nicht ausgehändigt bekommen hat und sie daher auch nicht akzeptieren konnte. Das war dem Froschkönig überhaupt nicht recht, denn er ist sehr, sehr zornig, weil der Dachs das schöne Festival verhindert hat.

Ich kann das gut verstehen. All die Arbeit, die wir da hineingesteckt haben, und jetzt ist alles umsonst. Ganz zu schweigen davon, dass unsere Architektur zerstört wurde und wir jetzt kein Feuer mehr haben, um unsere Ziegel zu brennen.

Doch der Luchs, der jetzt schon ein wenig erleuchtet ist, hat gemeint, dass sich alles immer verändert und das eben der Lauf der Welt sei. Das hat mich ein wenig getröstet, und außerdem habe ich gemerkt, dass nichts so schlimm ist, als dass es darin nicht auch etwas Gutes gibt.

Denn wenn wir keine Brennöfen mehr befeuern können, müssen wir auch kein Holz mehr schlagen und die traurigen gerodeten Flächen des Waldes werden sich erholen. Ich freue mich schon darauf, wenn es dort wieder grün wird, und werde sicher öfter hingehen und zusehen, wie die Bäume langsam zurückkommen.

Und auch meine Angst, jetzt meinen schönen Job im Eventmanagement aufgeben zu müssen, hat sich als unnötig herausgestellt. Denn der Froschkönig denkt schon über ein neues Festival nach, das gleich im kommenden Jahr stattfinden soll und zu dem er bereits Einladungen entwirft. Er schlägt vor, das Event einfach in den Ruinen stattfinden zu lassen und es ‚Festival im eingestürzten Neubau' zu nennen. Er hofft, dass der Urwald bis dahin schon ein Stück über die Ziegelhaufen gewachsen ist, damit wir eine malerische Kulisse dafür haben. Er meint, dass es sowieso immer wichtiger wird, die Ressourcen unserer Umwelt zu schonen, und dass ein Festival, das nur mit dem auskommt, was sowieso da ist, viel ökologischer wäre, weil man dann nicht extra dafür bauen muss …"

Ein erwartungsvolles Raunen aus vielen Kehlen erklang und riss die Geschichte-Schreiberin aus ihren Gedanken. Sie blickte auf und sah, wie über dem Meer ein goldener Dunst aufstieg und sich langsam der Insel näherte. Oben auf den Klippen kreisten bereits die Möwen und die größeren Vögel sammelten sich auf den Felsen. Die Wetterkönigin war dabei, auch die fliegenden Gäste des Festivals nach Hause zu geleiten. Rufe schallten durcheinander, es wurde sich verabschiedet und eine gute Reise gewünscht, und mehr als einmal hörte die Geschichte-Schreiberin auch den Satz: „Bis zum nächsten Jahr dann!“, denn die Idee des Froschkönigs hatte sich bereits herumgesprochen und offenbar gab es viele, die gerne wiederkommen wollten. Wieder einmal war sie überrascht, wie fröhlich die vielen Gäste gewesen waren, obwohl das Festival ja eigentlich gar nicht stattgefunden hatte. Aber trotzdem hatten wohl die meisten hier eine richtig gute Zeit gehabt.

Die Maus und die Giraffe wanderten an ihr vorbei, auch sie auf dem Weg zu ihrem Startplatz. Die Giraffe hatte ihre Flügel geöffnet und schlug probeweise mit ihnen auf und ab, um ihre Muskeln zu lockern. Schließlich hatte sie sie jetzt längere Zeit nicht benutzt. Die Geschichte-Schreiberin fand, dass sie sehr beeindruckend damit wirkte.

Die Maus kam auf sie zu und drückte ihr ein Blatt Papier in die Hand.

„Das ist für dich“, sagte sie. „Ich hatte es ganz vergessen, aber jetzt ist es mir beim Packen in die Pfoten geraten. Die Rückseite ist noch leer – vielleicht magst du dort ja etwas draufschreiben.“

„Oh, vielen Dank. Das kann ich gerade sehr gut gebrauchen. Habt einen schönen Flug.“

„Den haben wir bestimmt. Und euch Termiten wünsche ich alles Gute.“

Die Maus kletterte geschickt hinauf zu ihrer persönlichen Startposition und umklammerte die Giraffenhörner.

„Boarding completed!“, rief sie fröhlich. „Ready for take-off!”

Die Geschichte-Schreiberin winkte ihnen nach. Dann beugte sie sich wieder über ihre Aufzeichnungen.

„Der Froschkönig findet, dass der Einsturz des Kolossalen Kolosseums eine große Chance ist und dass ein zweiter Anlauf für das Festival uns die Möglichkeit gibt, aus unseren Erfahrungen zu lernen und vieles zu verbessern. So würde er beispielsweise gerne im nächsten Jahr zusätzlich zu dem Fischgeschäft auch einen Stand mit frischem Obst und einen mit Getränken aufstellen und er hätte es gerne, wenn sich die Kuh mit den Tischen, Bänken und mit ihrem Geschirr direkt daneben niederlässt. Er nennt das ‚Gastronomie‘ und meint, das würde das Ambiente des

Festivals zusätzlich verbessern und die Gäste würden sich dann noch wohler fühlen.

Am erstaunlichsten jedoch ist, dass auch wir Termiten eigentlich recht gut mit dieser Katastrophe umgehen. In unserem Volk herrscht eine gewisse Aufbruchstimmung, alle packen mit an und der Blick in die Zukunft ist bei den meisten wichtiger als der Blick in die Vergangenheit.

So hat unser König zum Beispiel bereits begonnen, mit getrockneten Lehmziegeln zu experimentieren, und einen Plan entwickelt, wie wir auch ohne das Feuer wieder bauen könnten. Die ersten Probe-Ziegel sind bereits fertig und ruhen in einem großen, mit Palmblättern bedeckten Gestell hinter seinem Büro. Dort müssen sie so lange trocknen, bis sie ganz hart sind. Der König ist aufgeregt und fröhlich und pfeift den ganzen Tag vor sich hin. Wenn sein Plan funktioniert, wären wir das erste Termitenvolk, das Gebäude aus Adobe-Ziegeln errichtet.

In diesem Fall käme natürlich viel Arbeit auf uns zu und die Lehmträgerinnen hätten wieder Tag und Nacht zu tun, so wie früher. Aber auch sie sind guter Dinge, denn sie haben jetzt unerwartete Unterstützung bekommen: Der Dachs hat nämlich begonnen, in den Lehmgruben zu arbeiten. Er schaufelt mit seinen Krallen den Lehm an die Oberfläche, sodass die Trägerinnen ihn nur noch abtransportieren müssen. So lange jemand bei ihm ist und er Gesellschaft hat, funktioniert das hervorragend. Offenbar tut es ihm gut, dass er eine Beschäftigung hat. Er sagt, er könne sich an nichts aus seinem früheren Leben erinnern, außer, dass er sehr gut graben könne. Diejenigen, die mit ihm zu tun haben, haben sogar den Eindruck, dass er sich freut, jetzt zu uns zu gehören und seinen persönlichen Beitrag zum Wohle unseres Volkes zu leisten.

Ich bin gespannt, was die Königin zu all dem sagen wird, wenn sie zu Ende getrauert hat und sieht, was …“

Die Geschichte-Schreiberin war schon wieder am Ende ihrer Seite angekommen und griff nach einem neuen Blatt. Es war das Stück Papier, das ihr die Maus vorhin geschenkt hatte. Dieses schien keines der üblichen gedruckten Flugblätter zu sein. Neugierig wendete sie es um. Die Rückseite war von Hand beschrieben. Eine Reihe einzelner hingekritzelter Wörter stand da und auch ein paar fragmentarische Sätze. Manche waren durchgestrichen und daneben standen Kommentare wie: „Blöd!", „Reimt sich nicht" oder „Leider völlig ungeeignet", andere wiederum waren doppelt unterstrichen und mit Sternchen oder Ausrufezeichen versehen. Alles spiegelte deutlich einen kreativen Prozess wider.

In der unteren Hälfte dann war das Ergebnis zu sehen. Das Gedicht war sorgfältig in Schönschrift niedergeschrieben und am Ende mit einem liebevollen Schnörkel verziert.

„Wer wollte mir verbieten", stand da, *„die Bauten der Termiten/ mit Lob zu überschütten …"*

Die Geschichte-Schreiberin las bis zum Ende. Dann las sie alles ein weiteres Mal. Tränen stiegen ihr in die Augen. Sie war sehr bewegt und gerührt. Noch nie hatte sie einen Text gelesen, in dem ihr Volk so schön beschrieben wurde.

‚Mit diesem Gedicht hätte die Maus sicher den Spezialpreis im Poetry Slam gewonnen', dachte sie wehmütig.

Sorgfältig legte sie das Blatt zur Seite und beschwerte es mit einem Stein, damit der Wind es nicht davontragen konnte. Diese Rückseite würde sie nicht beschreiben. Sie würde das Gedicht aufheben und es irgendwann ihrem Volk vorlesen. Es würde ihm sicher gefallen.

Und wenn die Festivalbesucher wirklich im nächsten Jahr wiederkommen würden, könnte man es an die Bretterwand hinter ihr schreiben, in dieses Buch der Gesichter, wie die anderen Tiere das nannten.

Und dann würde die Maus doch noch Applaus für ihr Werk bekommen und von den anderen bejubelt werden.

Danksagung

Ich danke den Frauen meiner Topografie-Gruppe für ihre praktische Unterstützung, ihre Ermutigung und ihr begeistertes Zuhören. Ohne euch wäre das hier nicht so geworden, wie es jetzt ist.

Und ich danke Irmi, für alles.

Mehr zum Buch unter:
www.schildkroeten-traum.de

Die Autorin

In ihrer Erstveröffentlichung behandelt Cordula Weidner mit viel Fantasie und Sensibilität so große Themen des Lebens wie Freundschaft und Zusammenhalt, Zuneigung und Verlust, Freude und Lebensglück, Ängste und deren Überwindung. Das Buch entstand während der für sie persönlich sehr anspruchsvollen Zeit der Pflege und Sterbebegleitung ihrer Eltern. Es beruht aber auch auf den zwischenmenschlichen Erfahrungen aus ihrer Tätigkeit als Sonderpädagogin, bei der sie gelernt hat, wie bereichernd und heilsam es insbesondere auch für Erwachsene sein kann, sich die Welt mit kindlicher Freude und Begeisterungsfähigkeit zu erschließen.

Die Autorin lebt mit ihrer Frau auf dem Land. Sie findet Inspiration in der Natur, beim Bergwandern, in ihrem großen Gemüsegarten, beim Kochen und beim Arbeiten mit Ton. Tierische und süße Abenteuer erlebt sie als Hobbyimkerin mit ihren Bienenvölkern.